ullstein

Das Buch

Kriminalhauptkommissarin Antonia Stieglitz, genannt Toni, versteckt sich. Niemand darf wissen, wo sie wohnt. Denn gerade hat sie sich von ihrem Freund Mike getrennt, der wie sie bei der Polizei ist. Niemand würde Toni glauben, dass Mike sie jahrelang misshandelt hat. Außerdem schämt sie sich. Ausgerechnet sie, die toughe Kommissarin, hat sich nicht gewehrt.

Dann werden in München mehrere Frauen tot aufgefunden. Scheinbar gibt es keinen Zusammenhang zwischen den Morden. Toni stürzt sich in die Ermittlungen, auch um ihre eigenen Probleme zu verdrängen. Aber so leicht lässt die Vergangenheit sie nicht los. Wer ist der Mann, der sie nachts verfolgt? Ihr Exfreund? Oder ist sie dem Mörder näher gekommen als gedacht?

Die Autorin

Manuela Obermeier kam 1970 in München zur Welt. Sie begann bereits in der fünften Klasse mit ihrem ersten Roman, schlug nach dem Abitur aber eine ganz andere Richtung ein und ging zur Polizei. Das Schreiben hat die Polizeihauptkommissarin jedoch nie losgelassen. *Verletzung* ist der erste Teil in der Krimiserie um Kriminalhauptkommissarin Antonia Stieglitz.

MANUELA OBERMEIER

VERLETZUNG

Kriminalroman

Ullstein

Besuchen Sie uns im Internet:
www.ullstein-taschenbuch.de

MIX
Papier aus verantwortungsvollen Quellen
FSC® C083411
FSC www.fsc.org

Originalausgabe im Ullstein Taschenbuch
1. Auflage Februar 2016

Umschlaggestaltung: Büro für Gestaltung – Cornelia Niere, München
Titelabbildung: © Dragan Todorovic / Trevillion Images
Satz: Pinkuin, Satz und Datentechnik, Berlin
Gesetzt aus der Quadraat
Druck und Bindearbeiten: CPI books GmbH, Leck
Printed in Germany
ISBN 978-3-548-28747-8

Zwar habe ich während meiner Dienstzeit bei der Münchner Polizei sehr viel gesehen und erlebt, aber dennoch sind alle in diesem Roman beschriebenen Personen und Ereignisse frei erfunden. Jegliche Übereinstimmung oder Ähnlichkeit mit lebenden oder toten Personen oder Begebenheiten ist rein zufällig und nicht von mir beabsichtigt. –

Manuela Obermeier im September 2015

Eins

»Macht siebzehn fünfzig.«

Toni zog einen Zwanziger aus ihrem Geldbeutel und reichte ihn zwischen den Vordersitzen hindurch. Einen Moment lang war sie versucht, den Fahrer zu bitten, noch so lange zu warten, bis sie das Haus betreten hatte. Aber es waren kaum mehr als zehn Schritte bis zum Eingang der Pension Maria. Was sollte ihr auf diesen paar Metern schon passieren? Der Stadtteil Alt-Pasing im Münchner Westen war für seine alten Villen bekannt, nicht dafür, eine Hochburg der Kriminalität zu sein.

»Stimmt so«, sagte sie mehr der Form halber, denn der Fahrer hatte noch keine Anstalten gemacht, ihr das Wechselgeld herauszugeben. Toni öffnete die Wagentür und sah rasch über die Schulter. Niemand war hinter ihnen. Kein Auto, kein Fußgänger.

Der Fahrer hatte ihr im Rückspiegel einen fragenden Blick zugeworfen, als sie ihn erst an der Pension vorbei- und dann im Zickzack durch die Nebenstraßen zurückdirigierte, aber er hatte seinen Mund gehalten. Nur seine Augenbrauen hatten sich ein wenig gehoben.

Toni warf die Autotür zu, und der Wagen fuhr an. Das gelbe Taxischild leuchtete hell in der Dunkelheit. Ihre Hand, in der sie die ganze Fahrt über den Schlüsselbund gehalten hatte, zuckte nach oben. Noch konnte sie den

Fahrer aufhalten, ihn zurückrufen, damit er sie wieder irgendwohin brachte, wo viele Menschen waren, wo es laut war und ihr nicht jedes unerwartete Geräusch unter die Haut kroch.

Die Bremslichter des Taxis leuchteten kurz auf, dann bog der Wagen ab und das Motorengeräusch verebbte in der Novembernacht.

Toni ließ die Hand sinken und sah zu dem Fenster hinauf, hinter dem ihr Zimmer lag. Das Licht der Straßenlaterne spiegelte sich darin. Es sah aus wie ein blindes Auge. Zwanzig Quadratmeter Dunkelheit warteten dort oben auf sie. Dunkelheit wie Treibsand, die sich an sie schmiegte und sie tiefer und tiefer zog, je mehr sie sich dagegen wehrte.

War es nicht besser, sich eine neue Bleibe zu suchen? Gut vier Wochen wohnte sie bereits hier. Er hatte sie in der Zwischenzeit ganz bestimmt schon ausfindig gemacht. Vielleicht war er ihr doch gefolgt, und sie hatte es nur nicht bemerkt? Toni drehte sich einmal um die eigene Achse. Es war niemand zu sehen, aber das hatte gar nichts zu bedeuten. Nicht bei ihm.

Sie lief auf die Haustür zu. Nur noch zwei Schritte. Sie holte das Pfefferspray aus ihrer Jackentasche. Behutsam drehte sie den Schlüssel im Schloss und drückte die Tür auf, lauschte mit angehaltenem Atem in die Dunkelheit. Nichts. Wie ein Einbrecher schob sie sich durch den Spalt, die kleine Dose auf Augenhöhe vor sich. Suchend glitten ihre Finger über die Wand, fanden den Lichtschalter, Glühbirnen flammten auf – sie war allein.

Keuchend stieß Toni den Atem aus und schüttelte den Kopf. Ihre Knie zitterten, und sie lehnte sich für einen Moment gegen die Tür. Sie konnte das doch nicht jeden Abend so machen. Das grenzte doch schon an Paranoia.

Wenn er ihr irgendwo auflauerte, dann sicher nicht hier. Ganz abgesehen davon konnte sie sich beim besten Willen nicht vorstellen, dass es jemandem gelingen sollte, sich unbemerkt an Frau Wilmerdinger, der Inhaberin der Pension Maria, vorbeizuschleichen.

Andererseits war das mit Vorstellungen so eine Sache.

Sie hatte sich auch nie vorstellen können, dass nachts einmal vier uniformierte Beamte in ihrer Wohnung stehen würden, während sie selbst barfuß und im blutverschmierten T-Shirt in der Küche kauerte und sich ein Geschirrtuch an die Stirn presste. Mike war souverän wie immer gewesen, hatte die Kollegen sofort geduzt und den Kumpel heraushängen lassen. Hatte ihnen erklärt, dass Toni gestolpert und gegen den Türrahmen gelaufen wäre. Auch bei der Mordkommission seien sie manchmal ungeschickt, hatte er gesagt und gegrinst. Das seien eben auch nur ganz normale Polizisten, auch wenn die das nicht wahrhaben wollten.

Die Beamten waren in ihrem Flur gestanden, zusammengedrängt wie Schafe, die einen Wolf witterten. Was tun? Einen Kollegen anzeigen? Stallgeruch war stark und verband. Vor allem, wenn ein Polizist wie Mike ihn verströmte. Einer mit einem gewissen Ruf. Einer, von dem fast jeder im Präsidium schon gehört hatte. Einer, von dem man gerne sagte, dass man mit ihm zusammen Streife gefahren war, der sich hochgearbeitet hatte vom kleinen Polizeimeister zum Kriminalhauptkommissar und dritten Mann im K 33, dem Kommissariat für Rockerkriminalität. Einer, auf den man sich hundertprozentig verlassen konnte, der auch dann noch zu seinen Kollegen hielt, wenn es hart auf hart ging, und der austeilen konnte, wenn der andere es verdient hatte.

In so einem Fall konnte Stallgeruch noch viel mehr: Er ließ die Wirklichkeit verschwimmen, ließ einen das hören und glauben, was am bequemsten war. Mikes Rechnung wäre auch bestimmt aufgegangen, wenn zwei Dinge nicht gewesen wären: die Hämatome an Tonis Armen und Beinen und der junge Beamte, der nicht wusste, wen er da vor sich hatte, oder dem es völlig egal war.

Nach einem Moment des Zögerns tat er das, was Toni selbst schon viele Male gemacht hatte, wenn sie während ihrer Zeit als Streifenpolizistin zu einem ähnlichen Einsatz gerufen worden war, und schöpfte alle Möglichkeiten aus, die die Gesetze ihm boten: Er befahl Mike, die notwendigsten Dinge einzupacken, die Wohnung zu verlassen und sich zehn Tage lang nicht mehr blicken zu lassen. Wo er während dieser Zeit unterkam, war ganz allein seine Sache.

Zehn Tage Atempause hatte der junge Kollege, dessen große blaue Augen Toni immer noch vor sich sah, ihr verschafft. Zehn Tage, in denen sie zum Amtsgericht hätte gehen und ein dauerhaftes Kontaktverbot erwirken können. Zehn Tage, von denen sie fünf damit verbrachte, Mikes Handynummer in das Telefon zu tippen und ihn dann doch nicht anzurufen. Fünf Tage, in denen sie von einem Zimmer in das andere lief und an dem Pflaster über der Naht in ihrer Augenbraue herumzupfte.

Was sollte sie tun? Mike zurückholen? Würde ihn das gnädig stimmen? Würde er verstehen, warum sie nur stumm auf dem Stuhl gekauert hatte, statt seine Version zu bestätigen und ihn zu verteidigen?

Nach diesen fünf Tagen hatte sie eine Antwort auf die Fragen gefunden. Sie lautete Nein. Er würde es nicht verstehen. Nicht verstehen wollen und nicht verstehen können. Er würde ihr allein die Schuld geben, dass es so weit gekommen war. Nicht den Nachbarn, die sein Gebrüll gehört und die Polizei gerufen hatten. Nicht dem jungen Kollegen, der ihm die Stirn geboten hatte. Und schon gar nicht sich selbst.

Nach dieser Erkenntnis war ein weiterer Tag vergangen, in dem sie nur im Bett gelegen und sich gefürchtet hatte. Davor, die Koffer zu packen. Davor, plötzlich wieder allein zu sein. Davor, dass Mike sie am Ende fand.

Irgendwann mitten in der Nacht hatte sie endlich kapiert, dass diese zehn Tage, von denen mehr als die Hälfte bereits verstrichen waren, die einzige Chance waren, die sie bekommen würde. Sicher, wenn Mike sie zu fassen kriegte, würde er sie windelweich prügeln. Aber das würde er früher oder später auch dann tun, wenn sie bei ihm blieb.

Es war kurz nach drei Uhr morgens, als sie mit dem Aufzug in den Keller fuhr und einen leeren Umzugskarton nach dem anderen nach oben holte. Um halb acht Uhr hatte sie alles eingepackt, was sie zum Start in ein neues Leben brauchte. Um neun Uhr hatte sie ihr Sparbuch aufgelöst, um Viertel nach elf ein neues Auto gekauft und abends um fünf das Zimmer in der Pension Maria bezogen.

Die Wanduhr zeigte siebzehn Uhr fünfundzwanzig, als sie sich auf das Bett in ihrem neuen Zuhause fallen ließ, und seither wartete sie darauf, dass Mike sie fand.

Zwei

Ein Brummen holte Toni aus dem unruhigen Schlaf, in den sie irgendwann gefallen war. Das T-Shirt klebte schweißnass an ihrem Körper, und auf ihrer Brust hockte das Echo eines Alptraums wie eine riesige fette Kröte.

Benommen hob Toni den Kopf und sah auf den Wecker. Vier Uhr siebzehn. Mit einem leisen Stöhnen ließ sie sich zurücksinken und schloss die Augen. Welcher Tag war heute? Montag? Nein, Sonntag. Der sinnloseste Tag der Woche. Der Tag, der ganz allein der Familie gehörte. Sie schnaubte. Familientag. Was für ein Blödsinn.

Jetzt erst fiel Toni auf, dass das Brummen immer noch nicht verstummt war. Sie setzte sich auf. Das Geräusch kam vom Tisch, genauer gesagt, unter dem Buch hervor, das aufgeklappt und mit dem Rücken nach oben dalag. Sie hatte gestern noch versucht zu lesen, aber bald entnervt aufgegeben, weil sie sich einfach nicht hatte konzentrieren können. Sie schwang die Beine aus dem Bett. Ihre Füße machten leise patschende Geräusche auf dem Kunststoffboden. Eigentlich konnte es nur ihr Handy sein, das dieses Brummen verursachte. Sie musste es versehentlich unter dem Roman begraben haben.

Sie wollte nach dem Buch greifen, hielt aber mitten in der Bewegung inne. Und wenn es Mike war? Wenn er ihre neue Telefonnummer herausgefunden hatte? Wenn er vielleicht sogar wusste, wo sie wohnte, und genau in diesem Moment unten vor dem Haus stand, zu ihrem Fenster hinaufblickte und sich ausmalte, wie sie auf ihr Handy starrte und dabei vor Angst fast verging?

Toni spürte, wie die Panik sich in ihrem Bauch regte, wie sie aus ihren Eingeweiden kroch und sie in ein hilfloses, zitterndes Bündel verwandeln wollte.

Würde das denn nie aufhören? Würde Mike denn für alle Zeiten ihre Gedanken, ihre Gefühle und ihr Leben beherrschen? Plötzlich kochte so großer Zorn in Toni hoch, dass sie das Telefon packte, über das Display wischte, »Lass mich in Ruhe!« in das Mikro fauchte und das Gespräch schon wieder beendet hatte, bevor sie darüber nachdenken konnte.

Sekundenlang stand sie da und starrte an die Wand. Ihr Herz schien direkt unter ihrer Zunge zu hämmern, und das Blut rauschte so laut in ihren Ohren, dass sie nichts anderes mehr hörte. Das war ein Fehler gewesen. Ein ganz großer Fehler.

Das Telefon in ihrer Hand begann erneut zu vibrieren. Das war er wieder. Und wenn er zuvor nicht schon wütend gewesen war, dann war er es jetzt auf jeden Fall. Ein schwarzes Loch tat sich in ihrem Magen auf. Sie hätte das nicht tun sollen. Warum hatte sie das Gespräch nicht weggedrückt oder es einfach ignoriert? Stattdessen hatte sie zugelassen, dass wieder einmal die Pferde mit ihr durchgingen, und sich noch tiefer in die Scheiße geritten. Wenn Mike sie jetzt in die Finger bekam ...

Tonis Blick fiel auf das Display. Im ersten Moment registrierte ihr Gehirn überhaupt nicht, was dort stand, dann setzte es die Buchstaben zueinander in Verbindung. KDD, las sie. Kriminaldauerdienst.

Eine Mischung aus Schluchzen und Lachen rutschte über Tonis Lippen. Es war gar nicht Mike. Am liebsten hätte sie das Telefon geküsst. Toni schniefte und fuhr sich mit der Hand über die Nase, dann hob sie ab.

»Stieglitz.«

Stille.

»Hallo?«

Keine Antwort, nur leise Atemgeräusche. Tonis Finger verkrampften sich.

»An deiner Gesprächseröffnung solltest du wirklich noch arbeiten. *Lass mich in Ruhe!* als Begrüßung führt in den seltensten Fällen zu fruchtbaren Unterhaltungen.«

Tonis Knie gaben nach. Sie ließ sich rücklings auf das Bett fallen und musste sich beherrschen, um nicht erleichtert aufzulachen.

»Entschuldige bitte, Pit. Aber ich dachte, du wärst jemand anderes.«

»Also das will ich doch schwer hoffen!« Peter Kerschbaumers Stimme klang ein wenig eingeschnappt, aber sie kannte den Leiter der Dreier-Schicht gut genug, um zu wissen, dass er ihr nicht böse war.

»Wobei du so eine Begrüßung eigentlich schon verdient hättest«, sagte Toni und versuchte, streng zu klingen. »Du weißt schon, wie spät es ist, und dass anständige Leute um diese Uhrzeit normalerweise schlafen?«

»Ja und ja«, antwortete Peter Kerschbaumer. »Ich würde es auch niemals wagen, einen so grundanständigen Menschen wie dich mitten in der Nacht zu belästigen. Unglücklicherweise gibt es aber auch Zeitgenossen, die auf solche Dinge keine Rücksicht nehmen und ihre Straftaten außerhalb der üblichen Bürozeiten begehen. Kurz gesagt: Mach dich fertig, wir haben eine Leiche.«

Toni hatte sich das schon gedacht. Allerdings hatte Pit die Falsche erwischt.

»Schau doch noch mal auf den Plan. Du musst in der Zeile verrutscht sein. Ich habe diese Woche keine Bereitschaft. Beate und Contutto sind dran.«

»Theoretisch ja. Allerdings kotzt Contutto sich gerade die Seele aus dem Leib. Er sagt, ihm sei das Essen beim Chinesen nicht bekommen.« Peter Kerschbaumer schnalzte mit der Zunge. »Hat man davon, wenn man sich jahrelang nur von Pizza mit allem ernährt. Dann verträgt der Körper irgendwann nichts anderes mehr.«

Toni grinste. Da war was dran. Contutto hatte seinen Spitznamen wirklich nicht zu Unrecht. Sie konnte sich nicht daran erinnern, dass er sich jemals eine andere Pizza bestellt hätte.

»Dann bleibt mir wohl nichts anderes übrig. Und wohin geht die Reise?«, fragte sie, während sie in einem der beiden Umzugskartons nach Unterwäsche kramte. Eigentlich hätte sie die Sachen schon längst in den Schrank räumen können, aber ihr Aufenthalt in der Pension Maria war von Anfang an nur als Übergangslösung gedacht gewesen, bis sie eine richtige Wohnung gefunden hatte. Würde sie ihre Kleidung im Schrank verstauen, hätte das etwas Endgültiges an sich. Als würde ein Schiffbrüchiger aufhören, den Horizont nach Rettungsbooten abzusuchen.

»Mitten hinein in die Fußgängerzone«, sagte Pit. »Die Kollegen haben auf den Stufen von Sankt Michael eine Frau gefunden. Erst dachten sie, es wäre eine Betrunkene, die dort ihren Rausch ausschlafen wollte. Aber die gute Frau ließ sich einfach nicht aufwecken.«

»Eine Obdachlose? Die übernachten ja hin und wieder dort auf den Stufen.«

»Laut den Kollegen vor Ort eher unwahrscheinlich. Sie muss ziemlich gut gekleidet sein. Täterhinweise gibt es natürlich nicht. Aber das wäre euch sonst auch zu langweilig, nicht wahr?«

»So ist es. Wir lieben die Herausforderung.« Toni drehte das Wasser in der Dusche auf. »Ach Pit, eine Frage habe ich noch. Hast du Beate schon verständigt?«

»Nein, noch nicht.«

»Könntest du ...?« Sie ließ den Satz unvollendet in der Luft hängen. Pit wusste auch so, was sie sagen wollte.

»Kann ich.« Toni hörte das Grinsen in seiner Stimme. »Du hast fünfzehn Minuten. Aber dafür schuldest du mir etwas.«

»Du bist der Beste.« Sie schickte einen schmatzenden Kuss durch die Leitung. »Ich koche euch ein Thai Curry, das dem Begriff Afterburner eine völlig neue Bedeutung geben wird.«

Toni hatte Pit während ihrer Einweisungszeit bei der Kripo kennengelernt. Sie hatten sich vom ersten Moment an gut verstanden, aber seit der Weihnachtsfeier vor zwei Jahren waren sie regelrechte Verbündete geworden. Verbündete in Sachen Beate.

Zwar konnte Toni sich den größten Teil der Weihnachtsfeier nur noch grob zusammenreimen, weil der Glühwein einen nicht unerheblichen Teil ihrer Erinnerungen ausgelöscht hatte, aber der Anblick von Beate, die um Pit herumschwänzelte, ihn ständig an Armen, Schultern oder Rücken berührte und über seine flachen Witze lachte, als wären es die geistreichsten Bemerkungen des Abendlandes, hatte sich unauslöschlich in ihr Gedächtnis eingebrannt.

Toni hätte damals am liebsten die Füße auf den Tisch

gelegt, um nicht versehentlich in Beates Schleimspur zu treten. Sogar ihrem glühweingetrübten Blick war nicht entgangen, dass nichts an Beates Verhalten echt war. Jede Geste, jeder Augenaufschlag – alles war ein einziges Schauspiel. Aber wer das nicht kapierte, war Pit.

Toni glaubte ihren Moment gekommen, als Beate auf die Toilette ging. Sie nahm ihren Kollegen beiseite und versuchte, ihm die Augen zu öffnen, doch der Versuch scheiterte kläglich. Pits Denkzentrum hatte sich bereits zu weit nach unten verlagert, als dass er noch irgendwelchen Argumenten zugänglich gewesen wäre. Kurz darauf verschwanden die beiden dann auch aus der Gastwirtschaft.

Als Toni irgendwann nach draußen ging, um frische Luft zu schnappen, stieß sie beinahe mit Pit zusammen, der an der Hauswand lehnte und in den Boden starrte. Toni brauchte zwei Schnäpse und eine Portion Apfelstrudel, um ihn zum Reden zu bringen.

»Die hat mich verwechselt«, sagte Pit und stach mit der Gabel auf eine Rosine ein. »Hat gemeint, ich wäre so ein Heini aus dem Innenministerium. Erst konnte sie mir die Zunge nicht tief genug in den Hals stecken, aber als sie gemerkt hat, dass ich nichts weiter bin als ein windiger Erster Kriminalhauptkommissar ohne jegliche Verbindungen zur Führungsspitze, hat sie mich einfach stehenlassen.« Er stach noch immer auf die Rosine ein. »Hätte bloß noch gefehlt, dass sie mir eine klebt.«

Toni verkniff sich das *Ich hab's dir doch gleich gesagt*, obwohl es schon ganz vorn auf ihrer Zungenspitze lag. Das passte genau in das Bild, das sie von Beate hatte. Aus irgendeinem Grund hatte sie ihre Kollegin vom ersten Augenblick an nicht leiden können. Lange Zeit hat sie es darauf geschoben, dass Beate zu perfekt war: Sie konnte alles, wusste alles und sah obendrein auch nach einem Zwölf-Stunden-Tag immer noch so aus, als hätte der Friseur gerade erst die Schere aus der Hand gelegt.

Aber jetzt, da Toni dem Häufchen Elend von Pit gegenübersaß, rutschten die Mosaikteilchen an ihren Platz: Beates fast schon pathologische Bereitwilligkeit, sich für die langweiligsten Fortbildungsveranstaltungen zu melden, sofern der Teilnehmerkreis nur hochkarätig genug war. Beates Standesdünkel all denen gegenüber, die im Rang unter ihr standen. Und last but not least war da noch das Gerücht, sie wäre als junge Polizeikommissarin den vier goldenen Sternen ihres damaligen Direktionsleiters erlegen und mit ihm in eindeutiger Situation und Position in seinem Büro erwischt worden. Eigentlich gab Toni nichts auf derartiges Gerede. Das meiste davon war erstunken und erlogen, um jemandem eins auszuwischen, doch nach der Story, die Pit ihr gerade erzählt hatte, war sie überzeugt, dass mehr als nur ein Körnchen Wahrheit darinsteckte.

Wenn man alles zusammenzählte, konnte man nur zu einem Ergebnis kommen: zum Bild einer Opportunistin, die alles tat, um auf der Karriereleiter möglichst vielen Konkurrenten möglichst bald von oben auf die Finger zu treten.

Toni nahm Pit die Gabel aus der Hand und quetschte die Rosine platt.

Drei

Toni hielt ihren Dienstausweis aus dem Autofenster. Die junge Beamtin warf einen kurzen Blick darauf, drückte auf den Knopf, und die Schranke hob sich. Wochentags war es unmöglich und vor allen Dingen auch gar nicht gestattet, mit dem Privatwagen im Präsidium zu parken. Die wenigen Stellplätze, die es dort gab, waren ausschließlich für Dienstfahrzeuge reserviert; Ausnahmen gab es nur für ein paar handverlesene Beamte, zu denen Toni ganz sicher nie gehören würde.

Am Wochenende konnte man jedoch mit ein wenig Glück einen freien Parkplatz ergattern, und Toni hatte heute dieses Glück. Sie nahm ihre Tasche vom Beifahrersitz und ging quer durch alle Innenhöfe, bis sie das Zufahrtstor erreichte, das in die Ettstraße hinausführte. Neben der gesenkten Schranke stand Georg Becher, im Präsidium besser bekannt als Haferl-Schorsch. Er legte zum Gruß zwei Finger an die Mütze und versenkte seine Hand sofort wieder in der Hosentasche.

Schorsch und Toni kannten sich seit beinahe fünfzehn Jahren. Frisch von der Polizeischule war sie damals in seine Dienstgruppe gekommen, vollgestopft bis oben hin mit Paragraphen und theoretischen Beispielen, idealistisch und so voller Tatendrang, dass sie nicht nur einmal über das Ziel hinausgeschossen wäre, wenn Schorsch sie nicht eingebremst hätte. Theorie war zwar gut und schön, aber in der Praxis kam man manchmal mit Methoden, die nicht in den Lehrbüchern standen, weiter.

»Morgen, Schorsch.«

»Servus, Toni.«

Sie deutete mit dem Daumen auf das Eck von Sankt Michael. Das Polizeipräsidium und die Jesuitenkirche lagen in unmittelbarer Nachbarschaft, gerade einmal einen Steinwurf voneinander entfernt.

»Wie ist die Lage?«, fragte sie.

»Lamettaalarm.«

»Welche Stufe?«

»Zwölf von zehn.«

Toni verdrehte die Augen. Sie hatte es geahnt. Lamettaalarm war ihr Codewort, wenn sich an einem Einsatzort mindestens ein, wenn nicht mehrere höhere Beamte eingefunden hatten, weil sie glaubten, unbedingt mit ihrer Anwesenheit glänzen zu müssen. Die meisten störten jedoch mehr, als sie nützten, und hielten einen obendrein mit Fragen von der Arbeit ab. Nicht nur einmal hatte Toni ihrem Ärger Luft gemacht und die Herren – und inzwischen auch hin und wieder Damen – daran erinnert, dass an einem Tatort niemand außer den ermittelnden Beamten etwas zu suchen hatte, was zwar ihren Bekanntheits-, aber nicht unbedingt ihren Beliebtheitsgrad im Präsidium gesteigert hatte.

Toni schnippte mit dem Finger gegen Georgs Mützenschirm. »Hättet ihr an der Absperrung nicht einfach ein Schild mit den Konterfeis der üblichen Verdächtigen aufhängen können und dazu die Aufschrift *Wir müssen leider draußen bleiben*? Funktioniert vor der Metzgerei doch auch immer.«

»Wenn's nach mir ginge, schon. Aber du weißt ja«, er tippte auf seine Schulterklappen mit den vier grünen Sternen, »ich hab zwar die meiste Ahnung, aber nichts zu sagen.«

Toni lachte und nickte.

»Ein wahres Wort. Ist bei mir nicht anders.«

Sie klopfte ihrem Kollegen auf die Schulter und brachte dann die letzten Meter bis zur Absperrung hinter sich. Die Einsatzhundertschaft hatte den Bereich vor Sankt Michael großzügig mit rot-weißem Trassierband abgeriegelt. Die Stufen, auf denen die Leiche liegen musste, waren hinter weißen Plastikplanen verborgen.

Toni trat auf einen uniformierten Beamten zu, der sich breitbeinig und mit im Gürtel eingehakten Daumen an der Absperrung postiert hatte. Er zog die Brauen zusammen und sah sie finster an, doch als sie ihm ihren Dienstausweis entgegenstreckte, glättete sich seine Stirn, und er hob das Absperrband an, damit sie darunter durchschlüpfen konnte.

Die Planen raschelten im Wind, als Toni auf das Gebäude zuging. Sankt Michael war keine frei stehende Kirche, sondern eingebettet in eine Häuserzeile und hatte eine prächtig verzierte Fassade, die durch die überlebensgroße Bronzestatue des Erzengels Michael im Moment seines Triumphs über Satan beherrscht wurde.

Aus Ermittlersicht war dieser Ort allerdings trotz all seiner Pracht ein einziger Alptraum: Spuren, wohin man sah. Jeden Tag betraten Hunderte von Menschen die Kirche, und jeder Einzelne hinterließ seine ganz persönliche Signatur in Form von Fingerabdrücken, DNA-Material und Schuhspuren. Wie sollten sie da die Hinterlassenschaften des Täters von denen harmloser Besucher unterscheiden?

Zumal unter diesen harmlosen Besuchern auch der eine oder andere sein konnte, der kleinere bis größere Vergehen auf dem Kerbholz hatte und sich unter den bronzenen Augen des Erzengels die Absolution holen wollte.

Toni schob sich durch die Planen hindurch und verharrte. Von den beiden großen Kirchentüren versank die linke in Dunkelheit, während die rechte durch mehrere starke Lampen in helles Licht getaucht war. Niemand bewegte sich. Alle Personen waren wie erstarrt, während sie auf etwas zu ihren Füßen blickten. Einen Moment lang hatte Toni das Gefühl, Zuschauer eines surrealen Theaterstücks zu sein und eine in Raum und Zeit festgefrorene Szene zu beobachten.

Dort musste die Frau liegen, doch von ihrem Standpunkt aus konnte sie die Leiche nicht sehen. Toni machte ein paar Schritte nach vorne – und erstarrte nun selbst.

Die Tote trug einen tiefroten Mantel, der in dem grellen Licht regelrecht in Flammen zu stehen schien. Statt auf dem Boden zu liegen, wie Toni es erwartet hatte, saß sie angelehnt an die Tür, den Kopf ein wenig zur Seite geneigt, mit in den Schoß gelegten Händen und gespreizten Beinen.

Eine Puppe war das Erste, was Toni in den Sinn kam. Das war die höhnisch-obszöne Parodie einer Puppe. So eine mit Porzellankopf, Kulleraugen und Korkenzieherlocken, die sich manche Menschen auf die Sofalehne setzten, am besten mit einem dieser fürchterlichen Spitzendeckchen als Unterlage. Einmal war sie in einer Wohnung gewesen, in der solche Puppen jedes freie Fleckchen in Beschlag genommen hatten. Dutzende von leblosen Augenpaaren hatten sie angestarrt und ihr einen Schauer nach dem anderen über den Rücken gejagt. Toni hatte peinlich genau darauf geachtet, keiner davon zu nahe zu kommen, als könnte sie sich hinter ihrem Rücken in eine Schwester von Chucky, der Mörderpuppe, verwandeln und mit einem Hackebeil über sie herfallen.

Sie schüttelte sich. Hier hatten sie es ganz sicher nicht mit Chucky zu tun, höchstens mit einem seiner Opfer.

Toni riss sich von dem Anblick der Toten los und merkte erst jetzt, dass alle Augen auf sie gerichtet waren. Auch die von Beate. Toni stöhnte innerlich auf. Wie machte die Frau das nur? Schlief sie während der Bereitschaft nicht, sondern kreiste unaufhörlich in ihrem Auto durch München, die Nase in den Wind gereckt wie ein Spürhund, damit ihr nicht das geringste Tröpfchen Blut entging?

Als Toni erkannte, wer noch zu ihr herübersah, löste sich der Anflug von schlechter Laune augenblicklich in nichts auf, und ihr Herz machte einen kleinen Satz; nicht sehr hoch und auch nicht besonders weit, aber es genügte, um ihren Puls ein wenig zu beschleunigen. Es war Raphael »Raff« Kellerer, Spurensicherer, Experte für Fingerabdrücke und mit einem Körper gesegnet, der Frauen ins Träumen geraten und Männer neidisch werden ließ.

Sie und Raff hatten sich vor etwas mehr als drei Jahren während des turnusgemäßen Erste-Hilfe-Kurses kennengelernt. Sie hatte ihm damals eine imaginäre Kopfplatzwunde verbinden sollen, doch er hatte sie durch seine gespielten Schmerzenslaute so zum Lachen gebracht, dass ihr das Verbandsmaterial aus den Fingern gefallen war und sie ihm die Mullbinde kurzerhand in den Mund geschoben hatte. Mit der Bandage zwischen den Zähnen und einem unwiderstehlichen Blick aus bernsteinbraunen Augen hatte er sie auf ein Feierabendbier eingeladen, woraus sich erst ein schöner Abend und dann eine kurze, aber ziemlich heftige Affäre entwickelt hatte. Als das Feuer abgekühlt war, hatten sie sich in stummem Einvernehmen wieder getrennt. Das war der große Vorteil, wenn eine Beziehung nur auf Sex basierte: Man konnte sich hinterher problemlos in die Augen sehen und auch weiter zusammenarbeiten, als wäre nie etwas passiert. Zumindest dann, wenn man zusammen Spaß gehabt hatte, und den hatten sie zweifellos gehabt. Daran hatten nicht einmal die Kartons mit Recyclingpapier im Kopierraum etwas ändern können, die ihr ordentliche blaue Flecken an den Hüften beschert hatten. Trotzdem hatten sie sich danach bequemere Orte gesucht.

Hinter Raff drückte sich eine Kollegin herum, die Toni noch nie gesehen hatte. Toni schätzte die junge Frau auf höchstens vierundzwanzig, und ihrem unsicheren Verhalten und den großen Augen nach, mit denen sie sich umsah, hatte die ganze Situation ziemlichen Eindruck auf sie gemacht. Wart's ab, Mädchen, dachte Toni, bis du zu einem wirklich üblen Einsatz gerufen wirst und du entweder vor Blut oder vor Maden nicht weißt, wo du deine Füße hinsetzen sollst.

In ausreichendem Abstand von der Leiche entdeckte Toni dann den Grund für Georgs Lamettaalarm: Polizeivizepräsident Herwig Islinger höchstpersönlich. Das war eigentlich auch nicht anders zu erwarten gewesen. Wenn das Opfer eines vermutlichen Tötungsdelikts die Unverfrorenheit besaß, unmittelbar neben dem Polizeipräsidium in aller Öffentlichkeit herumzuliegen, musste mindestens der Vize auftauchen.

Zugegeben, er war repräsentativ: Eins neunzig groß, breite Schultern, und seine knapp sechzig Jahre sah man ihm noch längst nicht an. So gesehen ein Vorzeigepolizist. Allerdings nur bis zu dem Moment, in dem man seinen

Händedruck spürte. Als er Toni zum ersten Mal die Hand geschüttelt hatte, hatte sie das Gefühl gehabt, er reiche ihr ein lauwarmes Goldbarschfilet. Außerdem besaß er das zweifelhafte Talent, immer die Art von Fragen zu stellen, die Toni zu patzigen Antworten provozierten und wegen denen ihr Dezernatsleiter sie nicht nur einmal zu sich zitiert hatte.

Toni hätte viel darum gegeben, wenn statt Islinger der Präsident selbst gekommen wäre. Er war äußerlich das genaue Gegenteil seines Vertreters; ihn klein und untersetzt zu nennen war eine höfliche Untertreibung. Diese optischen Defizite traten aber völlig in den Hintergrund, sobald er den Mund aufmachte. Es schien kein Thema zu geben, über das der Präsident nicht Bescheid wusste. Alles, was er von sich gab, hatte Hand und Fuß, und dazu hatte er den trockensten Humor, den man sich vorstellen konnte. Seit geraumer Zeit kursierte allerdings hartnäckig das Gerücht, dass er auf dem Absprung in die Politik war. Toni hörte das immer mit Bedauern, denn sie fand, dass das Präsidium bei ihm in guten Händen war. Und etwas Besseres kam bekanntlich so gut wie nie nach.

Momentan war Islinger jedoch in ein Gespräch mit dem Pressesprecher des Präsidiums vertieft, so dass sie zumindest die nächste Zeit sicher vor ihm waren.

»Guten Morgen.« Toni nickte in die Runde und erntete ein kollektives Gemurmel als Antwort. Ohne ein weiteres Wort mit ihren Kollegen zu wechseln, wandte sie sich der Leiche zu, wollte auch die Details unbeeinflusst in sich aufnehmen. Sie musterte die Tote von oben bis unten. Sehr gepflegte Erscheinung, definitiv keine Obdachlose. Dezentes Make-up. Kurze, aber perfekt manikürte Fingernägel. Den Mantel hatte sie garantiert nicht in einem Kaufhaus erstanden, und auch die kniehohen schwarzen Stiefel waren zu extravagant für ein Allerweltsschuhgeschäft.

Toni drehte sich zu ihren Kollegen um.

»Wissen wir schon etwas über sie?« Ihr Blick wanderte von einem Kollegen zum nächsten.

»Bisher nur, dass sie sicher tot ist und dem ersten Anschein nach erstochen wurde«, ergriff Dr. Weikertshofer, der amtliche Leichenschauer, das Wort. »Die Totenstarre hat in den Kiefergelenken und den Fingern bereits eingesetzt. Der Tod dürfte also vor mindestens zwei, eher aber vor vier Stunden eingetreten sein. Nageln Sie mich aber nicht darauf fest. Ohne eingehende Untersuchung kann ich nur schätzen. Die Todesursache scheint zwar eindeutig zu sein ...«

»Sie haben die Tote also doch schon untersucht?«, unterbrach ihn Toni.

»Ich wäre Ihnen sehr verbunden, wenn Sie mich ausreden lassen würden, Frau Stieglitz. Dann würden Sie erkennen, dass diese Frage vollkommen überflüssig war.« Er zog ein braunkariertes Taschentuch aus seiner Hosentasche, schnäuzte, faltete das Tuch akkurat zusammen und steckte es wieder weg. »Ich habe lediglich den Kragen des Mantels etwas auseinandergezogen, dann war mir auf den ersten Blick klar, dass jede weitere Untersuchung nicht in Ihrem Sinne wäre, und ich habe mich sofort zurückgezogen.«

Er sah in die Runde, überging Toni dabei aber demonstrativ.

»Ich gehe davon aus, dass Sie mich jetzt erst einmal nicht mehr benötigen, bis Sie Ihre Arbeit hier erledigt haben. Meine Damen«, er deutete eine Verbeugung an, »meine Herren. Ich empfehle mich.«

»Puh«, schnaufte Raff, als sie unter sich waren. »Das ging ja gerade noch einmal gut. Ich dachte schon, wir bekommen mal wieder eine Vorlesung zum Thema Europapolitik. Lisa«, er nickte in Richtung seiner jungen Kollegin, »war letztens bei einem Selbstmörder und musste sich mitten im Perlacher Forst neben dem Erhängten einen Monolog über den Europäischen Rettungsschirm anhören. Können wir?«

Toni und Beate nickten, und Raff gab Lisa einen Wink.

»Ich habe mit den Kollegen gesprochen, die sie gefunden haben, und mir schon einmal einen groben Überblick verschafft«, begann Beate ungefragt und klopfte mit dem Kugelschreiber gegen ihre Schneidezähne. »Kurz nach ein Uhr haben sich im McDonald's vorne am Stachus zwei Typen in die Haare gekriegt, weil einer angeblich die Freundin des anderen angemacht hat. Jeder hatte ein paar Kumpel dabei, und die haben sich dann draußen eine nette kleine Massenschlägerei geliefert. Es waren zwölf oder dreizehn Funkwagen dort, und es gab insgesamt sieben Festnahmen, verstreut bis hinüber in die Maximiliansanlagen und hinunter zum Marienplatz. Die Kollegen sind auf der Suche nach den Schlägern also auf jeden Fall mehrmals hier vorbeigekommen, und ich kann mir beim besten Willen nicht vorstellen, dass sie die Tote dabei übersehen haben. Gegen halb drei Uhr haben sie den Letzten im Präsidium abgeliefert, und ziemlich genau um drei Uhr fünfzehn hat eine Streife sie dann gefunden.«

Wieder zwei klackende Schläge gegen die Schneidezähne. Toni malte sich aus, wie die Tinte blaue Flecken auf Beates Zähnen und Lippen hinterließ.

»Bleibt also nur der Zeitraum zwischen etwa halb drei und Viertel nach drei, in dem sie jemand hierhergeschafft haben kann.«

»Könnte sie mit der Schlägerei etwas zu tun gehabt haben?«, fragte Toni.

»Wir können es zwar noch nicht mit Sicherheit ausschließen, aber es erscheint eher unwahrscheinlich. Die Typen waren alle Anfang zwanzig, überwiegend mit Migrationshintergrund. Ich kann mir nicht vorstellen, dass die mit dem Opfer irgendwie in Verbindung standen. Wobei es natürlich sein kann, dass sie sich eingemischt hat oder einem der Schläger über den Weg gelaufen ist und er seine Wut an ihr ausgelassen hat. Das müssen wir noch abklären.«

Grober Überblick. Ja klar. Warum machte Beate die Bereitschaften eigentlich nicht ganz allein? Offensichtlich brauchte sie ja niemanden an ihrer Seite.

»Die Fotos sind im Kasten«, rief Raff von hinten. Toni und Beate drehten sich so synchron um, als hätten sie es einstudiert, was Tonis Ärger noch mehr anheizte.

»Okay, dann schauen wir sie uns einmal näher an.« Beate ging in die Knie und schlug den Mantel zurück.

»Scheiße!«, entfuhr es Raffs Kollegin.

»Treffende Bemerkung«, sagte Toni und beugte sich vor. Der dünne Wollpullover, den die Tote unter dem Mantel trug, war blutdurchtränkt und hatte drei Löcher genau über dem Herzen.

Vier

Toni und Beate hatten Raff, Lisa und zwei weiteren Kollegen der Spurensicherung zwischenzeitlich das Feld überlassen. Rund um den Fundort der Leiche wurde jetzt alles aufgesammelt und eingetütet, was auch nur halbwegs einer möglichen Spur gleichkam. Zwar glaubte niemand wirklich daran, dass der oder die Täter so leichtsinnig gewesen waren, ihre DNA in Form eines Kaugummis oder einer Zigarettenkippe zu hinterlassen, aber auszuschließen war es nicht. Wie hatte ihr inzwischen pensionierter Mentor Bertl immer gesagt: Jeden Tag steht ein Depp auf. Und manchmal beging so ein Depp eben auch einen Mord.

Toni wartete darauf, dass das Kreischen des Mahlwerks verstummte und der Kaffee in die Tassen zu laufen begann. Laut Statistik bestand bei fast jedem zweiten Mord an einer Frau zuvor eine Beziehung zwischen Opfer und Täter. Ehemann, Freund oder Ex. Derjenige, bei dem die Frau Schutz, Geborgenheit und Liebe gesucht und anfänglich vielleicht auch gefunden hatte, war zu einem erbarmungslosen Feind geworden. Ob es hier genauso gewesen war? Hatte die Tote ihren Mörder auch gekannt?

Toni rief sich den Anblick der Leiche in Erinnerung, sah wieder die gespreizten Beine vor sich. Da war etwas Sexuelles im Spiel, dessen war sie sich sicher. Etwas Sexuelles und etwas Persönliches. Rache? Verletzter Stolz?

Vielleicht waren die Tote und ihr Mörder tatsächlich ein Paar gewesen.

Vielleicht hatte sie sich von ihm getrennt.

Vielleicht hatte er sie beim Fremdgehen erwischt.

Vielleicht war sie aber auch eine Prostituierte gewesen. Natürlich keine, die sich hinter dem Hauptbahnhof für zehn Euro anbot. Eher eine, die man über einen Escort-Service buchen konnte. War der Mörder möglicherweise ein Kunde und mit der Leistung unzufrieden gewesen?

Dass Freier handgreiflich wurden, war nichts Neues. Meistens ging es ihnen hauptsächlich darum, sich ihr Geld wiederzuholen, weil sie angeblich nicht auf ihre Kosten gekommen waren; manchmal brauchten sie aber auch einfach nur ein Ventil, um ihre Aggressionen, ihren Hass auf die Welt und auf sich selbst abzubauen, und da kam so eine miese kleine Hure genau recht. Eine, die es für Geld machte. Die sich auf den Rücken legte, sobald man mit einem Schein wedelte. Eine, die nichts wert war.

Bevor sie zur Mordkommission gewechselt hatte, hatte Toni bei der Sitte im Bereich Zwangsprostitution gearbeitet, und was manche Prostituierte dort in ihren Vernehmungen zu Protokoll gegeben hatten, hätte ihr fast den Glauben an die Männerwelt geraubt. Sie hatte sich immer wieder vor Augen halten müssen, dass nicht alle Männer so waren wie diejenigen, die Frauen als Ware ansahen und sich das Recht herausnahmen, zu prügeln, zu verstümmeln und zu vergewaltigen, aber leicht war ihr das an manchen Tagen nicht gefallen.

Toni schnappte sich die Kaffeetassen und verließ die Küche. Auf dem Flur traf sie auf Contutto, der schnaufend die letzte Stufe erklomm.

Contutto hieß eigentlich Stephan Westenrieder und

gehörte zu den Menschen, die selbst im frischgestärkten blütenweißen Hemd immer ein wenig verschlafen und zerknittert aussahen.

Er war zwar mit achtundzwanzig Dienstjahren nach ihrem Vorgesetzten der Älteste im Team, jedoch im Gegensatz zu Toni und Beate, die beide Hauptkommissarinnen waren, immer noch Oberkommissar. Das lag zum einen daran, dass er die gehobene Laufbahn später eingeschlagen hatte und somit auch später zum Kommissar befördert worden war; der andere Grund war ein Disziplinarverfahren wegen Körperverletzung im Amt, das ihm vor seiner Versetzung zur Mordkommission eine mehrjährige Beförderungssperre eingebracht hatte.

Dass Contutto von dem Opfer, einem amtsbekannten, an Hepatitis C erkrankten Kriminellen, der sich seit seiner Jugend durch das halbe Strafgesetzbuch gearbeitet hatte, in nicht unerheblichem Maß provoziert worden war, hatte nur eine untergeordnete Rolle gespielt. Von einem Polizisten konnte man eben erwarten, dass er sich dann noch im Griff hatte, wenn er massiv beleidigt, angespuckt und getreten wurde.

»Hier«, sagte er. »Ich hab auf der Treppe einen Kollegen vom KDD getroffen. Das sind die Vernehmungen von den Typen, die an der Schlägerei beteiligt waren.« Er drückte ihr einen Stapel Papiere in die Hand und wischte sich über die Stirn.

»Bist du sicher, dass du fit bist? Du siehst noch ziemlich blass um die Nase aus.« Skeptisch musterte Toni seine dunklen Augenringe und den dünnen Schweißfilm auf seiner Haut. »Auf den Chef müssen wir heute zwar verzichten, weil er gerade erst von diesem internationalen Polizistentreffen in Kiel losgefahren ist, aber dafür ist Sören vor einer halben Stunde eingetrudelt; zusammen mit ihm bekommen Beate und ich das schon auf die Reihe. Geh lieber wieder nach Hause, bevor du es nicht schnell genug aufs Klo schaffst und die Putzfrau morgen früh einen Anfall bekommt.«

Contutto schüttelte den Kopf und klopfte sich vorsichtig auf den Bauch.

»Da ist nichts mehr drin, was rauskönnte. Der ganze chinesische Mist ist schon längst auf dem Weg Richtung Kläranlage. Ich brauche nur einen Kaffee, dann bin ich wieder wie neu.«

Er umrundete Toni und steuerte die Küche an, während sie in ihr Büro zurückging. Dort wartete einer der Beamten, die in der vergangenen Nacht bei der Schlägerei eingesetzt gewesen und durch die Fußgängerzone gefahren waren. Seine Augenringe waren noch dunkler als die von Contutto und schienen bis auf die Wangen zu reichen. Kein Wunder, er hatte vermutlich gestern Abend um zwanzig Uhr mit seinem Dienst begonnen, und jetzt war es fast zehn Uhr Vormittag. Er hatte sich schon umgezogen und konnte es bestimmt kaum erwarten, bis er endlich nach Hause gehen durfte. Toni stellte eine der beiden Kaffeetassen vor ihn auf den Tisch.

»Tut mir leid, dass es so lange gedauert hat, aber du siehst selbst, was hier los ist.«

Der Beamte zuckte mit den Schultern.

»Halb so wild, ich habe in einer der Zellen eine Stunde gepennt.«

»Und das ging?«, fragte Toni. »Ich hab das auch mal versucht, aber auf der falschen Seite der Gitterstäbe kriege ich kein Auge zu.«

»Das liegt am schlechten Gewissen«, antwortete ihr

Kollege und grinste. »Mit einem reinen Gewissen schläft es sich überall gut.«

Toni schüttelte den Kopf.

»Das, was du meinst, nennt sich Abgebrühtheit. Oder Gewohnheit. Aber jetzt zurück zur vergangenen Nacht.«

Zwei Stunden und drei Vernehmungen später war Toni wieder allein in ihrem Büro und genauso schlau wie zuvor. Keiner der Streifenpolizisten, die sie und ihre Kollegen befragt hatten, hatte ein Fahrzeug oder eine verdächtige Person in der Nähe der Michaelskirche gesehen. Von einem Mörder, der eine tote Frau im roten Mantel durch die Gegend trug, ganz zu schweigen.

»Die ist doch nicht einfach vom Himmel gefallen«, murmelte Toni. Irgendjemand musste doch etwas beobachtet haben. Wobei – in der Fußgängerzone konnte man zwar vom Sexspielzeug bis zum bayerischen Trachtenhut made in China so gut wie alles kaufen, Wohnungen suchte man dort allerdings vergeblich. Auf den schlaflosen Rentner, der die halbe Nacht das Gesindel, das sich unverschämterweise vor seinem Fenster herumtrieb, mit dem Feldstecher beobachtete, brauchten sie also nicht zu hoffen.

Von der benachbarten Frauenkirche erklang das mittägliche Angelusläuten. Toni stand auf und streckte sich, bis ihre Gelenke knackten. Dann öffnete sie das Fenster und sah hinunter in die Löwengrube. Die Straße verdankte ihren Namen einem Fresko am ehemaligen Brauhaus der Löwenbrauerei, das Daniel in der Löwengrube zeigte. Die Brauerei war längst umgezogen und das Fresko verschwunden, der Name aber war geblieben. Und manchmal auch das Gefühl, sich in einer Grube voller Löwen zu befinden.

So wie in diesem Moment. Ein roter Audi A4 Avant fuhr

langsam die Straße entlang, wendete, hielt dann genau unter ihrem Fenster an und rangierte rückwärts in die Parklücke. Tonis Magen krampfte sich zusammen. Genau so ein Auto hatte Mike als Dienstwagen. Sie sah, wie der Fahrer die Anhaltekelle hinter die Windschutzscheibe legte, zum Zeichen, dass es sich um ein Polizeifahrzeug handelte, das hier berechtigt parken durfte.

»Nein, nein, nein«, flüsterte Toni. Das konnte nicht Mike sein. Das *durfte* er nicht sein. Hatte er denn heute Dienst? Sie versuchte sich den Turnus seiner Wochenenddienste ins Gedächtnis zu rufen, aber die Gedanken schossen unkoordiniert wie Flipperkugeln durch ihren Kopf und ließen sich nicht bändigen.

Die Tür auf der Fahrerseite öffnete sich. Tonis Herz raste. Ein Mann stieg aus. Er war groß und – blond.

Toni stieß prustend die Luft aus. Kein Mike. Kein Raubtier, das gekommen war, um sich seine Beute zu holen. Ihr Herz tänzelte regelrecht vor Erleichterung. Die Löwengrube war für sie nicht zur Falle geworden. Zumindest heute nicht, bremste sie sich selbst. Sie musste sich endlich Mikes Dienstpläne beschaffen, damit sie wusste, wann sie auf der Hut sein musste.

Trotzdem musste sie aufhören, Mike hinter jeder Ecke zu vermuten. Auch wenn er jederzeit im Präsidium auftauchen oder vor ihrer Tür stehen konnte. Er würde ihr dann zwar ganz sicher nichts tun – so dumm war er nicht. Aber sie würde seine Botschaft trotzdem verstehen: Ich sehe dich. Ich weiß, wo du bist. Jeden Tag. Jede Stunde. Jede Minute. Du entkommst mir nicht. Niemals.

Ein Klopfen an der Tür holte Toni aus ihren Gedanken. Sie drehte sich um und sah, dass Sören den Kopf in das Zimmer streckte.

Kriminaloberkommissar Sören Palstek war der Jüngste und so etwas wie der innerdeutsche Exot in ihren Reihen. Er war groß, schlank, mit sehr blonden Haaren, sehr blauen Augen und einer sehr nordischen Aussprache, an der Toni sich nicht satthören konnte.

Von seiner Geburtsstadt Aurich war er erst zur Polizei nach Osnabrück und dann der Liebe wegen nach München gegangen. Die ständige Nähe hatte der jungen Liebe allerdings nicht gutgetan, und die beiden waren bald wieder getrennte Wege gegangen.

Da jedoch im Bereich der Polizeidirektion Osnabrück keine Stelle frei gewesen war und sich auch kein Tauschpartner gefunden hatte, war Sören zunächst zwangsweise in München geblieben, hatte sich aber wider Erwarten so gut eingelebt, dass er sich entschieden hatte, zu bleiben.

Als er vor einem guten Jahr zur Mordkommission versetzt worden war, hatte Toni ihn sofort unter ihre Fittiche genommen, und sie hatten sich bald zu einem gut funktionierenden Team entwickelt.

»Gute Idee, das mit der frischen Luft«, sagte Sören. »Nimm noch mal ein paar tiefe Züge, du wirst sie brauchen.«

Toni rieb sich über die Arme, um die Gänsehaut zu vertreiben, die sich noch immer an ihr festkrallte.

»Ist der Typ aus der Poststelle unterwegs, der immer so einen muffigen Geruch hinter sich herzieht? Ich dachte, der hat am Wochenende keinen Dienst.«

»Hat er auch nicht. Dafür waren die Kollegen von der Einsatzhundertschaft da, die die Mülleimer rund um die Michaelskirche ausgeleert haben, und jetzt warten acht blaue Säcke, angefüllt mit vergammelnden Essensresten und sonstigen Überbleibseln der Zivilisation darauf, von uns durchwühlt zu werden. Klingt das nicht großartig?«

»Großartig. In der Tat. Darauf habe ich mich schon den ganzen Vormittag gefreut. Wenigstens vergeht mir so der Appetit auf das Mittagessen.«

Toni schloss das Fenster und folgte Sören die Treppen hinunter und quer über den Hof in die Kfz-Halle. Sie wollte gar nicht wissen, wer von ihnen an die Schlüssel für das Fahrzeug des Präsidenten gekommen war und es nach draußen gefahren hatte. Das Heiligtum durfte man normalerweise nicht einmal ansehen, ohne sich der Gefahr auszusetzen, geteert und gefedert zu werden.

Andererseits gab es keinen besseren Ort für ihre bevorstehende Arbeit als diese Halle. Hier war genügend Platz, es war trocken, und sie verseuchten kein Büro mit diesem penetranten Müllgestank.

Als Sören und sie die Halle betraten, hatten Contutto und Beate bereits acht Häufchen gebildet und sich jeweils eines davon vorgenommen. Toni seufzte stumm und machte sich ebenfalls an die Arbeit.

»Erfolg sieht anders aus«, sagte Contutto und warf die letzte Fastfood-Tüte zurück auf den Müllhaufen, streifte seine Handschuhe ab und ließ sie danebenfallen. Erstaunlicherweise wirkte seine Gesichtsfarbe jetzt wesentlich gesünder als am Vormittag. Das Wühlen im Müll schien seinen Magen endgültig wieder in die Spur gebracht zu haben.

»Kein blutiges Messer, dafür aber einundzwanzig Pfandflaschen und drei Geldbeutel. Und wenn ich mir das hier ansehe«, er hielt eine Oberkieferprothese in die Höhe, »gibt es wohl bei irgendjemandem die nächsten Wochen nur Kartoffelbrei.«

Toni nahm den Karton, in den sie die einzeln in Plastiktüten verpackten Geldbörsen gelegt hatten. Sie hatten bereits in alle einen Blick geworfen, sie auf Anhieb dem Opfer jedoch nicht zuordnen können.

»Ich mache mich mal an die Überprüfung, aber ich gehe davon aus, dass sie alle im Lauf der letzten Tage gestohlen worden sind und mit unserer Toten nichts zu tun haben.«

Und so war es auch. Zwar fehlten in jedem Portemonnaie das Bargeld und die Kredit- und EC-Karten, doch dank Organspenderausweisen, Rabattkarten oder Führerscheinen hatte Toni die Namen aller Eigentümer ausfindig machen können. Natürlich niemand darunter, der auch nur im Entferntesten ihre unbekannte Tote hätte sein können, und auch die anderen spärlichen Ermittlungsansätze wie Vermisstenmeldungen oder Mitteilungen über verdächtige Wahrnehmungen, die mit mehr oder weniger realistischem Hintergrund jeden Tag bei den Polizeiinspektionen eingingen, hatten nichts erbracht.

Es war bereits stockdunkel, als Toni sich in ihr Auto setzte und den Motor anließ. Sie hasste es, wenn sie einen Arbeitstag ohne Erfolgserlebnis beenden musste. Hoffentlich lief es morgen besser.

Fünf

Pünktlich um sieben Uhr am nächsten Morgen hatten sich alle Mitglieder des Teams im Besprechungsraum versammelt. Hans Zinkl, Leiter der Mordkommission und wieder zurück aus Kiel, erteilte Toni und Beate das Wort.

»Über die Tote selbst wissen wir bislang überhaupt nichts«, begann Beate. »Sie hatte nichts bei sich, das auf ihre Identität schließen lässt: keine Papiere, Visitenkarten, Schlüssel oder Ähnliches. Die Fingerabdrücke konnten wir bislang noch nicht überprüfen lassen, da die Leitung zum LKA gestört ist. Angeblich soll es aber heute im Lauf des Vormittags wieder funktionieren.«

Sie warf einen kurzen Blick in ihre Unterlagen.

»Laut der ersten vorsichtigen Schätzung von Dr. Weikertshofer dürfte der Tod in der Nacht von Samstag auf Sonntag etwa zwischen Mitternacht und zwei Uhr eingetreten sein. Wir gehen davon aus, dass die Michaelskirche nicht der Tatort ist, da keinerlei Blutspuren rund um den Auffindeort zu sehen sind. Der Täter muss sie also woanders getötet und dann vor Sankt Michael abgelegt haben, und zwar zwischen halb drei Uhr morgens und Viertel nach drei.«

»Raff hat das hier auf dem Boden vor Sankt Michael entdeckt«, fuhr Toni fort und deutete auf ein Foto, auf dem zwei dünne schwarze Spuren zu sehen waren. »Das sind

Abriebspuren, die genau zu den Kratzern an den Fersen der Stiefel der Toten passen. Der Laborbericht steht zwar noch aus, aber wir sind ziemlich sicher, dass das gesicherte Material vom Boden mit dem Leder der Stiefel übereinstimmen wird.«

»Und wie lang ist diese Spur?«, fragte Hans.

»Etwa anderthalb Meter«, antwortete Toni, »und sie führt in einem leichten Bogen genau auf die Stufen zu. Dort konnte Raff auf den Kanten nochmals denselben schwarzen Abrieb sichern. Es wäre denkbar, dass der Täter mit einem Fahrzeug direkt bis vor die Kirche gefahren ist, die Leiche dort ausgeladen und bis auf die oberste Stufe gezerrt hat. Der kürzeste Weg wäre natürlich der über die Ettstraße.«

Sie legte einen vergrößerten Ausschnitt aus dem Stadtplan auf den Tisch und fuhr mit dem Finger die mögliche Strecke nach.

»Allerdings halte ich persönlich es für eher unwahrscheinlich, dass er den genommen hat. Eine Leiche in unmittelbarer Nähe eines Polizeigebäudes abzulegen ist an sich schon unverfroren genug; mit einer Toten im Kofferraum am Präsidium vorbeizugondeln und direkt vor der Nase der Polizei unberechtigt in die Fußgängerzone einzufahren, das grenzt schon an Dummheit. Ich an seiner Stelle hätte eine Route genommen, auf der die Wahrscheinlichkeit, einem Streifenwagen zu begegnen, wesentlich geringer ist.«

Toni tippte auf den Stadtplan.

»Von der Eisenmannstraße aus sind es geschätzt nicht einmal hundert Meter bis zur Michaelskirche. Wenn er von dort gekommen ist, dürfte die ganze Aktion einschließlich An- und Abfahrt in weniger als fünf Minuten erledigt gewesen sein.«

»Trotzdem hat der Täter ein nicht unerhebliches Entdeckungsrisiko in Kauf genommen, um die Leiche an so eine exponierte Stelle zu bringen«, wandte Sören ein. »Er war dort wie auf dem Präsentierteller, es gibt nichts, das ihn vor zufällig vorbeikommenden Leuten abgeschirmt hätte. Ohnehin finde ich, dass alles irgendwie inszeniert aussieht. Die Pose der Leiche. Die Kirche. Das macht man doch nicht einfach so. Da steckt irgendwas dahinter. Jeder halbwegs vernünftig denkende Täter versucht seine Tat zu vertuschen. Der hier hat es darauf angelegt, dass die Leiche möglichst schnell gefunden wird.«

Sören verstummte, als das Telefon klingelte. Toni zog es zu sich heran und nahm ab. Wortlos hörte sie dem Anrufer zu, bedankte sich und legte auf.

»Das war der Kollege vom LKA. Die Leitung steht wieder, und sie konnten die Fingerabdrücke inzwischen abgleichen.« Toni sah in die Runde. Gespannte Gesichter blickten ihr entgegen. War die Tote im System? Wussten sie endlich, wer sie war?

Toni holte Luft. »Das Ergebnis: kein Treffer.«

Enttäuschtes Murren ging durch die Gruppe.

»Also eine unbescholtene Bürgerin«, sagte Beate. »Wäre auch zu schön gewesen.«

»Oder eine, die es bisher geschafft hat, sich nicht erwischen zu lassen. Zumindest nicht von uns.«

Beate wandte sich zu Toni um.

»Dein Humor und dein Glaube an das Gute im Menschen sind immer wieder eine wahre Freude, Toni.«

»Ja, nicht wahr?« Toni lächelte zuckersüß. »Und dabei kann ich im Gegensatz zu dir nicht mal meinen Namen tanzen.«

Hans schlug mit den Handflächen auf den Tisch.

»Hat noch irgendjemand etwas Konstruktives beizutragen? Nein? Dann macht euch an die Arbeit! Morgen gehen wir mit einem Aufruf an die Öffentlichkeit.«

Die Stuhlbeine scharrten über den Boden, als einer nach dem anderen aufstand und das Zimmer verließ.

»Du nicht«, sagte Hans und winkte Toni zu sich. Er wartete, bis sie alleine im Raum waren, dann schloss er bedächtig die Tür und verharrte mit der Hand auf der Klinke. Toni zog die Augenbrauen hoch. Das sah ganz nach schlechten Nachrichten aus. War etwa ein Kollege gestorben? Sie setzte gerade zu einer Frage an, als Hans sich umdrehte.

»Herrgott noch mal, Toni!«, fuhr er sie an. »Was sollte das denn schon wieder? Könnt ihr euch nicht einen einzigen Tag am Riemen reißen und euch benehmen wie vernünftige Menschen? Mir geht dieses ständige Gezicke zwischen euch beiden so auf die Nerven, dass ich euch am liebsten rauswerfen würde. Und zwar alle beide.«

»Aber sie hat angefangen. Ich habe ...«

»Aber sie hat angefangen«, äffte Hans sie nach. »Ach, hör auf mit dem Schmarrn! Dieses Verhalten ist eines Erwachsenen nicht würdig. Das ist nicht einmal Kindergartenniveau. Was macht ihr als Nächstes? Euch an den Haaren ziehen und die Förmchen wegnehmen?«

Er wandte sich von ihr ab, ging hinüber zum Fenster und stützte sich mit den Händen an der Wand ab. Toni war von dieser Attacke völlig überrumpelt. So hatte Hans sich noch nie benommen, und sie fand seine Reaktion auch vollkommen überzogen. Das war doch wirklich harmlos gewesen. Ein kleines Geplänkel, nichts weiter. Außerdem hatte Frau Ich-bin-ja-so-perfekt wirklich angefangen und sie herausgefordert. Da konnte sie doch nicht einfach klein beigeben, oder? Toni betrachtete stumm die Schweißflecke, die sich unter Hans' Armen gebildet hatten.

Schließlich ließ er die Hände sinken und drehte sich wieder zu ihr um.

»Mensch, Toni.« Hans nahm seine Brille ab und presste Daumen und Zeigefinger gegen seine Nasenwurzel. »Du weißt genau, dass ich dich für eine der fähigsten Ermittlerinnen halte und dass ich verdammt froh bin, dich in meinem Team zu haben. Aber dasselbe gilt für Beate. Ich will keine von euch verlieren, und ich habe weiß Gott schon oft genug meinen Hals riskiert, um deinen aus irgendeiner Schlinge zu ziehen, in die dich dein Mundwerk hineingeritten hat. Aber irgendwann ist Schluss. Ich habe euren ewigen Kleinkrieg satt. Entweder ihr hört damit auf der Stelle auf, oder eine von euch verlässt das Team.«

Er stach mit dem Zeigefinger in ihre Richtung.

»Und bilde dir bloß nicht ein, das wäre ohnehin Beate.«

Sechs

Toni stellte die Kaffeetasse auf ihren Schreibtisch und setzte sich. Hans' Worte hallten immer noch in ihr nach. *Und bilde dir bloß nicht ein, das wäre ohnehin Beate.* Nein, natürlich nicht. Beate, die Heilige. Die Unantastbare. Die immer alles wusste. Die immer nett und höflich war. Deren Mund nie ein unpassendes oder unverschämtes Wort entschlüpfte. Die so tat, als könnte sie kein Wässerchen trüben. So einer würde man nie einen Tritt geben. Dass sie zwei Gesichter hatte und eines davon eine ziemlich hässliche Fratze sein konnte, interessierte dabei keinen. Den Tritt bekamen nur diejenigen, die den Mund aufmachten, wenn ihnen etwas nicht passte.

Der leise Anflug von schlechtem Gewissen, der sich nach Hans' Standpauke in ihr geregt hatte, war verflogen. Sie wusste ja selbst, dass hin und wieder die Pferde mit ihr durchgingen und dass sie manchmal jemanden brauchte, der sie einbremste. Bisher hatte sie geglaubt, in Hans diesen Menschen gefunden zu haben. Jemanden, der sie verstand und der ihr Rückhalt gab. Aber offenbar hatte sie sich geirrt. Wieder einmal.

Toni nahm einen Schluck Kaffee, um den bitteren Geschmack hinunterzuspülen, der ihre Kehle hinaufkroch. Dann öffnete sie die neueste Vermisstenmeldung, die vor wenigen Minuten im Mailpostfach eingegangen war, sah aber schon auf den ersten Blick, dass sie nichts mit ihrem Fall zu tun hatte. Eine sechsundachtzigjährige demente Frau war unbemerkt aus einem Pflegeheim verschwunden. Allem Anschein nach in Nachthemd und Hausschuhen.

Demenz. Toni sah aus dem Fenster. Das war auch nichts anderes als Sterben auf Raten. Sie hatte das bei einer früheren Nachbarin hautnah mitbekommen. Jeden Tag hatte Frau Geisendörfer mehr von ihren Erinnerungen und auch von ihrer Persönlichkeit verloren. Aufgefressen vom großen schwarzen Nichts. Bis sie am Ende ins Treppenhaus gepinkelt hatte, weil sie vergessen hatte, dass es Toiletten gab. Toni hatte die alte Frau richtig gerngehabt, und es hatte verdammt weh getan, ihren Verfall mit ansehen zu müssen. Hoffentlich blieb ihr das einmal erspart. Lieber ein paar Jahre früher in die Grube fallen, aber dafür mit Würde, statt geistig langsam zu verfaulen.

Das Klingeln des Telefons riss Toni aus ihren Gedanken. Sie schüttelte sich kurz und hob ab.

»Mordkommission München, Stieglitz.«

Keine Antwort, nur Stille.

»Hallo?«

Toni wartete und lauschte. Sie glaubte, ein leises Atmen zu hören, und presste den Hörer an ihr Ohr.

»Hallo? Mit wem spreche ich?«

Jetzt war sie sich sicher, dass es Atemgeräusche waren. Was kam als Nächstes? Die altbekannte Stöhn-Nummer? Ein perverser Anrufer hatte sie während ihrer Zeit auf der Polizeiinspektion einmal eine ganze Nachtschicht hindurch terrorisiert, seither war sie auf diese Typen ausgesprochen schlecht zu sprechen.

»Wenn das hier ein Dialog werden soll, müssen Sie

schon Ihren Teil dazu beitragen.« Sie sah auf das Display und runzelte die Stirn. *Teilnehmer unbekannt.* Er oder sie rief also entweder von einem analogen Anschluss aus an oder unterdrückte seine Rufnummer mit voller Absicht. Toni tippte auf die zweite Möglichkeit, und im selben Moment schoss ihr ein Gedanke durch den Kopf: Mike. Was, wenn er es war?

Sie spürte, wie sich ihre Muskeln anspannten und ihr Körper automatisch in den Fluchtmodus schalten wollte. Nein, es ist nicht Mike, versuchte sie sich zu beruhigen. Das war einfach nur einer von diesen Idioten, die von Polizeirufnummern magisch angezogen wurden und nicht anders konnten, als dort wieder und wieder anzurufen. Trotzdem war ihr Mund staubtrocken, als sie weitersprach.

»Entweder Sie sagen mir jetzt, worum es geht, oder ich lege auf. Haben Sie das verstanden?«

Das Schweigen dauerte an. Toni zählte von fünf rückwärts, dann unterbrach sie die Verbindung. Ihr Herz klopfte, und sie atmete zweimal tief durch, bevor sie wieder nach der Maus griff, doch keine zehn Sekunden später läutete das Telefon erneut. *Teilnehmer unbekannt.*

»Mordkommission München, Stieglitz.«

Stille.

»Hallo?« Der Anrufer schwieg weiterhin. Mike!, dröhnte es in ihrem Kopf. Toni biss die Zähne aufeinander. Am liebsten hätte sie in den Hörer hineingeschrien, aber das war nicht ihr Privatanschluss, sondern ein Diensttelefon, also musste sie sich zusammenreißen. Immerhin konnte ja auch ein Zeuge am anderen Ende der Leitung sitzen, der den Mord beobachtet hatte und sich nun vor Angst fast in die Hosen machte.

»Hören Sie.« Toni gab sich alle Mühe, ihre Stimme ruhig klingen zu lassen. »Wenn Sie mir etwas mitteilen möchten, dann sagen Sie es jetzt. Und wenn nicht, dann bitte ich Sie, weitere Anrufe zu unterlassen. Ich habe andere Dinge zu tun, als Ihnen beim Atmen zuzuhören.«

Sie gab dem Anrufer diesmal nur drei Sekunden, dann legte sie auf.

Toni hatte den Hörer noch nicht einmal richtig losgelassen, als ihr Telefon schon wieder klingelte.

Teilnehmer unbekannt.

Das durfte doch nicht wahr sein! Sie griff nach dem Hörer.

»Mordkommission München, Stieglitz.«

Schweigen. Toni atmete tief ein und wieder aus.

»Ich sage es Ihnen ein letztes Mal im Guten.« Ihr Zwerchfell flatterte. »Dies ist der Anschluss einer Polizeidienststelle. Wenn Sie Hilfe benötigen, dann sprechen Sie jetzt mit mir, und wenn nicht, dann lassen Sie diese Anrufe sein. Anderenfalls lasse ich den Anruf zurückverfolgen und mache Ihnen die Hölle so heiß, dass sogar der Teufel Brandblasen bekommt!«

Endlich erfolgte eine Reaktion, doch nicht so, wie Toni es gehofft hatte. Der Anrufer lachte. Zwar nur leise und verhalten, aber er lachte! Jetzt hatte sie keinen Zweifel mehr: Es war Mike. Ohne ein weiteres Wort knallte Toni den Hörer auf die Gabel.

»Du verdammter Mistkerl!«

»Na, na, na. Spricht man so mit seinem Vorgesetzten?«

Toni hob ruckartig den Kopf. Hans stand in der Tür und sah sie über den Rand seiner Brille hinweg an.

»Nein, natürlich nicht. Du warst ja auch gar nicht gemeint.« Toni fuhr sich durch die Haare. »Da ist nur so ein

Spaßvogel, der meint, es wäre unglaublich witzig, hier ständig anzurufen und dann keinen Piep zu sagen.«

Wie zur Bestätigung klingelte es erneut. *Teilnehmer unbekannt.* Sie winkte Hans zu sich.

»Das ist er vermutlich wieder.«

Toni wollte schon nach dem Hörer greifen, aber ihr Vorgesetzter kam ihr zuvor.

»Zinkl«, sagte er, doch kaum hatte er seinen Namen ausgesprochen, hörte sie es in der Leitung knacken. »Aufgelegt.«

Einen Moment lang sah Hans sie an, dann zuckte er mit den Schultern und legte den Hörer auf die Gabel.

»Er oder sie will wohl nur dich anschweigen. Aber dann sollte er sich beeilen, lang hat er dazu nicht mehr die Gelegenheit. Ich musste nämlich umdisponieren, und du übernimmst anstelle von Beate die Anwesenheit bei der Obduktion. Die genaue Uhrzeit konnten sie mir in der Rechtsmedizin noch nicht nennen, aber sie rufen an, sobald der Termin feststeht.«

Die ganze Zeit hatte Hans das Telefon angestarrt, als könnte er es durch pure Willenskraft dazu bringen, noch einmal zu klingeln, aber der Apparat blieb stumm.

»Hast du eine Ahnung, wer das sein könnte?«

Toni schüttelte den Kopf.

»Wenn es zu massiv wird, sag Bescheid, dann werden wir uns eine Lösung überlegen. Und bis dahin tu mir den Gefallen und versuche, höflich zu bleiben.«

Toni verkniff sich eine Antwort und sah ihrem Chef nur stumm hinterher. Höflich bleiben. Natürlich. Hinz und Kunz durften ihrem Ärger der Polizei gegenüber Luft machen, durften sich aufführen wie der Rotz am Ärmel, durften provozieren und stören, wie es ihnen passte. Aber wehe, ein Polizist gab mit gleicher Münze heraus, dann hagelte es sofort Beschwerden.

Toni wandte sich wieder ihrem Bildschirm zu, wo noch immer die Vermisstenmeldung der alten Dame geöffnet war. Sie schloss das Dokument mit einem Mausklick und sah, dass eine neue Mail in ihrem Postfach eingegangen war. Sie war von Raff. In ihrem Magen kribbelte es leise. Wieder so ein Echo aus vergangenen Tagen. Während ihrer Affäre hatte Raff ihr auch hin und wieder Mails geschrieben. Mails, die nicht das Geringste mit dem Dienst zu tun gehabt hatten. Mails, bei denen sie heute noch rot wurde, wenn sie daran dachte.

Ob er den Frauen vor und nach ihr auch so etwas geschrieben hatte? Wahrscheinlich. Nein, nicht nur wahrscheinlich. Ganz bestimmt. Die Formulierungen hatten zu gut geklungen, als dass er sie sich erst für sie ausgedacht hatte. Raff war und blieb ein Eroberer und sie nur eine unter vielen für ihn. Obwohl sie das immer gewusst und geglaubt hatte, es mache ihr nichts aus, spürte sie auf einmal einen Stachel aus Enttäuschung und Eifersucht. Wenn sie damals ihre Gefühle nicht so konsequent unter Verschluss gehalten, wenn sie sich wenigstens ein bisschen geöffnet hätte – wäre dann mehr aus ihnen geworden als zwei Menschen, die sich von einem Tag auf den anderen den Rücken zukehren konnten, ohne die Wärme des anderen zu vermissen?

Toni zuckte zusammen, als das Telefon klingelte. Wenn das wieder dieser Idiot war, dann konnte er sich auf etwas gefasst machen, dienstlicher Anschluss hin oder her. Sie holte Luft, griff nach dem Hörer und erkannte gerade noch rechtzeitig, dass diesmal im Display eine Nummer aufleuchtete.

»Mordkommission München, Stieglitz.«

»Grüß Gott, Frau Stieglitz.« Hätten filterlose Zigaretten eine Stimme, würden sie haargenau klingen wie diese.

»Hallo, Frau Schattenkirchner. Ich vermute, Sie rufen wegen des Obduktionstermins an?«

Cordula Schattenkirchner war zierliche eins sechzig groß, trug einen akkurat geschnittenen, platinblond gefärbten Pagenschnitt und war die Leiterin des Sekretariats der Rechtsmedizin. Wenn man den Gerüchten Glauben schenken wollte, hatte sie das gesamte Institut einschließlich des Leiters Professor Dederich fest in der Hand. Toni hatte munkeln hören, dass sie hinter ihrem Rücken nur *Die Domina* genannt wurde.

»Richtig vermutet, Frau Stieglitz. Eigentlich hatten wir sie außerhalb der Reihe um elf Uhr auf den Plan gesetzt, aber unser neuer Mediziner hatte kleine Startschwierigkeiten.«

Sie betonte das Wort Startschwierigkeiten in einer Art, die in Toni sofort Mitleid für den Arzt weckte.

»Inzwischen konnte es Dr. Mulder aber einrichten, mit seinem Dienst zu beginnen, und wir haben die Obduktion auf dreizehn Uhr angesetzt.«

Toni zog die Brauen hoch. Dr. Mulder? So wie Fox Mulder aus *Akte X*? Kamen dann in Zukunft auch kleine grüne Männchen auf den Seziertisch? Sie notierte sich den Termin und legte auf. *Scully Ende.*

Sieben

Das Institut für Rechtsmedizin gehörte zur Münchner Ludwig-Maximilians-Universität und lag wie das Polizeipräsidium direkt in der Innenstadt. Da man mit dem Auto einen riesigen Umweg fahren musste und ohnehin keinen Parkplatz fand, ging Toni immer zu Fuß. Vor allem nach den Obduktionen tat es ganz gut, etwas anderes in die Nase zu bekommen als den Geruch mehr oder weniger alter Leichen, selbst wenn es die Abgase der Autos auf dem Altstadtring waren.

Der feuchtkalte Novemberwind blies Toni böig in den Nacken, als sie am Haupteingang der Rechtsmedizin vorbei zum Lieferanteneingang lief, wie sie den etwas nach hinten versetzten Zugang insgeheim nannte. Wie immer parkten dort die Fahrzeuge diverser Bestattungsunternehmen. Die Fahrer in ihren dunklen Uniformen standen in einem kleinen Grüppchen zusammen, rauchten und ließen die Mundwinkel nach unten hängen. Toni fiel zum ersten Mal auf, dass sie noch keinen von ihnen hatte lachen sehen, selbst wenn kein Angehöriger in der Nähe war. Vielleicht gab es in ihren Arbeitsverträgen ja einen entsprechenden Passus, der besagte, dass die Mundwinkel im Dienst maximal bis zur Horizontalen hochgezogen werden durften?

Toni nickte den Männern zu und lenkte ihre Schritte

in Richtung Seiteneingang. Geräuschlos glitten die Glastüren auseinander. Als sie die Wand mit den Kühlfächern passierte, hielt sie ihre Augen wie immer stur geradeaus gerichtet. Wie viele Male war sie nun schon hier gewesen? Zu oft, um es noch zu zählen, und doch lief ihr immer noch ein Schauer über den Rücken, weil sie erwartete, aus den Augenwinkeln zu sehen, wie sich eine der blankpolierten Stahltüren öffnete und eine halb verweste Hand nach ihr griff. Das hatte sie nun davon, dass sie sich jeden noch so trashigen Horrorfilm ansah. Irgendwann musste das ja seine Spuren hinterlassen.

»Servus, Toni. Auch mal wieder da?«

Sepp, der dienstälteste Präparator, kam ihr entgegen, auf dem Rolltisch vor sich den frisch obduzierten Körper eines alten, ziemlich dicken Mannes. Toni streifte den Toten nur mit einem flüchtigen Blick und zuckte mit den Schultern.

»Bringt der Beruf so mit sich. Du weißt ja, wie das ist. Hast du eine Ahnung, wo die Unbekannte von der Michaelskirche liegt?«

Sepp nickte und zeigte mit dem Daumen über seine Schulter.

»Raum drei. Der leicht verspätete Einstand für unseren neuen Doc.« Er grinste. »Er wird ganz schön rudern müssen, um bei der Schattenkirchner wieder einen Fuß auf den Boden zu bekommen.«

Toni lächelte in sich hinein. Es war überall dasselbe. Ein verpatzter erster Auftritt hing einem noch eine halbe Ewigkeit nach. Wenn es darum ging, sich Schnitzer und Fehltritte zu merken, hatten selbst die schusseligsten Kollegen plötzlich ein Elefantengedächtnis und schmierten einem die Ausrutscher noch nach Jahren aufs Brot.

Sie bedankte sich und ging ganz nach hinten durch.

Als Toni während ihres Praktikums die Rechtsmedizin zum ersten Mal betreten hatte, war diese noch in den alten Räumen untergebracht gewesen. Damals hatte ihr Ausbilder ihr ein kleines Fläschchen mit Pfefferminzöl gereicht, von dem sie sich einen Tropfen unter die Nase gerieben hatte, um dem süßlichen Verwesungsgeruch, der sich über Jahrzehnte hinweg tief ins Mauerwerk gefressen hatte, ein wenig Paroli zu bieten. Doch seit die Rechtsmedizin in ein neues Gebäude gezogen war, konnte man im Normalfall gut darauf verzichten. Es ging eben nichts über eine leistungsstarke Lüftungsanlage.

Im Vorbeigehen warf Toni einen schnellen Blick in die beiden anderen Räume, wo die Teams noch bei der Arbeit waren. Je drei Paar Hände griffen perfekt ineinander, wie die Zahnräder einer Maschine. Jeder wusste genau, was er wann zu tun hatte. Aufschneiden, Organe entnehmen, wiegen, Proben beiseitelegen, zunähen. Alles an den Toten wurde in Augenschein genommen, egal ob äußerlich oder innerlich, und vom leitenden Mediziner Punkt für Punkt diktiert. Es war eine einzige perfekte Choreographie.

Manchmal fragte Toni sich, ob es ihr zu denken geben sollte, dass sie gern hier war. Obwohl Tod und Verfall so allgegenwärtig waren wie an kaum einem anderen Ort, obwohl Anblick, Geräusche und Gerüche mehr als gewöhnungsbedürftig waren, herrschte eine lockere und angenehme Atmosphäre, in der sogar der Humor nicht zu kurz kam. Auch wenn er oft tiefschwarz war und sicher nicht jedermanns Geschmack, aber wenn jemand das nachvollziehen konnte, dann vermutlich ein Polizist. Wer tagtäglich mit der eigenen Vergänglichkeit so hautnah konfrontiert wurde, wer immer wieder sah, wozu Menschen in der Lage waren, welche grauenhaften Wunden sie sich gegenseitig zufügten, der brauchte ein Ventil, um den Druck, der sich in einem aufbaute, abzulassen. Und Frotzeleien, die über den Tisch hin und her gingen, waren definitiv ein besseres Mittel als Alkohol oder bunte Pillen.

Nur wenn Kinder unter dem grellen Licht lagen, herrschte eine fast gespenstische Stille. Niemand sagte dann mehr als unbedingt nötig, und sogar Urgesteine wie Sepp zogen den Kopf ein.

»Vorsicht, bitte!«, tönte es in Tonis Rücken. Sie ging einen Schritt zur Seite und drehte sich um. Eine Mitarbeiterin, die Toni hier bislang noch nicht gesehen hatte, schob die Leiche der unbekannten Frau an ihr vorbei. Die Neue hatte große blaue Augen und ein nettes Lächeln. Toni fand sie auf Anhieb sympathisch.

Sie folgte ihr in den Sektionsraum und suchte sich wie immer einen Platz am Rand, um nicht im Weg zu stehen.

Stumm betrachtete sie die Tote. Selbst jetzt sah man noch, dass sie schön gewesen war, mit langen, schlanken Gliedmaßen und feinen, ebenmäßigen Gesichtszügen. Die roten Locken waren allerdings gefärbt, wie man am mausbraunen Ansatz und dem zu einem schmalen Strich rasierten Schamhaar sehen konnte. Trotzdem: ein fast makelloser Körper – wären da nicht die drei hässlichen Wunden in der Brust gewesen.

Wer hatte ihr das angetan? Wer war so verdammt wütend auf sie gewesen, dass er glaubte, sie töten zu müssen? Sie hörte Schritte hinter sich.

»Ah, die Polizei ist also auch schon da.«

Toni drehte sich um und blickte in ein Paar dunkelgraublauer Augen. *Gewitterwolken* war das Erste, was Toni durch den Kopf ging. Diese Augen sahen aus wie Gewitterwolken im Sommer. Solche, die die Sonne verdunkelten und die Mücken verrücktspielen ließen; unter denen sich eine Stille über die Welt legte, in der man kaum zu atmen wagte, bis der erste Donnerschlag die Fensterscheiben zum Klirren brachte und riesengroße Regentropfen auf die staubige Erde fielen.

Toni glaubte sogar das Rascheln der Blätter zu hören, wenn die ersten Sturmböen hindurchfegten. Erst als sie die ausgestreckte Hand des Mediziners sah, wurde ihr klar, dass es keine Blätter waren, die geraschelt hatten, sondern die Plastikschürze, die er sich umgebunden hatte.

Hitze schoss ihr in die Wangen. Wie lange hielt er ihr die Hand schon hin? Hastig ergriff Toni sie. Sein Händedruck war warm und fest, aber nicht so, dass man in die Knie ging. Eigentlich sehr angenehm, und für die Dauer eines Wimpernschlags fragte sie sich, wie es sich wohl anfühlte, wenn er seine Finger über ihren nackten Körper gleiten ließ.

Die Hitze in Tonis Wangen explodierte, und sie zog ihre Hand so schnell zurück, als hätte sie etwas furchtbar Widerwärtiges berührt. Was zur Hölle war mit ihr los? Sie war hier, um einen Mordfall zu lösen, nicht um sich in erotische Träume mit Männern zu flüchten, die sie gerade zum ersten Mal gesehen hatte. Wenn es etwas gab, das sie zum jetzigen Zeitpunkt in ihrem Leben überhaupt nicht brauchen konnte, dann war das ein Mann.

Der rechte Mundwinkel des Arztes zuckte.

»Mulder«, sagte er. »Ich bin der Neue hier, wie Sie vermutlich schon gehört haben. Verraten Sie mir auch, wer Sie sind?«

»Stieglitz«, presste sie hervor. »Mordkommission München.«

»So, so, Mordkommission. Wer hätte das gedacht. Kommen Sie ruhig näher und fühlen Sie sich wie zu Hause.«

Sein Mundwinkel zuckte wieder, und diesmal wurde ein halbes Grinsen daraus. Machte er sich etwa über sie lustig? Toni biss die Zähne aufeinander und sah zu, wie der Mediziner damit begann, die Leiche äußerlich zu untersuchen und seine Feststellungen in ein Diktiergerät zu sprechen.

Toni beobachtete seine zügigen, selbstsicheren Bewegungen. Wie groß mochte Mulder sein? Eins dreiundachtzig? Das konnte hinkommen. Vielleicht auch eins fünfundachtzig. Seine Figur konnte man unter der Klinikkleidung und der Plastikschürze zwar nicht gut erkennen, aber er machte einen sportlichen Eindruck. Zumindest hatte er weder Bierbauch noch Hängebacken. Und sein Alter? Vier bis fünf Jahre älter als sie, schätzte Toni, also etwa zweiundvierzig oder dreiundvierzig, wobei sie sich da bei Männern mit Glatze immer etwas schwerer tat. Im Gegensatz zu vielen anderen Frauen fand sie Glatzen bei Männern nicht besonders anziehend; Mulder war der erste Mann, bei dem sie die fehlenden Haare nicht störten. Ganz im Gegenteil. So kamen seine Augen mit den Lachfältchen viel besser zur Geltung. Sie dachte an den Gewitterblick, mit dem er sie angesehen hatte, und in ihrem Magen regte sich ein sachtes Kribbeln.

Hör auf mit diesem Blödsinn, Stieglitz!, rief sie sich selbst zur Ordnung und registrierte erst jetzt, dass die Obduktion schon ein gutes Stück fortgeschritten war. Ihr fehlten ganz offensichtlich mehrere Minuten, in denen sie völlig abwesend gewesen sein musste. Hoffentlich hatte das niemand bemerkt.

»Frau Stieglitz?« Mulder winkte Toni zu sich heran. Sie

folgte seiner Aufforderung, achtete aber darauf, ihm nicht zu nahe zu kommen.

»Die Wunden sind glattrandig, wie man sie bei einem Messer mit glatter Klinge findet. Diese beiden hier sind spitz auf der einen, aber stumpf auf der anderen Seite, was bedeutet, dass die Klinge nur einseitig geschliffen war und einen kantigen Rücken hatte. Diese Wunde hier hat eine kleine Besonderheit.« Er tippte mit seinem behandschuhten Finger auf die Brust der Toten. »Hier, sehen Sie.«

Toni zögerte. Sie war dem Doc jetzt schon näher, als ihr lieb war. Es kam ihr vor, als ginge von ihm eine fast unerträgliche Hitze aus, und ihre Haut fühlte sich an wie nach einem zu ausgiebigen Sonnenbad, wenn man abends im Bett lag und beinahe zu verbrennen schien. Nein, noch näher konnte sie ihm nicht kommen. Toni stellte sich auf die Zehenspitzen und reckte den Hals.

Mulder schien ihr Zögern nicht bemerkt zu haben und fuhr fort, ohne sie noch einmal näher zu sich zu winken, was Toni mit einer Mischung aus Erleichterung und Enttäuschung registrierte.

»Diese Wunde«, fuhr der Mediziner fort, ohne sie anzusehen, »läuft auf der einen Seite ebenfalls spitz zu, doch auf der anderen ist sie nicht gerade, sondern hat diese zwei kleinen Zipfelchen.«

»Ein kleiner Schwalbenschwanz«, sagte Toni. »Der entsteht, wenn die Kanten des Messerrückens ziemlich scharf sind, nicht wahr?«

»Stimmt genau.« Mulder nickte und lächelte sie an. Ein Erdrutsch löste sich in Tonis Magen, und ihr Herz hämmerte so heftig gegen ihre Rippen, dass es ganz bestimmt jeder im Raum hören konnte. Vermutlich hatte sie auch noch feuerrote Wangen. Was musste Mulder nur einen Eindruck von ihr haben? Sie schüttelte innerlich den Kopf. Es war doch völlig egal, was Mulder von ihr dachte. Er war Rechtsmediziner, und es zählte nur, dass er alles über die Tote und die Tat herausfand, was er herausfinden konnte.

»Kann man von der Wunde auf die Art des Messers schließen?«, fragte sie.

»Leider nicht auf einen bestimmten Typ, sondern nur auf die ungefähre Länge und Breite der Klinge, wobei sich bei ein und demselben Messer völlig unterschiedliche Stichwunden ergeben können. Ist das Gewebe, in welches die Klinge gestoßen wird, sehr elastisch oder wendet der Täter große Kraft auf, so wird es gestaucht, und die Klinge dringt tiefer ein, als es bei einem festeren Stoff oder geringerer Wucht der Fall ist. Als Folge ist der Stichkanal länger als die Klinge des Messers. Zieht der Täter die Waffe dann auch noch so heraus, dass er dabei in die Haut schneidet, verlängert er dadurch die Eintrittsöffnung, und es entsteht zumindest oberflächlich der Eindruck einer viel breiteren Klinge. Eines kann ich Ihnen über das Messer jedoch sagen.«

Mulder deutete mit dem Finger neben den mittleren der drei Einstiche.

»Sehen Sie diese gerötete Stelle? Die dürfte von einer Parierstange über dem Heft der Waffe stammen. Der Täter hat die Klinge so heftig in den Leib des Opfers gerammt, dass dabei diese Quetschung entstanden ist. Ein handelsübliches Küchenmesser war das demzufolge auf jeden Fall nicht. Wenn ich raten müsste, würde ich eher auf ein Jagdmesser tippen.«

Den Rest der Obduktion verbrachte Toni schweigend, und zu ihrer heimlichen Enttäuschung wandte Mulder sich nicht mehr an sie. Erst als er seine Handschuhe auszog, drehte er sich wieder zu ihr um.

»Zweimal ist die Klinge in den Knorpel an den Rippen-Brustbein-Verbindungen eingedrungen, ein Stich ging glatt zwischen den Rippen hindurch mitten in das Herz. Wissen Sie eigentlich, wie hoch die Wahrscheinlichkeit ist, einen solch exakten Treffer zu landen und einen anderen Menschen mit nur einem Stich zu töten?« Er machte einen Schritt auf Toni zu.

Sie wusste es nicht, aber der Frage nach zu urteilen sicherlich nicht besonders hoch. Normalerweise hätte sie nachgefragt. Sie unterhielt sich nach den Obduktionen noch gern mit den Ärzten, aber nicht heute. Nicht mit Mulder.

»Schicken Sie uns den Bericht per Mail vorab?«, fragte sie stattdessen.

Der Mediziner sah sie einen Moment lang irritiert an und wandte sich zu Olli um, dem jüngsten der drei Präparatoren, der gerade mit kräftigen, sicheren Stichen Bauch und Brust zunähte. Olli sah kurz auf und nickte, seine Hände hielten währenddessen keine Sekunde inne.

»Okay.« Toni schob ihre Hände in die Jackentaschen. Ihre Finger waren kalt und feucht. So konnte sie ihm unmöglich die Hand schütteln. »Dann bis zum nächsten Mal.«

Mulder antwortete nicht, sondern verschränkte die Arme vor der Brust und sah sie prüfend an. Tonis Herz verdoppelte seinen Takt.

»Ich kann mir nicht helfen, Frau Stieglitz, aber wie eine Polizistin sehen Sie nicht aus.«

Toni blieb der Mund offen stehen. Wie bitte? Was sollte das nun wieder bedeuten? War das ein Scherz oder eher eine Beleidigung?

»Und wie sehe ich dann aus?«

Aber Mulder wollte oder konnte seine eigene Aussage nicht begründen. Stattdessen lächelte er nur schief und zuckte mit den Schultern.

»Wissen Sie, Doc ...« Sie hielt seinem Blick stand und gab sich alle Mühe, sich nicht anmerken zu lassen, dass sie ihm am liebsten ins Gesicht gesprungen wäre. »Ein Ebenbild von Quincy sind Sie auch nicht gerade.«

Mit diesen Worten drehte Toni sich um und ließ Mulder stehen. Während sie auf die automatischen Türen zuschritt, musste sie sich zusammenreißen, um das Gebäude nicht rennend zu verlassen. So eilig hatte sie es bisher nur einmal gehabt. Damals war eine aufgeblähte Wasserleiche die Ursache gewesen, heute war es Mulder.

Sie wünschte sich die Wasserleiche zurück.

Acht

Toni schloss die Zimmertür hinter sich und stellte die Einkaufstüte und die Tupperdose auf den Tisch. Sie bog den Deckel an einer Seite auf und sah hinein. Gulasch mit Nudeln. Sie lächelte. Das war kein Essen, das eine alleinstehende Frau für sich am Montagabend zubereitete. Sie drückte den Deckel wieder auf den Behälter.

Es war vielleicht drei oder vier Tage nach ihrem Einzug gewesen, als Frau Wilmerdinger abends an ihre Zimmertür geklopft hatte. »Ich habe wieder einmal viel zu viel gemacht. Ich denke immer noch, dass ich für zwei kochen muss, dabei ist mein Herbert doch schon fünf Jahre tot.« Sie lächelte entschuldigend. »Mögen Sie Rouladen, Fräulein Toni?«

Seit diesem Tag fand Toni fast jeden Abend etwas vor ihrer Zimmertür. Frau Wilmerdinger hatte ihr sogar eine Mikrowelle in das Zimmer gestellt. »Ich mag die Dinger nicht, sie sind mir unheimlich. Aber mein Herbert hatte sie unbedingt gewollt. Er musste immer alle neuen Geräte haben, wissen Sie?«

Toni warf einen Blick auf die Tupperdose. Nach Gulasch stand ihr heute so gar nicht der Sinn. Sie öffnete das Fenster und deponierte den Behälter draußen auf dem Fensterbrett. Bei den derzeitigen Temperaturen war das Gulasch dort fast so gut aufgehoben wie in einem Kühlschrank.

Sie zog eine Packung Tiefkühllasagne, die sie sich auf dem Heimweg mitgenommen hatte, aus der Einkaufstüte. Frische vom Italiener wäre ihr zwar tausendmal lieber gewesen, aber für einen Restaurantbesuch war sie heute einfach zu müde, und eine Flasche Chianti würde das Fertigessen schon erträglich machen.

Während die Lasagne ihre Runden in der Mikrowelle drehte, öffnete Toni die Weinflasche, schenkte sich ein wenig ein und sah aus dem Fenster. Zuvor hatte es geregnet, und das Licht der Laternen spiegelte sich auf dem nassen Asphalt. Die Fritz-Reuter-Straße lag da wie ausgestorben. Oder stand dort drüben jemand in den Schatten? Vielleicht Mike?

Rasch trat sie vom Fenster zurück und zog die Vorhänge vor. Die Mikrowelle klingelte, doch ihr Magen war auf einmal wie vernagelt. Mike beherrschte sie immer noch. Obwohl ihre ehemals gemeinsame Wohnung in Bogenhausen auf der anderen Seite der Isar und Mikes Dienststelle in der Landsberger Straße weit genug vom Präsidium entfernt lagen, war es immer noch, als würde sie seinen Atem Tag und Nacht im Nacken spüren.

Toni fuhr mit dem Finger über die Narbe in ihrer Augenbraue. Sie war deutlich zu spüren, aber wenigstens waren die Härchen inzwischen nachgewachsen, die sie ihr vor dem Nähen abrasiert hatten. Nur dort, wo die Haut aufgeplatzt war, als Mike sie gegen den Türstock geschleudert hatte, würde wohl ewig eine kahle Stelle bleiben.

»Das kann man später aber mit Permanent-Make-up sehr gut kaschieren«, hatte der Arzt gesagt und ihr tröstend den Arm getätschelt. Doch das kam für sie nicht in Frage. Sie brauchte etwas, um sich daran zu erinnern, was geschehen war, denn schon jetzt ertappte sie sich dabei, wie sie in die alten Muster zurückfiel. Wie sie alles herunterspielte. Sich einredete, dass alles nicht so gekommen wäre, wenn sie sich nur anders, wenn sie sich nur *richtig* verhalten hätte. Wenn sie ein braves Mädchen gewesen wäre.

Mein braves Mädchen. So hatte ihr Vater sie auch immer genannt. Nein, nicht immer. Nur dann, wenn sie in seinen Augen gut genug gewesen war. Und gut genug bedeutete besser als andere. War sie das nicht, hatte sie seinen Erwartungen nicht entsprochen, hatte er so getan, als existierte sie nicht. Stunden-, manchmal sogar tagelang schwieg er dann und sah durch sie hindurch, egal, wie sehr sie sich auch anstrengte, damit er sie wieder liebhatte und sie nicht mehr in dieser Blase aus Kälte und Einsamkeit frieren musste. Zuletzt hatte er sie so behandelt, als sie ihren Eltern ihren Entschluss mitgeteilt hatte, zur Polizei zu gehen. Kein Jura- oder Medizinstudium. Nicht einmal Lehramt.

Ist dir nichts Besseres eingefallen?, war sein einziger Kommentar gewesen, bevor er ihr den Rücken gekehrt hatte.

Toni ließ die Lasagne stehen, nahm nur das Glas Chianti und flüchtete sich auf das Bett. Weg damit. Weg mit den Erinnerungen. Es konnte doch nicht sein, dass ihr Herz immer noch zu einem kalten Klumpen wurde und sie nicht wusste, ob es Scham, Verzweiflung oder Wut war, das in ihrer Brust brannte.

Toni trank das Glas in einem Zug leer, sprang vom Bett und füllte es erneut. Der Alkohol begann bereits zu wirken. Sie spürte, wie Wärme aus ihrem Magen kroch und sich bis in ihre Arme und Beine vorzuarbeiten begann. Es war keine wohlige Wärme, keine, die etwas gegen die Kälte in ihrem Inneren ausrichten konnte, aber sie konnte sich zumindest einbilden, dass es so war.

Toni zog die Decke über ihre Beine, lehnte sich zurück und schloss die Augen. Fast im selben Moment tauchte das Gesicht der Toten aus der Dunkelheit hinter ihren Lidern auf. Sie machte sich nicht die Mühe, es zu vertreiben. Sie hatte sich daran gewöhnt, dass die Opfer sie verfolgten. Manche Kollegen nahmen die Akten mit nach Hause, sie die Gesichter der Toten.

In Gedanken ging sie durch, was die Ermittlungen bisher ergeben hatten. Kläglich wenig, um ehrlich zu sein. Kein Treffer bei den Vermisstenanzeigen, keine weggeworfene Geldbörse, kein noch so kleiner Hinweis auf ihre Identität. Bis jetzt schien die Frau niemandem zu fehlen. Ihre Hoffnungen ruhten nun auf der heutigen Pressekonferenz und dem Zeugenaufruf. Irgendjemand musste die Frau doch gekannt haben.

Tonis Magen meldete sich mit einem lauten Knurren. Sie schlug die Augen auf. Also doch Lasagne.

Neun

Stöhnend hob Toni den Kopf und sah auf den Wecker. Fünf Minuten nach vier. Ihr Magen war ein einziger harter Klumpen, und ihre Speiseröhre brannte bis in den Rachen hinauf. So musste sich der böse Wolf gefühlt haben, als er den Bauch voller Wackersteine statt junger, zarter Geißlein hatte. Nie wieder Lasagne aus dem Tiefkühler. Sie wälzte sich vom Rücken auf die Seite, aber dadurch wurde das Brennen nur noch schlimmer. Genervt strampelte sie die Bettdecke zurück und tappte ins Bad. An Schlaf war ohnehin nicht mehr zu denken, und bevor sie sinnlos in ihrem Zimmer herumsaß und auf das Klingeln des Weckers wartete, konnte sie auch gleich ins Büro fahren.

Fröstelnd zeigte sie dem uniformierten Beamten an der Pforte ihren Ausweis. Er war jung, blass und hatte tiefe Ringe unter den Augen. Das typische Aussehen eines Polizisten kurz vor Ende der Nachtschicht. Er warf einen desinteressierten Blick auf ihren Ausweis und betätigte den Türöffner mit einer Miene, die keinen Zweifel daran ließ, was er davon hielt, um diese Uhrzeit hinter Panzerglas zu sitzen und den Pförtner zu spielen, statt Verbrecher zu jagen. Nicht einmal ein kurzes Nicken brachte er zustande, von einem freundlichen Lächeln ganz zu schweigen. Aber so war es eben, wenn Vorstellungen mit der Wirklichkeit kollidierten und Stück für Stück zerbröckelten.

Tonis Schritte hallten durch die Gänge, als sie die Treppen in den vierten Stock hinaufstieg. Die Nacht war definitiv die beste Zeit, um zu arbeiten. Nicht nur, weil normalerweise kein Vorgesetzter weit und breit zu sehen war, sondern weil sie das Gefühl hatte, das ganze Präsidium nur für sich allein zu haben.

An der Stelle dieses Gebäudes hatte ursprünglich ein Kloster der Augustiner-Eremiten gestanden, das die erste Braustätte des Augustiner-Bräus beherbergt hatte. Es hatte im Lauf der Jahrhunderte eine Vielzahl von An- und Umbauten über sich ergehen lassen müssen, war im Jahr 1803 verweltlicht und 1914 schließlich abgerissen worden. Danach hatte man hier den Sitz des Polizeipräsidiums München errichtet.

Allerdings hatten die Bauarbeiten in den vergangenen einhundert Jahren eigentlich nie aufgehört. Auch heute noch wurde an irgendeiner Ecke immer gehämmert und gebohrt, und es konnte durchaus vorkommen, dass man plötzlich vor einer Mauer stand, die eine Woche zuvor noch nicht da gewesen war. Einmal hatte es fast vierzehn Tage gedauert, bis Toni gemerkt hatte, dass eine provisorische Wand wieder eingerissen worden war und sie nicht mehr einen Umweg über das halbe Stockwerk machen musste.

Während sie darauf wartete, dass ihr Rechner hochfuhr und sich die Kaffeemaschine aufheizte, legte Toni die Füße auf den Tisch. Sie schloss die Augen, um besser denken zu können, und ging zum vermutlich hundertsten Mal die spärlichen Fakten durch.

Plötzlich packte sie jemand an der Schulter, und sie riss erschrocken die Augen auf. Grelles Licht stach ihr bis in den Hinterkopf.

»Was zum Teufel ...?«

Schützend hielt sie sich die Hand vor das Gesicht und blinzelte zwischen ihren Fingern hindurch. Im ersten Moment wusste sie nicht, wo sie war, bis sie die Aktenordner um sich herum erkannte. Sie nahm die Füße vom Tisch und setzte sich halbwegs aufrecht hin. Ihr Nacken war steif und schmerzte, und ihr linkes Bein war von den Zehen bis zum Knie vollkommen gefühllos.

»Na, ist unser Schneewittchen jetzt wach?«

Contutto leuchtete ihr mit seiner Taschenlampe mitten ins Gesicht.

»Schneewittchen?« Sie schlug halbherzig nach der Taschenlampe, doch Contutto hielt sie außerhalb von Tonis Reichweite. »Wieso Schneewittchen?«

»Schau dich doch mal im Spiegel an.« Contutto knipste die Lampe aus. »Das Haar so schwarz wie Ebenholz, das Gesicht leichenblass und die Augen blutunterlaufen.«

»Haha, sehr witzig, Herr Kollege. Für den Begriff *das blühende Leben* hast du aber auch nicht unbedingt Pate gestanden.« Sie knetete ihre kribbelnde Wade. »Apropos Schneewittchen: Ist die böse Stiefmutter auch schon da?«

Contutto betrachtete seine Taschenlampe und tat, als hätte er die Frage nicht gehört. Tonis Kreuzzug gegen Beate war etwas, das er überhaupt nicht verstehen konnte und das ihm ziemlich gegen den Strich ging. Was hatte sie nur ständig an Beate auszusetzen? Die Zusammenarbeit mit ihr war völlig unkompliziert, was man von Toni nicht unbedingt behaupten konnte. Beate unternahm keine Alleingänge, warf nicht mit zynischen Bemerkungen um sich und hatte einen hervorragenden Draht in die Führungsetage, was den ellenlangen Dienstweg manchmal erheblich abkürzte. Toni konnte eine prima Kollegin sein, die sich für keine Arbeit zu schade war und die auch nie – oder zumindest fast nie – murrte, aber manchmal schien sie nur aus Klauen und Zähnen zu bestehen.

Contutto ließ die Taschenlampe noch zweimal kurz aufleuchten, bevor er Toni wieder ansah.

»In fünfzehn Minuten ist Besprechung«, sagte er nur und verließ das Zimmer.

Als sich alle im Besprechungsraum versammelt hatten, sah Hans von seinen Unterlagen auf. Er hielt einen Brillenbügel zwischen Daumen und Zeigefinger und ließ die Brille daran rotieren. Das tat er nur, wenn er besonders angespannt war oder wenn sie kurz vor einem Durchbruch standen. Hinter Tonis Brustbein begann es zu prickeln, und sie lehnte sich nach vorn.

»Es sieht so aus, als wäre unser Opfer identifiziert«, begann Hans. »Allem Anschein nach handelt es sich um Magdalena Sauer, neununddreißig Jahre alt, geschieden, selbstständige Fotografin.«

Er setzte die Brille kurz auf seine Nase, um die nächsten Zeilen zu lesen, und ließ sie dann wieder zwischen Daumen und Zeigefinger hin und her pendeln.

»Eine gewisse Sarah Köster hat sich heute Morgen bei den Kollegen vom Notruf gemeldet und angegeben, dass sie ihre Freundin seit Sonntag nicht erreichen könne, weder zu Hause noch in ihrem Atelier. Das sei laut Frau Köster sehr ungewöhnlich, da sie fest verabredet gewesen seien und es nicht Frau Sauers Art sei, einfach abzutauchen. Was aber den entscheidenden Ausschlag für ihren Anruf gegeben hat«, er tippte mit seiner Brille auf die Presseberichte, die vor ihm lagen, »war unser Aufruf, der heute in allen Zeitungen war, genauer gesagt der rote Mantel, der darin erwähnt wird. Und wenn man sich die Homepage von Frau Sauer ansieht, hatte die Anruferin mit ihrer Sorge wohl recht.«

Er hob den Ausdruck einer Internetseite hoch: *Lena Sauer – Fotokunst*. Gleich darunter prangte ein Porträt der Fotografin. Sie hielt in jeder Hand eine antike Kamera und lächelte den Betrachter offen und auch ein wenig herausfordernd an.

Das Bild war zwar schwarzweiß, aber Toni hatte sofort die kupferfarbenen Locken vor Augen. Das war sie, kein Zweifel.

»Wo ist die Zeugin jetzt?«, fragte sie.

»Auf dem Weg in die Arbeit«, antwortete Hans. »Sie hat einen kleinen Blumenladen in Obermenzing. Und da du schon nach ihr fragst, fährst du auch gleich zu ihr und vernimmst sie. Beate und Contutto, ihr nehmt euch die Wohnung und das Fotostudio des Opfers vor und du«, er deutete auf Sören, »findest alles heraus, was es über sie zu wissen gibt. Such vor allem nach ihrem Exmann, vielleicht hatte er ja noch eine Rechnung mit ihr offen. In diesem Sinne: Abmarsch.«

Zehn

Sarahs Blumenlädchen war nicht ganz so, wie Toni es sich vorgestellt hatte. Sie hatte jede Menge Kübel und Vasen mit Schnittblumen und fertigen Sträußen erwartet, vielleicht noch ein paar Topfpflanzen mit Deko-Herzchen und Schleifen, die klassischen Verlegenheitsgeschenke, wenn Söhne, Ehemänner und Enkel wieder einmal von irgendwelchen Geburts- und Hochzeitstagen überrascht wurden.

Ein paar Kübel mit Schnittblumen gab es auch tatsächlich und natürlich auch die unvermeidlichen Orchideen, aber die gingen zwischen den übrigen Dingen beinahe unter.

Sarahs Blumenlädchen protzte mit allem, was in Tonis Augen höchstens als Zielobjekt für das Schießtraining zu gebrauchen war: Giraffen aus Holz mit viel zu langen Hälsen, bunte Gartenzwerge aus Metall, die an Spiralfedern auf und ab wippten, und Schnecken, die auf ihren Häusern ein Willkommen-Schild spazieren trugen. Toni fragte sich nicht zum ersten Mal, wer um alles in der Welt für so etwas Geld ausgab.

Vorsichtig manövrierte Toni sich zwischen den Tischen und Regalen hindurch in Richtung Theke. Die Glöckchen über der Tür klingelten immer noch, als schließlich eine junge Frau aus dem Nebenraum trat und sich die Hände an ihrer grünen Schürze abwischte.

Sie war etwas kleiner als Toni, vielleicht einen Meter fünfundsechzig, hatte blonde, kinnlange Haare, und von ihrer Figur wäre Rubens garantiert hin und weg gewesen.

»Wie kann ich Ihnen helfen?«

Die Frau versuchte ein Lächeln, doch es missglückte. Ihre Wimpern waren nass, die Lidränder feuerrot. Sie musste sich gerade erst die Tränen abgewischt haben.

»Frau Köster?«, fragte Toni, und die Frau nickte. »Mein Name ist Stieglitz. Ich bin von der Kripo München. Sie haben heute die Polizei angerufen?«

»Ja.« Sarah Köster nickte wieder. »Es geht um meine Freundin Lena Sauer. Eigentlich heißt sie Magdalena, aber die Langform kann sie nicht besonders gut leiden.«

Sie versuchte wieder zu lächeln, aber ihre zitternde Unterlippe spielte nicht mit.

»Ich kann sie seit Tagen nicht erreichen. Sie geht nicht an das Telefon und beantwortet auch keine SMS. Dabei könnte man manchmal glauben, das Handy und die ganzen Flatrates wurden allein für sie erfunden.«

Sie machte eine kurze Pause und rupfte an dem Papiertaschentuch herum, das sie in der Hand hielt. Als sie weitersprach, war ihre Stimme ganz leise.

»Dann habe ich den Artikel in der Zeitung gelesen, und weil Lena doch auch so einen roten Mantel hat …«

Sarah Köster schluchzte laut auf und schlug die Hand vor den Mund. Aus ihren Augen quollen Tränen. Toni hasste solche Situationen. Sie hatte überhaupt keine Probleme damit, wenn sich jemand ihr gegenüber feindselig benahm, wenn sie genau spürte, dass ihre Fragen den anderen auf die Palme brachten und er ihr am liebsten an die Kehle gehen würde. Dann bohrte sie erst recht nach, knallte eine Frage nach der anderen auf den Tisch und wich keinen Millimeter zurück.

Wenn aber jemand so verzweifelt war wie die Köster und sie dann Fragen über Fragen stellen musste, Fragen, die nicht immer einfach, die manchmal sehr privat und unangenehm waren, wenn sie in der Wunde stochern und alles wieder und wieder aufwühlen musste, dann ging ihr das manchmal ganz schön an die Nieren. Am liebsten würde sie diesen Teil der Ermittlungen einfach auslassen, aber das war natürlich nicht möglich.

Toni wartete, bis die Frau sich wieder einigermaßen beruhigt hatte. »Können wir uns irgendwo ungestört unterhalten?«, fragte sie dann.

Sarah Köster drückte sich das zerfledderte Taschentuch an die Nase und wischte sich mit der anderen Hand die Tränen von den Wangen.

»Ja«, antwortete sie. »Ja, natürlich. Wir könnten zu mir nach Hause fahren. Ich wollte den Laden heute erst gar nicht aufmachen, aber dann dachte ich mir, ich schaffe das schon. Doch so kann ich meiner Kundschaft nicht unter die Augen treten.« Ihr Kinn zitterte wieder, doch sie presste die Lippen fest aufeinander. Dann sah sie Toni an. »Geht das denn überhaupt, dass wir zu mir fahren? Oder muss ich mit zu Ihnen? Zur Polizei?« Ihre Augen blickten so erschrocken, dass Toni ihr beinahe den Arm getätschelt hätte.

»Nein, keine Sorge«, sagte sie. »Natürlich können wir zu Ihnen fahren.«

»Danke. Dann hole ich nur meine Tasche.«

Die ganze Fahrt über saß Sarah Köster stumm und zusammengesunken auf dem Beifahrersitz, starrte aus dem Fenster und knetete ein weiteres Papiertaschentuch in ihren Händen. Ihre Finger waren rau und an den Kuppen aufgesprungen. Von der Arbeit mit den Blumen, vermutete Toni.

»Kaffee?«, war das erste Wort, das Sarah Köster sprach, seit sie losgefahren waren.

»Danke, sehr gern«, antwortete Toni und setzte sich im Wohnzimmer auf das Sofa. Nebenan in der Küche klapperte die Köster mit dem Geschirr. Toni nutzte die Gelegenheit und sah sich interessiert um. Sie hatte denselben Krimskrams wie im Blumenladen erwartet, doch offenbar hielt die Köster privat auch nicht sonderlich viel davon. Es gab ein paar Grünpflanzen, was in der Wohnung einer Floristin ja nicht gerade ungewöhnlich war, den üblichen Flachbildfernseher, ein deckenhohes Regal mit Büchern, CDs, DVDs und einer modernen Skulptur, an der ein Bilderrahmen lehnte. Toni beugte sich vor und kniff die Augen zusammen. War das nicht …? Sie stand auf.

»Mit Milch und Zucker?«, rief die Köster aus der Küche, und Toni ließ sich schnell wieder auf das Sofa fallen.

»Nur Zucker bitte.«

Eine Minute später saßen die beiden Frauen sich gegenüber, jede eine Tasse Kaffee vor sich. Toni holte das Foto, das sie in der Rechtsmedizin gemacht hatten, aus der Tasche.

»Ist sie das?« Toni schob das Bild über den Tisch.

Sarah Köster streifte es nur mit einem kurzen Blick, doch der genügte, dass sich ihre Augen wieder mit Tränen füllten.

»Ja.« Sie nickte und wischte sich mit dem Handrücken über die Augen. »Das ist Lena.«

»Kein Zweifel?«

»Kein …« Die Stimme der Frau versagte. Toni ließ ihr

Zeit, bis sie sich wieder einigermaßen in der Gewalt hatte, dann fuhr sie mit der Befragung fort. Die Gefühle der Lebenden waren jetzt zweitrangig.

»Wie lange kannten Sie sich?«

»Wir haben uns im Sommer vor anderthalb Jahren kennengelernt.« Sarah Köster hielt den Kopf gesenkt, als spräche sie zu der Kaffeetasse auf ihren Knien. »Es war auf dem Tollwood-Festival im Olympiapark. Jemand hat mich geschubst, und ich habe ihr meinen Caipirinha in den Rückenausschnitt geschüttet. Sie hat geschrien wie am Spieß.«

Die Köster hob den Kopf und sah Toni an. Ein wehmütiges Lächeln lag auf ihrem Gesicht. Bittersüße Erinnerungen, die einem das Herz zerreißen konnten.

»Ich wollte vor Scham am liebsten im Boden versinken. Alle Leute rundherum hatten sich zu uns umgedreht und glotzten uns an. Ich weiß noch genau, dass mein Gesicht sich angefühlt hat, als würde es jeden Moment in Flammen aufgehen. Ich wäre am liebsten weggerannt, aber ich stand nur da wie angewurzelt und hielt das klebrige Glas in der Hand.«

Sie drehte die Tasse hin und her.

»Als Lena sich zu mir umwandte, hatte ich im ersten Moment tatsächlich Angst, sie würde mir eine Ohrfeige geben. Stattdessen hat sie nur gelacht und sich bei mir für die Abkühlung bedankt. Dann hat sie sich bei mir untergehakt, mich mit sich gezogen und mir einen Caipirinha ausgegeben. Nicht ich ihr, wie es sich eigentlich gehört hätte, sondern sie mir.« Sie wickelte eine Haarsträhne um ihren Finger. »Das war eben Lena.«

Toni wartete einen Moment, doch es kam nichts mehr.

»Und wie lang waren Sie ein Paar?«

»Ein Paar?«

Die Köster setzte sich so ruckartig auf, dass der Kaffee über den Rand ihrer Tasse auf ihre Jeans schwappte und auf den Boden tropfte. Doch sie schien das gar nicht zu bemerken, sondern starrte Toni mit offenem Mund an.

»Wie ... woher ... ich meine – von wem haben Sie das?« Sie stellte die Tasse mit einer heftigen Bewegung zurück auf den Tisch, die Entrüstung ausdrücken sollte, aber nichts als schlecht kaschierte Unsicherheit war. Erst jetzt bemerkte sie den Kaffee auf ihren Fingern. Sie griff nach der Packung Taschentücher auf dem Tisch, trocknete ihre Finger ab und rieb dann wie wild auf ihrer Jeans herum.

Toni sagte nichts, sondern wartete ab, bis Sarah Kösters Bewegungen langsamer und langsamer wurden und sie innehielt.

»Das Foto«, sagte Toni schließlich.

»Foto?«

Toni nickte und deutete mit dem Kopf auf das Regal.

Die Köster folgte Tonis Blick. Ein paar Augenblicke saß sie reglos da, dann stand sie auf und holte das Bild. Als sie sich setzte, legte sie es vor sich auf ihre Knie und berührte das Foto vorsichtig mit den Fingerspitzen, folgte der Kontur von Magdalena Sauers Gesicht, die ihr strahlend eine Kusshand zuwarf.

»Ich glaube, Sherlock Holmes wäre stolz auf Sie«, sagte Sarah Köster und sah Toni an. Die Unsicherheit war aus ihrem Blick gewichen und hatte einer Mischung aus Trotz und Stolz Platz gemacht. »Nächste Woche wären es acht Monate geworden.« Ihre Stimme klang fester als zuvor. »Ich hatte lange nicht den Mut, mir einzugestehen, dass ich sie liebe. Gespürt habe ich es eigentlich schon in dem Moment, als sie mich zum ersten Mal angesehen hat. Aber ich und eine Frau?« Sie legte das Bild behutsam auf den Tisch und ließ ihre Finger noch einen Moment darauf ruhen. »Das war undenkbar. Dann wäre ich ja eine Lesbe, und Lesben, die waren doch ganz anders als ich. Ich glaube, ich hatte wohl hauptsächlich Angst vor diesem Wort und dass es etwas aus mir machen würde, was ich nicht sein wollte.«

Sie verstummte und sah zu Boden.

»Anfangs hielten wir unsere Beziehung allerdings geheim, taten in der Öffentlichkeit, als wären wir nichts weiter als gute Freundinnen. Ich wollte das so. Ich war einfach noch nicht so weit, hatte immer das Gefühl, als würden die Leute hinter meinem Rücken tuscheln und mit dem Finger auf mich zeigen.« Sie blickte auf und zuckte mit den Schultern. »Das sind wohl die Überbleibsel meiner konservativen Erziehung. In meinem Elternhaus war Homosexualität so etwas wie eine ansteckende Krankheit. Etwas Schmutziges, das man sich bei irgendwelchen Asozialen holte und das man am besten totschwieg. Und jetzt war ausgerechnet ich daran erkrankt. Ich hatte höllische Angst, dass meine Eltern das herausfinden und mich verstoßen würden.«

»Aber dann haben Sie Ihre Meinung geändert?«, fragte Toni.

»Ja.« Sarah Köster nickte. »Wenn auch viel zu spät. Wäre ich nicht so feige gewesen, hätten wir noch viel mehr schöne Momente miteinander gehabt. Ich wünschte, Lena wäre nicht so geduldig mit mir gewesen und hätte mir schon längst die Pistole auf die Brust gesetzt. Aber sie machte die Scharade monatelang mit, ohne sich auch nur ein einziges Mal zu beschweren. An einem Abend haben wir uns wieder einmal bei mir getroffen. Wir haben stundenlang geredet, bis tief in die Nacht hinein, und als sie ging und schon im Treppenhaus stand, kam sie noch einmal zurück und küsste mich auf den Mund. Im ersten Moment war ich wütend, weil ich nur daran dachte, dass die Nachbarn uns sicher gesehen hatten, mein Geheimnis nun aufgeflogen war und meine Eltern bald alles erfahren würden. Doch dann merkte ich, wie unheimlich erleichtert ich plötzlich war. Keine Heimlichkeiten, kein Versteckspiel mehr. Endlich durfte ich sie in aller Öffentlichkeit lieben.«

Sie warf einen Blick auf das Foto, dann hob sie den Kopf und sah Toni an. »Aber was rede ich nur? Bitte entschuldigen Sie, dass ich so vor mich hin plappere. Sie sind garantiert nicht hier, um sich eine melodramatische Liebesgeschichte anzuhören.«

Noch dazu eine mit einem ziemlich miesen Ende, dachte Toni.

»Wann haben Sie Frau Sauer zuletzt gesehen?«, fragte sie.

»Am vergangenen Samstag. Lena war bis kurz nach halb elf bei mir und wollte dann direkt nach Hause fahren.«

»Wissen Sie noch, was sie anhatte?«

»Ja, sehr gut sogar«, antwortete die Köster. »Sie kam direkt von einer Shoppingtour in einem dieser riesigen Outlet-Center und hat mir ihre Einkäufe gezeigt. Der feuerrote Mantel war ihr ganzer Stolz, und sie sah auch absolut umwerfend darin aus. Darunter trug sie einen engen grünen Pullover mit V-Ausschnitt, einen schwarzen Rock und schwarze Stiefel. Sie muss ein Vermögen dort ausgegeben haben.«

Das war die Kleidung, in der sie die Tote gefunden hatten. Also hatte sie sich nicht umgezogen, bevor sie ihren Mörder getroffen hatte.

»Wissen Sie, was sie für den Sonntag geplant hatte? Wollten Sie den Tag gemeinsam verbringen?«

Sarah Köster schüttelte den Kopf. »Nein. Sie hatte ein Shooting, und dazu wollte sie sich noch vor Sonnenaufgang auf den Weg machen.«

Toni horchte auf. »Ein Shooting?«

»Keines mit Models, falls Sie das jetzt vermuten. Sie wollte verfallene Gebäude fotografieren, das war ihre große Leidenschaft. Ruinen zogen sie magisch an. Sie konnte sich stundenlang in stillgelegten Fabriken herumtreiben. So etwas machte sie aber immer alleine. Sie konnte es nicht leiden, im Rudel zu fotografieren, wie sie es nannte. Andere Fotografen waren ihr ein Graus. Sie sagte immer, die würden sich alle viel zu wichtig nehmen und herumstolzieren wie die Gockel auf dem Hühnerhof.«

»Nicht gerade diplomatisch.«

»Nein.« Sarah Köster lächelte müde. »Diplomatie war nicht unbedingt ihr Ding, dazu war sie viel zu impulsiv. Aber gleichzeitig hatte sie so viel Charme, dass man ihr einfach nichts übelnehmen konnte.«

Toni dachte an Magdalena Sauers fuchsrote Locken. Schon wieder so ein Klischee. Die Frau mit den brennenden Haaren, die auch innerlich brannte und ihr Herz auf der Zunge trug. Bestand die ganze Welt denn nur aus Klischees? Und wenn ja – welchem entsprach dann sie selbst?

»Könnte es sein, dass sie sich durch ihre Impulsivität nicht doch den einen oder anderen Feind gemacht hat?«

Sarah Köster schüttelte sofort heftig den Kopf.

»Nein, das kann ich mir beim besten Willen nicht vorstellen. Sicher trat sie hin und wieder jemandem auf die Füße, aber ganz sicher nicht so, dass derjenige sie gleich ...« Sie schluckte und schwieg. Das Wort *töten* brachte sie ganz offensichtlich nicht über die Lippen.

Toni ergriff wieder das Wort.

»War am Sonntag, als Sie sich verabschiedet haben, irgendetwas anders als sonst? War sie nervös oder unruhig?«

»Nein«, sagte Sarah Köster bestimmt. »Alles war wie immer. Ich habe sie zur Tür gebracht, sie gab mir einen Abschiedskuss, und dann ging sie die Treppe hinunter.«

»Sie nahm nicht den Aufzug?«

»Nein, da war sie eigen. Sie parkte ihr Auto auch nie direkt vor meiner Tür, sondern immer ein paar Eingänge entfernt. Jeder Meter zählt, sagte sie immer.« Sarah Köster verdrehte die Augen. »Mit ihrer Angst, irgendwann mal nicht mehr in Größe S zu passen, hat sie mich manchmal fast wahnsinnig gemacht.«

»Wissen Sie, wo an diesem Abend ihr Wagen stand?«, fragte Toni.

»Ja, das weiß ich noch ganz genau. Sie hatte ihre Foto-Ausrüstung schon im Wagen und wollte ihn deshalb nicht auf der Straße stehenlassen. Ich habe derzeit kein Auto, aber einen Tiefgaragenplatz, deshalb habe ich ihr angeboten, dass sie ihren Wagen auf meinem Platz abstellen kann.« Sarah Köster schüttelte sich. »Ich gehe überhaupt nicht gern in die Garage. Ich hasse diese kalte, nach Abgasen stinkende Gruft mit ihren tausend dunklen Ecken. Und immer dieses Echo meiner Schritte. Ich bilde mir jedes Mal ein, dass mich jemand verfolgt oder hinter einem Auto hervorspringt, mir den Mund zuhält und weiß Gott was mit mir tut.«

Sie folgte mit dem Finger einer Falte auf der Sessellehne. »Normalerweise schaue ich Lena nicht hinterher, wenn sie geht. Ich finde das fürchterlich kitschig. Aber diesmal habe ich es getan. Ich bin zum Fenster und habe gewartet, bis sie in ihrem Wagen aus der Tiefgarage fuhr. Wahrscheinlich halten Sie mich jetzt für einen Angsthasen, aber ich wollte mich einfach vergewissern, dass ihr da unten in der Garage nichts passiert ist und dass es ihr gutgeht.«

Sie sah Toni an.

»Bitte finden Sie Lenas Mörder, Frau Stieglitz«, sagte sie leise. »Bitte.«

Elf

Mulder schob den Blackberry zurück in seine Hosentasche. Er hätte es nicht tun sollen. Er hatte es genau gewusst, und doch war er wieder einmal so dumm gewesen. Vielleicht sollte er das verdammte Ding einfach zu Hause lassen oder es gleich in den Müll werfen. Aber dann würde sie andere Wege finden, ihm mitzuteilen, was sie von ihm hielt.

Warum hatte er den Signalton nicht ignoriert? Sich selbst vorgegaukelt, er hätte ihn nicht gehört. Dann wäre der Tag vielleicht noch zu retten gewesen.

Ruf mich an, wenn du Zeit hast. FALLS du Zeit hast.

Er sah die SMS noch genau vor sich, Wort für Wort. Die Rufnummer kannte er zwar nicht, aber sie konnte nur von Susanne sein, von wem auch sonst? Wer sonst schaffte es, in nur ein einziges Wort die gesamten Vorwürfe einer zerbrochenen Ehe zu packen?

FALLS.

Als ob es ihm egal wäre, was aus Susanne und Josefine würde. Als ob ihm die Entscheidung leichtgefallen wäre. Als ob er sich absichtlich …

»Das war Absicht, Tom.« Er hörte Philipps Stimme so deutlich, als säße er wieder mit seinem Freund vor der Kneipe, den Kopf benebelt von zu viel Single Malt Whiskey und Medikamenten, die sich so gar nicht mit Alkohol vertrugen. Hätte er einen seiner früheren Patienten bei so einer Kombination erwischt, hätte er sich geweigert, ihm noch ein einziges Rezept auszustellen.

»Merkst du es wirklich nicht, oder willst du es einfach nur nicht merken?« Philipp schnippte seine Zigarettenkippe in einem glühenden Bogen in die Dunkelheit. Mulder sah ihn nur verständnislos an. Nein. Er hatte es nicht gemerkt. Nicht, bis es zu spät gewesen war. Zumindest hatte Mulder sich das so lange eingeredet, bis er es selbst geglaubt hatte. In Wirklichkeit hatte er es einfach nicht sehen wollen. Aber auch das war jetzt nicht mehr von Belang.

Er zog das Handy wieder aus der Hosentasche und schaltete es aus. Jetzt konnte sie ihm Mitteilungen schicken, so viele sie wollte.

Unschlüssig stand er im Umkleideraum. Und nun? Schnell eine halbe Stunde raus, frische Luft schnappen und versuchen, den Geruch nach Formalin und toten Körpern aus den Nasennebenhöhlen zu atmen? Wobei der Geruch auch nicht schlimmer war als ... Er kniff die Augen zusammen und versuchte die Erinnerungen zurückzudrängen, die aus ihren Verstecken krochen wie Kakerlaken.

Es ist nicht real, redete er sich ein, doch er hörte sie trotzdem: die Schreie, die gebrüllten Befehle, die Gewehrsalven. Und er roch den Gestank nach Blut, Exkrementen und Todesangst.

»Verschwindet, verdammt noch mal!«

Er schlug mit der Faust gegen den Spind. Einmal, zweimal, dreimal. Übelkeit stieg in Mulders Kehle auf. Er stützte sich mit der Hand ab und lehnte die Stirn gegen die kühle Metalltür.

»Dr. Mulder?« Kim Haider, die Sektionsassistentin, die

fast genauso neu im Institut war wie er, streckte den Kopf zur Tür herein. »Alles in Ordnung?«

Hastig stieß er sich ab. Für einen Moment drohte das Zimmer nach hinten zu kippen. Mulder hielt den Atem an und fixierte einen Punkt, bis der Raum um ihn herum wieder im Lot war.

»Dr. Mulder?«

Er blinzelte und merkte erst jetzt, dass er die ganze Zeit auf das Medaillon in ihrem Ausschnitt gestarrt hatte. Er sah zu Boden.

»Ja, ja«, sagte er und tat, als suche er etwas. »Alles in Ordnung.«

»Kann ich Ihnen helfen?« Die Sektionsassistentin machte zwei Schritte in den Raum und blieb dann eine Armlänge entfernt stehen. Ein hauchfeiner Duft nach Rosen begleitete sie. Ein angenehmer Duft in dieser Umgebung. Mulder sog ihn fast gierig ein. Wie schafften es Frauen nur, selbst hier so gut zu riechen?

»Es geht schon, danke.« Er bückte sich und sah unter die Metallspinde. »Mir ist nur etwas hinuntergefallen.« Zwischen den Metallfüßen tummelten sich dort, wo die Putzfrau mit ihrem Wischmopp nicht hinkam oder nicht hinkommen wollte, ein paar Staubmäuse, dazu eine einzelne schwarze Socke.

»Und was?« Plötzlich kniete sie neben ihm und sah ebenfalls unter die Schränke. Der Rosenduft hüllte sie beide ein. »Ich helfe Ihnen suchen. Vier Augen sehen schließlich mehr als zwei«, sagte sie.

Blaue Augen unter langen geschwungenen Wimpern strahlten ihn an. Das Medaillon pendelte sacht vor und zurück und lenkte seinen Blick wie von selbst in ihren Ausschnitt. Schwarze Spitze blitzte aus dem Tal zwischen ihren Brüsten hervor. Hitze kroch Mulders Hals empor. Er schluckte und stand eilig auf.

»Lassen Sie es gut sein«, sagte er und klopfte sich unsichtbaren Staub von der Hose. »Es war nur ein Feuerzeug. So ein billiges Ding aus Plastik, also gar nicht wert, deshalb auf dem Boden herumzukriechen.«

»Sie rauchen, Dr. Mulder?« Sie war ebenfalls aufgestanden, machte aber nicht die leisesten Anstalten zu gehen. »Das hätte ich nicht gedacht. Ich habe fast vier Jahre nicht geraucht, aber wieder angefangen, seit ich hier arbeite. Das vertreibt den Gestank wenigstens für ein paar Minuten.« Sie lachte leise und zwinkerte ihm zu. »Wie sieht es aus? Haben Sie Zeit?«

Schwarze Spitze, dachte Mulder und fixierte ein kleines Muttermal über ihrer rechten Augenbraue, damit sein Blick nicht wieder in ihrem Ausschnitt verschwand. Schwarze Spitze auf warmer, weicher Haut.

Es war, als würde Philipp hinter ihm stehen und ihm ins Ohr raunen: Die hat sich nicht deshalb neben dich gekniet, weil sie dein nicht existierendes Feuerzeug mit dir suchen wollte. Die will etwas ganz anderes von dir. Und sag nicht, dass du dazu keine Lust hast. Wie lang ist es her, dass du zuletzt mit einer Frau geschlafen hast? Nur so zum Spaß, ohne den verzweifelten Wunsch, eine Ehe aufrechtzuerhalten, die schon längst gestorben war? Also denk nicht nach, ein besseres Angebot kriegst du so schnell nicht wieder.

Und den Ärger gratis dazu, wenn herauskam, dass der neue Mediziner nichts Besseres zu tun hatte, als gleich an seinem ersten Tag etwas mit einer Mitarbeiterin anzufangen, die noch dazu mindestens fünfzehn Jahre jünger war als er.

»Tut mir leid.« Mulder schob sich an ihr vorbei. »Ich

muss noch etwas erledigen. Ein anderes Mal vielleicht.« Er nickte ihr zu und verließ mit schnellen Schritten den Umkleideraum. Jetzt brauchte er wirklich frische Luft. Seine Schritte hallten hohl von den Wänden wider, während er den Gang entlangeilte.

»Dr. Mulder?«

Er blieb stehen und drehte sich um. Die Schattenkirchner stand im Türrahmen des Sekretariats und winkte ihn zu sich.

»Ein Privatgespräch für Sie«, sagte sie. Dem Tonfall nach hätte sie ihm auch mitteilen können, dass ein Paket mit Pornofilmen für ihn abgegeben worden war. Mulder stöhnte innerlich. Was war jetzt schon wieder?

»Wer ist dran?«, fragte er und betrat das Sekretariat.

»Ihre Frau.« Sie schaffte es, diesen Satz so klingen zu lassen, als sei es die unvorstellbarste Sache der Welt, dass Mulder verheiratet sein könnte. Er blieb stehen.

»Exfrau, liebe Frau Schattenkirchner. Exfrau. So viel Zeit muss sein.« Er drehte sich um. »Legen Sie das Gespräch bitte in mein Büro. Privates soll ja schließlich privat bleiben, nicht wahr?«

Er schenkte ihr ein breites Lächeln, warf die Tür hinter sich zu und ließ sich in den Bürostuhl fallen. So hatte er sich seinen Start in München nicht vorgestellt. Gestern, ausgerechnet an seinem ersten Arbeitstag, hatte er fast eine Stunde verschlafen, weil er bis weit nach Mitternacht wach gelegen und gegrübelt hatte, ob es wirklich die richtige Entscheidung gewesen war, Würzburg zu verlassen und in München noch einmal von vorne zu beginnen. Dann hatte ihn der Taxifahrer auch noch vor dem völlig falschen Gebäude abgesetzt, so dass er mehrere hundert Meter im Laufschritt zurücklegen musste, bis er den Eingang der

Rechtsmedizin erreichte. Als er dann endlich im Sekretariat stand, völlig verschwitzt und mit nervös klopfendem Herzen, hatte die Schattenkirchner es nicht einmal für nötig empfunden, aus ihrem Stuhl aufzustehen und ihn zu begrüßen. Sie ließ zu keiner Zeit auch nur den leisesten Zweifel daran aufkommen, dass das, was er sich gerade geleistet hatte, absolut unverzeihlich war, und wenn sie gekonnt hätte, hätte sie ihn vermutlich eigenhändig zum Schafott geführt.

Wenigstens hatten Professor Dederich und Mulders neue Kollegen seine kleine Odyssee mit Humor genommen. »Halb so schlimm. Unsere Patienten beschweren sich ja nicht, wenn sie mal länger warten müssen. Nicht einmal die privat Versicherten«, hatte der Institutsleiter gesagt und ihm die Hand geschüttelt. Ab diesem Moment war das flaue Gefühl in Mulders Magen immer weiter abgeebbt. Als er den Sektionsraum betreten hatte, war gerade alles wieder in Ordnung gewesen – bis er die Polizistin gesehen hatte.

Stieglitz, Mordkommission München.

Der Name schien so gar nicht zu ihr zu passen, weil sie mit ihren raspelkurzen schwarzen Haaren, den engen Jeans und den auffälligen Stiefeln so gar nichts mit einem kleinen Vogel zu tun hatte. Und auch nicht mit den Polizisten, die er bisher kennengelernt hatte. Das hatte er eigentlich mit seiner Bemerkung ausdrücken wollen, aber die war gründlich danebengegangen, und sie war mit blitzenden Augen hinausgerauscht.

Mulder rieb sich über das Kinn. Taff und stachelig, so sah sie nach außen hin aus. Doch das war nicht alles. Als er der Kommissarin die Stichwunden gezeigt hatte und sich ihre Blicke begegnet waren, da hatte er für einen winzigen

Moment einen Blick auf den kleinen, zerbrechlichen Vogel in ihrem Inneren werfen können, doch sie hatte die Käfigtür sofort wieder zugeworfen und ihn weggesperrt.

Das Klingeln des Telefons drang durch seine Gedanken hindurch und erinnerte ihn daran, dass Susanne am anderen Ende der Leitung auf ihn wartete. Trotzdem lächelte Mulder, als er den Hörer abnahm.

Zwölf

Nachdem Toni ihren Kollegen in knappen Worten von der Befragung der Köster berichtet hatte, setzte sie sich an ihren Schreibtisch und wickelte das belegte Baguette aus, das sie sich auf dem Rückweg besorgt hatte. Mit spitzen Fingern zog sie die Tomatenscheiben heraus und nahm gerade den ersten Bissen, als Sören ihr Büro betrat.

»Langsam kommt Bewegung in die Sache«, sagte er. »Ein weiterer Zeuge hat sich gemeldet. Er behauptet, Samstagnacht eine Frau gesehen zu haben, auf die die Beschreibung passen würde. Vor allem ihr feuerroter Mantel ist ihm aufgefallen, sagt er.«

»Wer, wann, wo?«, fragte Toni kauend.

»Sigi Lenz. Etwa zwischen dreiundzwanzig Uhr dreißig und Mitternacht. In seiner Bar.«

»Der Typ hat eine eigene Bar?«

»Sieht ganz so aus.«

»Dann los, worauf warten wir noch?« Sie schob das Baguette zurück in die Tüte. »Ich fahre.«

»Zu spät.« Sören wedelte mit der Mappe, in der die Fahrzeugpapiere und die Fahrzeugschlüssel verstaut waren. »Wisch dir lieber das Kinn ab, so nehme ich dich nicht mit.«

Toni rieb sich mit der Hand über das Kinn und musterte

zuerst die Krümel an ihren Fingern und dann ihren Kollegen.

»Jedenfalls leichter zu beseitigen als ein Kaffeefleck auf dem Hemd.«

»Kaffeefleck?« Sören riss die Augen auf. »Wo?« Er warf die Mappe auf den Tisch und zog sein Hemd glatt, um es zu begutachten. »Was hast du denn? Da ist doch gar kein Fleck.«

»Was ich habe?«, antwortete Toni. »Den Fahrzeugschlüssel.« Sie hielt Sören die Mappe unter die Nase. »Und außerdem habe ich nie behauptet, dass du einen Kaffeefleck hast.«

Sören ließ sein Hemd los und kniff die Augen zusammen.

»Na warte, das kriegst du zurück.«

Fünfundzwanzig Minuten später stellte Toni den Dienstwagen vor dem S2 am Fahrbahnrand ab. Hinter den riesigen Scheiben war noch alles dunkel.

»S2«, sagte sie und schüttelte den Kopf. »Wer nennt sein Lokal denn nach einer S-Bahn-Linie?«

»Höchstens jemand, der Stellwerkstörungen und Verspätungen toll findet«, antwortete Sören. »Der Lenz dürfte dazu allerdings nicht gehören. Laut meinen für gewöhnlich gutunterrichteten Quellen hatte er schon einmal eine Kneipe, das S1, was nichts anderes war als die Abkürzung für Sigi1, also Sigis erste Kneipe. Allerdings ist er damit ziemlich bald pleitegegangen. Böse Zungen behaupten, dass er dadurch den Unterhaltszahlungen an seine Exfrau entkommen wollte. Das S2 ist offenbar sein zweiter Anlauf, und diesmal scheint er den Bogen rauszuhaben.«

»Gutunterrichtete Quellen?« Toni zog die Augenbrauen

hoch. »Bringe ich dich und mich in Schwierigkeiten, wenn ich da nachbohre?«

Sören grinste und wiegte den Kopf von einer Seite zur anderen. »Könnte durchaus sein.«

»Okay, dann tun wir einfach so, als hätte diese Unterhaltung nie stattgefunden.« Toni stieg aus, musterte einen Augenblick die Fassade und ging auf das S2 zu.

»Die großen Scheiben haben etwas von einem Schaufenster, findest du nicht? Ich weiß nicht, ob ich da sitzen möchte.« Sie spähte ins Innere. Die Einrichtung war schlicht und schnörkellos. Dunkle Holzoptik, Stahl und Glas dominierten. Die Barhocker, Stühle und Sessel waren cremeweiß bezogen, und die Lampenschirme, die von der Decke hingen, erinnerten Toni an halbierte violette Ostereier. Schick, aber nicht schickimicki. Toni zog es zwar mehr in Pubs im typisch britischen Stil, aber der Laden machte gar keinen so schlechten Eindruck. Würde sie privat daran vorbeikommen, würde sie ihm vielleicht sogar eine Chance geben. Sie rüttelte an der Eingangstür, doch die war erwartungsgemäß verschlossen.

»Ich rufe den Lenz an und sage ihm, dass wir vor der Tür stehen.« Sören hatte sein Telefon noch nicht richtig aus der Jackentasche gezogen, als sich im Lokal etwas bewegte. Ein Schatten erhob sich aus dem Sessel in der hintersten Ecke. Das Novembernachmittagszwielicht hatte den Mann beinahe verschluckt, so dass Toni ihn auf den ersten Blick völlig übersehen hatte. Je näher er der Tür kam, desto mehr wunderte sie sich darüber, denn der Mann, der nun von innen aufsperrte, war gut einen Meter neunzig groß, und es hätte Toni überhaupt nicht überrascht, wenn unter dem kleinen Bauchansatz und den beginnenden Hängebäckchen ein ehemaliger Kickboxer steckte.

»Herr Lenz?«, fragte Toni, als die Tür aufging. »Sigismund Lenz?«

»Bitte nicht.« Der Mann verzog das Gesicht. »Nicht dieses Wort. Ich weiß nicht, was meine Eltern damals geritten hat, mir diesen Namen zu geben, aber wenn Sie irgendwelche Informationen von mir haben wollen, dann sagen Sie Sigi zu mir.«

Er streckte die Hand aus, und Toni ergriff sie. Dabei hatte sie alle Mühe, ein Grinsen zu unterdrücken. Diese Worte hätten von ihr sein können. Wenn sie ehrlich war, fand sie Sigismund allerdings auch schrecklich. Genauso wie Antonia. Weshalb sie Fredi aus der 4c damals auch Schläge angedroht hatte, sollte er sie noch einmal bei ihrem vollen Namen nennen.

»Stieglitz, Mordkommission München«, stellte sie sich vor. »Und das ist mein Kollege Herr Palstek.« Die Männer schüttelten sich ebenfalls die Hand. »Sie haben die Polizei verständigt, weil Sie glauben, die Frau aus unserem Presseaufruf in der Nacht von Samstag auf Sonntag hier in Ihrer Kneipe gesehen zu haben. Ist das richtig?«

»Lounge«, antwortete Lenz. »Nicht Kneipe. Kneipe klingt nach wackeligen Stühlen, kaltem Rauch und harten Kaugummiresten unter den Barhockern. Und das werden Sie hier garantiert nicht finden. Bitte, kommen Sie herein.«

Während er vorausging, warf Toni ihrem Kollegen einen schnellen Blick zu. Lounge, formte sie tonlos mit den Lippen und verdrehte dabei die Augen. Das war vermutlich die gastronomische Ausrede dafür, dass das Bier teurer und die Cappuccino-Tassen kleiner waren.

»Sitzen Sie eigentlich öfter ganz allein in Ihrem Lokal?«, fragte Toni und sah in die Ecke, aus der er aufgestanden war. Wie eine Spinne, die verborgen in einem Winkel ihres Netzes kauert und darauf wartet, dass eine unvorsichtige Fliege sich in den klebrigen Fäden verheddert, dachte sie.

»Ja, das mache ich tatsächlich.« Er blieb stehen und wandte sich zu Toni und Sören um. »Wenn ich dort sitze, bin ich praktisch unsichtbar. Niemand vermutet einen Menschen in einem geschlossenen Lokal, und ich kann ungestört die Leute draußen auf der Straße beobachten und meinen Gedanken nachhängen.«

»Sie beobachten also andere Leute?«, hakte Sören nach.

»Ja. Sie doch auch, oder nicht?«

»Aber nur rein beruflich.«

»Wer's glaubt, wird selig«, sagte Lenz und verzog den Mund zu einem spöttischen Grinsen. »Oder wollen Sie etwa behaupten, Sie sind noch nie in einem Café an der Leopoldstraße gesessen und haben den Mädels, die an Ihnen vorbeistolziert sind, heimlich Noten gegeben?«

Lenz wartete nicht auf eine Antwort, sondern ging um den Tresen herum und stieß eine Tür auf, die in einen dahinterliegenden Flur führte.

Trotz des Dämmerlichts im Lokal bemerkte Toni, dass Sörens Wangen sich verfärbten. »Also das hätte ich nicht von dir gedacht«, flüsterte sie. »Ich bin zutiefst erschüttert, dass mein hanseatisch-nobler Kollege einen solch chauvinistischen Kern hat. Machst du das bei uns Kolleginnen auch? Sie benoten? Dicker Hintern – eine armselige Drei. Große Titten – eine glatte Zehn? Was wohl unsere geschätzte Gleichstellungsbeauftragte dazu sagen würde, wenn … He!«

Ein Stoß in den Rücken ließ Toni nach vorne stolpern.

»Halt einfach die Klappe«, zischte Sören, und Toni grinste. Männer. Die waren doch alle gleich.

Natürlich hatte sie sich mit ihren Kolleginnen auch schon über ihre männlichen Kollegen unterhalten, und bei manchen Kommentaren, die da gefallen waren, waren ihre Wangen so rot geworden wie gerade eben die von Sören. Aber die Männer zu benoten – das war noch keiner von ihnen eingefallen.

Welche Note sie selbst wohl bekommen würde? Sie dachte an die Zeit zurück, als der Hersteller ihrer Polizeiuniform vorübergehend auf die Idee gekommen war, im Bund der Damenhosen einen Gummizug einzunähen. Wahrscheinlich, so hatten sie damals gemutmaßt, damit die Hose mit dem Bauch schwangerer Polizistinnen mitwachsen konnte. Doch ob schwanger oder nicht – ab diesem Moment hatte sich der Hintern jeder Frau, der Mutter Natur keine knabenhaft schmalen Hüften geschenkt hatte, optisch ein ordentliches Stück verbreitert, und ihrer somit ganz sicher auch. Nur gut, dass sie sich selbst nie von hinten gesehen hatte. Vermutlich wäre sie nie über eine Vier oder Fünf hinausgekommen. Unter diesem Aspekt tat es ihr gar nicht leid, dass die uniformierte Zeit längst hinter ihr lag, denn die neue blaue Uniform, die demnächst bei der bayerischen Polizei eingeführt werden würde, war mit ihren Cargohosen auch nicht gerade prädestiniert dafür, Frauenbeine schlanker erscheinen zu lassen.

Toni und Sören folgten Sigi Lenz in einen Raum, der offensichtlich als Büro genutzt wurde. Der Wirt zog zwei Stühle von einem kleinen Tisch in der Ecke vor den Schreibtisch und ließ sich selbst dahinter auf einem knallroten Chefsessel nieder, der aussah, als hätte man ihn aus einem Rennwagen ausgebaut.

»Darf ich Ihnen etwas zu trinken bringen?«, fragte er.

»Espresso, Cappuccino? Vor zwanzig Jahren hätte ich Ihnen auch noch Jacky Cola angeboten, aber das hat sich inzwischen ja erledigt. Schade, wenn Sie mich fragen. Mit den meisten Ihrer Kollegen konnte man nach ein oder zwei Gläsern richtig gut auskommen. Das hat alles für beide Seiten doch erheblich erleich…«

»Wie kommen Sie darauf, dass die Frau, die in Ihrer Lounge war, die Tote von der Michaelskirche sein könnte?«, unterbrach ihn Toni.

Wenn Lenz durch diesen abrupten Themenwechsel irritiert war, dann ließ er es sich nicht anmerken. Er lehnte sich zurück, faltete die Hände auf dem Bauch und betrachtete einen Augenblick lang die Tischplatte, bevor er antwortete.

»Aus dem Grund, den ich bereits Ihren Kollegen am Telefon genannt habe: der feuerrote Mantel. Damit hat sie unter den anderen Gästen regelrecht herausgestochen. Nicht, dass man sie ohne den Mantel übersehen hätte, aber das Ding brüllte regelrecht *Schaut mich an!*«

»Wie meinen Sie das, man hätte sie auch ohne den Mantel nicht übersehen?«

»Na, Sie wissen schon. Das war der Typ Frau, nach dem sich jeder umdreht. Die einen Raum betritt, und alle starren sie an. Die hatte so etwas an sich, das einen anzog, ob man wollte oder nicht.«

»Sie auch?«, wollte Toni wissen.

»Wenn Sie damit meinen, ob ich sie angeschaut habe: Ja. Habe ich sie angemacht? Nein. Erstens hatte ich dazu keine Zeit, weil der Laden brechend voll war. Und zweitens hätte ich nichts mehr zu lachen, wenn meine Frau herausbekommen würde, dass ich meinen weiblichen Gästen nachsteige.«

»Erinnern Sie sich noch, wie die Frau ausgesehen hat?«, fragte Sören. »Abgesehen von ihrem Mantel.«

Sigi Lenz strich sich über das Kinn.

»Sie hatte rote Haare, das weiß ich noch. Und sie war nicht besonders groß. Aber sonst …« Er zuckte entschuldigend mit den Schultern.

»War sie das?«

Toni schob ein Bild von Lena Sauer über den Tisch, das sie von der Homepage der Fotografin heruntergeladen hatten. Der Wirt betrachtete es lange, schließlich nickte er.

»Ja. Das war sie. Ich erinnere mich an den Leberfleck neben ihrem Mund. Derselbe wie bei Cindy Crawford.« Er gab Toni das Foto zurück. »Nun sehen Sie mich nicht so an, Frau Stieglitz, bloß weil ich den Namen eines Models kenne. Ich war auch mal jung, und Cindy war damals der Traum meiner schlaflosen Nächte. Nur der Leberfleck, der hat mich gestört. Wäre sie meine Freundin gewesen, hätte ich so lange auf sie eingeredet, bis sie ihn hätte wegmachen lassen.«

Schön, wenn man seinen Partner so liebt, wie er ist, dachte Toni.

»Von wann bis wann war sie in Ihrem Lokal?«, fragte sie stattdessen.

»Wann sie gekommen ist, kann ich Ihnen nicht sagen. Zu dem Zeitpunkt war ich nicht hier. Gegangen ist sie kurz nach Mitternacht.«

»Wie muss ich das verstehen, dass Sie nicht in Ihrem Lokal waren, als die Frau kam? Sie sind der Besitzer, es war Samstagabend, und Sie sagten vorhin doch selbst, dass das Lokal voll war. Sollten Sie da nicht hinter dem Tresen stehen?«

»Natürlich sollte ich das, aber das tue ich schon seit anderthalb Jahren nicht mehr.« Er tippte mit dem Zeigefinger gegen sein rechtes Ohr. »Tinnitus. Habe ich von einem Flug nach Mallorca zurückbehalten. Ich hatte eine leichte Erkältung, wollte einen Druckausgleich machen, und da krachte es in meinem Kopf, als hätte mir jemand in den Schädel geschossen. Seither rauscht und pfeift es in meinem Ohr, und je lauter es in meiner Umgebung ist, desto mehr strengt sich der kleine Mann da drin an, um das alles zu übertönen. Deshalb stehe ich nur noch von Sonntag bis Donnerstag hier, wenn sich der Geräuschpegel in Grenzen hält. Das Wochenende und den Lärm überlasse ich meiner Belegschaft.«

»Sie können also nicht sagen, ob die Frau früher schon einmal hier gewesen ist?«, wollte Sören wissen.

Lenz schüttelte den Kopf.

»Nicht, was das Wochenende angeht. Unter der Woche war sie jedenfalls ganz sicher noch nie hier. Wie gesagt – die Frau war unmöglich zu übersehen.«

Toni lehnte sich nach vorn.

»Und wie kommt es, dass Sie diesen Samstag doch gearbeitet haben? War der Mann im Ohr im Urlaub?«

Sigi Lenz zog die Oberlippe hoch wie ein Hund seine Lefzen.

»Oh, eine Polizistin mit Humor. Dass ich das noch erleben darf.« Er starrte Toni über den Tisch hinweg an, und plötzlich war sie sich sicher, dass der Mann früher im Ring gestanden und seine Gegner mit genau diesem Blick nach Schwachstellen abgesucht hatte, bevor er ihnen die Faust genau dorthin rammte, wo es richtig weh tat.

Reglos starrte Toni zurück. Wer zuerst blinzelt, hat verloren. Das Spiel kannte sie zur Genüge. Bisher hatte allerdings noch keiner gegen sie gewonnen, und auch Lenz steckte schließlich zurück. Ein kaum sichtbares Lächeln blitzte in seinen Mundwinkeln auf, bevor er erst auf die Tischplatte und dann zu Sören blickte.

»Christopher, einer meiner Angestellten, meldete sich mitten in seiner Schicht krank, so dass ich für ihn einspringen musste. Er hat mich kurz nach dreiundzwanzig Uhr angerufen, und gegen halb zwölf war ich hier. Da saß sie schon an der Theke. Ein Kerl laberte auf sie ein, aber sie schien nicht besonders interessiert zu sein. Wäre ich an ihrer Stelle aber auch nicht gewesen. Das war mehr der Typ verklemmter Oberlehrer. Einer, dem der Stecken im Arsch noch zum Kragen herausschaut, und der erst ab einem Promille den Mund aufbekommt, wenn Sie wissen, was ich meine.«

Toni nickte mechanisch. Dass die Sauer kein Interesse an dem Oberlehrer gehabt hatte, wunderte sie nicht weiter, wenn auch aus anderen Gründen, als Lenz vermutete. Aber das mussten sie ihm ja nicht auf die Nase binden.

»Hat sie sich auch noch mit anderen Männern unterhalten?«

»Nein. Ich denke, sie hätte gern, aber der Typ hing an ihr wie eine Klette, und sie ist ihn einfach nicht losgeworden. Man konnte sehen, wie ihre Laune fast im Minutentakt schlechter wurde. Schließlich hat sie mir einen Zwanziger auf den Tresen geknallt, sich ihren Mantel übergeworfen und ist nach draußen gerauscht, ohne auf das Wechselgeld zu warten. Das waren fast elf Euro Trinkgeld. Die Frau muss wirklich mies drauf gewesen sein.«

»Um wie viel Uhr war das?«

»Ziemlich genau um Mitternacht.«

»Und das wissen Sie so genau, weil …?«

»Weil ich um Mitternacht immer *Hell's Bells* von AC/DC

auflege, und mit den Glockenschlägen die Tür hinter ihr zugefallen ist.«

Ein furioser Abgang also. Toni konnte die Sauer fast vor sich sehen, wie sie mit wehendem Mantel nach draußen stürmte. Hinein in die Arme ihres Mörders.

»Was war mit diesem Typen?«, klinkte sich Sören ein. »Ist er ihr gefolgt?«

»Der? Nein. Der hat sich gleich die Nächste gesucht, konnte bei der aber auch nicht landen. Als ich um drei abschließen wollte, war er immer noch da, hockte allein in einer Ecke und glotzte in sein Bier.«

Schade. Wäre auch zu schön und vor allem zu einfach gewesen, dachte Toni.

»Ist Ihnen sonst jemand aufgefallen, der unmittelbar nach der Frau Ihr Lokal verlassen oder sich sonst irgendwie auffällig verhalten hat?«, fragte Sören weiter, während Toni das Whiteboard an der Wand hinter dem Wirt musterte.

»Nein, tut mir leid.« Sigi Lenz schüttelte den Kopf. »Ich habe aber auch nicht weiter darauf geachtet. Wie gesagt – der Laden brummte, da hatte ich für so etwas keine Zeit.«

»Ist das ein Dienstplan?«, warf Toni ein und deutete auf das Whiteboard, auf dem mit krakeliger Schrift Tage, Uhrzeiten und Namen notiert waren. »Demnach haben am Samstagabend«, sie kniff die Augen zusammen, »Juno und Christopher gearbeitet.«

»Jana. Jana und Christopher.«

»Jana? Ernsthaft?« Toni kniff die Augen noch mehr zusammen und zuckte dann mit den Schultern. »Wie auch immer. Wir brauchen auf jeden Fall die vollständigen Namen, Anschrift und am besten auch noch die Telefonnummern der beiden.« Sie sah aus den Augenwinkeln, dass Sören sein Notizbuch aus der Innentasche seiner Jacke zog.

»Bei Christopher haben Sie es nicht weit. Der wohnt genau gegenüber auf der anderen Straßenseite. Wenn Sie mit Jana sprechen wollen, müssen Sie allerdings ins Flugzeug steigen. Die ist nämlich am Sonntag in Urlaub geflogen. Thailand, Dom-Rep oder so was.«

Mist. Toni knirschte mit den Zähnen.

»Und wann kommt sie wieder?«

»Keine Ahnung. Sie hat drei Wochen Urlaub, das ist alles, was ich weiß und was mich interessiert.«

Dreizehn

Sören drückte bereits zum dritten Mal auf den messingfarbenen Klingelknopf, doch nichts rührte sich.

»Sieht aus, als ob der Henning nicht zu Hause ist«, sagte er und klingelte erneut.

Toni trat ein paar Schritte zurück und schaute hinauf zu den Fenstern im ersten Stock. Nur zwei waren beleuchtet, hinter dem Rest gähnte Dunkelheit. Das Scheinwerferlicht eines vorbeifahrenden Autos spiegelte sich in den Scheiben, und für einen Augenblick schien es, als würde hinter einer der Umriss eines Menschen zu sehen sein.

Sören stellte sich neben Toni, blickte aber hinüber auf die andere Straßenseite. »So einen kurzen Arbeitsweg möchte ich auch einmal haben.«

»Wirklich?« Toni betrachtete noch immer das Fenster und wartete auf das nächste vorbeifahrende Auto. Vielleicht konnte sie dann mehr erkennen. »Also für mich wäre das der blanke Horror. Zum einen bist du dann der Trottel, der immer als Erstes angerufen wird, wenn jemand ausfällt, weil du ja am schnellsten in der Arbeit sein kannst. Zum anderen siehst du deinen Chef jeden Tag, sogar im Urlaub. Und wenn du dich mal krankmeldest, obwohl du es eigentlich gar nicht bist, dann kannst du nicht einmal das Haus verlassen, weil dein Boss dir sofort auf die Schliche kommt. Nein, danke. Das wäre nichts für mich.«

»Du machst also hin und wieder blau? Willst du mir das damit sagen?«, stichelte Sören.

»Blödsinn. Das ist rein hypothetisch.«

Ein Wagen näherte sich, und das Licht der Scheinwerfer huschte über die Fassade. Rasch blickte Toni nach oben, doch das Fenster war leer. Sie hatte sich die Person offenbar nur eingebildet. »Lass uns fahren«, sagte sie und wandte sich ab. »Wer weiß, wann der wieder zurück ist.«

Obwohl Jana Kowalczyk laut Sigi Lenz in Urlaub geflogen war, wollten Toni und Sören es auf einen Versuch ankommen lassen. Ein Stück kariertes Papier, mit Tesa notdürftig an das Klingelbrett geklebt, markierte vermutlich die Klingel zu Jana Kowalczyks Wohnung. Sicher war Toni sich nicht, denn der Regen hatte lediglich einzelne verwaschene Buchstaben zurückgelassen, die sich nur mit viel Phantasie zu dem Nachnamen der Bedienung zusammensetzen ließen.

Sie klingelte einmal. Zweimal. Dreimal. Schließlich öffnete sich in einer Wohnung im Erdgeschoss ein Fenster, und ein älterer Mann streckte seinen Kopf hinaus.

»Nun hören Sie schon mit dem Sturmläuten auf. Die ist nicht da. Und wenn's nach mir ginge, bräuchte die auch nicht mehr zu kommen. Tätowiertes Gesindel, tätowiertes.«

Im nächsten Moment knallte der Mann das Fenster auch schon wieder zu und ließ ratternd die Rollläden herunter.

»Es geht doch nichts über ein gutes nachbarschaftliches Verhältnis«, sagte Toni. »Allerdings kann ich mir nicht vorstellen, dass die Kowalczyk ihn gebeten hat, bei ihr die Blumen zu gießen. Bei dem hätte ich Angst, dass er mir heimlich Strychnin unter den Zucker mischt und meine Katze zu einer Rheumadecke verarbeitet.«

»Du hast eine Katze?«, fragte Sören.

»Eine Katze? Ich? Eher tritt die CSU geschlossen zum Leninismus über.«

Vierzehn

Toni drückte mit dem Ellenbogen auf den Lichtschalter, ließ ihre Tasche zu Boden plumpsen und warf die Post, die sie aus dem Fach an der Rezeption genommen hatte, auf ihr Bett. Werbung, Rechnungen, Kreditangebote. Der übliche Kram. Sie zog ihre Jacke aus und hängte sie an die Garderobe. Dabei knurrte ihr Magen laut und vernehmlich. Wann hatte sie heute eigentlich zuletzt etwas gegessen? Sie dachte an das Baguette, von dem sie gerade einmal einen Bissen genommen hatte, bevor sie mit Sören zu Sigi Lenz gefahren war, und das jetzt immer noch auf ihrem Schreibtisch lag. Dort nutzte es ihr jetzt allerdings herzlich wenig.

Aber sie hatte ja zum Glück noch das Gulasch von Frau Wilmerdinger. Toni öffnete das Fenster. Nasskalte Luft schlug ihr entgegen. Fröstelnd zog sie die Schultern hoch und nahm die Tupperdose vom Fensterbrett. Automatisch glitt ihr Blick dabei die Straße entlang und blieb schräg gegenüber an einem Ahornbaum hängen. Die wenigen Blätter, die noch nicht von seinen Zweigen gefallen waren, reflektierten schwach das Licht der Straßenlaternen, der Stamm selbst verschmolz beinahe mit der Dunkelheit. Nein, nicht mit der Dunkelheit. Mit etwas anderem. Einem Schatten. Einem Schatten, der aussah wie ein Mann. Ein Mann, der zu ihr heraufstarrte.

Toni fühlte sich, als hätte sie einen Faustschlag in den Magen bekommen. Sie drückte die Dose an sich, warf das Fenster zu und kauerte sich auf den Boden. Ihr Herz raste. Hatte dort wirklich jemand gestanden, oder hatte sie sich das alles nur eingebildet? Wenn sie tatsächlich einen Mann gesehen hatte, dann kam dafür nur einer in Frage: Mike. Aber wie hatte er sie gefunden? War er ihr gefolgt? Oder hatte er auf sie gewartet? Erst jetzt wurde ihr bewusst, dass sie auf dem Weg vom S-Bahnhof zu ihrer Pension überhaupt nicht auf ihre Umgebung geachtet hatte. Sie war so in Gedanken gewesen, so vertieft in den Fall, dass sie jegliche Vorsicht außer Acht gelassen hatte. Vermutlich hätte sie Mike nicht einmal bemerkt, wenn er direkt hinter ihr gegangen wäre.

Toni hob den Blick und starrte auf ihre Zimmertür. Hatte sie abgeschlossen? Was, wenn Mike schon im Haus war? Wenn er jetzt gerade die Treppen hinaufstieg? Frau Wilmerdinger spielte wie jeden Dienstag mit ihren Freundinnen Bridge, weshalb die Eingangstür versperrt war, aber für jemanden wie Mike war das kein Hindernis.

Auf allen vieren kroch Toni durch das Zimmer, drückte die Klinke hinunter – aber die Tür blieb zu. Wenigstens dieser Automatismus hatte funktioniert. Sie schloss die Augen und lehnte sich gegen die Wand, atmete tief ein und aus und versuchte sich zu beruhigen. Vielleicht hatte sie sich ja alles nur eingebildet. Und selbst wenn dort unten ein Mann gestanden hatte – wer sagte, dass es Mike gewesen war? Vielleicht hatte nur jemand seinen Hund Gassi geführt und gewartet, bis der Köter sein Geschäft erledigt hatte.

Von einer Sekunde auf die andere schlug die Angst, die sie gerade noch auf Händen und Knien durch das Zimmer getrieben hatte, in heißen Zorn um.

Dieses verdammte Arschloch! Mike war nicht im selben Zimmer mit ihr, sie konnte ihn nicht einmal sehen, und doch hatte er sie immer noch in seiner Gewalt und manipulierte sie wie einen dressierten Affen.

Wütend hämmerte sie mit der Faust auf den Boden. Sie war eine Polizistin, verdammt noch mal! Sie hatte einen Mann aus seiner brennenden Wohnung gerettet, hatte sich mit besoffenen Hooligans angelegt, hatte fast eine Stunde alleine in einem dunklen Keller neben einer Leiche gesessen – und dann brachte ein dämlicher Schatten sie so aus der Fassung?

»Nein, Mike«, flüsterte sie und stand auf. »Das hat jetzt ein Ende. Ich habe mich viel zu lange von dir herumschubsen lassen. Du stiehlst mir nicht noch mehr von meinem Leben!«

Sie packte ihre Jacke und die Autoschlüssel, versperrte ihr Zimmer und rannte die Treppe hinunter. Wut brodelte in ihrer Brust. Wenn Mike jetzt tatsächlich draußen stand, würde sie es ihm heimzahlen. All die Prügel, die Angst, den Schmerz. Jedes ausgerissene Haar würde sie ihn spüren lassen. Jede Ohrfeige und jeden Tritt. All die Lügen, die sie erzählt hatte, die Selbstzweifel, das schlechte Gewissen, das er ihr eingeredet hatte. Nichts war vergessen und schon gar nicht vergeben.

Toni riss die Haustür auf und stürzte hinaus auf den Gehweg. Wo war er? Wo war der Scheißkerl? Keuchend sah sie zu dem Ahornbaum hinüber: nichts. Auch die Straße und die Bürgersteige waren leer. Hilflos ballte sie die Fäuste, hätte ihre Wut am liebsten in die Nacht hinausgeschrien.

Ein Haus weiter öffnete sich eine Tür. Ein Mann und eine Frau traten heraus. Untergehakt kamen sie auf Toni zu. Sie senkte den Kopf und drehte sich weg, versenkte ihre Hände in den Jackentaschen. Alles in ihr bebte. Toni stand noch so da, als die Schritte und die Stimmen des Paares schon längst verklungen waren. Langsam kroch die feuchte Kälte der Novembernacht in ihre Kleidung. Toni schniefte und fuhr mit der Zunge über ihre Lippen. Sie schmeckten salzig. Salzig? Toni berührte ihre Wangen mit den Fingerspitzen. Sie waren nass. Noch mehr Tränen, die auf Mikes Konto gingen.

Heftig wischte sie sich mit dem Ärmel über das Gesicht. Es gab jetzt zwei Möglichkeiten: Entweder verkroch sie sich weiter in ihrem Loch und leckte ihre Wunden, oder sie fing endlich an, ihr Leben zu leben.

Sie schloss die Finger um ihre Autoschlüssel und eilte mit großen Schritten den Gehsteig entlang. Zwei Straßenecken weiter stand ihr alter Mercedes. Sie ging einmal rundherum. Keine Kratzer, keine Reifen zerstochen. Gut. Sie schloss den Wagen auf, ließ sich auf den Fahrersitz fallen und zog ihr Handy aus der Jackentasche.

»Hi, Raff! Ich bin's, Toni. Hast du Zeit?«

Fünfzehn

Im O'Donnel's herrschte der übliche Feierabendverkehr. Diejenigen, die schnell noch ein Bier getrunken hatten, bevor Frau und Kinder sie für den Rest des Abends in Beschlag nahmen, schlurften hinaus, während die, die nicht wussten, was sie sonst mit sich anfangen sollten, auf dem Weg hinein waren.

Raff hatte das erste Glas Guinness schon zur Hälfte geleert, als Toni sich zu ihm setzte. Über fünfzehn Minuten war sie durch die Straßen gekurvt, bis sie endlich einen Parkplatz gefunden hatte. Mit der S-Bahn wäre sie deutlich schneller gewesen, aber sie hatte die Einsamkeit in ihrem Auto und das tröstliche Brummen des Motors gebraucht, um wieder herunterzukommen. Die Wut, die gerade noch in ihr getobt hatte, war verflogen und hatte nur eine kalte schwarze Leere zurückgelassen.

»Was verschafft mir die unerwartete Ehre?«, fragte Raff, nachdem Toni ihre Bestellung aufgegeben hatte. »Wenn ich mit allem gerechnet hätte – aber ganz sicher nicht damit, dass du mich um ein Date bittest. Wie lang ist das her, dass wir uns zum letzten Mal die Nacht um die Ohren geschlagen haben? Zwei Jahre? Oder eher drei?«

Zwei Jahre und acht Monate, dachte Toni. Nein, neun. So lang wäre sie jetzt mit Mike zusammen, wenn nicht ...

»Keine Ahnung.« Toni zuckte mit den Schultern. »Und

außerdem ist das kein Date, sondern einfach nur ein Abend, den zwei Kollegen miteinander in einer Kneipe verbringen.«

»Und da hat Mike neuerdings nichts mehr dagegen? Er lässt dich ausgehen? Ganz allein?«

Sie hatte gewusst, dass genau diese Frage kommen würde. Deshalb hätte sie, den Griff der Pubtür schon in der Hand, auch fast wieder kehrtgemacht. Aber weglaufen galt nicht. Jetzt nicht mehr.

Die Kellnerin brachte das Guinness und verschaffte Toni einen kleinen Aufschub. Raff und Mike hatten sich noch nie leiden können. Als sie die beiden einander vorgestellt hatte, war die Abneigung, die sich zwischen den beiden Männern innerhalb eines einzigen Moments aufgebaut hatte, fast körperlich spürbar gewesen. Mike hatte ihr von da an den Umgang mit Raff verboten, und sie hatte dieses Verbot ohne Widerworte geschluckt. Schließlich war sie sein braves Mädchen, und brave Mädchen taten, was man ihnen sagte, damit sie geliebt wurden.

Toni schaute aus dem Fenster, sah aber nur ihr eigenes Spiegelbild. Blass und kränklich, mit dunklen Flecken dort, wo die Augen sein sollten. Sie wandte sich von ihrem gespenstischen Ebenbild ab, vermied es jedoch, Raff anzublicken.

Ihr lagen so viele Dinge auf der Zunge. Dass es ihr leidtat, weil sie Raff von einem Tag auf den anderen aus ihrem Leben geworfen hatte. Dass sie seine Gegenwart vermisst hatte. Dass sie ihn vermisst hatte. Ihn, seine Wärme und seine Freundschaft.

»Lass uns erst einmal anstoßen. Ich brauche jetzt unbedingt etwas zu trinken.«

Sie prostete Raff zu und nahm einen tiefen Zug. Das

Bier war kalt, aber nicht so kalt wie die Schwärze in ihrem Inneren. Umständlich stellte sie das Glas wieder ab. Die Kratzer auf der Tischplatte verschwammen für einen Augenblick. Konnte es sein, dass ihr der Alkohol jetzt schon in den Kopf stieg? Sie hätte besser etwas essen sollen. Wut auf sich und andere war nicht unbedingt die geeignete Unterlage für einen Kneipenabend.

»Erde an Toni. Bitte melden.«

Sie sah auf. Wie lange hatte sie auf die Tischplatte gestarrt? Eine Sekunde? Fünf? Zehn?

»Entschuldige, Raff. Ich war nur gerade etwas in Gedanken. Der Fall. Er geht mir nicht aus dem Kopf. Deshalb habe ich dich auch angerufen.«

»Damit ich ihn für dich löse?«

»Nein, du Quatschkopf. Damit du mich davon ablenkst.«

»Von dem Fall? Das wäre ja etwas ganz Neues. Du bist doch wie ein Terrier. Wenn du dich einmal in etwas verbissen hast, muss man dich aufhängen, ertränken und erschießen, um dich davon wegzubekommen.« Raff lehnte sich zurück. »Das mit dem Ablenken nehme ich dir ab. Aber es steckt etwas anderes dahinter. Oder jemand anderes. Geht es um Mike? Stimmt etwas nicht zwischen euch?«

Sie hatte es gewusst. Es war eine Scheißidee gewesen, Raff anzurufen. Ein Kloß aus Tränen verstopfte plötzlich Tonis Kehle. Sie schluckte. Sie durfte nicht heulen. Nicht jetzt. Nicht hier. Am besten nie mehr. Sie holte tief Luft.

»Mike und ich sind nicht mehr zusammen.« Nun war es raus. Aber die erwartete und erhoffte Erleichterung blieb aus. Der Stein war nicht von ihrem Herzen gefallen, er hatte sich nicht einmal bewegt.

Raff stieß einen leisen Pfiff aus.

»Das sind ja Neuigkeiten. Damit hätte ich nicht gerechnet.« Er beugte sich wieder nach vorne und stützte sich auf die Unterarme.

»Ist er gegangen oder du?«

Toni zuckte mit den Schultern.

»Wir beide. Irgendwie.« Was ja auch nicht gelogen war.

»Beide?« Raff klang irritiert und skeptisch zugleich. »Das heißt, ihr habt euch einvernehmlich getrennt, und Mike hat dich einfach so ziehen lassen?«

»Er hat sich mir nicht in den Weg gestellt, wenn du das meinst.« Toni lächelte schief und hätte sich gleichzeitig am liebsten geohrfeigt. Schon wieder verbog sie die Wahrheit, weil sie zu feige war, Klartext zu sprechen. Dabei brüllte alles in ihr danach, endlich der ganzen Welt zu zeigen, was für ein mieses Schwein der Strahlemann Mike in Wirklichkeit war. Dass er keinen Deut besser war als die Typen, die sie selbst so oft in eine Zelle gesteckt hatte. Aber dann hätte sie auch zugeben müssen, was für ein Schwächling sie die ganze Zeit gewesen war.

Sie blickte Raff in die Augen. Sie waren noch immer so bernsteinbraun wie früher, nur die Fältchen in seinem Gesicht waren mehr geworden. Aber wenn sie ehrlich war, machte ihn das nur noch anziehender. Auf einmal sehnte sie sich zurück in seine Arme, zurück in sein Bett; zurück in die Zeit, als alles so einfach gewesen war. Keine Verpflichtungen. Keine Abhängigkeiten. Keine Forderungen.

Ob das heute noch zwischen ihnen funktionieren würde? Für die Dauer eines Wimpernschlags wünschte sie sich, Raff würde aufstehen und sie ohne ein Wort mit sich ziehen. Aber das würde nicht gutgehen. Auch wenn sie gern etwas anderes glauben würde – die Unbeschwertheit, mit der sie sich damals aufeinander eingelassen hatten, war ein für alle Mal Vergangenheit. Aus der Gier und der

Leidenschaft von damals waren Vertrautheit und Freundschaft geworden; Sex würde jetzt alles zerstören, und dann würden sie sich nicht mehr in die Augen sehen können und nur mit gesenktem Kopf aneinander vorübergehen.

»Willst du es mir erzählen?«, fragte er.

Toni schüttelte den Kopf.

»Nein. Noch nicht. Ich muss das alles erst für mich sortieren.« Schon wieder eine Lüge.

»Okay.« Raff legte den Kopf schief, und ein Funkeln trat in seine Augen. »Habe ich am Ende Grund zur Eifersucht? Willst du mir deshalb nichts erzählen?« Theatralisch presste er seine Hände auf die Brust. »Sag nicht, dass du schon einen Neuen hast, Toni. Du weißt, das würde mir das Herz brechen.«

Er sah Toni so treuherzig an, dass sie gar nicht anders konnte, als zu lachen. Genau deshalb hatte sie Raff angerufen. Bereitwillig stieg sie ein.

»Nur einer?« Toni verdrehte die Augen. »Du weißt ja, wie es heißt: So many men, so little time. Ich weiß gar nicht, wo ich anfangen soll.« Aber in ihrem Kopf tauchte nur das Bild von einem auf: Dr. Mulder. Verärgert wischte sie es beiseite. Nein. Nicht er. Nicht Quincy.

»Na, darauf trinke ich. Sag Bescheid, wenn du Hilfe bei der Auswahl brauchst.« Sie prosteten sich zu, und Toni spürte, wie ihr schon etwas leichter ums Herz war.

»Hast du die Tatortbilder bekommen, die ich dir per Mail geschickt habe?«, fragte Raff, als sie ihre Gläser wieder abgestellt hatten.

»Ja.« Toni nickte. »Sie sind ...« Sie verstummte, wusste nicht, wie sie ihre Gedanken in Worte fassen sollte.

»Beängstigend«, sagte Raff. »Mir ging es auch nicht anders, als ich die Fotos auf den Rechner hochgeladen habe.

Obwohl ich ja auch am Tatort war, war es etwas ganz anderes, die Leiche auf dem Monitor zu sehen. Alles war viel dichter, viel intensiver. Er hat die Frau in die Ecke gesetzt wie ein kaputtes Spielzeug. Und zwar eines, das er mit voller Absicht kaputtgemacht hat. Gleichzeitig hatte dieses *Spielzeug* etwas ordinär Sexuelles.« Er schüttelte sich. »Als Wald- und Wiesenpsychologe würde ich sagen, dass bei dem Täter im Kopf einige Geisterfahrer unterwegs sind. Bitte, Toni, trag zu meiner Beruhigung als Bürger bei und sag mir, dass ihr kurz davor seid, den Kerl zu schnappen.«

Sie schüttelte den Kopf.

»Den Gefallen kann ich dir leider nicht tun. Wir wissen inzwischen zwar, dass sie kurz nach Mitternacht eine Kneipe verlassen hat, aber danach verliert sich momentan ihre Spur. Wir haben bereits einige Menschen aus ihrem Umfeld vernommen, aber weitergebracht hat uns das noch nicht. Keine verschmähten Verehrer, keinen unzufriedenen Kunden. Nicht mal der Exmann kommt in Frage, weil er sich am Freitag die Nase hat korrigieren lassen und seither stationär in einer Klinik am Bodensee liegt. Ihre neue Beziehung war glücklich, sie war erfolgreich, und sogar die Nachbarn hatten nur gute Worte für die Frau übrig. Friede, Freude, Eierkuchen, wohin man auch sieht.«

Raff kratzte sich hinter dem Ohr.

»Klingt ganz nach zur falschen Zeit am falschen Ort.«

Toni fuhr mit dem Finger über den Rand ihres Bierglases.

»Nein, das glaube ich nicht. Meiner Meinung nach steckt etwas Persönliches dahinter. Schon allein die Pose der Toten. So drapiert man doch keine Leiche, wenn die Tat keine besondere Bedeutung hat. Und dann noch der Fundort. Warum hätte der Täter sie vor Sankt Michael ablegen sollen, wenn nicht aus einem bestimmten Grund? Wäre sie das Opfer eines Überfalls geworden, hätte der Täter sie einfach an Ort und Stelle liegenlassen und wäre abgehauen. Erinnerst du dich noch an den Westpark-Mörder? Wann war das? Anfang der Neunziger, oder?«

Raff nickte. »1993, um genau zu sein. Ich hatte damals gerade die Prüfungen hinter mir und war erst ein paar Wochen auf dem Revier in Laim. Ich hatte Nachtschicht und war als einer der Ersten am Tatort.« Er nahm einen Bierfilz und drehte ihn zwischen den Fingern. »Er hatte den Mann mit zwölf Messerstichen niedergemetzelt. Einfach so. Den Anblick werde ich wohl nie vergessen. Ich hatte damals das Gefühl, dass die Wut des Mörders noch immer in der Luft hing. Jedes Geräusch im Schatten hat mir eine Heidenangst eingejagt. Ich hab mich sogar eine Zeitlang nicht getraut, abends im Westpark zu joggen.« Er schüttelte den Kopf. »Stell dir das mal vor. Ich. Ein Polizist. Ich soll andere beschützen und mache mir selbst fast in die Hose. Meine heile Welt hat damals einen verdammt großen Riss bekommen.«

Toni sah ihn an und nickte.

»Genau das meine ich. Wäre der Täter nur auf das Töten aus gewesen, hätte er sich an ihr abreagiert und hätte sie liegenlassen wie Abfall. Im Höchstfall hätte er sie vielleicht noch hinter ein Gebüsch gezerrt oder in einen Müllcontainer geworfen, damit sie nicht so schnell gefunden wird. Aber er hätte sie nie im Leben auf die Stufen einer Kirche gesetzt wie eine Puppe.«

»Und was steckt deiner Meinung nach dann dahinter?«

»Keine Ahnung.« Sie hob die Hände und ließ sie wieder fallen. »Darüber zermartere ich mir schon die ganze Zeit den Kopf. Vielleicht ein verschmähter Verehrer? Einer, von dem niemand wusste, möglicherweise nicht mal sie selbst? Oder ein religiöser Fanatiker, der zu viele Folgen von *Supernatural* angeschaut und sie daraufhin für die Hülle eines Dämons gehalten hat?«

Toni seufzte und warf Raff einen vorwurfsvollen Blick zu.

»Eigentlich hatte ich dich ja angerufen, damit du mich vom Grübeln ablenkst und nicht, damit du noch Öl ins Feuer gießt.«

Sie setzte das Glas an die Lippen und stellte überrascht fest, dass es bereits leer war. Sie sah Raff fragend an und als er nickte, bestellte sie noch zwei Guinness. Dann boxte sie ihm gegen den Arm.

»Jetzt lenk mich gefälligst ab. Erzähl doch mal was von dir. Brichst du immer noch reihenweise die Herzen von uns Frauen, oder ist es inzwischen einer gelungen, dich zu zähmen?«

Tonis Augen wurden groß und rund, als sie sah, dass Raffs Ohren sich röteten und er den Blick fast verschämt in sein Bierglas senkte. Nein. Das konnte nicht sein. Sollte es ihn wirklich erwischt haben?

»Wie heißt sie? Was macht sie? Wie sieht sie aus? Und das Wichtigste: Kenne ich sie?«

Raff lachte auf. Seine Ohren waren noch ein wenig dunkler geworden.

»Mein Gott, bei dir möchte ich kein Beschuldigter sein! Irgendwie habe ich gerade das dringende Bedürfnis, die Aussage zu verweigern und einen Anwalt anzurufen.«

»Abgelehnt, Herr Kollege. Und jetzt erzähl schon.«

»Du bist unmöglich, weißt du das?«

»Fällt dir das wirklich jetzt erst auf?«

Raff schüttelte lachend den Kopf.

»Na gut. Sie heißt Iris, ist Staatsanwältin hier in München, und …« Er stockte. »Und sie ist die unglaublichste Frau, die mir je begegnet ist.«

Das Lächeln auf Tonis Gesicht wurde spröde, und sie spürte, wie sich ein Stachel aus Eifersucht in ihre Brust bohrte. Die unglaublichste Frau, die mir je begegnet ist. Das hättest du wohl gern über dich selbst gehört, stichelte eine Stimme in ihrem Hinterkopf. Aber das konnte sie sich abschminken. Wenn sie auf irgendeine Art und Weise unglaublich war, dann nur unglaublich naiv.

»Na, das scheint ja ziemlich ernst zu sein mit euch beiden.« Ihre Stimme war zu laut und zu schrill. »Soll ich mich schon mal nach passender Kleidung für die Hochzeit umsehen?«

»Nun mach mal halblang«, protestierte Raff. Allerdings weit nicht so vehement, wie er es früher getan hätte. Eigentlich klang es mehr wie ein Alibi-Protest, um nicht gleich alle Karten offenzulegen. »Iris und ich sind gerade einmal vier Monate zusammen, da ist es für Hochzeitsvorbereitungen noch ein bisschen zu früh.«

»Vier Monate?« Toni riss in gespieltem Entsetzen die Augen auf. »Das ist bei dir ja schon fast so etwas wie eine goldene Hochzeit.«

»Jetzt hör aber auf. Du tust ja gerade so, als ob ich jede Woche eine andere gehabt hätte.«

»Na ja, wenn man den Gerüchten Glauben schenkt, nicht gerade jede Woche, aber so alle zwei bis drei …«

»Dass ausgerechnet du etwas auf das Gerede gibst, das im Präsidium herumschwirrt, hätte ich nicht gedacht. Darf ich dich an die wüsten Gerüchte erinnern, die gewuchert haben, nachdem du mit dem Kollegen vom SEK im Perlacher Forst joggen warst? Angeblich hatte er hinterher sein Shirt verkehrt herum an, und du hattest Brennnesselquaddeln auf den Pobacken. Ach ja, nicht zu vergessen die angebrochene Packung Kondome, die dein Nachfolger bei der Sitte in deinem Schreibtisch gefunden haben will. Und ...«

»Okay, okay!« Toni hob die Hände. »Du hast gewonnen. Ich ziehe die goldene Hochzeit zurück und verkürze auf Silberhochzeit.« Sie grinste und hob ihr Bierglas, das die Kellnerin soeben vor ihr abgestellt hatte. In diesem Moment summte ihr Handy, das vor ihr auf dem Tisch lag. Toni sah auf das Display.

Teilnehmer unbekannt.

Ihr Magen zog sich zusammen. Nicht schon wieder. Wenn das auch Mike war, so wie heute im Büro? Aber woher hatte er ihre Handynummer? Sie hatte sie nur ganz wenigen Leuten gegeben, denen sie zu hundert Prozent vertraute. Die hatten garantiert alle dichtgehalten. Oder doch nicht? Zweifel keimte auf. Und außerdem war da noch die Alarmierungsliste des Präsidiums. Auf die hatte zwar nur eine Handvoll von Beamten Zugriff, doch Mike kannte garantiert einen Kollegen, der jemanden kannte ...

»Willst du nicht rangehen?«, fragte Raff.

Nein, eigentlich nicht, dachte sie. Selbst wenn es nicht Mike sein sollte – Anrufe ohne angezeigte Rufnummer bedeuteten normalerweise, dass ihre Mutter am anderen Ende der Leitung war, und Telefonate mit ihr führten in der Regel nicht dazu, dass Toni mit einem Lächeln auflegte. Sie wollte das Gespräch schon wegdrücken, überlegte es sich aber doch anders und hob das Handy an ihr Ohr.

»Stieglitz.«

Im Hintergrund war das Rauschen vorbeifahrender Autos zu hören, sonst nichts.

»Hallo?« Toni spürte, wie es in ihrem Brustkorb zu rumoren begann. Das war nicht ihre Mutter. Ganz bestimmt nicht.

Toni nahm das Telefon vom Ohr und hörte gerade noch, wie eine Stimme etwas sagte, doch sie konnte nicht verstehen, was.

»Wie bitte?« Toni presste das Telefon wieder an ihr Ohr. »Bitte sagen Sie das noch einmal.«

»Gefunden«, flüsterte die Stimme, dann knackte es und die Verbindung war unterbrochen.

Ein, zwei Sekunden lang starrte Toni das Telefon an, dann knallte sie es so heftig auf die Tischplatte, dass die drei Männer am Nachbartisch ihr Gespräch unterbrachen und sich nach Toni umdrehten.

Sie zuckte zusammen, als sie eine Berührung an ihrem Arm spürte, und hob den Blick.

»Entschuldige, Raff. Wo waren wir stehengeblieben?«

»Was war das denn gerade?« Er deutete auf ihr Handy.

»Ach ...« Sie winkte ab. »Eigentlich gar nichts, nur ...«

Toni lehnte sich zurück und entzog sich so Raffs Berührung. Körperkontakt war etwas, das sie gerade gar nicht ertrug. Zumindest redete sie sich das ein. In Wahrheit wäre ihr nichts lieber gewesen, als wenn er sie einfach nur in den Arm genommen und die ganze beschissene Welt um sie herum ausgesperrt hätte.

»Nur und eigentlich.« Raff schnaubte. »Schon klar. Toni, das klappt vielleicht bei anderen, aber mir machst du nichts vor. Also rück raus mit der Sprache. Was ist los?«

Toni fuhr sich mit der Hand durch die Haare und sah an Raff vorbei auf den Barkeeper, der gerade die Gläser polierte. Wenn sie doch auch einen Lappen nehmen und die vergangenen zwei Jahre einfach wegwischen könnte.

»Es ist wirklich nichts«, sagte sie schließlich. »Heute fand es irgendein Schwachmat nur unglaublich witzig, ständig auf meinem Dienstapparat anzurufen und zu schweigen, und jetzt geht dieser ganze Mist wohl weiter. Ich schwöre dir, das liegt nur an den Flatrates. Wenn man für jeden einzelnen Anruf bezahlen müsste, hätte sich das mit diesen Spaßanrufen bald erledigt.«

Raff runzelte die Stirn und beugte sich vor. Toni war sich sicher, dass er nachhaken würde, doch zu ihrer Enttäuschung tat er es nicht. Stattdessen griff er in seine Hemdtasche und holte sein vibrierendes Handy heraus. Beim Blick auf das Display huschte ein Lächeln über sein Gesicht. Er hob entschuldigend den Zeigefinger, während er aufstand und nach draußen ging.

Das war Iris. Ganz sicher. Toni nickte müde. Raff brannte lichterloh, das war nicht zu übersehen. Hoffentlich hatte er mit Iris die Richtige gefunden. Sie wünschte es ihm von ganzem Herzen.

Sie drehte ihr Bierglas zwischen den Händen. Der Richtige. Gab es so etwas überhaupt? Oder existierte der perfekte Partner nur so lange, bis die Gläser der rosaroten Brille zerbrachen? Und selbst wenn – wie sollte man ihn finden? War es besser, Dutzende Frösche zu küssen und ein ums andere Mal enttäuscht zu werden, oder sollte man die Jagd nach dem Märchenprinzen lieber gleich ad acta legen und sich auf ein selbstbestimmtes Single-Dasein einstellen?

Dr. Mulder drängelte sich in ihre Gedanken. Sie sah ihn vor sich, wie er die Leiche begutachtete, ernst und konzentriert. Sah sein schief-spöttisches Lächeln und seine Gewitteraugen, und unwillkürlich blickte sie zur Tür, als könnte er tatsächlich jeden Moment hereinkommen und sich zu ihr setzen.

Ärgerlich schüttelte Toni den Kopf. Wie dämlich war sie eigentlich? Benahm sich wie ein Teenager, der darauf hoffte, dass irgendein *Bravo*-Starschnitt-Bubi in das Klassenzimmer kam und Klein Toni vor aller Augen mit sich in sein Popstar-Leben entführte. Einer Dreizehnjährigen konnte man solche rosaroten Träume verzeihen, aber nicht einer erwachsenen Frau.

»Schlag dir den Doc aus dem Kopf«, murmelte sie. »Der hat ganz sicher Frau und Kind zu Hause sitzen. Und selbst wenn nicht, dann sucht er sich was Besseres als ausgerechnet dich.«

Sie merkte, dass sie aussehen musste wie ein Säufer in der Wirtshausschwemme: die Arme auf dem Tisch verschränkt, leicht nach vorne gebeugt und in Zwiesprache mit ihrem Bier versunken. Sie richtete sich wieder auf und setzte sich gerade hin. Nicht dass es sie interessiert hätte, wie die anderen Leute um sie herum über sie dachten. Sie wollte nur nicht, dass Mulder sie so sah, sollte er tatsächlich ...

»Hör auf mit dem Scheiß!«, murmelte sie zu sich, griff nach der Karte und orderte nach kurzem Überlegen einen Whiskey.

Als Raff wenig später zurückkam, hatte sie das Glas bereits geleert.

»Ich glaube, ich sehe mich morgen doch vorsichtshalber mal nach einem passenden Hochzeits-Outfit um«, sagte Toni, nachdem Raff wieder Platz genommen hatte. »Auf den letzten Drücker findet man nie das Richtige. Und ich will ja schließlich nicht wie eine Vogelscheuche an der Festtafel sitzen.«

Der Whiskey hatte Tonis Magen inzwischen in einen Heizkessel verwandelt, und ihr Kopf fühlte sich an, als wäre er mit Helium gefüllt. Ein Wort von Raff, und sie würde ihm die Wahrheit erzählen, würde sich alles von der Seele reden, den ganzen Mist der vergangenen Jahre. Doch er fragte nicht.

Sechzehn

Monika Falke warf einen Blick auf ihre Armbanduhr. In einer guten Stunde begann die erste Vorlesung, aber sie war jetzt schon so müde, als hätte sie bereits einen ganzen Tag an der Uni hinter sich. Seit halb sechs hatte sie sich schlaflos von einer Seite auf die andere gewälzt, und als Felix kurz nach acht die Tür ihrer gemeinsamen Wohnung hinter sich zugemacht hatte, war sie schließlich auch aufgestanden.

Monika schenkte sich eine Tasse Kaffee ein und steckte zwei Scheiben Toast in den Toaster. Den Kopf in beide Hände gestützt, sah sie den dünnen Metallfäden zu, wie sie sich glühend orange färbten. Sie fühlte sich noch genauso mies wie gestern Abend, und jetzt taten ihr von der Nacht auf dem durchgesessenen Sofa auch noch alle Knochen weh. Hunger hatte sie im Grunde auch keinen. Zumindest keinen körperlichen. Dafür war der Hunger nach Trost und jemandem, an den sie sich anlehnen konnte, umso größer. Wenn sie wenigstens eine Katze hätte. Eine warme, flauschige Katze, die auf ihren Schoß sprang und sich schnurrend an sie schmiegte. Aber Felix erlaubte ihr ja nicht einmal ein Meerschweinchen, und so blieb nur eine Sache, die ihr jetzt Trost spenden konnte: ein heißer Toast mit Nutella. Sehr viel Nutella.

Felix konnte aber auch ein richtiger Idiot sein. Ein gemeiner Idiot. Und gedankenlos. Ein gemeiner, gedankenloser Idiot. Genau das war er. Zumindest manchmal. Gestern war er es auf jeden Fall gewesen. Sie könnte schon wieder heulen, wenn sie an seine Worte dachte. Er hatte überhaupt nicht kapiert, wie sehr er sie damit verletzt hatte. Im Gegenteil, er hatte sich fast nicht mehr eingekriegt über seine ach so witzige Bemerkung und noch einmal nachgelegt. Dieser Vollidiot.

Mit einem lauten Knacken katapultierte der Toaster die gerösteten Brotscheiben nach oben. Monika packte eine davon mit Daumen und Zeigefinger und warf sie schnell auf ihren Teller.

»Autsch!« Dass Toast auch immer so heiß sein musste. Sie steckte die beiden Finger in den Mund, während sie mit der anderen Hand das Nutella-Glas zu sich herzog. Sie schraubte den Deckel ab, tauchte das Messer tief ein und klatschte sich eine Portion auf den Toast. Eigentlich viel zu viel, aber sie konnte jetzt eben viel Trost gebrauchen.

Nach den ersten Bissen fühlte sie sich schon ein wenig besser, und nach der zweiten Scheibe war die Welt fast wieder in Ordnung. Sie trank den letzten Schluck Kaffee und fasste einen Entschluss. Sie würde die Jacke behalten, blöde Sprüche hin oder her. Von Felix' dummen Bemerkungen würde sie sich die Freude nicht verderben lassen. Jetzt erst recht nicht.

Sie sah Felix wieder vor sich. Wie er sie über den Laptop hinweg fixierte, während sie vor ihm hin und her stolzierte und ihm ihre neue Jacke vorführte. Wie er erst die Augenbrauen hob und sich dann ein fettes Grinsen auf seinem Gesicht ausbreitete.

»Klasse, Moni!« Er reckte beide Daumen in die Höhe. »Wenn du jetzt da unten noch irgendwas Weißes drannähst und dir eine rote Mütze aufsetzt, kannst du im Dezember einen Job als Nikolaus annehmen. Äpfel an Kindergartenkinder verteilen und so ein Zeug. Das wäre echt nicht schlecht für unsere Haushaltskasse.«

Monika glaubte nicht recht zu hören. Sie blieb stehen und ließ die Arme sinken.

»Das ist jetzt nicht dein Ernst, oder?«, fragte sie in der Hoffnung, dass er alles zurücknehmen und stattdessen sagen würde, wie toll ihr die Jacke stand. Doch Felix dachte gar nicht daran.

»Und ob das mein Ernst ist! Noch besser wäre es, wenn du Strapse und Lackstiefel anziehst und damit bei irgendwelchen Firmen-Weihnachtsfeiern auf dem Tisch tanzt. Dann kommt richtig Kohle rein, und ich könnte endlich die alte Möhre hier auf den Schrott werfen und mir ein schickes Ultrabook kaufen.«

Monika starrte ihren Freund fassungslos an.

»Das ist alles, was dir zu meiner Jacke einfällt? Dass ich aussehe wie ein Nikolaus und halbnackt vor grölenden Männern mit dem Arsch wackeln soll?«

Felix grinste immer noch, verschränkte die Hände hinter dem Kopf und lehnte sich in seinem Stuhl zurück. Er sah so selbstzufrieden aus, dass Monika ihm am liebsten seinen bescheuerten Laptop um die Ohren gehauen hätte. Wahrscheinlich stellte er sie sich sogar gerade als Nikolaus in Strapsen und Highheels vor und bekam eine Beule in der Hose.

Vögeln, vögeln, vögeln. Das war alles, was er im Kopf hatte. Manchmal fragte sie sich, warum sie mit ihm überhaupt zusammen war. Ganz bestimmt nicht deshalb, weil er sie ernst nahm.

Und es war gekommen, wie sie vorhergesehen hatte.

Kaum war er zu ihr ins Bett geklettert, hatte er ihr seinen Ständer gegen den Hintern gedrückt, ihre Titten befummelt und etwas von »sexy Nikolaus« in ihr Ohr gemurmelt, worauf sie ihr Bettzeug genommen hatte und auf die Couch ausgewandert war. »Bleib bloß, wo du bist«, hatte sie gefaucht, und zu ihrer großen Erleichterung hatte er das auch getan.

Mit einem leisen Seufzen stand Monika auf. Sie räumte den Teller ab, wischte die Krümel weg und hob das Paket auf den Tisch. Dann zog sie mit purer Absicht eines von Felix' heiligen Küchenmessern aus dem Block und durchtrennte das Klebeband, mit dem sie den Karton gestern wieder verschlossen hatte. Sie nahm die Jacke heraus und hielt sie in die Morgensonne, die durch das Küchenfenster hereinschien. Der Stoff leuchtete in einem wunderschönen, feurigen Rot.

»Ich behalte dich«, sagte sie. »Und dieser Idiot von Felix kann mich mal.«

Siebzehn

»Toni?« Sören klopfte an den Türstock und betrat dann ihr Büro. »Stimmt etwas nicht mit dir? Wirst du krank? Du siehst so blass aus.«

Toni blickte von den Unterlagen auf, die sie vor sich ausgebreitet hatte, und schüttelte langsam den Kopf.

»Nein«, sagte sie. »Alles in Ordnung. Mir fehlt nur ein bisschen Schlaf, das ist alles.«

Sören verschränkte die Arme vor der Brust und lehnte sich gegen einen Aktenschrank.

»Ach ja? Wenn ich nicht so gut erzogen wäre, würde ich jetzt eine zotige Bemerkung machen. Aber so wie du aussiehst, willst du die jetzt sicher nicht hören.«

»Richtig erkannt.« Toni unterdrückte ein Gähnen, was Sören nun doch zu einem Grinsen verleitete.

»Das Grinsen kannst du dir sparen«, sagte Toni. Manchmal war sie die ständigen Anzüglichkeiten ihrer Kollegen einfach leid. Hatten die Kerle wirklich nichts anderes im Kopf als Sex? »Ich hatte heute Nacht weder Herrenbesuch, noch habe ich einen Herren besucht. Ich war gestern mit Raff in der Kneipe. Anschließend ist er zu sich nach Hause gegangen und ich zu mir, okay?«

Die Antwort hatte schärfer geklungen als beabsichtigt, und sie hob auch sofort entschuldigend die Hand. »Tut mir leid, Sören. War nicht so gemeint. Ich bin einfach hundemüde und …« Sie ließ den Satz in der Luft hängen, weil sie keine Ahnung hatte, wie sie ihn beenden sollte.

»Schon okay.« Sören schnippte mit dem Finger gegen die Ordnerrücken. Toni sah ihn an und unterdrückte ein Seufzen. Von wegen okay. Er war sauer, auch wenn er keine Miene verzog. Wenn Sören irgendwo dagegenschnippte, war das wie bei einem Dreijährigen, der einen Flunsch zog und kurz davor war, sich auf den Boden zu werfen. Sollte er ruhig. Die Putzfrau hatte heute erst saubergemacht. Außerdem würde sich das schon wieder einrenken. Sie hatte im Moment jedenfalls keinerlei Kapazitäten frei, um sich auch noch um Sörens Seelenleben zu kümmern. Dazu hatte sie selbst genug am Hals.

Wie auf ein geheimes Stichwort hin klingelte ihr Handy, das auf ihrem Schreibtisch lag. *Teilnehmer unbekannt*. Tonis Magen krampfte sich zusammen. Verdammt, sie hätte es ausschalten oder am besten gleich zu Hause lassen sollen.

»Willst du nicht rangehen?«, fragte Sören.

»Nein«, sagte Toni und drückte das Gespräch weg.

»Lästiger Verehrer?«

»So was in der Art, ja«, antwortete sie und bemühte sich, einen gleichmütigen Gesichtsausdruck aufzusetzen, während ihr Herz gegen ihre Rippen donnerte, als versuchte es, aus ihrem Körper auszubrechen. Gestern im O'Donnel's hatte das Telefon noch fünfmal geklingelt, bis sie es schließlich auf lautlos geschaltet und in ihrer Jacke verstaut hatte. Bis sie zu Hause in ihrem Pensionszimmer gewesen war, waren noch weitere acht Anrufe dazugekommen, bis heute Morgen noch einmal fünfzehn, und jetzt machte der unbekannte Anrufer ganz offensichtlich munter weiter.

Gefunden.

Das Wort ging ihr nicht aus dem Kopf. Sie hatte die halbe Nacht hindurch versucht, sich eine Erklärung auszudenken und diesen Anruf irgendeinem Idioten in die Schuhe zu schieben, der durch Zufall ihre Nummer gewählt hatte, aber es hatte nicht funktioniert. Es gab nur eine plausible Erklärung, und die lautete: Mike.

In ihrem Büro war es auf einmal stickiger als in einer überhitzten Sauna. Toni griff sich an den Hals und stand ruckartig auf. Sie musste raus hier, und zwar schnell.

»Ich fahre noch einmal zu Henning. Kommst du mit?«

»Wolltest du nicht erst nach Mittag ...?«

»Ich hab meine Pläne geändert«, fiel Toni ihrem Kollegen ins Wort. »Also, was ist? Kommst du mit oder nicht?«

»Ja, schon gut. Natürlich komme ich mit.« Toni drehte Sören den Rücken zu, doch sie konnte die Verwunderung in seiner Stimme hören. Wahrscheinlich sah er sie mit seinem Irgendwas-stimmt-da-nicht-Blick an, mit dem er Leute bei Vernehmungen bedachte, die irgendwelche Ungereimtheiten von sich gaben und auf dem besten Wege waren, sich in Widersprüchen zu verheddern. Toni griff nach ihrem Handy, warf es aber nach kurzem Zögern in eine Schublade.

»So schlimm?«, fragte Sören.

Toni tat, als hätte sie die Frage nicht gehört.

»Du holst die Fahrzeugschlüssel und ich mir ein dienstliches Handy«, sagte sie und packte ihre Tasche.

»Dann fahre aber ich«, antwortete Sören. »Das ist dir schon klar, oder?«

Für Toni und Sören war es obligatorisch, sich darum zu streiten, wer am Steuer saß, weil beide es abgrundtief hassten, Beifahrer zu sein. Dass Toni freiwillig auf den

Schlüssel verzichtete, war deshalb so etwas wie eine kleine Sensation.

Nicht weniger sensationell war, dass sie Sörens Fahrweise vollkommen unkommentiert ließ. Üblicherweise gingen die Sticheleien schon beim Ausparken los, doch diesmal saß Toni nur zusammengesunken auf dem Beifahrersitz und starrte durch das Seitenfenster in den Herbstmorgen hinaus. Hochnebel hatte die Stadt fest im Griff und würde sie vermutlich den ganzen Tag nicht aus seinen feuchtkalten Klauen lassen. Die Sonne hatte es gerade so über die Dächer geschafft, und es sah aus, als hätte sie nicht genügend Kraft, weiter über den Himmel zu klettern. Sie wirkte genauso kraftlos, wie Toni sich fühlte.

Sören beobachtete sie ein paar Minuten aus den Augenwinkeln, dann konnte er sich nicht mehr zurückhalten.

»Nun sag schon, Toni. Was ist los mit dir? Wir sind schon fast zehn Minuten unterwegs, und du hast noch kein einziges Mal gemeckert. Mit dir stimmt doch etwas nicht. Du bist nicht nur müde, du bist fertig. Da steckt mehr dahinter als nur ein paar Stunden fehlender Schlaf. Hat das etwas mit deinem ominösen Verehrer zu tun?«

Toni schloss die Augen und ließ sich noch tiefer in den Sitz sinken. Wenn sie jetzt etwas nicht wollte, dann war es reden.

»Wusste ich es doch«, brummte Sören. »Keine Antwort ist manchmal eben doch eine Antwort. Und was macht er? Stöhnt er?«

Toni presste die Lippen aufeinander. Warum konnte Sören sie nicht einfach in Ruhe lassen?

»Beleidigt er dich? Wird er obszön?«

Die Müdigkeit drückte gegen Tonis Augen, und im Nacken stand bereits der Kopfschmerz in den Startlöchern.

Sie spürte Sörens Blick und wusste, dass er nicht aufhören würde zu bohren, bis sie ihm antwortete.

»Er schweigt«, sagte sie schließlich und massierte sich den Nacken. »Das ist alles. Er ruft an und sagt kein einziges Wort.«

Bis auf das eine Mal. Sie hörte seine Stimme so laut und deutlich, als würde er neben ihr sitzen und in ihr Ohr flüstern. *Gefunden.*

Toni wurde schlecht.

»Hast du eine Ahnung, wer das sein könnte?«, fragte Sören.

»Nein«, log Toni und kämpfte gegen die aufwallende Übelkeit an. Sie hielt die Luft an und verhakte ihre eiskalten Finger ineinander.

»Fahr rechts ran«, sagte sie plötzlich.

»Was …?«

»Tu, was ich sage! Fahr rechts ran. Sofort!«

Der Wagen war noch nicht richtig zum Stillstand gekommen, als Toni schon die Tür aufriss und aus dem Auto stolperte. Sie schaffte es gerade noch in den Grünstreifen, als sich auch schon der Inhalt ihres Magens in einem heißen sauren Schwall in das Gras ergoss. Die drei Tassen Kaffee ohne feste Nahrung waren sehr schnell ausgekotzt, doch das interessierte ihren Körper nicht. Ihr Magen krampfte sich rücksichtslos zusammen, und sie würgte und spuckte, bis ihr Kopf kurz davor war, zu zerspringen. Erst als sie nicht einmal mehr Galle hervorwürgen konnte, war es vorbei.

Sie zog ein Tempo aus der Jackentasche und wischte sich über die Lippen. Zwei Meter von ihr entfernt stand ein Junge auf dem Gehweg. Er starrte sie aus großen Augen und mit offenem Mund an, auf dem Gesicht eine Mischung aus Abscheu und Faszination.

Toni starrte zurück.

»Soll ich noch mal?«, blaffte sie und deutete auf die Lache zu ihren Füßen.

Augen und Mund des Jungen wurden noch größer. Sie konnte beinahe sehen, wie die Gedanken durch sein Hirn jagten und wie er überlegte, ob sie das wirklich ernst gemeint hatte. Toni gab einen Würgelaut von sich. Der Junge trat einen Schritt zurück und schüttelte hastig den Kopf. Dann machte er auf dem Absatz kehrt und lief so schnell davon, wie er konnte.

»Wenn du schon wieder Kinder in die Flucht schlagen kannst, dann erübrigt sich meine Frage, ob es dir jetzt bessergeht«, sagte Sören in ihrem Rücken.

Toni drehte sich um und sah ihren Kollegen, wie er mit verschränkten Armen am Heck des BMW lehnte.

»Sei nicht so garstig zu mir, sonst mache ich das wirklich noch einmal. Können wir?«, fragte sie und wollte einsteigen, doch Sören bewegte sich nicht.

»Toni, du siehst nicht nur aus wie jemand, der sich gerade die Seele aus dem Leib gekotzt hat, du riechst auch wie einer«, sagte Sören und rümpfte die Nase. »Willst du dich nicht lieber erst ein paar Minuten erholen?«

»Einfach rührend, wie du um mich besorgt bist. Aber es geht schon wieder, und das«, sie kramte eine Rolle Fruchtbonbons aus ihrer Tasche und ließ zwei Drops in ihre Hand fallen, »reicht völlig aus, um wieder einen salontauglichen Menschen aus mir zu machen. Also, wie sieht's aus? Können wir?«

Einen Moment lang befürchtete Toni, dass Sören hart bleiben und erst einsteigen würde, wenn sie ihm alles erzählt hatte, aber zu ihrer Erleichterung setzte er sich nach kurzem Zögern hinter das Steuer und fuhr los.

Achtzehn

Sören parkte den BMW etwa fünfzig Meter vom S2 entfernt am Straßenrand ein.

»Komisch, dass das Auto der Sauer noch nicht aufgetaucht ist«, sagte er, nachdem sie ausgestiegen waren und auf das Wohnhaus von Christopher Henning zugingen.

»Finde ich auch«, stimmte Toni zu. »Bis nach Hause ist sie damit also nicht gefahren. Entweder hat der Täter sie sich auf dem Heimweg geschnappt, oder sie hat ihre Freundin angeschwindelt und hatte nie vor, nach Hause zu fahren. Vielleicht hat sie sich dem Täter ja auch selbst in die Arme geworfen.«

»Du meinst, die Sauer hat die Köster betrogen? Mit jemandem, der sie dann auch noch umgebracht hat? Das müsste dann aber ein Mann gewesen sein. Eine Frau dürfte ja kaum die Kraft aufgebracht haben, die Klinge dreimal so tief in ihren Körper zu stoßen. Außer es war eine russische Kugelstoßerin.« Sörens Skepsis war nicht zu überhören.

»Ich meine gar nichts«, sagte Toni. »Ich gehe nur alle Möglichkeiten durch. Aber denkbar wäre es doch, oder nicht?« Sie zählte an den Fingern ab: »Erstens: Er – oder von mir aus auch die russische Kugelstoßerin – findet heraus, dass er nicht der Einzige in ihrem Leben ist. Zweitens: Es kommt zum Streit. Drittens: Er dreht durch, als er kapiert, dass sein Nebenbuhler auch noch eine Frau ist. Viertens: Er greift sich ein Messer, und fünftens: Er ersticht sie.« Sie zuckte mit den Schultern. »Wäre schließlich nicht der erste Mord aus Eifersucht. Außerdem habe ich einmal irgendwo gelesen, dass Männer es viel schwerer verkraften, wenn sie von ihren Frauen oder Freundinnen mit einer anderen Frau betrogen werden. Wobei man deine russische Kugelstoßerin in diesem Fall vermutlich zu den Männern zählen dürfte. Außerdem war die Sauer ja einmal mit einem Mann verheiratet. Wenn sie sich nicht gerade komplett von der Männerwelt abgewandt hat, wäre eine solche Affäre also gar nicht so abwegig.«

»Hm«, brummte Sören. »Und warum legt er sie dann auf den Stufen der Michaelskirche ab?«

Inzwischen hatten sie das Wohnhaus erreicht. Toni sah, dass in diesem Augenblick jemand aus der Haustür trat, und beschleunigte ihren Schritt. Sie bekam gerade noch einen Fuß in die Tür, bevor sie wieder ins Schloss fiel.

»Tja«, sagte sie, als Sören an ihr vorbeiging. »Das musst du die Superagents aus *Criminal Minds* fragen. Die erkennen doch schon an der Farbe der Socken, dass der Täter in seiner Kindheit zu oft vom Fahrrad gefallen ist und deshalb alle seine Leichen mit den Füßen nach Osten eingräbt, während wir rückständigen deutschen Polizisten immer noch auf die altmodische Art herumermitteln müssen und uns nicht einmal illegal in alle möglichen Datenbanken hacken können.«

»Wie lang regst du dich jetzt eigentlich schon über diese Serie auf? Ein Jahr? Oder zwei? Und warum schaust du dir den Käse überhaupt an, wenn du dich nur darüber ärgerst?«

»Weil ich die Hoffnung nicht aufgebe, dass Shemar Moore irgendwann einmal nackt durchs Bild läuft.«

Sören verdrehte die Augen und schüttelte den Kopf. »Wenn du noch einmal behauptest, wir Männer seien alle Chauvinisten, dann werde ich dir genau diesen Satz um die Ohren hauen. Darauf kannst du dich verlassen.«

Dem Klingelbrett zufolge wohnte Henning im ersten Stock. Als Toni die letzte Stufe erklommen hatte, drehte sich alles um sie herum. Sie lehnte sich an das Geländer und verschnaufte einen Augenblick.

»Geht's?«, fragte Sören.

Toni nickte. Dass sie heute vor Sören in aller Öffentlichkeit gekotzt hatte, war schon beschämend genug. Die Blöße, vor seinen Augen umzukippen, würde sie sich garantiert nicht auch noch geben. Sie holte tief Luft und klingelte. Ein melodischer Gong ertönte auf der anderen Seite der Tür, doch das war das einzige Geräusch, das sie zu hören bekamen. Toni klingelte erneut, aber auch diesmal rührte sich nichts in der Wohnung. Sören trat einen Schritt näher und klopfte energisch gegen die Tür. Nichts. Totenstille.

Er zuckte mit den Schultern. »Sieht ganz so aus, als ob er nicht zu Hause ist. An einem Werktag-Vormittag ja auch nicht unbedingt ungewöhnlich. Wir hätten den Lenz fragen sollen, ob er noch einen anderen Job hat. Wie alt ist der Typ noch einmal? Anfang dreißig, nicht wahr? Na, vielleicht studiert er ja auch und sitzt gerade im Hörsaal.«

»Also wenn er BWL studiert, macht er mit Sicherheit gerade den Taxischein. Von den letzten fünf Taxifahrern, mit denen ich es zu tun hatte, waren drei ehemalige BWL-Studenten.«

Sören sah Toni von der Seite an. »Ist bei dir der Reichtum ausgebrochen, dass du dich so oft mit dem Taxi durch die Gegend chauffieren lässt, oder hast du Mikes Porsche irgendwo dagegengesetzt, dass du nicht mehr damit fahren darfst?«

Bei der Erwähnung von Mikes Namen zog sich Tonis Magen zusammen. *Gefunden.* Je länger sie darüber nachdachte, desto klarer wurde ihr, was Mike damit bezweckte: Sie sollte wissen, dass er da war. Dass er ihre Fährte aufgenommen hatte. Ein Wolf, der seine Beute umkreiste. Der im Verborgenen blieb, nur hin und wieder ein Heulen hören ließ. Der die Spirale immer enger und enger zog und sein Opfer so lange hetzte, bis es keine Kraft mehr hatte und sich seinem Schicksal ergab.

»Nun schau doch nicht so grimmig«, sagte Sören. »Jeder fährt mal irgendwo dagegen. Auch wenn es euch Frauen wesentlich öfter passiert als uns M…«

»Ich bin nirgends dagegengefahren, und schon gar nicht mit Mikes Porsche«, fauchte sie. Ich bin mit diesem Arschloch nämlich nicht mehr zusammen, hätte sie am liebsten noch angefügt, ließ es aber sein. Je weniger die Kollegen von ihrem Privatleben wussten, desto besser. Sollten sie ruhig glauben, dass alles war wie immer, dann blieben ihr wenigstens blöde Fragen erspart. Doch damit das funktionierte, musste sie sich zusammenreißen.

»Entschuldige, war nicht so gemeint.« Sie hob die Hände. »Aber wenn wir schon einmal hier sind, können wir uns ja bei den restlichen Hausbewohnern umhören. Vielleicht war ja zufällig jemand mit seinem Dackel Gassi, als die Sauer die Kneipe verlassen hat.«

»Lounge, werte Frau Kollegin. Nicht Kneipe. Du weißt schon – wegen der angeblich nicht vorhandenen Kaugummireste.«

Toni schnaubte.

»Den Blödsinn habe ich ihm von Anfang an nicht geglaubt. Wer seinen Kaugummi loswerden will, klebt ihn auch im *Vier Jahreszeiten* unter die Tischplatte.« Sie gab Sören einen leichten Schubs. »Du übernimmst den zweiten Stock, ich bleibe hier. Wer am Ende die besseren Informationen hat, bekommt einen Kaffee spendiert.«

»Aber nicht wieder auskotzen, okay?«

»Idiot!« Sie gab Sören einen Klaps auf den Hinterkopf und wandte sich Hennings Nachbarwohnung zu.

Neunzehn

Ein kalter Windstoß fuhr Toni ins Genick, und sie zog die Schultern hoch. Ein heißes Bad wäre jetzt genau das Richtige. Sich sinken lassen, bis der Schaum an der Nasenspitze kitzelte, das Wasser so heiß, dass die Haut krebsrot wurde, man vor lauter Dampf nicht mehr bis zur Badezimmertür sehen konnte und die Welt zu einer Kugel aus Wärme, Duft und Behaglichkeit zusammenschrumpfte.

»Schön wär's«, murmelte Toni in ihren Schal. Aber damit würde es auch heute nichts werden. Aus einer Dusche konnte man nun mal keine Badewanne machen. Langsam sollte sie wirklich in die Gänge kommen und sich eine richtige Wohnung suchen. Eine mit mehr als einem Zimmer. Eine mit einer Küche. So richtig mit Herd und Kühlschrank. Und einem separaten Schlafzimmer. Vom Bett aus fernsehen war ja ganz nett, allerdings nicht unbedingt auf Dauer. Außerdem konnte sie nicht ewig in einer Pension leben. Eigentlich hätte sie sich am S-Bahnhof gleich ein paar Zeitungen mitnehmen können, um die Inserate zu studieren, aber zum Umdrehen hatte sie jetzt auch keine Lust mehr.

Wieder einmal ärgerte sie sich darüber, dass ihr bei ihrer Flucht im letzten Moment das schlechte Gewissen dazwischengegrätscht war und sie Mikes Laptop wieder ausgepackt hatte. Wäre sie standhaft geblieben, hätte sie es sich später auf dem Bett gemütlich machen und sich durch die Wohnungsangebote im Internet klicken können. Egal. Dann würde sie sich eben morgen ein paar Tageszeitungen mitnehmen oder bei Gelegenheit ein Internetcafé aufsuchen. So sehr eilte es nun auch wieder nicht.

Sie rückte ihre Tasche zurecht und bog in ihre Wohnstraße ein. Hinter den meisten Fenstern brannte Licht, also war fast überall jemand zu Hause. Bestimmt wurde sie jetzt von einigen dieser Menschen dabei gesehen, wie sie die Straße entlangging. Aber wie viele von ihnen würden sich noch in fünf Minuten an sie erinnern, geschweige denn in ein paar Tagen?

Und genau das war ihr Problem bei allen Ermittlungen: Die Menschen sahen etwas, stuften es als belanglos ein und löschten die Information, noch bevor sie sich irgendwo festsetzen konnte.

Sören und sie hatten heute in fünf der zehn Wohnungen in Hennings Haus jemanden angetroffen, was für einen Mittwochvormittag eine erstaunlich gute Quote war, doch niemand hatte in der fraglichen Nacht eine Frau in einem leuchtend roten Mantel beobachtet, die das S2 betreten oder verlassen hatte. Natürlich kam hier noch erschwerend die unchristliche Uhrzeit hinzu, zu der anständige Menschen schon längst im Bett waren, wie sich die ältere Dame aus Parterre links ausgedrückt hatte. Außerdem gehöre es sich nicht, wildfremden Menschen auf der Straße hinterherzustarren. Dabei waren ihre Augen wie ein Laserscanner über jeden Quadratzentimeter von Tonis Körper gewandert, und sie war sich sicher, dass die Alte erst mit dem Ohr an der Tür und später gut verborgen hinter der Gardine jeden einzelnen ihrer Schritte nachverfolgt hatte. Wildfremd war eben immer Definitionssache.

Toni überquerte die Straße. Frau Wilmerdinger hatte heute entweder schon wieder vergessen, die Leuchtreklame einzuschalten, oder sie hatte sie bereits wieder ausgeknipst. Während der ganzen Zeit, die Toni nun schon bei Frau Wilmerdinger wohnte, hatte sie es nicht erlebt, dass mehr als zwei weitere Zimmer neben dem ihren vermietet gewesen waren. Das konnte natürlich der Lage geschuldet sein. Die Pension versteckte sich mehrere hundert Meter vom Bahnhof München-Pasing entfernt in einem alten Villenviertel, wohin sich kaum ein Passant verirrte. Sie selbst war ja auch nur durch einen Zufall über die Pension Maria gestolpert.

Dennoch glaubte Toni nicht daran, dass dies der Grund war. Vielleicht wurde ihrer Wirtin der Gästebetrieb einfach zu viel, die Jüngste war sie ja schließlich auch nicht mehr.

Toni trat hinter den Tresen und nahm die Post aus ihrem Fach. Rechnungen, Werbung, Rechnungen. Dasselbe wie gestern. Die Tür, die zu Frau Wilmerdingers Wohnung führte, war geschlossen, und hinter der Glasfüllung war alles dunkel. Der Duft von Bratkartoffeln hing noch immer in der Luft. Tonis Magen quittierte den Geruch mit lautem Knurren.

Sie ging hinauf in ihr Zimmer, schloss die Tür hinter sich und versperrte sie zweimal. Dann holte sie aus, um die Post auf den kleinen Tisch zu werfen, hielt aber mitten in der Bewegung inne. Irgendetwas stimmte hier nicht. Tonis Körper versteifte sich. Sie ließ den Schlüssel und die Briefe fallen und machte instinktiv einen Schritt nach hinten. Polternd stieß ihr rechter Fuß gegen die Wand. Toni zuckte zusammen und griff nach dem Pfefferspray in ihrer Jackentasche. Ihr Zwerchfell begann zu flattern.

War hier jemand? Hier in ihrem Zimmer?

Von dort, wo sie jetzt stand, konnte sie nur einen Teil des Zimmers sehen. Was, wenn sich links zwischen Bett und Wand jemand versteckte? Dort war so viel Platz, dass sich auch ein erwachsener Mann problemlos verbergen konnte. Sie hielt den Atem an und lauschte, aber ihr Herz klopfte so laut, dass sie nur noch ein Wummern in ihren Ohren hörte.

Du spinnst, Stieglitz, versuchte sie sich zu beruhigen. Du bist übermüdet, hast Hunger und siehst deshalb Gespenster. Hier ist niemand und war niemand. Jetzt hör endlich auf, dich wie eine Verrückte zu benehmen.

Vielleicht war sie tatsächlich verrückt. Vielleicht aber auch nicht. Und wenn hier wirklich jemand war ... Der Drang, sich umzudrehen und aus dem Zimmer zu fliehen, wurde von Sekunde zu Sekunde stärker. Ihr Blick fiel auf den Schlüssel, der einen guten Meter vor ihr auf dem Boden lag und mit dem sie gerade die Tür versperrt hatte.

»Scheiße, Scheiße, Scheiße!«, flüsterte sie. Wenn sich wirklich jemand in ihr Zimmer geschlichen hatte, dann saß sie jetzt in der Falle. Sie würde es nie schaffen, den Schlüssel aufzuheben, aufzuschließen und aus dem Zimmer zu entkommen. Wenn sie eine Chance haben wollte, musste sie angreifen.

Sie zog das Pfefferspray aus ihrer Jacke und legte den Daumen auf den Sprühknopf. Ihr Atem ging schneller. Behutsam machte Toni einen Schritt nach vorn, konnte aber immer noch nicht alles sehen. Reichte das Bettgestell eigentlich überall bis auf den Boden? War es möglich, dass sich jemand unter dem Bett versteckte?

Tonis Kehle war wie zugeschnürt, als würden sich zwei riesige Hände um ihren Hals legen und mit jedem Herzschlag fester zudrücken. Sie machte einen Satz, schleuderte die Bettdecke zurück – und sah, dass sie allein war. Weder in, neben noch unter dem Bett hatte sich jemand versteckt.

Dann blieb nur noch das Badezimmer. Langsam drehte sie sich um.

»Scheiße, Scheiße, Scheiße«, flüsterte sie noch einmal, dann schlich sie auf Zehenspitzen zur Badezimmertür. Wie in Zeitlupe streckte sie ihre Hand nach der Klinke aus. Sie hob das Pfefferspray, atmete tief ein und riss die Tür mit einem Ruck auf. Zwei riesengroße Augen starrten sie an. Ihre Augen. Toni stieß keuchend die Luft aus. Mit zitternden Knien lehnte sie sich gegen den Türstock.

»Manchmal bist du einfach nur peinlich, Stieglitz«, murmelte sie und schob das Spray zurück in die Jackentasche. Die Dose war glitschig vor Schweiß und wäre ihr fast aus den bebenden Fingern gefallen. Wenn das so weiterging, war sie bald ein Fall für die Psychiatrie. Wenigstens hatte sie nicht ihrem ersten Impuls nachgegeben und war abgehauen. Was hätte sie dann auch tun sollen? Die Polizei anrufen?

Toni hob die Post auf und wollte sie auf den Tisch zu den Briefen von gestern legen. Sie stutzte. Hatte sie die Umschläge wirklich so akkurat gestapelt? Das war eigentlich so gar nicht ihre Art. Nicht einmal auf ihrem Schreibtisch lagen die Papiere so ordentlich übereinander. Die Muskeln in Tonis Nacken zogen sich zusammen.

»Jetzt hör aber auf«, sagte sie lauter als beabsichtigt. »Deine Paranoia nimmt langsam beängstigende Formen an. Wer soll die Briefe denn sonst so hingelegt haben, wenn nicht du selbst? Die Heinzelmännchen?«

Toni gab dem Stapel einen Schubs mit dem Zeigefinger,

dann zog sie ihre Schuhe und die Jacke aus, warf sich auf das Bett und schaltete den Fernseher an. Das Pfefferspray stellte sie griffbereit neben sich auf das Nachtkästchen.

Zwanzig

Donnerstagmorgen, neun Uhr fünfzehn. Zum dritten Mal gingen Toni und Sören auf das Wohnhaus von Christopher Henning zu. Zu ihrer großen Überraschung war Toni heute ausnahmsweise nicht vor dem Wecker aufgewacht und konnte sich auch an keinen Traum erinnern. Das ungute Gefühl vom gestrigen Abend war verflogen, genau wie der Geruch nach Zigarettenrauch, den sie zu riechen geglaubt hatte, als sie ihren Kopf auf das Kissen gelegt hatte. Ein überreiztes Gehirn gaukelte einem eben die merkwürdigsten Dinge vor.

»Wie schön, dass der gnädige Herr es einrichten konnte, seine Mailbox abzuhören und zurückzurufen«, sagte Toni. »Und dann kann er zufällig auch noch Zeit für uns erübrigen. Zu gütig.« Sie stellte den Kragen auf und zog die Schultern hoch. Sprühregen und Windböen. Eine Kombination, die kein Mensch brauchte. »Hoffentlich ist er wenigstens dazu in der Lage, eine vernünftige Aussage zu machen, wenn wir ihm schon so hinterherlaufen.«

Sören sah sie von der Seite an. »Bist du bewaffnet?«

»Klar, was denkst du denn?«

Er streckte die Hand aus. »Dann her damit. Ich habe keine Lust darauf, in die Spuren der Gebrüder Grimm zu treten, wenn ich später eine Stellungnahme dazu abgeben muss, wie die acht Einschusslöcher in den Fußboden von

Hennings Wohnung gekommen sind. *Meine Kollegin war mit der Aussage des Zeugen nicht zufrieden* wird meines Wissens nicht als Rechtfertigungsgrund für einen Schusswaffengebrauch anerkannt.«

»Du übertreibst mal wieder schamlos. Du weißt genau, dass ich subtilere Methoden habe, um meine Ziele zu erreichen.«

»Jemandem damit zu drohen, ihm die Nase an die Stirn zu hexen, ist nicht subtil.«

»Aber es hat funktioniert. Der Scheißer hat aufgehört, auf meine Mohnschnecke zu starren.«

»Der Scheißer war ein Kind.«

»Eben. Bei einem Erwachsenen hätte das mit dem Verhexen nie geklappt. Immer lageangepasst handeln, werter Kollege. Das ist das A und O im Polizeialltag.«

»Dann streck mal lageangepasst deinen Finger aus und drück auf die Klingel.«

Keine fünf Sekunden später ertönte der Summer. Sören schob die Eingangstür auf und folgte Toni die Treppe hinauf. Oben wurden sie bereits von Christopher Henning erwartet. Wie er so im Türrahmen lehnte, die Hände in den Hosentaschen und ein Bein vor dem anderen gekreuzt, sah er ungefähr so aus, wie Toni sich einen typischen kalifornischen Surfer-Sunnyboy vorstellte: Er war athletisch, hatte ein offenes Gesicht und strahlte einen gewissen jungenhaften Charme aus. Lediglich die Münchner Herbstblässe passte nicht recht dazu. Und die Beanie, die Toni nur als Schlumpf-Mützen bezeichnete. Nie im Leben würde sie auf die Idee kommen, so ein unförmiges Ding aufzusetzen. Warum Henning es sogar in der Wohnung trug, wussten die Götter. Vielleicht war ja seine Heizung ausgefallen.

Nein, an der Heizung lag es nicht, bemerkte Toni, als der Barkeeper sie in das Wohnzimmer lotste.

»Bitte, setzen Sie sich doch. Darf ich Ihnen etwas zu trinken anbieten?« Christopher Henning sah von Sören zu Toni. Sein Blick haftete eine Zehntelsekunde zu lang an ihr, bevor er sich wieder Sören zuwandte.

»Ein Glas Wasser wäre nett«, sagte Toni und lächelte ihn an. Sie hatte Gänsehaut auf den Armen. Der Typ hatte es wirklich drauf. Wetten, die weiblichen Gäste prügelten sich um einen Platz an seiner Bar? Und ganz sicher auch einige männliche.

»Und?«, raunte Sören, als Henning das Zimmer verlassen hatte.

»Na ja, einen Einrichtungspreis wird er nicht gewinnen. Dagegen sind die Möbel in der Pension Maria fast schon stylish.« Toni biss sich auf die Lippe, als ihr bewusst wurde, was sie da gesagt hatte. Erst denken, dann reden, verflixt noch mal.

»Pension Maria?« Fragte Sören auch prompt und zog die Augenbrauen hoch. »Hört sich anheimelnd an. Wie kommst du denn darauf?«

Toni zuckte mit den Schultern und zupfte eine imaginäre Fluse von ihrer Jeans.

»Ach, nur so. Ist so eine Art Notunterkunft für Obdachlose. Ich habe vor einiger Zeit zufällig die Besitzerin kennengelernt.« Sie räusperte sich. »Jedenfalls sieht es nicht so aus, als würde hier eine Frau leben. Meine Mutter hat mir zwar nicht ihre Deko-Gene vererbt, aber dieses Zimmer ist sogar mir zu unpersönlich. Da haben Ausstellungsflächen in Möbelhäusern mehr Charme.«

Christopher Henning kam zurück, in der Hand das von Toni gewünschte Wasser. Er schob die Zeitungen zusammen und stellte das Glas vor ihr ab. Ganz ohne Schirmchen und kleine Papierserviette, stellte Toni fast ein wenig enttäuscht fest. Dafür gab es aber den einen oder anderen Rand auf der gläsernen Tischplatte. Dreimal braun und zweimal rot, vermutlich Kaffee und Wein. Die übrigen Flecken sahen nach Wasserrändern aus. Umkränzt wurde das alles von Heerscharen verschmierter Fingerabdrücke. Barkeeper nahmen ihren Beruf also nicht unbedingt mit nach Hause.

Toni und Sören hatten sich auf der Zweisitzercouch niedergelassen, und Toni rechnete damit, dass Henning sich auf den einzelnen Sessel setzen würde, doch stattdessen ging er zum Fenster und öffnete es.

»Stört es Sie?« Er hielt eine Zigarettenschachtel in die Höhe.

»Nein«, antwortete Toni, obwohl sie wusste, dass es Sören sehr wohl störte. Aber die Menschen waren in der Regel entspannter und kooperativer, wenn sie ihre Sucht befriedigen und sich gleichzeitig an einem gewohnten Ritual festhalten konnten.

Mit dem unverkennbaren Klicken schnappte der Deckel des silbernen Zippo-Feuerzeugs zurück, und einen Augenblick später stieg ein gekräuselter Rauchfaden in die Luft.

»Es geht also um die Frau im roten Mantel, die am Samstag im S2 war«, sagte Henning. Er formulierte es nicht als Frage, sondern als Feststellung. »Ist sie wirklich die Tote von der Michaelskirche?«

»Wie kommen Sie darauf?« Toni beugte sich ein wenig vor.

»Worauf? Auf die Frau im roten Mantel oder auf die Tote?«

»Beides.«

Henning deutete mit der Zigarette aus dem Fenster in Richtung des S2.

»Sigi. Ich habe ihn heute Morgen beim Bäcker getroffen, und er hat mich gefragt, ob die Bullen – Verzeihung –, ob die Kripo schon mit mir gesprochen hat.« Er nahm einen Zug, behielt den Rauch einen Moment in der Lunge und blies ihn dann in die Herbstluft hinaus. »Dann hat er mir alles erzählt, was Sie ihm gesagt haben und was Sie von ihm wissen wollten.« Er schnippte die gerade einmal halb aufgerauchte Zigarette aus dem Fenster und ließ sich in den Sessel fallen. »Tot.« Henning fuhr sich mit beiden Händen durch die Haare. »Ermordet. Ich kann es einfach nicht glauben.«

Er sah jetzt gar nicht mehr nach kalifornischer Sommersonne aus. Eher nach Schlechtwetter in der Nebensaison.

»Ihr Tod scheint Sie ja ganz schön mitzunehmen«, sagte Toni. »Kannten Sie die Frau?«

»Was heißt kennen.« Er drehte das Feuerzeug in seinen Fingern hin und her. »So gut wie man Gäste eben kennt, die mehr oder weniger regelmäßig kommen. Man sagt hallo, wechselt ein paar belanglose Worte und verabschiedet sich wieder. Das ist alles.«

Toni wurde hellhörig. Die Sauer war nicht zum ersten Mal in dem Lokal gewesen? Komisch, dass ihre Freundin nichts davon erwähnt hatte. Vielleicht hatte sie nicht daran gedacht oder es einfach nicht für wichtig gehalten.

»Mehr oder weniger regelmäßig?«, fragte Sören. Auch er hatte sich jetzt etwas nach vorn gelehnt. »Wie darf ich das verstehen? Jede Woche? Alle zwei Wochen? Einmal im Monat?«

Henning stieß die Luft aus.

»So genau kann ich Ihnen das nicht sagen. Ich führe ja

schließlich nicht Buch darüber, wer wann und wie lang im Lokal war.«

»Das erwartet ja auch keiner«, beschwichtigte ihn Toni. »Aber wenn Sie selbst schon von einer gewissen Regelmäßigkeit sprechen, dann war sie sicher öfter als einmal im Vierteljahr bei Ihnen, sonst wäre es Ihnen ja nicht aufgefallen, oder nicht?«

»Ja«, brummte Henning, »das stimmt schon. Aber genau kann ich es wirklich nicht sagen. Manchmal war sie freitags da, manchmal samstags und manchmal sogar an beiden Tagen. Und dann ließ sie sich wieder mehrere Wochenenden hintereinander überhaupt nicht blicken.«

Toni sah Henning zu, wie er den Deckel des Zippos auf- und zuschnappen ließ. Und sie ist kein einziges Mal mit dir in der Kiste gewesen, dachte sie. So ein Pech.

»Kam sie auch an anderen Tagen außer Freitag und Samstag?«, fragte sie.

»Keine Ahnung. Ich bin nur im S2, wenn Sigi nicht dort ist, also normalerweise freitags und samstags.«

»War die Frau für gewöhnlich in Begleitung, oder hat sie sich mit jemandem getroffen?«, fragte Sören.

»Nein, gekommen ist sie immer allein. Aber sich mit jemandem getroffen – ja, das könnte man wohl so sagen.«

»Und wer war dieser jemand? Auch ein Stammgast? Kennen Sie ihn, oder können Sie ihn beschreiben?« Tonis Finger wollten irgendwo dagegentrommeln. Warum musste man manchen Leuten jede Information einzeln aus der Nase ziehen?

»Das war nicht ein jemand, das waren mehrere.«

»Sie meinen mehrere Leute? Eine Gruppe?«

Henning blickte zu Boden. Schnapp auf, schnapp zu. Toni hätte ihm sein dämliches Feuerzeug am liebsten aus den Fingern geschlagen. Da hob er den Kopf und sah Toni an, als hätte er ihre Gedanken gespürt.

»Nein. Mehrere Männer. Verschiedene Männer. Nie denselben zweimal. Hin und mit, wenn Sie wissen, was ich meine.«

Toni wusste sehr wohl, was er meinte. Aber wie passte das zur Sauer? Sie tauschte einen kurzen Blick mit Sören, ob sie eventuell etwas falsch verstanden hatte, aber der fixierte nur sein Gegenüber.

Dem Barkeeper war Tonis Blick nicht verborgen geblieben, allerdings interpretierte er ihn völlig falsch.

»Die hat reihenweise Typen abgeschleppt. Jedes Mal einen anderen. Alleine kommen, zu zweit gehen. Hin. Und. Mit.«

Er ließ seine Finger im Takt der Silben wie zwei Beine über den Tisch wandern. Toni runzelte die Stirn. Mit wem, glaubte er, hatte er es hier zu tun? Mit einer zurückgebliebenen Dreijährigen?

»Ich hab's kapiert, danke. Und Sie sind sich sicher, dass das die Frau im roten Mantel war?«

»Hundertprozentig. Die konnte man nicht verwechseln. Die hatte etwas an sich, das ...«

»Und wie lief dieses *Hin und mit* ab?«, fiel Toni ihm ins Wort. Die Story von der mystisch-magnetischen Anziehungskraft hatte ihnen Sigi Lenz schon erzählt, die musste sie nicht noch einmal hören.

Christopher Hennings Mund blieb einen Spaltbreit offen stehen. Sein Blick huschte zwischen Toni und Sören hin und her, dann rutschte der Barkeeper in seinem Sessel zurück, bis er ganz an die Lehne gedrückt dasaß, legte ein Bein über das andere und verschränkte die Arme.

Ah. Er mochte es nicht, wenn er unterbrochen wurde,

und jetzt machte er einen auf bockig. Das war manchmal ganz amüsant, aber heute war Toni dazu nicht in Stimmung. Wenn sie etwas nicht hatte, dann war es die Muße, auf die Befindlichkeiten anderer Rücksicht zu nehmen. Vier Tage liefen die Ermittlungen bereits, und sie hatten noch nichts Konkretes in der Hand. Ungeduld sammelte sich hinter ihren Rippen und begann sich im Kreis zu drehen.

»Herr Henning«, nahm Sören den Faden wieder auf. »Würden Sie bitte die Frage meiner Kollegin beantworten? Wie lief das in der Regel ab, wenn die Frau – wie Sie sich ausgedrückt haben – Männer abschleppte? So wie Sie das sagen, klingt es, als wäre die Initiative von ihr ausgegangen. Kann es nicht sein, dass sie einfach nur etwas trinken wollte und zufällig angesprochen wurde?«

Christopher Henning drehte den Kopf und sah Sören an.

»Zufällig?« Er stieß ein trockenes Lachen aus. »Machen Sie Witze? Jedes Mal, wenn die Frau den Laden betreten hat, war sie auf der Jagd. Das konnte man gar nicht übersehen. Die hatte die Tür noch nicht richtig aufgemacht, da fing sie schon an, die Männer im Raum zu scannen. Und dann die paar Meter vom Eingang zur Bar: jeder Schritt der ganz große Auftritt. Wie auf dem roten Teppich. Die wollte von jedem einzelnen Paar Augen gesehen werden. Und wer es in den ersten Sekunden noch nicht kapiert hatte, worum es ihr ging, der schnallte es spätestens in dem Moment, als sie sich auf einem Barhocker drapierte. Die wollte vögeln. Sonst nichts.« Henning sah Toni an. »Entschuldigen Sie den Ausdruck, Frau ... Wie war noch gleich Ihr Name?«

»Stieglitz.«

»Ach ja, stimmt. Frau Stieglitz.« Er hatte rote Flecken auf den Wangen. »Ich sage solche Wörter normalerweise nicht in Gegenwart von Frauen, aber was die abgezogen hat, kann man echt nicht anders ausdrücken.«

Toni lächelte dünn. Ein Gentleman, dem niemals ein unangebrachtes Wort über die Lippen kam, wenn Frauen anwesend waren. Würde sie noch an das Christkind glauben, würde sie ihm das vielleicht sogar abkaufen.

»Machen Sie sich mal keine Gedanken, Herr Henning. Ich habe im Dienst schon ganz andere Dinge zu hören bekommen. Bei dem Wort *vögeln* werden meine Ohren schon lange nicht mehr rot.« Dafür wurden die Flecken auf den Wangen des Barkeepers noch ein wenig größer. »Was waren denn das für Männer, mit denen sie das Lokal verlassen hat? Kennen Sie einige davon? Waren da auch Stammkunden darunter?«

Henning ließ sich tiefer in den Sessel rutschen. Er zupfte an seinem Ohrläppchen, während er überlegte.

»Hundertprozentig sicher bin ich mir nicht«, sagte er schließlich. »Wie gesagt – ich führe nicht Buch über die Gäste. Aber wenn ich so darüber nachdenke, glaube ich nicht, dass einer von den Stammgästen darunter war.« Er zuckte mit den Schultern. »Nageln Sie mich nicht fest, ich kann mich auch irren. Freitags und samstags ist im S2 zwischen elf und eins die Hölle los, so dass ich meine Augen echt nicht überall haben kann.«

»Und wie war es am vergangenen Samstag?«, fragte Toni. »War da auch die Hölle los?«

»Allerdings. Ich bin mit dem Einschenken kaum hinterhergekommen.«

»Und trotzdem haben Sie sich mitten in Ihrer Schicht krankgemeldet und sind nach Hause gegangen? Da war Ihr Chef sicherlich nicht begeistert, oder?«

Christopher Hennings Augen verengten sich, und er

baute die Barriere aus Armen vor seinem Körper wieder auf.

»Ich hab das nicht zum Spaß gemacht, falls Sie das glauben. Wenn Sie es genau wissen wollen: Ich hatte seit dem Nachmittag Durchfall. So richtig wie Wasser. In meinem Bauch ging es zu wie in einer durchgeschüttelten Colaflasche, wenn man den Schraubverschluss aufdreht. Das schoss nur so aus mir heraus.« Er fixierte Toni aus zusammengekniffenen Augen, doch sie verzog keine Miene. Detaillierte Beschreibungen von Verdauungsvorgängen kannte sie von einer ihrer Tanten zur Genüge. »Ich hab ein paar Tabletten eingeworfen, damit ich den Abend irgendwie durchstehe. Anfangs hat es auch noch funktioniert, aber dann wurde mir auf einmal so schlecht, dass ich beinahe auf die Zapfanlage gekotzt hätte. Was glauben Sie, wie begeistert Sigi erst davon gewesen wäre?«

Er wandte sich wieder Sören zu, als erhoffte er sich von ihm mehr Verständnis. »Ich habe die letzten drei Tage flachgelegen. Ich war so fertig, dass ich nicht mal den Akku von meinem Handy aufgeladen habe, weil ich ohnehin nur pennen wollte. Heute habe ich zum ersten Mal die Wohnung verlassen.«

»Das hört sich wirklich übel an.« Sören sprang auf den Guter-Bulle-Zug auf. »Können Sie sich trotzdem noch erinnern, wann die Frau kam und mit wem sie sich unterhalten hat? Ist Ihnen irgendetwas aufgefallen? War etwas anders als sonst?«

Zufrieden registrierte Toni, dass Sörens Verständnistour auch diesmal funktionierte. Hennings Schultern entspannten sich, und er sank wieder ein bisschen in sich zusammen.

»Wann sie gekommen ist? Hm.« Er zupfte wieder an

seinem Ohrläppchen. »Ich schätze, es muss so gegen elf gewesen sein. Es war schon relativ voll, und ich hatte gut zu tun, aber plötzlich sehe ich da aus den Augenwinkeln etwas Rotes an der Tür, so dass ich einfach hinschauen musste. Tja, und da stand sie in einem feuerroten Mantel und hat die Blicke der Leute in sich aufgesogen. Da kam sie mir fast vor wie ein Junkie, wenn der Dealer den Stoff aus der Tasche zieht.«

»Und dann?«, fragte Sören weiter.

»Dann hat sie sich an die Bar gestellt, mir wurde schlecht, und ich habe Sigi angerufen.«

Einundzwanzig

Monika winkte der Bedienung.

»War ein toller Abend, Jackie. Danke, dass ich mich bei dir ausheulen durfte. Männer können solche Trottel sein, und Felix benimmt sich manchmal, als wäre er ihr Anführer. Ich glaube immer mehr, dass wir Frauen ohne Männer besser dran sind.«

Monikas Freundin lachte auf.

»An den Spruch erinnere ich dich, wenn ihr beide die Hochzeitstorte anschneidet. Aber deine Jacke sieht trotzdem todschick aus. Lass dir bloß nichts einreden von wegen Nikolaus oder so einem Kram. Männern fehlt für Mode einfach jegliches Verständnis. Ich hingegen habe jede Menge Ahnung, und deshalb bin ich fast ein wenig neidisch, dass ich dieses heiße Teil nicht vor dir entdeckt habe. Das Einzige, was mich tröstet, ist die Tatsache, dass mir Rot überhaupt nicht steht.«

Sie zog einen Zwanziger aus ihrem Geldbeutel und schob ihn Monika hin.

»Ich gehe noch schnell für kleine Mädels. Würdest du für mich zahlen, falls die Bedienung kommt?«

Monika nickte. Jackie war wirklich die Beste. Eine geballte Ladung positiver Energie, der nicht einmal ihre schlechteste Laune standhalten konnte. Irgendwie gelang es Jackie immer, sie innerhalb kürzester Zeit auch aus dem tiefsten aller Löcher herauszuholen. Und sie hatte vollkommen recht: Die Jacke war todschick und passte perfekt zu ihren blonden Haaren. Eigentlich hätte sie heute statt Jeans ihren kurzen schwarzen Rock und die Stiefel dazu anziehen und Felix ein Bild von sich schicken sollen. Das hätte ihm garantiert auch nicht gepasst, und er hätte wieder die Eifersuchtsnummer abgezogen, wie immer, wenn sie ohne ihn etwas unternahm. Von wegen vor fremden Männern halbnackt auf dem Tisch tanzen. Wenn sie das machte, würde er vermutlich Amok laufen. Ein Lächeln stahl sich auf ihr Gesicht. Vielleicht sollte sie es ihm heimzahlen und so tun, als hätte sie seine blöde Idee tatsächlich umgesetzt und schon ein Angebot für einen Auftritt erhalten. Er würde durchdrehen. Garantiert.

Die Bedienung kam, und Monika zahlte. Sie blickte aus dem Fenster. Ein Mann sah sie durch die Scheibe hindurch an. Er stand ein paar Meter entfernt, Schatten fielen auf sein Gesicht, aber seine Augen waren genau auf sie gerichtet.

Ein Heer von Schmetterlingen flog auf einmal in ihrem Bauch auf, und ihr wurde heiß. Sie senkte den Blick, hielt es aber keine zwei Sekunden aus und schaute wieder aus dem Fenster. Er war immer noch da, sah sie immer noch an.

Monika biss sich auf die Lippe. Ihr Herz raste, stolperte und raste weiter. Sie lächelte. Lächelte er zurück? Sie konnte es nicht erkennen.

»... gehen?«

»Was?« Monika blinzelte und drehte den Kopf. »Jackie? Du bist ja schon wieder da. Ich hab dich gar nicht kommen sehen.«

»Das habe ich gemerkt. Dafür scheinst du Chris Hemsworth mit Schokoladenguss gesehen zu haben, so wie du grinst.«

Monikas Wangen glühten.

»Nein, den nun nicht gerade.«

»Aber?«

»Aber ...« Sie deutete aus dem Fenster. »Da draußen war so ein Typ ...«

»Wo?« Jackie reckte den Hals. »Ich sehe niemanden.«

Tatsächlich. Der Platz, wo er gerade noch gestanden hatte, war leer. Die Schmetterlingsflügel in Monikas Bauch erlahmten.

»Sag schon. Was für ein Typ? Wie hat er ausgesehen? Na los, lass dir nicht alles einzeln aus der Nase ziehen.«

Monika zuckte mit den Schultern.

»Ich weiß es nicht.«

»Wie – du weißt es nicht? Hast du ihn nun gesehen oder nicht?

»Natürlich habe ich ihn gesehen, aber er stand fast völlig im Schatten. Eigentlich konnte ich nur seine Augen erkennen. Aber die sind mir durch und durch gegangen.«

»Na, lass das mal nicht Felix hören. Obwohl, vielleicht solltest du genau das tun? Einen kleinen Dämpfer hätte er schon verdient.« Jackie zwinkerte Monika zu, aber die wehrte ab.

»Bloß nicht, dann ist er tagelang ungenießbar. Komm, lass uns aufbrechen.« Sie schob den Stuhl zurück und merkte erst jetzt, dass sie Jackies Wechselgeld noch in der Hand hielt.

»Hier.« Sie gab ihrer Freundin die Münzen.

»Himmel, sind die warm. Wolltest du die ausbrüten, damit sie mehr werden?«

»Du bist doof.« Monika schnitt eine Grimasse und

schlüpfte in ihre Jacke. Das Rot leuchtete sogar bei der schummrigen Beleuchtung, als würde sie in Flammen stehen.

Draußen schaute sie sich noch einmal um. Vielleicht war er ja da irgendwo und wartete auf sie? Vielleicht bei den Rauchern? Ein paar Gäste hatten sich um einen Aschenbecher geschart und traten frierend von einem Fuß auf den anderen, aber der Schattenmann war nicht dabei. Glaubte sie zumindest, denn so genau, dass sie ihn auf jeden Fall wiederkennen würde, hatte sie ihn ja nicht gesehen.

War vermutlich auch besser so. Zufallsbekanntschaften konnten verdammt kompliziert werden, wenn man in einer festen Beziehung steckte. Felix war so eine Zufallsbekanntschaft gewesen, und an ihm war ihre letzte Beziehung zerbrochen.

»Soll ich dich wirklich nicht heimfahren? Oder wenigstens noch mit dir auf den Bus warten?«, fragte Jackie.

»Nein, Blödsinn. Erstens bin ich kein Kind mehr, zweitens habe ich es nicht halb so weit nach Hause wie du, und drittens musst du morgen früher raus als ich. Also mach, dass du ins Auto kommst.«

»Wirklich?« Jackie runzelte die Stirn.

»Wirklich«, bekräftigte Monika.

»Na gut. Aber lass dich nicht von fremden Männern anquatschen.«

Monika zog einen Flunsch.

»Spielverderber. Darauf freue ich mich doch schon den ganzen Abend. Das Treffen mit dir war doch nur ein Vorwand, um mich meinem zügellosen Sexualleben hinzugeben.« Sie lachte und umarmte ihre Freundin zum Abschied, dann machte Monika sich auf den Weg zur Bushaltestelle. Unauffällig checkte sie dabei noch einmal die Stelle, wo sie den Typen gesehen hatte, aber natürlich war sie genauso verlassen wie noch eine Minute zuvor.

»Ist besser so«, sagte sie sich, aber enttäuscht war sie trotzdem. Ein kleiner Flirt wäre genau das Richtige gewesen, um den Abend perfekt werden zu lassen und ihr angeknackstes Selbstbewusstsein ein wenig aufzubügeln.

Fröstelnd zog sie die Schultern hoch. Hoffentlich schlief Felix schon, sonst musste sie sich wieder eine Tirade anhören, warum sie so lange unterwegs gewesen war. Dass er von seinen Bandproben regelmäßig viel später nach Hause kam, vergaß er in solchen Momenten völlig. Außerdem war das ja auch ganz was anderes, schließlich war er ein Mann.

In diesem Moment überholte sie der Linienbus.

»Mist!«, schimpfte Monika und begann zu laufen. Keuchend erreichte sie die Haltestelle. Der Bus stand zum Glück noch da. Sie drückte auf den Knopf, doch statt die Tür zu öffnen, gab der Fahrer Gas und fuhr los.

»Vollidiot!«, japste sie und starrte ihm wütend hinterher.

Typisch Münchner Busfahrer. Die schienen das mit Absicht zu machen. Wahrscheinlich schielte er jetzt in den Rückspiegel und grinste sich einen ab. In einem Anflug von kindischem Trotz streckte sie ihm die Zunge heraus. Aber auch das änderte nichts an der Tatsache, dass der nächste Bus erst in einer Viertelstunde kam. Eine Sekunde lang spielte sie mit dem Gedanken, sich ausnahmsweise ein Taxi zu leisten, aber das gab ihr Budget diesen Monat beim besten Willen nicht mehr her.

Somit blieben ihr nur zwei Möglichkeiten: entweder blöd an einer Bushaltestelle herumzustehen und sich eiskalte Füße zu holen oder zur U-Bahn-Haltestelle am Michaelibad zu gehen. Eiskalte Füße bedeuteten mit fast fünfzigprozentiger Wahrscheinlichkeit eine Blasenentzündung, also blieb nur der Fußmarsch.

Mit einem Stoßseufzer machte sie sich auf den Weg und erreichte ein paar Minuten später die Heinrich-Wieland-Straße. Sie wollte schon nach rechts Richtung Michaelibad abbiegen, als sie eine Idee hatte.

Auf der anderen Seite der Heinrich-Wieland-Straße lag der Ostpark. Wenn sie den auf direktem Weg durchquerte, landete sie in der Staudingerstraße, und von dort waren es nur noch etwa zweihundert Meter bis zu ihrem Wohnblock. Das dauerte ungefähr so lang wie der Fußweg, den sie nach der U-Bahn noch hinter sich bringen musste. Alles in allem sparte sie sich so etwa fünfzehn Minuten. Das war zwar nicht die Welt, aber so müde, wie sie inzwischen war, war sie dankbar für jede Minute, die sie früher ins Bett kriechen konnte. Allerdings hieß das auch, dass sie mitten in der Nacht mutterseelenallein durch den Ostpark gehen musste – etwas, das sie noch nie getan hatte und eigentlich auch nie hatte tun wollen.

Warnte nicht sogar die Polizei Mädchen und Frauen davor, nachts allein durch Parks zu laufen?

Unschlüssig stand sie am Straßenrand. Rechts zur U-Bahn oder geradeaus in den Park? Als die Fußgängerampel auf Grün sprang, nahm Monika das als Zeichen und beschloss, sich der Herausforderung Ostpark bei Nacht zu stellen. Wenn Felix das herausfand, würde er mit absoluter Sicherheit an die Decke gehen – aber von wem sollte er es erfahren?

Monika ließ die letzten Häuser hinter sich und betrat den Fußweg Richtung Park. Schwarze Strauchgerippe erwarteten sie. Wirklich vertrauenerweckend sah das nicht aus.

»Sei kein Feigling«, spornte sie sich selbst an. »Den Schwarzen Mann gibt es nicht.« Trotzdem begann sie leise vor sich hin zu singen, wie sie es seit ihrer Kindheit im Keller immer tat. Manche albernen Angewohnheiten legte man eben nie ab.

Ein paar Meter vor ihr schälte sich die Gaststätte Michaeligarten aus der Dunkelheit. Dort hatten Felix und sie sich kennengelernt. Er war mit seinen Kumpels aus der Band da gewesen, und als sie sich mit ihren Freundinnen an den Nebentisch gesetzt hatte, hatte er seine Gitarre rausgeholt und *Marmor, Stein und Eisen bricht* angestimmt. Bei der Erinnerung wurde ihr ganz warm, und ein Lächeln huschte über ihr Gesicht. Eigentlich war Felix ja auch kein Idiot. Zumindest nicht immer.

Im Sommer quoll der Biergarten vor Gästen manchmal regelrecht über, aber jetzt war er wie ausgestorben, und den See, in den sie an heißen Tagen so gern die Füße hielt, konnte man nur erahnen. Alles war dunkel und still. Keine Menschenseele weit und breit. Die Laternen am Wegrand waren auch nicht mehr als kleine Lichtinseln, um die herum sich die Dunkelheit nur noch dichter zusammenzuballen schien.

Monikas Schritte wurden zögerlich. War es wirklich eine gute Idee, durch den Park abzukürzen? Plötzlich kam er ihr viel dunkler vor als in den anderen Nächten, in denen sie mit Felix vom Biergarten nach Hause gegangen war. Aber da war ja auch Sommer gewesen. Sie grinste in sich hinein, als sie an eine Situation denken musste, in der Felix sie in ein Gebüsch gezogen hatte und die beinahe ganz schön peinlich für sie beide ausgegangen wäre.

Verunsichert sah sie sich um. Müsste sie denn nicht schon längst bei dem Kinderspielplatz sein, wo Felix und sie in den Sträuchern verschwunden waren? Oder hatte sie sich verlaufen? Auf einmal war es ihr, als würden die Bäume näher an den Weg heranrücken. Und bewegte sich da nicht etwas in den Schatten?

Monika beschleunigte ihren Schritt. Ihre Jacke war von einer Sekunde auf die andere viel zu warm, und sie öffnete den Reißverschluss. Augenblicklich spürte sie die kühle Nachtluft in ihrem Ausschnitt. Das tat gut und verscheuchte ein wenig das beklemmende Gefühl in ihrer Brust.

Ein Knacken zwischen den Bäumen durchbrach die Stille. Monika zuckte zusammen und stieß einen quiekenden Schrei aus. Mit laut pochendem Herzen starrte sie in die Schwärze. Das Knacken und Rascheln wurde lauter, wurde zu einem Schlurfen, wurde zu Schritten im Laub.

Monikas Herz machte einen Satz. Panisch versuchte sie, die Dunkelheit mit den Augen zu durchdringen. Sie wusste, dass sie wertvolle Zeit verschwendete, dass sie rennen sollte, was ihre Beine hergaben, doch sie war wie gelähmt. Dann sah sie ihn. Gebückt huschte er zwischen den Bäumen und Sträuchern hindurch, genau in ihre Richtung.

Als hätte jemand auf einen Knopf gedrückt, fiel die Starre von ihr ab, und Monika begann zu laufen.

Verdammt, verdammt, verdammt! Warum hatte sie sich nur auf diese beschissene Idee eingelassen? Nie wieder würde sie nachts allein durch einen Park gehen. Nie wieder!

Auf der linken Seite tauchten schemenhafte weiße Flächen auf. Das musste der Sandspielplatz sein. Endlich! Sie schöpfte neue Hoffnung. Jetzt musste sie noch über die Wiese, und dann war sie schon bei den ersten Häusern. Aber wo war ihr Verfolger?

Sie drehte sich um, kam aus dem Tritt, und noch bevor sie wusste, was geschehen war, schlug sie auf dem Boden auf. Ein stechender Schmerz jagte durch ihren Arm. Monika schossen die Tränen in die Augen. Sie biss sich auf die Lippe. Nicht heulen. Los, auf die Beine! Doch da war der Schatten schon über ihr. Monika spürte seinen heißen Atem in ihrem Nacken. Er keuchte erregt. Gleich würde er sie packen und ins Gebüsch zerren. Wahrscheinlich machte er sich schon am Reißverschluss seiner Hose zu schaffen. Sie sah sich bereits zwischen den Sträuchern liegen, benutzt und weggeworfen wie ein Stück Müll. Ihr wurde schlecht.

»Poldi, aus!«, rief plötzlich eine Stimme. »Himmel noch mal, du verflixter Köter! Aus!«

Etwas Kaltes, Feuchtes stupste gegen Monikas Wange. Sie spürte Fell an ihrer Haut, und es roch nach nassem Hund. Unendlich langsam setzte ihr Gehirn diese Informationen zusammen. Sie hob den Kopf. Eine lange rosafarbene Zunge füllte fast ihr ganzes Blickfeld aus. Aus den Augenwinkeln sah sie Schuhe. Sie blieben neben ihr stehen.

»Haben Sie sich verletzt? Kann ich Ihnen helfen?«

Die Stimme drang wie durch einen langen Tunnel zu ihr. Kein Vergewaltiger hatte sie verfolgt, sondern ein Hund?

»Geht es Ihnen gut? Können Sie aufstehen?«

Erleichterung jagte durch Monikas Adern, und ein irres Kichern regte sich in ihrem Bauch. Sie musste sich zusammenreißen, um nicht loszuprusten. Eine Hand schloss sich um ihre, und sie ließ sich widerstandslos auf die Füße helfen. In ihrem Arm pochte ein dumpfer Schmerz, aber der war weit, weit weg.

»Es tut mir fürchterlich leid«, sagte die Stimme. »Ich weiß auch nicht, was in Poldi gefahren ist. Normalerweise macht er so was nicht.«

Erst jetzt nahm Monika das Gesicht zur Stimme wahr. Es gehörte einem älteren Herrn. Sein Hut war verrutscht und seine Augen irrten zwischen ihrem Gesicht und seinem Hund hin und her. Er schien fast so erschrocken zu sein wie sie selbst.

»Halb so schlimm«, sagte Monika. Ihre Stimme schnappte beinahe über. »Ist ja nichts passiert. Ich bin nur über meine eigenen Füße gestolpert. Kommt davon, wenn man es eilig hat.«

»Wirklich?« Der Mann blinzelte mehrmals und sah an ihr herab. Monika folgte seinem Blick. Es war zu dunkel, um irgendwelche Flecken auf ihrer Hose zu erkennen, dennoch wischte sie mit den Händen über ihre Knie.

»Ja, wirklich. Sehen Sie? Alles wie neu.«

Wie zur Bekräftigung ließ der Hund ein leises Bellen hören. Monika lachte und tätschelte dem Tier den Kopf. Es war ein Labrador. Einer dieser Hunde, die ständig zu grinsen schienen. Sie grinste zurück.

»Kann ich Sie wenigstens noch ein Stück begleiten? Für eine Frau so ganz allein ist das um diese Uhrzeit ja nicht unbedingt der beste Ort.«

»Vielen Dank, das ist sehr freundlich, aber ich habe nur noch ein paar Meter, dann bin ich zu Hause.«

Er sah sie einen Moment lang skeptisch an, dann nickte er.

»Guten Heimweg.« Er lüftete seinen Hut, leinte den Labrador an und ging weiter.

Monika verdrehte die Augen. Was war sie nur für ein Angsthase! Gut, dass davon niemand erfuhr. Felix würde sie sonst bis ans Ende ihres Lebens damit aufziehen.

Trotzdem zitterten ihre Knie, als sie in ihre Straße einbog. Die wenigen Lichter, die noch in den Fenstern der

Hochhäuser brannten, schienen heute besonders hell zu funkeln, und sie hatte sich ganz bestimmt noch nie so sehr gefreut, diese hässlichen Betonkästen zu sehen. Hier war zwar auch keine Menschenseele unterwegs, trotzdem fühlte sie sich endlich in Sicherheit. Eins wusste sie jetzt ganz bestimmt: Lieber würde sie eine halbe Stunde Umweg in Kauf nehmen, als noch einmal nachts allein durch den Ostpark zu marschieren. Das war garantiert das erste und letzte Mal in ihrem Leben gewesen.

Monika zog den Hausschlüssel aus der Jackentasche und sperrte die Eingangstür zu ihrem Wohnblock auf. Im Treppenhaus stank es nach Abgasen. Vermutlich hatte wieder irgendein Trottel die Tür zur Tiefgarage nicht richtig geschlossen, und weil Felix ihre Wohnungstür immer noch nicht abgedichtet hatte, war der Gestank todsicher schon in ihre Wohnung gezogen, genau wie der kalte Rauch von den Mietern nebenan. Monika lag Felix deshalb schon seit Wochen in den Ohren, aber er vergaß es, sobald er »Erledige ich morgen, versprochen!« gesagt hatte. Sie seufzte leise. Wenn sie nicht alles selbst machte …

Sie stieg die Stufen hinab, drückte die Garagentür ins Schloss und wollte wieder hinaufgehen, als ein Schatten auf sie fiel. Erschrocken zuckte Monika zusammen und hob den Kopf. Oben an der Treppe stand ein Mann. Ihr Fuß rutschte von der Stufe, und sie griff hastig nach dem Geländer. Wo kam der denn auf einmal her?

Reglos, wie aus dem Boden gewachsen, blickte er auf sie herab und versperrte dabei fast die gesamte Treppe.

Das Herz schlug Monika bis in den Hals. Und jetzt? Irgendwie musste sie an ihm vorbei. Sie wagte nicht, ihm in das Gesicht zu sehen. Zögernd setzte sie ihren Fuß auf die nächste Stufe. Bitte, mach, dass er zur Seite geht. Sie erklomm eine weitere Stufe, aber der Mann rührte sich nicht. Ein weiterer Schritt. Nun bewegte er sich doch. Langsam, fast feierlich griff er in seine Jacke. Monika hörte ein Gemurmel. Unwillkürlich hielt sie den Atem an. Sein Flüstern wurde lauter. Irritiert blieb sie stehen. Was faselte der da? Waren das wirklich Schimpfwörter? Sie lauschte. Ja, kein Zweifel, er murmelte Schimpfwörter. Monikas Magen zog sich zusammen. Sie presste sich an das Geländer, machte sich so dünn sie nur konnte. Hoffentlich berührte er sie nicht.

Er stieg eine Stufe hinab, dann noch eine, und eine dritte. Jetzt hörte sie seine Stimme ganz deutlich.

»Elende Schlampen. Huren. Könnt nichts anderes als die Beine breitmachen!«

Monika wurde schlecht. Wen meinte er damit? Doch nicht sie, oder? Nur eine Armlänge trennte sie noch voneinander. Monika tastete mit dem Fuß nach der Treppe unter sich. Der Typ hatte sie nicht alle. Sie musste weg – aber wohin? An ihm vorbeizulaufen wagte sie nicht. Also blieb nur die Tiefgarage. Entweder konnte sie sich dort zwischen den Autos verstecken oder durch das Tor hinauslaufen an die Oberfläche.

Der Mann zog die Hand wieder aus seiner Jacke. Er hielt ein schwarzes Ding in der Hand. Im nächsten Moment schoss sein Arm nach vorne, und Monika spürte etwas Hartes an ihrem Hals. Sie hörte ein Knistern, sah ein gleißendes Licht, dann ließ der Elektroschocker ihre Gedanken explodieren.

Zweiundzwanzig

»Die gute Frau Sauer hatte es ja faustdick hinter den Ohren«, sagte Contutto und schob sich den Rest seiner Käsesemmel in den Mund. »Macht bei ihrer Freundin einen auf geduldig und verständnisvoll und reißt nebenbei alles auf, was nicht bei drei auf dem Baum ist.«

Toni hielt ihre Hand schützend über ihre Kaffeetasse. Wenn Contutto mit vollem Mund sprach, hatte er einen gewissen Streukreis.

»Ab hundert Gramm wird es undeutlich. Was hältst du davon, wenn du erst alles hinunterschluckst und dann sprichst?«, fragte sie. »Der Freitag ist noch jung, die Besprechung hat gerade erst begonnen, und ich hätte meinen Kaffee ganz gern ohne fremde Nahrungsbestandteile darin.«

»Du hast doch mit der Köster gesprochen, Toni«, ergriff Beate das Wort. »Glaubst du, sie hat davon gewusst?«

»Davon, dass ihre Freundin mit anderen Männern in die Kiste gehüpft ist?« Toni zögerte kurz, dann schüttelte sie den Kopf. »Nein, das glaube ich nicht. Die Köster hat von sich selbst gesagt, dass sie sehr konservativ erzogen wurde, und sie machte auf mich nicht den Eindruck, dass eine derart offene Beziehung ein Lebensmodell wäre, mit dem sie sich anfreunden könnte. Für sie war es schon ein Problem, sich selbst einzugestehen, dass sie lesbisch ist. Da kann ich mir beim besten Willen nicht vorstellen, dass sie ruhig zu Hause sitzt, während ihre Freundin auf Männerjagd geht.«

»Vielleicht saß sie ja am Samstag gar nicht zu Hause«, schaltete sich Contutto ein. »Vielleicht hat sie etwas geahnt und ist der Sauer klammheimlich gefolgt. Als sie aus dem S2 kam, hat die Köster sie zur Rede gestellt, es kam zum Streit, der schlussendlich eskalierte. Mord aus Eifersucht. Banal, aber immer wieder gern genommen.«

»Wäre theoretisch denkbar«, antwortete Toni. »Die Theorie hat nur einige Haken. Erstens: An diesem Abend lief im S2 nichts, die Sauer hat das Lokal allein verlassen. Zweitens: Selbst wenn die Köster im Streit so viel Kraft aufgebracht hat, um ihrer Freundin eine Klinge dreimal tief in den Körper zu stoßen, halte ich es für nahezu ausgeschlossen, dass sie die Leiche allein in den Kofferraum eines Autos gewuchtet und vor die Tür der Michaelskirche geschleppt hat. Die Sauer wog zwar nur dreiundfünfzig Kilo, aber die Köster hat auf mich nicht unbedingt den Eindruck gemacht, als könnte sie einen Zentner tote Masse einfach so durch die Gegend tragen. Außerdem haben wir noch den Zeitfaktor. Alles musste schnell gehen, insbesondere in der Fußgängerzone. Da war für Verschnaufpausen keine Zeit.«

»Ich kann mir die Köster als Täterin auch nicht vorstellen«, stimmte Sören zu. »Zumindest nicht als Einzeltäterin. Allerdings wäre ihre Verwicklung insofern nicht abwegig, als dass das Opfer keinerlei Abwehrverletzungen hatte, weder an den Händen noch an den Unterarmen. Entweder kam die Attacke so blitzschnell und unerwartet, dass die Sauer keine Zeit mehr hatte zu reagieren, oder sie war völlig arglos, weil sie den Täter gekannt und nicht mit einem Angriff gerechnet hat.«

»Du meinst, die betrogene Freundin hat ein Mordkomplott mit einem Dritten geschmiedet?« Beate zog die Nase kraus. »Das glaube ich nicht. Dazu gab es zu viele Unwägbarkeiten. Was wäre gewesen, wenn die Sauer im S2 doch jemanden gefunden hätte? Schon in diesem Moment wäre der Plan zum Scheitern verurteilt gewesen. Oder noch viel früher, wenn die Sauer doch bei der Köster geblieben wäre. Nein, für mich war das die Tat eines Einzelnen. Fragt sich nur, ob geplant oder spontan. Und vor allem: warum?«

Ein Klopfen ließ alle Köpfe herumfahren. Else Fichtinger, eine Kollegin aus dem Raubdezernat, streckte den Kopf zur Tür herein.

»Entschuldigen Sie die Störung, Herr Zinkl. Ich habe hier ein Fax mit einer Vermisstenanzeige. Es ist zwar an Sie adressiert, aber trotzdem bei uns gelandet. Da hat wohl wieder jemand die Zimmernummer mit der Faxnebenstelle verwechselt.«

Hans schüttelte den Kopf.

»Eigentlich brauchen wir die Anzeige nicht mehr«, sagte er. »Die Tote wurde ja zwischenzeitlich identifiziert. Aber geben Sie ruhig her.«

Toni, die der Tür am nächsten saß, stand auf und nahm den Ausdruck entgegen.

»Dann lasst uns mal sehen, was heute noch alles ansteht«, fuhr Hans fort, nachdem Toni sich wieder hingesetzt hatte. »Beate wird mich um acht Uhr dreißig zu den Kollegen der Pressestelle begleiten. Bei der heutigen Presserunde werden garantiert die ersten kritischen Stimmen laut werden, und darauf sollten wir vorbereitet sein. Sören, wie sieht es bei dir aus?«

»Contutto und ich werden heute zusammen mit den Kollegen der zuständigen Polizeiinspektion mit den Hausbefragungen rund um das S2 weitermachen. Wir hoffen immer noch auf den schlaflosen Hundebesitzer, der seinen Dackel Gassi geführt und dabei die Sauer und vielleicht ihren Mörder gesehen hat.«

Hans nickte. »Und du?«, wandte er sich Toni zu.

»Ich werde mich bei Sarah Köster unbeliebt machen und sie mit dem heimlichen Liebesleben ihrer toten Freundin konfrontieren. Offenbar trieb die Gute diese Spielchen nämlich schon früher. Ich habe gestern den Exmann der Sauer in der Schönheitsklinik erreicht und ihn befragt, wie es seine damalige Gattin mit der ehelichen Treue gehalten hat.« Toni verzog das Gesicht. »Ich fürchte, damit habe ich einen immer noch ziemlich wunden Punkt getroffen und ihn im Genesungsprozess nicht unerheblich zurückgeworfen.«

Sie musste grinsen. »Kaum hatte ich angedeutet, was der Barkeeper uns erzählt hat, ging es schon los. Ich konnte regelrecht hören, wie sein Blutdruck stieg. Er wurde dann auch ziemlich laut, aber offenbar hat er noch jede Menge Verbände in der und um die Nase, so dass ich nur die Hälfte verstanden habe. Aber das, was ich heraushören konnte, deckt sich mit den Beobachtungen von Christopher Henning und war wohl der ausschlaggebende Punkt für die Scheidung.«

Hans klopfte mit dem Kugelschreiber gegen seine Tasse. »Gut. Sonst noch etwas?« Er sah in die Runde. »Dann ab an die Arbeit.«

Dreiundzwanzig

Sarah Köster war kaum mehr wiederzuerkennen. Ihr Gesicht war fahl und aufgedunsen, die Haare hingen ungekämmt und strähnig herab, und der violette Nicki-Hausanzug sah aus, als hätte sie ihn vor mindestens zwei Tagen an- und seither nicht wieder ausgezogen. Aus rotgeränderten, ungeschminkten Augen starrte sie Toni an, bis sie endlich zu wissen schien, wen sie vor sich hatte. Dann drehte sie sich ohne ein Wort um und schlurfte zurück in ihre Wohnung. Toni nahm das als Aufforderung einzutreten und folgte ihr.

In der Tür zum Wohnzimmer blieb sie einen Augenblick stehen. Der Raum und vermutlich auch der Rest der Wohnung waren in einem ähnlich desolaten Zustand wie ihre Bewohnerin: Überall lagen zerknüllte Taschentücher, auf dem Tisch standen benutzte Gläser und halbvolle Teller mit eingetrockneten Speiseresten, und über allem hing ein stickiger, säuerlicher Geruch, der Toni die Luft abschnürte.

War das die Wohnung einer Mörderin? Toni glaubte es nicht, aber wie sagte Contutto immer: Wenn du glauben willst, geh in die Kirche. Womit er natürlich recht hatte. Sie konnte glauben, so viel sie wollte, darauf würde kein Staatsanwalt seine Anklage stützen und kein Richter ein Urteil erlassen. Wenn sie verwertbare Ergebnisse bringen wollte, musste sie Sarah Köster jetzt auch ein Messer in die

Brust rammen, es wieder und wieder herumdrehen und die Erinnerungen, das Letzte, was der jungen Frau von ihrer Freundin geblieben war, vergiften.

Toni setzte sich ganz vorne auf die Sofakante und verschränkte die Finger ineinander.

»Es tut mir leid, Frau Köster, dass ich Sie noch einmal befragen muss, aber wir haben neue Informationen bekommen, die ich überprüfen muss.« Toni räusperte sich. »Sie wissen, dass Frau Sauer schon einmal verheiratet war?«

Sarah Köster zeigte keine Reaktion, und Toni wollte die Frage schon wiederholen, als die Floristin fast unmerklich nickte. Wie in Zeitlupe griff sie nach einem der vielen zerknüllten Taschentücher und begann es zu zerrupfen. Weiße Fetzen rieselten zu Boden oder blieben an der violetten Nickihose hängen.

»Hat Frau Sauer Ihnen erzählt, warum die Ehe damals in die Brüche ging?«

Sarah Kösters Finger hielten inne. Eine Sekunde verging und eine weitere, dann fuhren sie mit ihrer Zerstörungsarbeit fort.

In diesem Moment hatte Toni zum ersten Mal das Gefühl, dass diese Begegnung drauf und dran war, ihr aus den Händen zu gleiten und zu einem Fiasko zu werden, und am liebsten wäre sie aufgestanden und an einem anderen Tag noch einmal wiedergekommen. Oder am besten gar nicht mehr. Aber das ging natürlich nicht. Ermittlungen waren Ermittlungen, und die Zeit saß ihnen ohnehin schon im Nacken.

»Frau Köster?« Toni beugte sich nach vorne, versuchte Blickkontakt aufzunehmen. »Haben Sie meine Frage verstanden? Wissen Sie, warum die Ehe …?«

»Das fragen Sie noch?« Die junge Frau hob den Kopf. Der stumpfe Blick war auf einmal klar. »Lena liebte Frauen, keine Männer. Das müssen Sie doch inzwischen kapiert haben. Sie hat sich von Max getrennt, weil er ein Mann war und sie nicht länger eine Lüge leben konnte. So einfach ist das. Aber wenn Sie das nicht verstanden haben, dann wundert es mich nicht, dass Lenas Mörder immer noch frei herumläuft.«

Die Papierfetzen wurden größer. Toni überging die kaum verhohlene Verachtung in Sarah Kösters Stimme. Die Frau war sichtlich am Ende, sie brauchte jemanden, an dem sie ihre Verzweiflung und ihre Wut auslassen konnte. Polizisten kamen da generell sehr gelegen, und jetzt war eben Toni die direkte Zielscheibe. Rücksicht konnte sie trotzdem keine nehmen.

»Ich habe gestern mit Frau Sauers Exmann telefoniert«, sagte Toni. »Aus seinem Mund klang das etwas anders. Demnach ging die Trennung von ihm aus, und zwar nicht, weil Frau Sauer sich in eine Frau verliebt hätte, sondern ...«

»Lügen«, fauchte Sarah Köster. »Das sind nichts als Lügen. Sarah hat sich von ihm getrennt, nicht umgekehrt. Ich weiß genau, was er Ihnen erzählt hat. Dass Lena ihn betrogen hat. Dass sie andere Männer hatte. Dass sie ihn ausgenutzt und belogen hat. Aber das stimmt nicht. Damit will er Lena nur vor allen schlechtmachen, weil er es nicht verkraftet, dass sie ihn gegen eine Frau eingetauscht hat. Damit kann nämlich kein Mann umgehen. Keiner!«

Speicheltröpfchen aus Sarah Kösters Mund flogen durch die Luft und landeten auf der Tischplatte, wo sie zerplatzten. Toni sah den Tröpfchen einen Augenblick lang zu, dann holte sie Luft. Zeit für den nächsten Schlag.

»Sagt Ihnen der Name S2 etwas?«

Versteinerte Gesichtszüge auf der anderen Seite des Wohnzimmertisches, dann Kopfschütteln.

»Das ist ein Lokal im Osten von München. Ein Lokal, in dem Frau Sauer Stammgast war. Hat sie es nie erwähnt?«

Erneutes Kopfschütteln. Die Finger hatten aufgehört, an dem Taschentuch zu zupfen, schlossen sich jetzt fest um das, was davon noch übrig war.

»Sie war auch in der Nacht von Samstag auf Sonntag dort. Nachdem sie von Ihnen weggefahren war.«

Sarah Kösters Kiefer mahlten.

»Na und?«, sagte sie dann trotzig. »Warum nicht? Das ist doch nicht verboten.«

»Nein, natürlich nicht«, lenkte Toni ein. »Das hat auch niemand behauptet. Sagen Sie – haben Sie und Frau Sauer an den Wochenenden abends eigentlich oft etwas gemeinsam unternommen? Sie sind ... waren beide voll berufstätig, da bleiben normalerweise nur die Freitag- und Samstagabende.«

Toni konnte sehen, dass die Köster durch den plötzlichen Themenwechsel aus dem Tritt geriet. Unsicherheit breitete sich auf ihrem Gesicht aus.

»Ja ... Das heißt, nein. Nein, wir waren selten aus. Lena war dafür meistens zu müde. Sie hatte nämlich fast immer eine Sechs-Tage-Woche, weil sie so gefragt war. Von Montag bis Freitag war sie mit ihren Shootings beschäftigt, die manchmal bis in den späten Abend dauerten. Die Nachbearbeitung und den Bürokram hat sie am Wochenende erledigt. Dafür musste sie immer wieder komplette Samstage opfern, oft bis tief in die Nacht hinein, so dass wir uns manchmal nur am Sonntag sahen.«

Toni betrachtete das Foto von Magdalena Sauer, das ihr bereits bei ihrem ersten Besuch in der Wohnung aufgefallen war. Gefragt war die Frau zweifelsohne gewesen. Aber mit Bildbearbeitung hatte das herzlich wenig zu tun gehabt.

»Und das hat Ihnen nichts ausgemacht?«, wollte Toni wissen.

Sarah Köster zupfte ein paar Taschentuchfetzen von ihrer Hose und ließ sie auf den Tisch fallen, wo sie sie hin und her schob.

»Begeistert war ich natürlich nicht, dass sie so wenig Zeit für uns hatte. Am liebsten hätte ich sie jeden Tag um mich gehabt, und ich war jedes Mal enttäuscht, wenn sie mich wieder vertröstet hat. Aber ich wollte mich nicht beschweren, schließlich hatte sie ja auch so viel Geduld mit mir und hat mich nie zu etwas gedrängt.«

»Und Sie sind sich sicher, dass Frau Sauer an den Wochenenden gearbeitet hat?«

»Was ist das denn für eine Frage?« Sarah Köster stand ruckartig auf. »Natürlich bin ich sicher. Warum hätte Lena mich anlügen sollen?« Sie warf einen Blick über die Schulter hin zu dem Regal, von dem aus Magdalena Sauer ihrer Freundin eine Kusshand zuwarf.

»Weil Frau Sauer laut Zeugenaussagen zumindest einige Freitage und Samstage, an denen sie angeblich gearbeitet hat, weder zu Hause noch in ihrem Studio, sondern in besagtem Lokal S2 verbracht hat.«

»Wer behauptet das?« Sarah Köster, die Toni den Rücken zugewandt hatte, drehte sich um. Auf ihren Wangen blühten auf einmal rote Flecken. »Das ist eine Lüge. Das kann nicht sein.«

»Es tut mir leid, Frau Köster, aber ein Irrtum ist ausgeschlossen. Der Zeuge hat sie ohne Zweifel wiedererkannt. Und er hat noch etwas beobachtet.« Toni fühlte sich wie ein Boxer, der genau weiß, dass er seinen Gegner mit dem nächsten Schlag auf die Bretter schicken wird. Allerdings mit dem Unterschied, dass sie viel darum gegeben hätte, das nicht tun zu müssen. »Allem Anschein nach hat Frau Sauer dort gezielt nach Männern gesucht, mit denen sie dann das Lokal verlassen hat. Es ist deshalb nicht auszuschließen, dass Frau Sauers Exmann die Wahrheit gesagt hat und sie eventuell auch Sie betro…«

Der Rest des Satzes ging in einem so schrillen Kreischen unter, dass Toni zusammenzuckte.

»Hören Sie auf!« Sarah Köster krallte ihre Finger in die Sessellehne. »Ich will diese Lügen nicht hören. Lena und ich waren glücklich, hören Sie? Glücklich! Und dieses Glück lasse ich mir von niemandem nehmen, auch von Ihnen nicht!«

»Bitte, Frau Köster, beruhigen Sie sich«, versuchte Toni einzulenken. »Niemand will Ihnen etwas nehmen. Aber um den Mörder Ihrer Freundin zu finden, müssen wir jeder Spur nachgehen. Wenn Frau Sauer dort wirklich regelmäßig Männerbekanntschaften gemacht hat, dann kann es sein, dass darunter ihr Mörder war, und …«

»Sie hat so was nicht getan! Sie hatte nichts mit Männern. Sie liebte Frauen. Sie liebte mich!« Sarah Kösters Stimme überschlug sich. »Und jetzt gehen Sie. Gehen Sie!«

Sie packte Toni am Ärmel ihrer Jacke und zog sie vom Sofa hoch. Ihre Wangen waren inzwischen feuerrot, und ihre Augen glänzten vor Wut. Die Furien im alten Griechenland wären stolz auf sie gewesen.

Toni überlegte einen Moment, dann fügte sie sich und verließ die Wohnung. Egal, was sie noch gesagt hätte, es wäre nicht zu der Frau durchgedrungen und hätte vermutlich alles nur noch verschlimmert.

Kaum hatte sie die Schwelle überschritten, warf die Köster die Tür so heftig zu, dass das Treppengeländer zitterte. Toni zog instinktiv den Kopf ein. Zum Glück waren die Zeiten, in denen die Überbringer schlechter Nachrichten hingerichtet wurden, mittlerweile vorbei.

Vierundzwanzig

Mulder stand am offenen Fenster und blies den Rauch nach draußen. Eigentlich war es genau wie vor fünfundzwanzig Jahren: Die Fliesen an den Wänden waren weiß, der Boden graubraun, auf dem Fensterbrett stapelten sich die Rollen mit Toilettenpapier, und in der Luft hing der Geruch von Reinigungsmitteln und kaltem Zigarettenrauch.

Nur stand er jetzt nicht in einem versifften Schulklo, sondern in der Herrentoilette der Rechtsmedizin, wo statt zotigen Sprüchen Zettel mit gereimten Hinweisen auf die Klobürstenbenutzung die Türen zierten.

Mulder nahm einen tiefen Zug. Eigentlich war er aus dem Alter heraus, in dem man heimlich auf der Toilette rauchte, aber gewisse Umstände erforderten eben gewisse Maßnahmen. Und in diesem Fall hießen die gewissen Umstände Kim Haider. Egal, ob er im Aufenthaltsraum eine Tasse Kaffee trank oder draußen schnell eine Zigarette rauchte – es war so sicher wie das Amen in der Kirche, dass sie Nanosekunden später ebenfalls auftauchte. Als hätte sie ihm einen GPS-Sender eingepflanzt.

Mulder drückte den Stummel auf dem Fensterbrett aus, spülte ihn in der Toilette hinunter und fuhr sich mit der Hand über den kahlrasierten Schädel.

Was in aller Welt stimmte nicht mit ihm? Eine Frau, nach der sich so ziemlich alle Männer umdrehten und dabei nicht wussten, ob sie auf ihren Hintern oder ihre Brüste starren sollten, machte ihm unmissverständlich klar, dass sie mit ihm ins Bett wollte – und was tat er? Statt das Angebot anzunehmen, zog er im wahrsten Sinn des Wortes den Schwanz ein und versteckte sich auf der Toilette.

Lemmy Harvester, ein Chirurg aus Brighton in England, den er damals bei seinem Einsatz für »Ärzte ohne Grenzen« in Nord-Kivu im Kongo kennengelernt hatte, hätte garantiert keine Sekunde lang gezögert. Lemmy hatte seinen Namensvettern, den riesigen Holzernte-Ungetümen, die selbst die größten Bäume in kürzester Zeit zu Fall brachten und ihnen die Äste abrasierten, als wären es Grashalme, alle Ehre gemacht. Er hatte jede Frau flachgelegt, die ihm in die Quere gekommen war. Egal ob Ärztin, Krankenschwester oder Übersetzerin. Dabei war er nicht einmal Single gewesen, aber das hatte Lemmy keine Sekunde lang gestört.

Mulder hätte es jetzt genauso halten können, schließlich war er wieder Single und ungebunden. Wobei ungebunden nicht ganz richtig war. Mit Kindern war man sein ganzes Leben lang gebunden, egal, wie weit entfernt sie lebten.

Bei dem Gedanken tastete er automatisch nach dem Blackberry in seiner Hosentasche, aber er widerstand der Versuchung, ihn herauszuziehen und zu sehen, ob schon wieder ein neuer Anruf eingegangen war. Er würde ohnehin nicht zurückrufen. Nicht jetzt. Nicht während des Dienstes. Wenn er mit Susanne telefonierte, war der Streit vorprogrammiert, und Streit war das Letzte, was er jetzt gebrauchen konnte. Wann hatten sie sich eigentlich zuletzt unterhalten, ohne sich früher oder später gegenseitig Vorwürfe zu machen?

Das unruhige Zittern in seiner Brust flackerte wieder auf. Es war stärker geworden in den letzten Tagen. Wahrscheinlich lag es am Umzug. Die neue Wohnung, die Kartons, die sich noch immer in allen Ecken stapelten, die ungewohnten Geräusche, die Schatten in den Ecken. Dort, wo er jetzt wohnte, war es nicht einmal nachts wirklich still. Aber das war genau, was er gesucht hatte. Ihm war egal, ob die Straßenbahn ratterte, Lkws morgens um drei Waren anlieferten oder irgendjemand bei offenem Fenster Musik hörte – er ertrug alles, nur keine Stille. War es zu ruhig, hörte er seine Gedanken. Seine Gedanken und die Echos aus der Vergangenheit, und gegen die gab es nur ein Mittel. Doch dieses Mittel machte alles nur noch schlimmer.

Die neue Stelle sollte sein Placebo werden, aber war das wirklich eine gute Idee gewesen? Oder hätte er einfach die Zähne zusammenbeißen und in Würzburg bleiben sollen?

Das Zittern breitete sich aus, kroch durch seinen Brustkorb und seine Arme bis in seine Fingerspitzen. Er spürte, wie sich ein dünner Schweißfilm auf seiner Kopfhaut bildete.

Er drehte das Wasser am Waschbecken auf, ließ es in seine hohle Hand rinnen und trank. Dann rieb er mit den nassen Händen über seine Glatze. Die Kälte sickerte in seinen Schädel, aber das Vibrieren in seinem Inneren war immer noch da. Er wusste, was dieses Beben und Zittern stoppen konnte. Was ihm die Ruhe schenken würde, nach der er sich sehnte.

Wassertropfen rannen über seinen Hinterkopf und hinab in den Kragen.

Mother's little helper hatten die Stones sie genannt. Die kleinen Pillen, die die Gewehrsalven und die Schreie dämpften; die einen Schleier über den Anblick von Lemmys Gesicht legten, dem ein Geschoss den kompletten Unterkiefer weggerissen hatte; die alles mit einer weichen weißen Schicht bedeckten, zart und flaumig wie frisch gefallener Schnee; die ihn für eine kurze Zeit herauslösten aus der Welt und ihn in einen Kokon aus Gleichgültigkeit wickelten.

Und wenn er eine Ausnahme machte? Nur bis er sich eingelebt hatte. Bis der Ärger verraucht war und alles wieder in geregelten Bahnen lief. Dann brauchte er sie nicht mehr. Dann würde sich alles wie von selbst ergeben.

Sein Herz schlug schneller bei dem Gedanken, und ihm schoss der Speichel in den Mund wie einem zweibeinigen Pawlow'schen Hund.

»Nein, verdammt noch mal!« Er hämmerte mit der Faust gegen die Wand. Am liebsten hätte er auf sein Spiegelbild eingeschlagen, wieder und wieder, so lange, bis es in tausend Stücke zerbrochen war und er seinen Anblick nicht mehr ertragen musste. Stattdessen zwang er sich, sich selbst ins Gesicht zu sehen. Er sah die Wassertropfen auf seiner Haut. Das Flackern in seinen Augen. Er sah einen Junkie auf der Jagd nach dem nächsten Trip. Einen Süchtigen, der sich die Welt so zurechtlog, wie er sie brauchte.

Mulder stützte sich auf das Waschbecken und atmete tief durch, drängte das Zittern zurück. Aber es war nicht verschwunden, es hatte sich nur versteckt. Er konnte beinahe sehen, wie es in einer dunklen Ecke hockte und nur darauf wartete, wieder über ihn herzufallen.

Müde richtete Mulder sich auf und verließ die Toilette. Warum ihm gerade jetzt die Stieglitz durch den Kopf ging, wusste er selbst nicht. Noch eine Frau mehr, die Ärger versprach. Als hätte er mit Susanne, der Schattenkirchner und Kim nicht schon genug am Hals.

Er ging zurück in sein Büro, schloss die Tür hinter sich, sank in seinen Stuhl und blickte zum Fenster hinaus. Kahle Äste bewegten sich stumm im Wind. Seine rechte Hand schloss sich um den Griff der Schreibtischschublade und zog sie auf. Die Äste wogten immer noch hin und her. Versuchten sie ihn abzuhalten oder applaudierten sie? Seine Hand glitt in die Schublade. Ich kann sie jederzeit herausziehen, sagte er sich und wusste, dass das gelogen war. Das war es, was jeder Süchtige sagte: Ich kann jederzeit aufhören, ich will nur nicht.

Dann lag die Schachtel auf seinem Tisch.

Benzodiazepine. Der Stoff, aus dem nicht die Träume, sondern der Schlaf und das vorübergehende Vergessen waren. Der Nebel, der in seinen Kopf kroch und die Welt auf Abstand hielt.

Nur eine Tablette.

Ausnahmsweise.

Nur heute.

Fünfundzwanzig

Es war kurz nach zwanzig Uhr, als Toni aus der S-Bahn ausstieg und sich auf den Weg zu ihrem Auto machte. Wenn es nach ihr und allen anderen gegangen wäre, säßen sie jetzt noch an ihren Schreibtischen und würden sich wieder und wieder durch alle Notizen, Dateien und Vernehmungen wühlen, die sie in den letzten Tagen gesichert oder erstellt hatten.

Die Befragung der Nachbarn hatte nicht den winzigsten Anhaltspunkt ergeben, von einer heißen Spur gar nicht zu sprechen. Deshalb wollte das Team unbedingt wenigstens ein winziges Erfolgserlebnis haben, bis Hans schließlich ein Machtwort gesprochen und sie nach Hause geschickt hatte. Sie hatten protestiert, doch er war hart geblieben, und ganz unrecht hatte er damit auch nicht. Ein paar Stunden Schlaf konnten sie nach diesem langen Tag wirklich gut gebrauchen.

Trotzdem, der Frust begann langsam an ihnen zu nagen. Bisher hatte sich jede Spur als Sackgasse erwiesen, und ein Durchbruch war weit und breit nicht in Sicht. Toni hatte das Kreischen der Köster noch im Ohr und glaubte, ihre Hände an ihrem Ärmel zu spüren, als sie das Präsidium verließ. Sie hatte das Letzte vergiftet, was der jungen Frau noch von ihrer Freundin geblieben war: die schönen Erinnerungen. Die Köster konnte sich noch so sehr dagegen wehren, Tonis Worten zu glauben – der Zweifel hatte sich eingenistet wie ein Parasit und würde sie nie mehr verlassen.

Toni bog in die Straße ein, in der sie ihren Mercedes geparkt hatte, als sie mit Raff im O'Donnel's gewesen war. Jeden Morgen hatte sie sich seither vorgenommen, den Wagen abends zu holen, und ihren Vorsatz bis zum Dienstschluss wieder vergessen, weil in ihrem Kopf nur Platz für den Fall gewesen war.

Sie spürte, wie die Unzufriedenheit über den Stand der Ermittlungen in ihr gärte. Wenn sie jetzt zurück in ihr kleines Zimmerchen fuhr, würde sie vermutlich innerhalb von fünf Minuten die Wände hochgehen.

Ohne groß zu überlegen, wandte sie sich an der nächsten Straßenecke nach links. Von dort konnte sie das Schild des O'Donnel's bereits sehen. Es leuchtete in der Dunkelheit so hell und verheißungsvoll wie der Stern von Bethlehem.

Sie brauchte jetzt die Stimmen anderer Menschen, Geräusche im Hintergrund, die ihr Gedankenkarussell bremsten, die Ameisen in ihrem Inneren abtöteten. Nur einen Kaffee und vielleicht ein Guinness. Danach würde sie sich ganz sicher wohler fühlen und nicht mehr wie ein Tiger im Käfig.

Aus dem Kaffee wurde ein Irish Coffee, und zwar einer mit wesentlich mehr Irish als Coffee. Auf den ersten folgten ein zweiter und dann die Bitte an den Barkeeper, ihr ein Taxi zu rufen. Den Mercedes ließ sie stehen, wo er war.

Die Verbindungstür zu Frau Wilmerdingers Wohnung stand offen, als Toni die Pension betrat, und aus einem Zimmer fiel ein Lichtschein in den Flur. Das war ungewöhnlich für diese Uhrzeit, aber vielleicht erwartete die

Wirtin einen späten Gast und wollte seine Ankunft nicht verpassen.

Das Quietschen von Autoreifen drang an Tonis Ohr und gleich darauf das Knallen von Schüssen. Sie schmunzelte. Es war wohl wieder Krimi-Time. Frau Wilmerdinger liebte Krimis und hatte angeblich jeden einzelnen *Tatort* seit 1970 gesehen.

Toni hatte gerade die erste Hälfte der Treppe hinter sich gebracht, als sie ein Flüstern hinter sich hörte.

»Fräulein Toni?«

Sie drehte sich um. Frau Wilmerdinger stand in der Tür. Sie hatte sich eine karierte Decke über die Schultern geworfen und hielt etwas in der Hand, das verdächtig nach einem Blumenstrauß aussah. Mit der freien Hand winkte sie Toni zu sich herunter.

»Der wurde heute für Sie abgegeben«, sagte sie und hielt Toni den Strauß entgegen. Ihr Blick sprang neugierig zwischen Tonis Gesicht und den in rosa Papier eingewickelten Blumen hin und her.

Toni zog die Augenbrauen hoch. Ein Blumenstrauß? Für sie? Aber von wem? Und warum?

»Danke«, sagte sie und nahm den Strauß entgegen. Wasser tropfte von den nassen Stielen auf den Boden. »Und wer hat die Blumen bei Ihnen abgegeben?«, fragte Toni. In ihrem Hinterkopf regte sich eine leise Wunschvorstellung. Sie hatte eine Glatze, Gewitteraugen und Lachfältchen. Toni schämte sich sofort für diesen dämlichen Gedanken und schubste ihn beiseite.

»So ein Rürup-Bote, oder wie die heißen«, antwortete Frau Wilmerdinger.

Fleurop, dachte Toni. Aber das war ja fast dasselbe. Bunte Versprechungen, die man nach kurzer Zeit in die Tonne treten konnte. Sie suchte nach einer Karte, konnte von außen aber nichts erkennen.

»Hat der Rürup-Typ gesagt, von wem der Strauß ist?«

»Nein, tut mir leid, Fräulein Toni.« Sie schüttelte bedauernd den Kopf. »Der junge Mann war ohnehin sehr kurz angebunden, sprach kein Wort mehr, als er unbedingt musste.«

Toni verkniff sich ein Grinsen. Kurz angebunden war relativ. Wenn Frau Wilmerdinger einmal in Fahrt war, konnte ihr Redeschwall leicht lawinenartige Ausmaße annehmen. Das war manchmal ziemlich anstrengend, vor allem, wenn man es eilig oder einfach nicht den Nerv für eine Unterhaltung hatte, aber andererseits konnte Toni sie auch verstehen. Sie hatte noch nie erlebt, dass Frau Wilmerdinger Besuch bekommen hätte. Wahrscheinlich waren ihre Gäste und der Briefträger ihre einzigen Ansprechpartner. Eine ziemlich traurige und auch erschreckende Vorstellung. Machte einem das Leben dann noch Freude? Wie schon so oft nahm Toni sich vor, ein paar Stücke Kuchen zu kaufen und sich selbst zu einem Kaffee einzuladen. Bisher war es aber nur bei diesen hehren Vorsätzen geblieben.

»Wenn Sie mich jetzt entschuldigen«, sagte Frau Wilmerdinger und deutete mit einer vagen Handbewegung hinter sich. »Ich möchte nicht verpassen, wer der Mörder ist. Ich tippe ja auf den Bruder, der hat so ein hinterhältiges, verschlagenes Gesicht. Aber vielleicht auch der Mechaniker.« Sie kicherte ein wenig verschämt. »Ich liege bei so etwas immer falsch, wissen Sie? Ich fürchte, ich wäre eine ganz schlechte Kommissarin«, sagte sie, tätschelte noch einmal Tonis Arm und schloss dann die Tür.

Durch die Milchglasscheibe sah Frau Wilmerdinger aus wie ein buckliges Schlossgespenst. Toni blickte ihr nach, bis der dunkle Schatten in einem Zimmer verschwunden war, dann machte sie sich zum zweiten Mal daran, die Treppen hinaufzusteigen. Sie kam gerade so weit wie beim ersten Mal, als unten die Tür geöffnet wurde.

»Fräulein Toni?«

Toni blieb stehen und verdrehte die Augen. Was war denn jetzt noch? Sie wandte sich um. Frau Wilmerdinger streckte ihr eine Vase entgegen.

»Die können Sie doch sicher gebrauchen, nicht wahr?«

Toni hatte augenblicklich ein schlechtes Gewissen und schämte sich für ihre Ungeduld. Eine Vase konnte sie in der Tat gut gebrauchen, sonst hätte sie ihr einziges Trinkglas für den Blumenstrauß opfern müssen.

Im dritten Anlauf schaffte Toni es bis in ihr Zimmer. Sie ließ Wasser in die Vase laufen, stellte sie auf den Tisch und wickelte mit klopfendem Herzen die Blumen aus.

Mit beiden Händen hielt sie den Strauß von sich. Es war vermutlich zeitgenössische Floristikkunst, aber in ihren Augen sah es aus, als hätte der Gärtner beim Heckenschneiden auch das Blumenbeet mit erwischt. Kahle, in sich verdrehte Zweige eines Korkenzieherhasels kämpften mit lachsfarbenen Rosen, pinkfarbenen und weißen Ranunkeln, Efeuranken und riesigen lanzenförmigen Blättern um die Vorherrschaft. Und was war das? Toni traute ihren Augen nicht. Auf einem der Zweige saß tatsächlich ein Vogel. Und zwar nicht irgendein Vogel. Es war die naturgetreue Nachbildung eines Distelfinks, auch bekannt als Stieglitz. Das Tier, dem sie ihren Familiennamen verdankte.

»Halleluja«, murmelte Toni. Womit wieder einmal bewiesen war, dass Geschmacklosigkeit nach unten hin keine Grenzen kannte. Hoffentlich war der Strauß nicht von

Mulder. Dann schon lieber von dem Leichenwagenfahrer mit den quer über den Kopf gekämmten Haaren und den wässrigen Augen, der sich immer über die Lippen leckte, wenn sie ihm über den Weg lief.

Zwar hatte keiner von beiden ihre Adresse, aber in Zeiten, in denen Hinz und Kunz gegen ein paar Euro Gebühr bei den Einwohnermeldeämtern die Anschrift von jeder x-beliebigen Person bekamen, war es keine besondere Kunst mehr, jemanden aufzuspüren.

Als brave Beamtin hatte sie sich natürlich gleich nach ihrem Umzug umgemeldet und sich auch vorgenommen, einen Sperrvermerk zu beantragen. Dieser Vermerk hätte bewirkt, dass ihre Adresse nicht an Privatpersonen, sondern nur an Behörden herausgegeben werden durfte. Dafür hätte sie allerdings glaubhaft nachweisen müssen, dass mit der Weitergabe ihrer Meldedaten die berühmte Gefahr für Leib oder Leben verbunden war. Natürlich reichte ihr Wort als Nachweis nicht aus; dafür waren Atteste, Gerichtsurteile oder Schreiben von Opferschutzstellen oder Frauenhäusern notwendig. Toni hatte nichts davon. Ganz abgesehen davon hätte sie dem Beamten im Bürgerbüro, der vom Aussehen her als Schülerpraktikant durchgegangen wäre, weder damals noch heute die Gründe offenbaren wollen. Es war widersinnig, aber die Scham war immer noch stärker als ihre Angst.

Jetzt erst bemerkte sie, dass neben dem Bein des Vogels eine kleine Schachtel befestigt war, etwa so groß, dass ein Fingerhut hineinpasste. Auch das noch. Toni war hin- und hergerissen. Aufmachen oder nicht? Aber was sollte schlimmer sein als ein Vogel in einem Blumenstrauß? Und vielleicht erfuhr sie dann ja, wer ihr Rosenkavalier war. Wobei sie sich gar nicht mehr sicher war, ob sie das überhaupt wissen wollte. Wenn es doch Mulder war ... Sie verdrängte den Gedanken und wollte gerade nach der Box greifen, als es klopfte.

»Fräulein Toni?«, klang es durch die Tür. »Schlafen Sie schon?«

Toni seufzte lautlos. Neugier war eine anstrengende Leidenschaft. Für den Neugierigen selbst und vor allem für dessen Umfeld. Den nächsten Strauß würde sie vor den Augen von Frau Wilmerdinger auspacken, so viel stand fest.

Sie stellte die Blumen in die Vase und öffnete die Tür.

»Frau Wilmerdinger. Was gibt es denn? Kann ich noch etwas für Sie tun?«

»Nein, gar nix, Fräulein Toni. Entschuldigen Sie, dass ich Sie noch einmal belästige, aber ich habe das bei mir im Flur gefunden. Der muss wohl aus dem Strauß gefallen sein. Für mich ist er jedenfalls nicht. Auch wenn ich natürlich nicht reingeschaut habe«, schob sie noch schnell hinterher.

Die Wirtin hielt Toni einen rosa Briefumschlag entgegen. Rosa. Auch das noch. Wenigstens waren keine Herzchen darauf. Vermutlich gab sich darin ihr Verehrer zu erkennen. Und wenn sie den Umschlag erst gar nicht öffnete und die Blumen Frau Wilmerdinger schenkte? Ohne den grässlichen Vogel natürlich. Inzwischen war sie so weit, dass sie gar nicht mehr wissen wollte, wer hinter dieser ganzen Aktion steckte. Nicht einmal, wenn es Mulder war. Vor allem nicht, wenn es Mulder war.

»Was ist denn, Fräulein Toni? Sie schauen auf einmal so blass aus. Ist Ihnen nicht gut?«

»Doch, doch, Frau Wilmerdinger. Alles in Ordnung. Es war heute nur ein sehr langer Tag, und ich bin einfach hundemüde. Sie entschuldigen mich?«

»Aber natürlich. Ich wollte Sie auch wirklich nicht stören. Ich wollte Ihnen den Umschlag nur bringen, weil da bestimmt etwas Nettes drinsteht.«

Genau das befürchtete Toni auch. Sie wünschte ihrer Wirtin eine gute Nacht und schloss die Tür. Unschlüssig stand sie da. Sie hatte große Lust, den Umschlag gleich in den Papierkorb zu werfen, aber sie wusste genau, dass ihr die Ungewissheit keine Ruhe lassen und sie irgendwann mitten in der Nacht aufstehen, das Kuvert wieder herausholen und öffnen würde. Dann konnte sie es genauso gut jetzt machen.

Toni schlitzte den Umschlag mit dem Schlüssel auf. Zu ihrer Überraschung steckte keine Karte, sondern ein einfacher Bogen weißen Papiers darin. Sie faltete das Blatt auf und las: *Sing, Vögelchen, sing …*

Sie drehte das Blatt um. *… solange du noch kannst.*

Das war alles. Kein Name. Kein Absender. Keine sonstige Botschaft. Nur dieser eine Satz.

Sing, Vögelchen, sing, solange du noch kannst.

Etwas griff nach ihrer Kehle, und die Wörter begannen vor ihren Augen zu tanzen. Sie spürte, wie die Panik, die sie so lange im Zaum gehalten hatte, aus ihrem Magen aufzusteigen begann. Das war eine Drohung. Eine verdammte, beschissene Drohung. Irgendjemand wollte ihr Angst einjagen, und sie wusste auch genau, wer dieses Arschloch war: Mike. Wer sonst.

»Nein!« Toni knüllte das Blatt zusammen und warf es gegen die Wand. »Du jagst mir keine Angst mehr ein, Mike. Du nicht!«

Sie riss den Blumenstrauß aus der Vase und trug ihn zum Papierkorb, als ihr Blick auf das kleine Schächtelchen fiel. Es war groß genug für einen Ring. War das seine verdrehte Art, ihr zu sagen, sie sollte besser zurück zu ihm kommen, damit dem kleinen Vögelchen nichts zustößt?

Grob rupfte sie die Box von dem Zweig, nahm den Deckel ab und ließ den Inhalt in ihre Hand fallen.

Was zum Teufel war das? Sie rollte das seltsame schwarzweiß-rote Ding mit der Zeigefingerspitze über ihre Handfläche, bis sie erkannte, was es war.

Mit einem Aufschrei ließ sie es fallen. Das blinde Auge eines Distelfinks starrte ihr vom Boden entgegen, und diesmal war es keine Attrappe. Der Stieglitz – oder das, was von ihm übrig war – war echt.

Bittere Galle stieg Toni in die Kehle. Mit bebenden Fingern fummelte sie ein Taschentuch aus ihrer Jeans, packte damit den kleinen Kopf, warf ihn in die Toilette und drückte die Spülung, doch er ging nicht unter. Erst nach dem dritten Mal verschwand er endlich in der Kanalisation. Toni knallte den Deckel auf die Schüssel und lehnte sich gegen die Wand.

Das Zittern in ihrem Magen sackte in ihre Beine hinab, und das Badezimmer begann zu schwanken. Auf wackeligen Knien stakste sie zurück zu ihrem Bett und ließ sich darauffallen. In ihren Ohren begann es zu rauschen. Geh zurück!, flüsterte eine Stimme in ihrem Kopf. Geh zurück zu ihm, dann hat das alles ein Ende. Dann bist du sicher. Dann wird er dir nichts antun.

»Nein.« Toni ballte die Fäuste. »Vor ihm bin ich nirgends sicher. Nirgends und niemals.«

Sie sprang vom Bett, packte den Strauß, riss das Fenster auf und schleuderte die Blumen hinaus in die Nacht.

»Fahr zur Hölle, Mike!«, brüllte sie hinterher. »Fahr zur Hölle!«

Sechsundzwanzig

Ein penetrantes Klingeln riss Toni aus dem Schlaf. Blinzelnd sah sie sich um. Zwei plappernde Moderatoren grinsten ihr aus dem Fernseher entgegen und versuchten irgendwelche Pfannen aus angeblichen Raumfahrtmaterialien zu verkaufen. Mühsam setzte sie sich auf. Bis auf das unstete Licht des Fernsehers war es stockfinster. Schatten wirrer Träume klebten noch wie Spinnweben in ihrem Kopf. Wie spät war es? Und welcher Tag war heute? Sie schaute auf den Wecker, konnte die Zahlen aber nicht zu einer Uhrzeit zusammenfügen.

Träge schwang Toni ihre Beine aus dem Bett und streckte sich nach ihrem Telefon, merkte aber erst nach ein paar Sekunden, dass es das Diensthandy war, das klingelte. Ihr eigenes hatte sie schon seit Tagen nicht mehr eingeschaltet.

»Stieglitz.«

»Toni?«, klang es aus dem Telefon. Es war Sören. »Na endlich. Ich dachte schon, du gehst gar nicht mehr ran.«

»Wundert dich das? Schließlich ist es«, sie fokussierte die Anzeige des Weckers, »vier Uhr dreiundvierzig. Dienstbeginn ist erst in zwei Stunden und siebzehn Minuten. Hast du solche Sehnsucht nach mir, dass du es nicht erwarten kannst, bis wir uns im Büro sehen?«

»Das nicht gerade, aber mach dich trotzdem fertig. In fünfzehn Minuten stehe ich vor deiner Tür.«

»Vor meiner Tür?« Toni brach der Schweiß aus. Wie konnte Sören wissen, wo sie wohnte? Von wem hatte er diese Adresse? Sie hatte sie doch niemandem verraten. In ihrem Kopf begann es zu rattern, und es waren keine angenehmen Gedanken, die durch ihr Gehirn jagten.

»Wie meinst du das? Vor welcher Tür?«

»Na, vor welcher Tür wohl?« Sie hörte die Verwunderung in Sörens Stimme. »Die in Bogenhausen. Röntgenstraße. Du erinnerst dich? Du und Mike, ihr habt da eine Wohnung, und zwar eine, die sich zwei Polizisten in München normalerweise nicht leisten können dürften, und auf die ich verdammt neidisch bin. Jetzt sind es übrigens nur noch dreizehn Minuten. Also leg lieber auf und hüpf in deine Klamotten.«

Er war auf dem Weg zu Mike? Scheiße, bloß das nicht!

»Vergiss Bogenhausen. Du musst nach Pasing. In die Fritz-Reuter-Straße. Fahr vom Wensauerplatz an, ich warte auf der Straße auf dich.«

»Pasing? Wieso Pa...?«

Sie nahm das Telefon vom Ohr und legte auf.

Genau zwölf Minuten später trat Toni aus dem Haus, und nach weiteren zwei Minuten näherte sich das Licht von Scheinwerfern.

Sören wartete, bis sie eingestiegen war und die Tür geschlossen hatte. Sein Blick streifte Toni nur flüchtig.

»Pension Maria, hm?«, sagt er und deutete aus dem Fenster, fuhr aber nicht los. Er sah aus wie ein Kind, das man mit den Fingern im Bonbonglas erwischt hatte.

»Toni, ich ...«, druckste er. »Tut mir leid, aber das konnte ich doch nicht ahnen. Warum hast du auch nichts gesagt?«

Ihr wurde schlecht. Was wusste Sören? Was und wie

viel? Und vor allem: von wem? Wer hatte sie verraten? Die Kollegen, die an diesem einen verfluchten Abend in ihrer Wohnung gewesen waren?

»Gesagt? Was gesagt?« Dumm stellen. Sie musste sich dumm stellen. Vielleicht konnte sie so größeren Schaden verhindern.

»Dass du ... Also dass Mike ... Ach verdammt. Als ich dich nicht über dein privates Handy erreichen konnte, habe ich bei dir zu Hause angerufen. Oder besser gesagt dort, wo ich dachte, dass du immer noch zu Hause wärst.« Sören machte eine Pause. Vermutlich wartete er darauf, dass sie etwas sagte, doch Toni wusste nicht, was. »Erst dachte ich, die Frau am Telefon wärst du, doch so einen perfekten osteuropäischen Akzent hättest du nie im Leben hingekriegt. Du bist nämlich eine verdammt lausige Akzentimitatorin. Das wollte ich dir schon immer mal sagen.« Er lachte zu laut und zu hart. »Weil ich dachte, ich hätte deine Festnetznummer falsch abgespeichert, habe ich es auf dem Diensthandy versucht. Ich konnte ja nicht ahnen, dass ...«

Sören verstummte. Toni konnte ihm nicht folgen. Eine Frau mit osteuropäischem Akzent? Was hatte die mit Mike und ihr zu tun, und warum war Sören das so peinlich? Da fiel der Groschen endlich: Sören glaubte, dass Mike ein Verhältnis hatte und sie deshalb ausgezogen war.

Eine Welle der Erleichterung jagte durch ihren Körper, und fast hätte sie aufgelacht. Das war die perfekte Erklärung. Eine bessere hätte sie sich nicht ausdenken können.

»Lass uns fahren«, sagte sie und streckte die Hand aus. »Und gib mir dein Handy, dann lösche ich die Nummer gleich raus. Die brauchst du jetzt nicht mehr.«

Er reichte es ihr, offenbar erleichtert, dass sie nicht sauer auf ihn war.

Toni öffnete die zuletzt gewählten Rufnummern. Sören hatte sich verwählt. Musste sich verwählt haben. Mike und eine andere? Nein. Unmöglich.

Sie las die Nummer einmal, dann noch einmal und ein drittes Mal. Ganz langsam. Zahl für Zahl. Aber das Ergebnis war immer dasselbe: Die Rufnummer stimmte. Es war die von Mike.

Toni spürte, wie ihr die Tränen in die Augen schossen. Das konnte doch nicht wahr sein! Mike stalkte sie, jagte ihr Angst ein, bedrohte sie – und gleichzeitig vögelte er eine andere?

Eigentlich hätte sie sich darüber freuen sollen, dass er sie aus seinem Leben gestrichen hatte, aber was tat sie? Statt ihren Triumph zu genießen, war sie enttäuscht. Enttäuscht darüber, dass sie so leicht auszutauschen war, und noch viel mehr darüber, wie leicht sie zu manipulieren war. Wie bereitwillig sie sich selbst erniedrigte, indem sie nun doch dem Mann hinterherheulte, der sie behandelt hatte wie ein Stück Dreck. Was war sie nur für eine peinliche Lachnummer.

Sie zuckte zusammen, als sie Sörens Hand auf ihrem Arm spürte.

»Willst du darüber reden?«

Darüber reden? Sie sah von dem Display des Handys auf und begegnete Sörens Blick. Das war ein Fehler. Ein großer Fehler. Sie spürte, wie die Dämme in ihrem Inneren zu bröckeln begannen, wie die Worte, die sie so lang zurückgehalten hatte, mit Macht an die Oberfläche drängten. Ja, verdammt, sie wollte darüber jeden. Wollte endlich jemandem erzählen, dass Mike, der Strahlemann und Superbulle, sie nach Strich und Faden verprügelt hatte. Dass sie seit mehr als zwei Jahren in der ständigen Angst lebte, dass er sich irgendwann einmal nicht mehr in der Gewalt hatte und sie totschlagen würde. Dass er sie verfolgte. Dass er nachts vor ihrem Fenster stand. Dass er sie mit Anrufen bombardierte. Dass er ihr abgerissene Vogelköpfe schickte.

Aber sie wusste auch genau, was dann kam. Sören würde sie zu einer Anzeige überreden wollen, und weil sie sich weigerte, würde er zu Hans gehen und ihn ins Vertrauen ziehen. Dann würde es eine undichte Stelle geben, und es würde durchsickern, dass sie, Kriminalhauptkommissarin Toni Stieglitz, die Frau, die sich mit jedem Vorgesetzten anlegte und so tat, als hätte sie vor nichts und niemandem Angst, in Wahrheit ein gotterbärmlicher Feigling war. Eine von den Frauen, denen sie selbst so oft gegenübergestanden hatte. Deren Verhalten ihr einfach nicht in den Kopf gewollt hatte. Eine von den Frauen, von denen sie selbst so oft enttäuscht und auf die sie manchmal richtiggehend wütend gewesen war, weil sie nichts gegen ihre gewalttätigen Männer unternahmen. Weil sie die Anzeigen zurückzogen und sie wieder in ihre Wohnung ließen. Weil sie diese Drecksäcke auch noch in Schutz und die ganze Schuld für die Prügel auf sich nahmen.

Und dann war sie selbst auf einmal mitten in diesem Treibsand aus Abhängigkeit, Schmerz, Wut und Angst gefangen gewesen, und jede Bewegung, egal in welche Richtung, hatte sie tiefer und tiefer nach unten gezogen. Sie konnte bis heute nicht begreifen, wie es überhaupt so weit hatte kommen können. Und wenn sie es schon nicht verstand – wie sollten ihre Kollegen das verstehen? Wie sollten sie jemals wieder vor ihr Respekt haben?

Sie hörte schon das Getuschel hinter ihrem Rücken, sah das Kopfschütteln und die verständnislosen Blicke. Nein, wenn das ans Licht kam, konnte sie gleich kündigen.

Toni presste die Lippen aufeinander und wandte sich ab. Wut, Verzweiflung und Scham tobten in ihrer Brust, drohten sie zu zerreißen.

»Nein«, sagte sie schließlich. Ihre Stimme klang rau vor ungeweinten Tränen. »Nein, ich möchte noch nicht darüber reden. Ich muss das alles erst einmal selbst kapieren.« Sie räusperte sich. »Aber jetzt rück endlich raus, warum du mich mitten in der Nacht aus dem Bett geklingelt hast.«

Siebenundzwanzig

»Ein Jogger im Olympiapark ist gegen Viertel vor vier im wahrsten Sinn des Wortes über die Leiche gestolpert. Sie saß am Wegrand, angelehnt an einen Abfalleimer. Der Weg macht an dieser Stelle einen leichten Bogen, und der Jogger war wohl auch noch nicht ganz wach, jedenfalls hat er die ausgestreckten Beine zu spät gesehen, so dass er beinahe gestürzt wäre. Laut eigenen Angaben hat er sich erst tierisch aufgeregt, aber als er gemerkt hat, dass die Frau, die er da gerade so wüst beschimpft, tot ist, wäre er fast in Ohnmacht gefallen. Immerhin war er aber noch so geistesgegenwärtig, dass er zum nächsten Notrufmelder gelaufen ist.«

»Ein Jogger um Viertel vor vier Uhr am Montagmorgen? Manche Leute haben sie wirklich nicht alle.« Toni schüttelte den Kopf. »Weiß man schon, wie sie gestorben ist?«

»Erstochen«, sagte Sören. »Mit drei Stichen. Mitten in die Brust.«

»Drei?«

»Drei.«

»In die Brust?

»In die Brust. Und genauso hindrapiert wie die Sauer.«

»Wie eine Puppe?«

»Wie eine Puppe.«

»Scheiße.«

»Du sagst es.«

Toni knetete ihre Unterlippe zwischen Daumen und Zeigefinger. Weibliches Opfer. Drei Stiche. Positioniert wie eine Puppe. Sie wollte den Teufel nicht an die Wand malen, aber um die Parallelen zu übersehen, musste man schon auf beiden Augen blind und geistig mit dem Krückstock unterwegs sein. Zumal sie einige Fakten wie die Anzahl der Stiche nicht an die Presse weitergegeben hatten, um ein paar Trümpfe in der Hand zu behalten und die Trittbrettfahrer und Selbstbezichtiger auszusieben, die immer im Kielwasser spektakulärer Verbrechen schwammen und sich wichtigmachten. Wobei sie bei ihren dürren Ermittlungsergebnissen momentan kaum von Trümpfen reden konnten.

»Irgendwelche Spuren oder Hinweise?«, fragte sie.

Sören schüttelte den Kopf. »Bisher noch nicht, aber als ich alarmiert wurde, war auch noch niemand vom Erkennungsdienst am Auffindeort.«

Das hatte sich in der Zwischenzeit geändert. Als sie mit ihrem Auto die Absperrung erreichten, war ein Spurensicherungsteam bereits bei der Arbeit. Raff war diesmal nicht dabei, registrierte Toni, doch der Rest der Szene glich einem Déjà-vu: eine Frau in sitzender Position, die Beine ausgestreckt und gespreizt, und wie das erste Opfer war sie in einen flammend roten Mantel gehüllt. Nein. Kein Mantel. Diesmal war es nur eine Jacke. Und sie trug Jeans statt eines Rocks. Außerdem war die Frau jünger. Jünger und blond. Und dennoch – die Gemeinsamkeiten waren unverkennbar.

Toni rieb sich über die Arme. Mit was für einem kranken Geist hatten sie es hier zu tun? Was hatten die Frauen getan, dass sie – zumindest in den Augen des Täters – so ein Ende verdient hatten? Was verband die beiden Frauen? Wo war der dünne rote Faden, der von der einen zur anderen und dann zum Täter führte? Das war jetzt das Vordringlichste, das sie in Erfahrung bringen mussten.

»Weiß man schon, wer sie ist?«, fragte Toni.

Sören schüttelte den Kopf.

»Kein Ausweis, kein Geldbeutel«, sagte er. »Genau wie bei dem ersten Opfer. Dort drüben im Wagen des Außendienstleiters sitzt der Jogger, der die Tote gefunden hat. Gehen wir?«, fragte Sören.

»Ja«, antwortete Toni, doch sie rührte sich nicht von der Stelle. Da war etwas, das ...

»Dafür musst du dich aber bewegen.«

Toni zog die Brauen zusammen. Sörens Stimme hatte sie abgelenkt. Fast hätte sie es gehabt.

»Geh schon mal vor.« Sie wedelte mit beiden Händen, ohne die Leiche aus den Augen zu lassen. »Ich komme gleich nach.«

Sören zögerte einen Moment, dann machte er sich auf den Weg zu dem Zeugen. Toni sog die Unterlippe zwischen die Zähne. Da war etwas in ihrem Hinterkopf. So etwas wie das berühmte Jucken unter dem Gipsverband, das man auch mit der längsten Stricknadel nicht erreichte. Was war mit dieser Frau?

Plötzlich wusste sie es.

»Sören!« Toni lief ihrem Kollegen hinterher. »Warte! Gib mir die Autoschlüssel.«

Sören blieb stehen und sah Toni fragend an.

»Die Autoschlüssel? Warum?«

»Erzähle ich dir später. Aber jetzt gib schon her.«

Er zog die Schlüssel aus seiner Hosentasche, Toni schnappte sie sich und saß keine Minute später hinter dem Steuer.

Im Präsidium warf sie ihre Tasche auf den Besucherstuhl und nahm sich nicht einmal die Zeit, ihre Jacke auszuziehen.

»Das muss doch irgendwo sein«, murmelte sie und durchsuchte einen Papierstapel nach dem anderen. »Ich weiß genau, dass ich es nicht weggeworfen habe.«

Sie drehte sich auf ihrem Bürostuhl einmal um die eigene Achse, dann stieß sie sich am Tisch ab und rollte einen Meter zu dem Pappkarton, in dem sie die ausgesonderten Unterlagen sammelte, die für den Schredder bestimmt waren. Die Schachtel war schon wieder fast randvoll. Jedes Mal, wenn sie mit dem Aufzug in den Keller fuhr und eine gefühlte halbe Tonne Papier zum Reißwolf schleppte, nahm sie sich fest vor, in Zukunft spätestens alle vierzehn Tage die alten Unterlagen zu häckseln. Aber mit dem Schreddern war es genauso wie mit der Steuererklärung. Immer dann, wenn die mehr oder weniger freundliche Erinnerung des Finanzamts in ihrem Briefkasten lag, versprach sie sich hoch und heilig, dass die Steuererklärung im nächsten Jahr spätestens im März fertig sein würde. Und dann wurde es doch wieder Juni. Oder Juli.

Toni griff beherzt in den Karton, nahm die obersten zehn Zentimeter Papier heraus und warf sie auf den Boden. Dann kniete sie sich hin, sah sich Blatt für Blatt an und legte sie säuberlich auf einen Stapel neben den Karton. Sie glaubte zwar nicht, dass sie noch tiefer graben musste, aber sicher war sicher.

»Ha! Wusste ich es doch!«

Triumphierend hielt sie einen Computerausdruck in die Luft. Es war die Vermisstenanzeige, die nach Magdalena Sauers Identifizierung noch bei ihnen gelandet war und von der das Team geglaubt hatte, dass es sie nicht mehr benötigen würde.

Toni warf alle übrigen Blätter zurück in die Schachtel und legte die Meldung vor sich auf den Schreibtisch. Langsam und sorgfältig las sie den Text, und mit jedem Wort zogen sich ihre Augenbrauen weiter zusammen.

Als sie fertig war, sah sie auf.

Bingo.

Achtundzwanzig

Toni öffnete die Bilddatei, die ihr eine Kollegin aus dem K 14, dem Kommissariat für Vermisstenfälle, gerade per Mail geschickt hatte. Sie gehörte zu der Anzeige, die Toni aus dem Pappkarton gefischt hatte: Monika Falke, zweiundzwanzig Jahre, hundertdreiundsechzig Zentimeter groß, vollschlank, glatte, schulterlange dunkelblonde Haare, bekleidet mit Jeans, schwarzem Pullover mit V-Ausschnitt, kniehohen schwarzen Stiefeln und einer roten Jacke. Sie war von Donnerstag auf Freitag mit ihrer Freundin unterwegs gewesen und danach nicht nach Hause zurückgekehrt.

Felix Merck, Monika Falkes Freund, hatte sie als vermisst gemeldet, nachdem er am Freitagmorgen ohne sie aufgewacht war und er sie nirgends erreicht hatte. Sogar ihr Handy war abgeschaltet gewesen. Das beunruhigte ihn am meisten, denn – so hatte er es in seiner Vernehmung formuliert – ohne ihr Telefon sei sie nicht überlebensfähig. Da würde sie eingehen wie ein Goldfisch auf dem Rasen.

Allerdings musste Merck auch zugeben, dass sie sich am Abend vor Monika Falkes Verschwinden heftig gestritten hatten. Sie war wohl den gesamten nächsten Tag noch ziemlich schlecht auf ihren Freund zu sprechen gewesen und deshalb am Abend ohne ihn, aber mit ihrer Freundin Jacqueline Conrad ausgegangen.

Merck hatte diese Jacqueline bereits angerufen, aber auch nichts Hilfreiches in Erfahrung bringen können. Monika wäre gut drauf gewesen, auch wenn sie sich über ihren Freund geärgert und geäußert hätte, dass sie ihm zu gern eins auswischen würde. Davon, nicht nach Hause zu gehen, wäre jedoch nie die Rede gewesen.

Die Kollegin von der Vermisstenstelle hatte Toni erklärt, dass sie noch nichts weiter unternommen hatten, als die Anzeige zu registrieren. Schließlich war die junge Frau volljährig, könne tun und lassen, was sie wolle, und sei niemandem eine Erklärung schuldig, wenn sie einfach einmal ein paar Tage abtauchen wolle. Noch dazu nach einem Streit war es ja gut vorstellbar, dass Monika Falke ihren Freund einfach nicht sehen wollte, zumal sie ganz offen mit dem Gedanken gespielt hatte, ihm einen Denkzettel zu verpassen. Anhaltspunkte für Suizidabsichten existierten nicht, und sie benötigte auch keine lebenswichtigen Medikamente, also lag kein offensichtlicher Grund für polizeiliches Tätigwerden vor, und man hatte beschlossen, erst einmal das Wochenende verstreichen zu lassen. Erfahrungsgemäß tauchten die meisten Verschwundenen nach ein paar Tagen wieder auf. Manche verkatert, manche reumütig, manche beides zusammen. Und wieder andere nur aus dem Grund, um ihre Koffer zu packen und endgültig zu verschwinden.

Toni besah sich das Foto, das die Hälfte ihres Computermonitors ausfüllte. Das war die Tote aus dem Olympiapark, kein Zweifel. Monika Falke war also wieder aufgetaucht. Allerding nicht so, wie alle gehofft hatten.

Das Telefon klingelte, und Toni hob ab.

»Guten Morgen, Frau Stieglitz, hier ist die Hauswache. Eine Frau Conrad ist an der Pforte. Sie sagt, sie hätte einen Termin bei Ihnen.«

»Danke. Ich komme und hole sie ab.«

Toni hatte Monika Falkes Freundin auf dem Handy erwischt, als diese in der U-Bahn und auf dem Weg in die Uni gewesen war. Jacqueline Conrad hatte sich gleich erkundigt, ob ihre Freundin wieder aufgetaucht war, worauf Toni nur sehr ausweichend geantwortet und die junge Frau gebeten hatte, so schnell wie möglich zu ihr zu kommen.

Im Grunde liebte Toni die langen, verwinkelten Gänge im Präsidium. Sie verschafften ihr immer etwas zusätzliche Zeit mit Zeugen oder Verdächtigen, in der sie ein wenig Smalltalk betreiben und schon eine gewisse Beziehung zu ihnen aufbauen konnte.

Heute aber zogen sich die vier Stockwerke und die vielen Dutzend Meter Flur, die sie hinter sich bringen mussten, beinahe endlos in die Länge. Jetzt belangloses Zeug zu reden und Jacqueline Conrad dann übergangslos vom Tod ihrer Freundin zu berichten kam Toni unangemessen und taktlos vor, zumal die junge Frau schon zu ahnen schien, dass keine guten Nachrichten auf sie warteten, denn sie starrte nur mit aufeinandergepressten Lippen auf den Boden und vermied jeden Blickkontakt.

Als Toni die Bürotür hinter sich schloss und Jacqueline Conrad eröffnete, weshalb sie bei der Kriminalpolizei war, nahm sie es sehr gefasst auf. Allerdings nur im ersten Moment.

»Als die Conrad kapierte, dass ihre Freundin tot ist, sank sie in sich zusammen, als hätte ihr jemand die Luft rausgelassen«, sagte Toni, als sie nach der Vernehmung bei Hans im Zimmer stand und ihm Bericht erstattete. »Ich dachte, sie kippt mir jeden Moment vom Stuhl, und ich war drauf und dran, einen Krankenwagen zu rufen. Ihr hat die Nachricht komplett die Füße weggezogen, vor allem deshalb, weil sie Monika Falke wohl angeboten hat, sie nach Hause zu fahren. *Wäre ich doch hartnäckiger gewesen*, hat sie immer wieder gesagt, *dann würde Moni jetzt noch leben.*« Toni schob die Hände in die Hosentaschen. »Ich habe ihre Eltern angerufen, weil ich sie nicht allein nach Hause gehen lassen wollte. Ich hoffe, sie sieht irgendwann ein, dass sie keine Schuld am Tod von Monika Falke hat, sondern nur der Mörder ganz allein.«

Sie verstummte, und auch Hans schwieg. Es war immer dasselbe. Ein Leben genommen, mehrere andere zerstört. Felix Merck machte sich bestimmt ähnliche Vorwürfe. Hätten sie nicht gestritten. Hätte er sich nur anders benommen. Hätte er sie nicht einfach so gehenlassen.

Hätte. Hätte. Hätte.

Toni war erleichtert, dass es ihr wenigstens erspart blieb, Monikas Eltern die Todesnachricht zu überbringen. Während ihres ersten Praktikums, sie war damals gerade einundzwanzig Jahre alt gewesen, hatte sie zusammen mit einem Kollegen einer Mutter beibringen müssen, dass ihr siebzehnjähriger Sohn sich in den Isarauen mit seinen Schnürsenkeln erhängt hatte. Was die Sache besonders schlimm gemacht hatte, war, dass die Mutter kaum Deutsch gesprochen und erst nicht verstanden hatte, worum es ging. Dann aber war sie in der Küche zusammengebrochen, als hätten sich von einer Sekunde auf die andere ihre Knochen aufgelöst. Toni hatte das Weinen und Schreien der Frau noch wochenlang in den Ohren gehabt.

»Haben sich wenigstens neue Anhaltspunkte ergeben?«, durchbrach Hans die Stille.

»Möglicherweise.« Toni wiegte den Kopf hin und her. »Es kann auch ein dummer Zufall sein, aber die Falke war vor ihrem Verschwinden in demselben Lokal wie das erste Opfer: im S2. Allerdings«, sie hob die Hand, »war sie dort allem Anschein nach zum ersten Mal. Jacqueline Conrad gab an, dass es ihre Idee gewesen sei, dieses Lokal auszuprobieren. Normalerweise hätten sie sich immer in der Innenstadt getroffen, aber diesmal wollten sie irgendwo hingehen, wo sie noch nie gewesen waren, und da die Falke kein Auto hatte, das S2 nicht allzu weit von ihrer Wohnung entfernt lag und mit öffentlichen Verkehrsmitteln gut zu erreichen war, haben sie sich dafür entschieden.«

Leider eine schlechte Wahl. Aber wie hätten sie das vorher ahnen können?

»Ich habe Sören bereits darüber informiert. Wenn er und Contutto mit der Vernehmung von Felix Merck fertig sind, fahren sie gleich weiter zum Besitzer des S2. Wenn Sigi Lenz Sören und mir letzte Woche keinen Quark erzählt hat, müsste er eigentlich an fraglichem Tag hinter dem Tresen gestanden haben. Vielleicht kann er sich an etwas erinnern, das uns weiterhilft. Apropos weiterhelfen: Wie sieht es mit der Absuche mit dem Mantrailer aus?«

Mantrailing- oder Personensuchhunde gab es im Polizeipräsidium München erst seit wenigen Jahren. Diese Hunde hatten eine besonders feine Nase und waren nicht nur in der Lage, individuelle Duftmoleküle aus Hautschuppen, Kosmetik-Rückständen oder geringsten Blutspuren zu erschnuppern; sie konnten diese Gerüche auch von denen anderer Menschen unterscheiden und sie noch nach Tagen sogar auf Asphalt oder in Gebäuden wahrnehmen. Da der Ort, wo Monika Falke zuletzt gesehen worden war, zweifelsfrei feststand, erhoffte das Team sich, den Weg der jungen Frau von diesem Punkt aus nachvollziehen zu können. Vielleicht stießen sie so noch auf andere Zeugen –

oder die Stelle, wo Monika Falke ihrem Mörder begegnet war.

»In etwa einer Stunde geht es los«, antwortete Hans. »Ich habe Beate dazu eingeteilt und dich für die Obduktion, da du schon bei der von Magdalena Sauer dabei warst. Ich warte nur noch auf die Terminbestätigung durch die Rechtsmedizin.«

In diesem Moment klingelte das Telefon auf Hans' Schreibtisch. Er warf einen Blick auf das Display. »Wenn man vom Teufel spricht ...«

Neunundzwanzig

Karin Ainmiller nahm einen Schluck von ihrem Kaffee, sprang aber schon im nächsten Moment auf und spuckte alles in die Spüle. Igitt! Wie konnte man so was nur trinken, ohne sich zu übergeben? Sie kippte den gesamten Inhalt der Tasse in das Becken und wusch sie gründlich aus, bevor sie sich frischen Kaffee einschenkte. Diesmal aber ohne Zitronensaft. Dann doch lieber Aspirin. Sie nahm eine Tablette aus dem Küchenschrank, ließ Wasser in ein Glas laufen und sah zu, wie die weiße Scheibe sich sprudelnd auflöste. Eigentlich sollte sie erst etwas essen, aber momentan brachte sie keinen Bissen hinunter. Einmal würde ihr Magen das schon verzeihen.

Sie hielt sich die Nase zu und trank das Glas ohne abzusetzen leer. Hoffentlich half das Schmerzmittel bald. Sie hatte das Gefühl, als steckte ihr Kopf in einem Schraubstock, der mit jedem Herzschlag den Druck erhöhte.

Warum hatte sie auch diese nostalgischen Anwandlungen bekommen und sich Bacardi Cola bestellt? Genau wie damals an ihrem achtzehnten Geburtstag. Damals hatte sie Steffen, dem Wirt ihrer Stammkneipe, voller Stolz ihren Ausweis unter die Nase gehalten und ein Glas nach dem anderen bestellt. Geschmeckt hatte ihr das Zeug überhaupt nicht, dafür hatte sie hinterher gekotzt wie noch nie in ihrem Leben.

Viel gelernt hatte sie aus dieser Erfahrung offenbar nicht, sonst hätte sie denselben Fehler nicht noch einmal gemacht. Noch dazu sechsundzwanzig Jahre später.

»Vier-und-vier-zig.« Sie ließ jede einzelne Silbe langsam über ihre Zunge rollen. Und immer noch so dumm wie mit achtzehn. Aber trotzdem – oder vielleicht genau deshalb – war es die beste Party der letzten Jahre gewesen. Sie selbst wäre nie auf die Idee gekommen, diesen Tag zu feiern. Wer feierte schon gern, dass er statistisch gesehen bereits mehr als sein halbes Leben hinter sich hatte und noch immer Single war?

Aber Bine, Tina und Judith hatten nicht lockergelassen, und so war aus dem eigentlich geplanten Kaffeeklatsch eine Kneipennacht wie in alten Zeiten geworden. Sie schüttelte lächelnd den Kopf und bereute diese Bewegung sofort wieder. Zu viel Alkohol. Genau wie früher. Vielleicht hätten sie in der ersten Bar bleiben und nicht noch in zwei andere gehen sollen, denn in jeder war ihre Stimmung ausgelassener geworden, und sie hatte sich fast so albern und unbesiegbar gefühlt wie mit achtzehn, als die Welt noch ein riesengroßer Abenteuerspielplatz gewesen war.

Sie konnte sich noch dunkel daran erinnern, dass sie in der letzten Kneipe mit einem Typen geflirtet hatte, der zumindest in ihrer verschwommenen Erinnerung ziemlich gut ausgesehen hatte. Sie seufzte und versuchte sich seine Gesichtszüge vorzustellen, doch sie blieben unscharf wie eine schlechte Fotografie. Dafür konnte sie sich umso genauer daran erinnern, dass sie ihm ihre Visitenkarte zugesteckt hatte.

Karin stöhnte und stützte den Kopf in die Hände. Ihre Visitenkarte! Gab es etwas Peinlicheres? Konnte sich eine Frau von Mitte vierzig lächerlicher machen? Wenn sie wenigstens nur ihre Telefonnummer auf ein Stück Papier gekritzelt hätte – aber sie musste ja eine Visitenkarte nehmen. Das musste doch nach Verzweiflung pur ausgesehen haben. Immerhin hatte sie ihm nicht auch noch einen Geldschein in die Hand gedrückt. Das wäre die Krönung der Peinlichkeit gewesen, und sie hätte vermutlich heute noch das Land verlassen, um weder ihm noch einem der anderen Gäste jemals in ihrem Leben wieder zu begegnen.

Sie sah aus dem Fenster, und in ihrem Bauch breitete sich ein leises Prickeln aus. Sollte sie noch einmal in die Bar gehen? Selbstverständlich nur, um sich davon zu überzeugen, dass der Kerl bei weitem nicht so attraktiv war, wie ihr der Alkohol und die Endorphine vorgegaukelt hatten. Wenn er überhaupt da war.

Das Prickeln wurde stärker. Wieder fühlte sie sich ein bisschen wie damals als Teenager, als sie von einer Verliebtheit in die andere gestolpert war. Warum sollte sie diesem Gefühl eigentlich nicht nachgeben? Jahrelang war sie vernünftig gewesen, hatte mehr auf ihren Kopf als auf ihren Bauch gehört, und was hatte es ihr gebracht? Nichts außer ein paar bedeutungslosen Beziehungen, die alle nach kürzester Zeit in die Brüche gegangen waren, weil sie immer viel zu überlegt gehandelt, alles mit Netz und doppeltem Boden durchgeplant und es deshalb kein Mann mit ihr ausgehalten hatte.

Wenn es keinen Wert hatte, sich vernünftig und erwachsen zu benehmen, dann war es vielleicht höchste Zeit, endlich einmal unvernünftig zu sein.

Dreißig

Im Sektionsraum waren bereits alle Vorkehrungen für die bevorstehende Leichenöffnung getroffen worden, und alle warteten nur auf den leitenden Mediziner. Es war wieder Dr. Mulder, wie Toni im Vorbeigehen auf dem Plan gelesen hatte, und seither hatte sie alle Mühe, einen halbwegs neutralen Gesichtsausdruck zu bewahren.

Eine weitere Frau war getötet worden, verflixt noch mal. Da war es nicht in Ordnung, dass es in ihrem Bauch kribbelte und sie den Beginn der Obduktion gar nicht erwarten konnte, weil sie dann einen Mann wiedersah, der zum einen ein Idiot und zum anderen ohnehin außerhalb ihrer Reichweite war. Wenn sie ihn denn hätte erreichen wollen. Aber das wollte sie nicht. Ihre Gedanken kreisten nur deshalb um den Doc, weil sie sich bei ihrer ersten Begegnung über seine Äußerung, sie sehe gar nicht aus wie eine Polizistin, so geärgert hatte, und dieser Ärger war auch der Grund für das Kribbeln im Bauch. Sie war nicht verliebt. Nicht einmal verknallt.

Trotzdem zog sich ihr Zwerchfell zusammen, als sie hinter sich Stimmen und das Rascheln von Plastikschürzen hörte. Gleich darauf schoben zwei Mitarbeiter den Wagen mit der Leiche von Monika Falke herein. Ein Rad quietschte leise und unrhythmisch. Toni sah zu, wie der tote Körper auf den Obduktionstisch gehoben wurde, und wartete mit klopfendem Herzen auf den Doc.

»Ach, sieh an, die Frau Stieglitz. Schönen guten Morgen.«

Diese Stimme ... Toni straffte den Rücken und drehte sich um. Keine Glatze. Keine Gewitteraugen. Stattdessen lichtes schwarzes Haar, Gesichtszüge wie verwitterter Fels und Südtiroler Dialekt. Toni fühlte sich wie eine Gummiente, der die Luft ausging.

»Guten Morgen, Doktor Montalbano. Ich ...«, setzte sie an, doch der Arzt hatte sich schon von ihr abgewandt, noch ehe er ihre Hand richtig losgelassen hatte. Blödmann, dachte sie. Montalbano gehörte zu der Sorte Mensch, die einem von der ersten Sekunde an das Gefühl gaben, selbst auf der anderen Seite des Universums noch immer zu stören. Toni wusste nicht, ob es daran lag, dass sie eine Frau war, daran, dass sie bei der Polizei war, oder daran, dass sie keinen Doktortitel vorweisen konnte. Oder an einer Kombination aus allen drei Faktoren. Sie wusste nur, dass er sich für etwas Besseres hielt. Deshalb trat sie mit voller Absicht viel näher an den Tisch, als sie es bei den anderen Medizinern tat. Weit genug weg, um nicht zu stören, aber nah genug, um Montalbano hoffentlich auf die Nerven zu gehen.

Erst jetzt fiel Toni auf, dass die junge blonde Sektionsassistentin, die bei der Obduktion von Magdalena Sauer dabei gewesen war, heute ebenfalls zum Team gehörte. Allerdings machte sie diesmal einen ziemlich verkniffenen Eindruck. Ihre Lippen waren schmal, die Mundwinkel nach unten gezogen. Allem Anschein nach bereitete ihr die Zusammenarbeit mit Montalbano auch nicht gerade großes Vergnügen. Wenn er sich ihr gegenüber genauso verhielt, war das auch kein Wunder.

Wenigstens bin ich ihn bald wieder los, die anderen müssen ihn tagtäglich ertragen, dachte sie. Warum war Mulder eigentlich nicht hier, obwohl er laut Plan eingeteilt war? Vielleicht sollte sie im Anschluss noch auf einen Sprung im Sekretariat vorbeischauen. Wenn jemand wusste, was mit Mulder los war, dann die Schattenkirchner. Toni merkte, wie ihre Gedanken abdrifteten, und sie richtete ihre Aufmerksamkeit wieder auf das Geschehen vor ihr.

Der Arzt hob den linken Arm der Leiche, musterte Hand und Finger, legte den Arm wieder ab und wiederholte dasselbe auf der rechten Seite. Dann trat er zu den Füßen, musterte diese und winkte Toni heran, ohne aufzusehen.

»An den Hand- und Fußgelenken finden sich ausgeprägte Fesselungsspuren, und die Innenseiten der Oberarme weisen Blutergüsse auf, die darauf hindeuten, dass jemand sie gepackt und festgehalten hat. Ich habe den Obduktionsbericht der anderen Toten nur kurz überflogen, aber wenn ich mich recht erinnere, gab es bei dieser keine derartigen Spuren, nicht wahr?«

Toni holte Luft, um zu antworten, doch Montalbano war daran offenbar nicht interessiert, denn er war in der Zwischenzeit zum Kopf der Toten gegangen und sprach sofort weiter.

»Sie wurde offensichtlich auch gewürgt, und zwar mit der rechten Hand.« Montalbano zeigte auf bräunliche Verfärbungen am Hals von Monika Falke: ein etwas größerer Fleck auf der rechten und mehrere kleine auf der linken Seite. Er tat, als umklammere er mit seiner rechten Hand den Hals der Toten. »Sehen Sie? Die Verfärbungen und meine Finger sind nahezu deckungsgleich. Meinen Rechtsanwalt werde ich aber dennoch nicht bemühen, denn ich habe für das gesamte Wochenende ein Alibi.«

Toni zog die Augenbrauen hoch. War das nun ein Witz, für den Montalbano ihr pflichtschuldiges Lachen erwartete? Sie sah die Sektionsassistentin an, die einen halben Schritt hinter dem Arzt stand. Als sich ihre Blicke begegneten, verdrehte die Blonde für einen Moment die Augen, und ihr Mund formte ein tonloses Haha. Tonis Mundwinkel zuckten. Sie biss sich auf die Lippe und sah zu Boden. Blondie wurde ihr immer sympathischer. Mit der konnte man bei einem Bier sicher jede Menge Spaß haben.

Als Toni ihren Blick wieder hob, bemerkte sie, dass Montalbano sie ansah.

»Sie dürfen über einen Scherz ruhig lachen, Frau Stieglitz. Pietät wird bei uns zwar großgeschrieben, aber zum Lachen muss hier trotzdem niemand in den Keller gehen.«

»Danke, Herr Doktor. Gut zu wissen. Das werde ich mir merken.« Toni räusperte sich, um das Lachen, das in ihrem Hals steckte, zu unterdrücken. »Hat sie denn auch Stauungsblutungen?«, fragte sie, um sich wieder auf die Tote zu konzentrieren.

Montalbano zog zuerst das rechte, dann das linke Augenlid der Leiche hoch. Toni reckte den Hals und erkannte die punktförmigen Einblutungen in den Bindehäuten.

»Petechien beidseitig«, konstatierte der Rechtsmediziner. »Und dazu Kratzspuren und diskrete Hauteinblutungen um Nase und Mund sowie«, er stülpte Ober- und Unterlippe der Leiche um, »Zahnkonturabdrücke an der Lippenschleimhaut. Es sieht ganz danach aus, als hätte der Täter seinem Opfer den Mund zugehalten. Vermutlich, um sie am Schreien zu hindern. Allerdings hat er es nicht dabei belassen, ihr den Mund zuzuhalten.« Montalbano wies mit dem Finger auf helle Rückstände auf den Wangen der Toten. »Ich müsste mich schon sehr täuschen, wenn das keine Überreste eines Klebebandes sind.«

Einunddreißig

Nachdenklich ging Toni die Eisenmannstraße entlang. Im weiteren Verlauf der Obduktion hatte sich nichts Neues mehr ergeben, sondern es hatte sich nur das bestätigt, womit sie gerechnet hatten: Monika Falke war durch drei Stiche in die Brust gestorben. Auch diesmal hatte die Klinge die Knorpel an den Rippen-Brustbein-Verbindungen verletzt, so dass die Rechtsmedizin die Spuren miteinander vergleichen konnte. Wobei Toni keine Sekunde daran zweifelte, dass es sich um ein und dieselbe Klinge und um ein und denselben Täter handelte. Und genau das bereitete ihr Kopfschmerzen.

Es war schlimm genug, dass der Mörder sich nicht mit einem Opfer begnügte. Aber dass er sein Opfer jetzt gefangen hielt und quälte, bevor er es tötete – das hob die Taten auf eine völlig neue Ebene. Wenigstens hatte er sie nicht vergewaltigt. Zumindest diese Tortur war den Frauen erspart geblieben. Ein echter Trost war das aber auch nicht.

Sie wollte gar nicht daran denken, wozu er noch in der Lage war, sollte er eine dritte Frau in seine Gewalt bringen. Ob er sich dann weiter steigerte? Fielen dann vielleicht weitere Schranken?

Jemand rempelte Toni von hinten an.

»Herrschaftszeiten«, schimpfte ein älterer Mann mit Hut. »Gehen Sie halt weiter.«

»Mit Brille wär das nicht passiert«, blaffte Toni zurück und merkte erst jetzt, dass sie stehen geblieben war, und zwar genau an der Stelle, wo die Eisenmannstraße auf die Neuhauser Straße traf, schräg gegenüber von Sankt Michael. Passanten liefen an den großen Türen vorbei, betrachteten die Fassade, machten Fotos oder suchten ein paar Momente der Stille im Inneren der Kirche. Nichts erinnerte mehr an die Leiche von Magdalena Sauer, die auf den Stufen zur Schau gestellt worden war.

Toni fröstelte und setzte sich wieder in Bewegung. Wenn sie nur einen Anhaltspunkt hätten, warum er genau diese beiden Frauen ausgewählt hatte. War es wirklich nur Zufall? Oder gab es zwischen ihnen eine Verbindung? Sie dachte an die flammend roten Kleidungsstücke, die die beiden Frauen getragen hatten. Nein, das wäre zu offensichtlich und gleichzeitig zu weit hergeholt. Irgendetwas anderes musste den Schalter im Hirn des Täters umgelegt haben, und dieses Etwas mussten sie finden. Und zwar verdammt schnell.

Sie lief die Stufen zur Eingangstür des Präsidiums hinauf, zog die schwere Tür auf und wäre fast mit einer jungen Frau mit Pagenschnitt zusammengestoßen, die das Gebäude verlassen wollte.

Pagenschnitt.

Schattenkirchner.

Mulder.

Mist.

Sie war so in ihre Gedanken versunken gewesen, dass sie ganz vergessen hatte, die Schattenkirchner darüber auszufragen, warum Montalbano und nicht Mulder die Obduktion durchgeführt hatte. Aber im Grunde war das ohnehin egal. Warum zerbrach sie sich darüber eigentlich den Kopf? Je weniger sie an Mulder dachte, desto besser. Ihr Leben fühlte sich momentan ohnehin an, als würde sie über schwankende Schiffsplanken taumeln. Ein falscher Schritt, eine kurze Unachtsamkeit, und sie würde über Bord gehen und von den haushohen Wellen in die Tiefe gerissen werden.

Da war ein Mann, der solche Unruhe verursachte wie Mulder, genau der Falsche. Er brachte sie schon aus dem Gleichgewicht, wenn sie nur an ihn dachte; da sollte sie doch froh sein, dass ihr heute eine Begegnung mit ihm erspart geblieben war. Das versuchte zumindest ihr Verstand ihr einzureden; dass es in ihrem Herzen ganz anders aussah, verdrängte sie.

Zweiunddreißig

»Ihr Kinderlein kommet, der Pizzamann ist da!«, hallte Contuttos Stimme durch den Gang.

»Gott sei Dank«, murmelte Toni und lehnte sich zurück. Obwohl es bereits halb zwei Uhr war, hatte sie keinen richtigen Hunger, aber eine Pause konnte sie jetzt mehr als gut gebrauchen.

Nachdem sie aus der Rechtsmedizin zurückgekehrt war, hatte Hans Sören und Contutto herbeigetrommelt, und sie hatten wortlos Tonis Bericht gelauscht. Niemand hatte auch nur einen Ton gesagt; trotzdem hatte Toni mit jedem Satz deutlicher gespürt, dass ihren drei Kollegen dieselben Gedanken durch den Kopf gegangen waren wie ihr selbst: die Befürchtung, dass das erst der Anfang war und die Gewalt des Täters mit jedem neuen Opfer weiter eskalieren würde.

Dankenswerterweise hatte Hans es übernommen, Beate, die immer noch mit dem Hundeführer und seinem Personensuchhund unterwegs war, anzurufen und zu informieren.

Toni rieb sich die brennenden Lider und stand auf. Sofort drehte sich das Zimmer um sie, und sie musste sich für einen Moment an ihrem Schreibtisch festhalten. Zu wenig Schlaf, zu viel Koffein. Eine Kombination, die selten über längere Zeit gutging.

Auf wackeligen Knien stakste sie in den Besprechungsraum, wo Hans und Sören bereits Besteck und Servietten auf die Tische legten. Die Pizzaschachteln stapelten sich in der Mitte und verströmten den typischen Duft von Tomatensoße, geschmolzenem Käse und durchweichtem Pappkarton.

Toni spürte Hans' prüfenden Blick auf sich ruhen und versuchte, sich nichts anmerken zu lassen. Er hatte sie heute bei jeder Gelegenheit gemustert, aber zum Glück noch kein Wort zu ihrer optischen Erscheinung gesagt. Hoffentlich blieb das den restlichen Tag auch so. Sie wusste selbst, dass sie aussah, als hätte sie die letzten Nächte durchgemacht. Was sie in gewisser Weise auch getan hatte, allerdings nicht so, wie Hans vermutlich dachte. Auf Erklärungen hatte sie jetzt trotzdem keine Lust.

»Mann, hab ich einen Hunger«, sagte Contutto und rieb sich die Hände. »Nun lasst mal sehen, welcher Karton für Papa ist.« Er lüftete den Deckel der obersten Schachtel, warf einen prüfenden Blick hinein und schob sie dann weiter zu Hans. Die zweite Pizza ging an Sören, die dritte an Toni.

»Das Beste kommt natürlich zum Schluss«, sagte er und leckte Tomatensoße von seinen Fingern. »Pizza mit allem. Von Maurizio mit den magischen Pizzahänden höchstselbst komponiert und in den Ofen geschoben. Mahlzeit.« Er griff zu Messer und Gabel, säbelte ein großes Stück herunter und schob es sich in den Mund. Toni beobachtete ihren Kollegen einen Augenblick. Sternzeichen Hamster, dachte sie. Wie konnte man seine Backen nur so vollstopfen, ohne sich zu verschlucken? Dann klappte sie den Deckel ihrer Schachtel zurück. Schwarze Oliven auf roter Soße. Sie sahen aus wie abgerissene Vogelköpfe. Tonis

Herz begann zu rasen. Brechreiz stieg in ihr auf, und sie spürte, wie ihr der Schweiß ausbrach.

Hastig schloss sie den Deckel wieder. Einatmen. Ausatmen. Nichts anmerken lassen. Sie kniff die Augen zu, doch das Bild des kleinen Vogelkopfs in ihrer Hand wollte nicht verschwinden.

»Was ist?«, nuschelte Contutto. »Falsche Pizza? Ich hab aber genau das gebracht, was du bestellt hast.«

Toni schüttelte den Kopf.

»Alles okay, hab nur keinen Hunger«, quetschte sie zwischen den zusammengepressten Lippen hervor. Ein fauliger Geschmack machte sich in ihrem Mund breit. Sie griff nach ihrer Cola und trank in großen, gierigen Schlucken. Am liebsten hätte sie sich Mund und Augen mit Rohrreiniger ausgespült, um diesen widerlichen Geschmack und das grässliche Bild wegzuätzen.

Toni stellte das Glas auf den Tisch zurück, umklammerte es aber weiter mit den Fingern. Sie spürte Sörens Blick auf sich ruhen. Aus den Augenwinkeln sah sie, dass er Luft holte. Halt die Klappe, dachte sie. Halt einfach die Klappe. In diesem Moment öffnete sich die Tür, und Beate betrat den Raum. Alle Köpfe, nach kurzem Zögern auch der von Sören, wandten sich ihr zu. Toni konnte sich nicht erinnern, dass sie jemals so froh gewesen war, ihre Kollegin zu sehen.

»Na, zurück von der Dackelkompanie?«, fragte Contutto kauend. »Wenn ich gewusst hätte, dass du so zeitig wieder hier bist, hätte ich dir auch Pizza mitgebracht. Oder frag Toni, ob du ihre haben kannst.« Er fuchtelte mit dem Messer in ihre Richtung. »Wäre doch schade, wenn sie kalt werden würde. Du magst sie doch nicht mehr, oder?«

»Danke, ich habe schon gegessen«, antwortete Beate, legte ihr Notizbuch auf den Tisch und setzte sich.

»Was hat die Absuche ergeben?«, wollte Hans wissen. »Hat der Mantrailer was gefunden?« Ein Stück Artischocke verschwand in seinem Mund. Toni musste wegsehen.

»Sie«, korrigierte Beate. »Es ist eine Maintrailer-Hündin, und sie heißt Hermine.«

»Etwa wie die Neunmalkluge aus *Harry Potter*?«, warf Contutto dazwischen und schnitt eine Grimasse. »Her-mi-ne!« Er betonte jede einzelne Silbe überdeutlich. »Jede Wette, dass Hermine kein Herrchen, sondern ein Frauchen hat! Auf so was kann doch nur eine Frau kommen.«

Beate warf Contutto einen genervten Blick zu.

»Was denn? Ist doch wahr«, brummte er. »Männer nennen ihre Hunde Rex oder Brutus, aber doch nicht Hermine.« Er zuckte mit den Schultern und widmete sich dann wieder seiner Pizza.

»Hermine konnte tatsächlich eine Spur aufnehmen und verfolgen«, fuhr Beate fort. »Sie führt von diesem Lokal, in dem sie mit ihrer Freundin war, die Sankt-Veit-Straße entlang, dann quer durch den Ostpark bis zu ihrem Wohnhaus. Offenbar ist sie tatsächlich ohne jeden Umweg nach Hause gegangen.«

»Mitten in der Nacht als Frau allein durch den Ostpark?« Contutto schnaubte. »Ist das jetzt mutig oder leichtsinnig?«

»Weder noch, wenn man die Statistik betrachtet«, entgegnete Beate. »Subjektiv höchst gefährlich, objektiv nicht schlimmer als jeder andere Ort. Dasselbe Phänomen wie bei den Tiefgaragen. Fast alle Frauen – und auch sehr viele Männer – fühlen sich dort unwohl, obwohl es in Tiefgaragen und Parkhäusern rein statistisch gesehen sicherer ist als in öffentlichen Verkehrsmitteln.«

»Tja, die Statistik hilft ihr jetzt leider auch nicht mehr.«

Hans legte sein Besteck zur Seite. »Wie weit konnte der Hund die Spur denn verfolgen? Nur bis zur Haustür? Bis zur Wohnungstür?«

»Schon wieder weder noch.« Beate blätterte in ihrem Notizbuch. »Der Hund ist von der Hauseingangstür direkt in die Tiefgarage gelaufen, und dort zum Stellplatz Nummer siebenundachtzig. Der Stellplatz war allerdings leer. Laut Hundeführer endet die Spur dort aber definitiv. Sie ist also von diesem Punkt aus verschwunden. Vielleicht ist sie dort in ein Auto gestiegen und weggefahren.«

»Wenn, dann aber nicht in ihr eigenes«, warf Toni ein. »Ich habe die Falke und ihren Freund überprüft. Auf keinen von beiden ist ein Auto zugelassen. Könnte natürlich sein, dass es auf Mama oder Papa läuft, um Versicherungsbeiträge zu sparen. Soll ich das recherchieren?«

»Kannst du seinlassen.« Contutto klopfte mit der Gabel auf den Tisch. »Laut Aussage ihres Freundes hatten sie kein Auto. War den armen Studenten erstens zu teuer und macht zweitens eine schlechte persönliche Öko-Bilanz. Aber beide das neueste Smartphone in der Hosentasche, einen ordentlichen Flachbildfernseher im Wohnzimmer und die Heizung aufgedreht, dass nur noch der Aufguss für ein echtes Sauna-Gefühl gefehlt hat. Ist offenbar kein Problem für die Öko-Bilanz, schließlich kommt der Strom dazu ja aus der Steckdose, und Heizkörper haben keinen Auspuff.«

»Wer hat den Stellplatz denn gemietet?«, fuhr Toni dazwischen, bevor Contutto sich noch mehr hineinsteigerte.

»Das konnte ich noch nicht in Erfahrung bringen«, antwortete Beate. »Bei der Hausverwaltung war bloß der Anrufbeantworter zu erreichen. Sprechzeiten nur zwischen acht und neun und von vierzehn bis sechzehn Uhr. Sehr mieterfreundlich.«

»Wo hat die Verwaltung denn ihren Sitz?«, fragte Hans.

»In Chemnitz«, sagte Beate. »Wäre sie halbwegs in der Nähe, wäre ich natürlich sofort hingefahren.«

»Im Haus konnte auch niemand weiterhelfen?«, fragte Sören.

»Nein. Entweder wollten sie nicht oder wussten es wirklich nicht. Typisch Wohnsilo.«

»Du bleibst weiter an der Hausverwaltung dran«, sagte Hans und nickte in Beates Richtung. »Ich schlage vor, wir warten gar nicht lange, ob die sich melden, sondern bitten gleich die Chemnitzer Kollegen, bei denen vorbeizufahren.«

Wie immer hatte Hans den Rand seiner Pizza übriggelassen. Toni sah ihm zu, wie er die Teigreste mit der Gabel hin und her schob und sich dabei graue Fetzen von dem aufgeweichten Karton lösten. Ihr Magen zog sich zusammen. Säure stieg ihr in die Kehle, und sie musste schlucken.

»Habt ihr in der Zwischenzeit etwas herausgefunden? Gibt es vielleicht irgendeine Verbindung zwischen den Frauen?« Beate sah in die Runde. »Das äußere Erscheinungsbild kommt wohl nicht in Frage. Die beiden könnten fast nicht unterschiedlicher sein.«

Toni riss ihren Blick von Hans' Pizzakarton los und öffnete den Mund, doch Contutto kam ihr zuvor.

»Leider komplette Fehlanzeige«, sagte er. »Wir konnten bisher keine noch so winzige Verbindung finden. Eine unserer Hoffnungen lag auf der Kundenkartei der Sauer. Vielleicht hatte die Falke ja irgendwann Passbilder oder weiß der Geier was bei ihr machen lassen, aber leider war das eine Sackgasse.« Er spießte eine schrumpelige Olive mit der Gabel auf. »Auch sonst ist sie völlig unbescholten. Laut unseren Unterlagen hatte sie zwar einmal Kontakt mit der Polizei, aber nur deshalb, weil ihr letzten Sommer an der U-Bahn das Rad geklaut wurde. Nicht mal die Nachbarn haben etwas Schlechtes über sie oder ihren Freund zu berichten, weil man sie angeblich den ganzen lieben langen Tag nicht gehört oder gesehen hat. Und wenn doch, dann waren sie freundlich, haben artig gegrüßt und auch schon mal die Lifttür aufgehalten. Die idealen Nachbarn also.«

Sören lehnte sich zurück und tupfte sich mit der Serviette die Lippen ab.

»Wenn man davon ausgeht, dass bei den meisten Morden die Täter aus dem engeren oder weiteren Umfeld stammen, wäre der Freund eigentlich der Hauptverdächtige. Aber ich glaube, den können wir von der Liste streichen. Der war fix und fertig, hat geheult wie ein Schlosshund. Wenn das nur gespielt war, hat er die Oscars der nächsten fünf Jahre für diese Vorstellung verdient.«

Toni schnippte mit ihrem Zeigefinger gegen den Pizzakarton. Die roten Kleidungsstücke der Frauen ließen ihr keine Ruhe. Klar, der Gedanke war völlig abwegig, und sie hatte diesen Punkt für sich auch schon abgehakt, aber trotzdem hatte sie das Bedürfnis, ihn anzusprechen. Und sei es nur, damit die anderen ihre Einschätzung bestätigten.

»Eine Gemeinsamkeit gibt es«, sagte Toni. Sofort richteten sich alle Augen auf sie. »Der Mantel der Sauer und die Jacke der Falke: Sie waren beide auffallend rot.«

Ihre vier Kollegen starrten Toni an, warteten auf weitere Erkenntnisse, doch Toni schwieg. Sie hielt mit ihrer Meinung absichtlich hinter dem Berg, um niemanden zu beeinflussen. Vielleicht dachte wenigstens einer ganz anders darüber, sah in den Kleidungsstücken durchaus ein beachtenswertes Element, aber die Skepsis in den Blicken war deutlich.

»Ein rotes Kleidungsstück als Auslöser für einen Mord?«, ergriff Contutto als Erster das Wort. »Da müsste beim Täter schon mehr als eine Schraube locker sein.«

Sein zunächst zögerliches Kopfschütteln wurde immer bestimmter.

»Abgesehen davon, dass es hinsichtlich der menschlichen Psyche nichts gibt, was es nicht gibt«, wandte Hans ein, »werden Menschen wegen ganz anderer Dinge umgebracht. Ein Smartphone zum Beispiel. Ein Paar überteuerte Turnschuhe. Oder einfach nur zehn Euro für den nächsten Trip in den Drogenhimmel. Warum nicht wegen eines roten Mantels?«

»Weil die Taten, die du aufgezählt hast, überwiegend aus der Situation heraus passieren«, sagte Sören. »Person A hat etwas, das Person B unbedingt haben will. Weil A diese Sache nicht freiwillig herausgibt, schlägt B ihm den Schädel ein. In unserem Fall haben wir zwei Opfer, und zumindest bei der zweiten Frau hat der Täter gezielt Vorbereitungen getroffen. Denkt nur an die Spuren des Klebebands in ihrem Gesicht. Das hat nichts mit Affekt oder spontaner Handlung zu tun. Ich denke auch, dass der Täter sie gezielt ausgesucht hat. Nur glaube ich nicht, dass es etwas mit den Kleidungsstücken zu tun hat. Das wäre zu einfach und plakativ.«

»Was meinst du, Beate?«, fragte Hans.

Sie wiegte den Kopf von einer Seite zur anderen.

»Ich muss zugeben, dass mir das bisher noch gar nicht aufgefallen ist«, sagte sie. »Doch jetzt, da Toni es erwähnt hat, halte ich das für einen ziemlich merkwürdigen Zufall.«

Sie tippte mit dem Kugelschreiber gegen ihre Zähne.

»Aber wenn es kein Zufall ist, dann käme der Täter aus dem Morden ja gar nicht mehr heraus. Rote Jacken und Mäntel sieht man an allen Ecken und Enden, dazu noch rote Taschen, Hosen und Schuhe. Entweder gibt es einen tieferen Zusammenhang, den wir noch nicht gefunden haben, oder er hat seine Opfer willkürlich ausgesucht und sich auf diejenige gestürzt, bei der die Gelegenheit am günstigsten war.«

Toni ließ ihre Gabel auf dem Tisch rotieren.

»Wenn die Farbe aber tatsächlich so etwas wie ein Auslöser war und ihn auf die Frauen aufmerksam gemacht hat?« Sie hielt das zwar selbst für absurd, aber manche erwachsene Menschen machte es an, wenn sie Windeln trugen. Warum sollte nicht jemand auf eine bestimmte Farbe anspringen?

»Und was heißt das jetzt für uns?«, fragte Beate und verzog den Mund. »Dass wir die Frauen in München davor warnen, rote Kleidungsstücke anzuziehen, und stattdessen einen Lockvogel aus den eigenen Reihen Tag und Nacht im roten Mantel herumspazieren lassen und warten, bis er wieder zuschlägt?«

»Hervorragende Idee.« Toni lächelte ihre Kollegin an. »Welche Größe hast du noch gleich?«

Beates Augen verengten sich zu schmalen Schlitzen. Sie holte Luft, doch Hans kam ihr zuvor.

»Darf ich daran erinnern, dass zwei Frauen gestorben sind und wir noch keinen Schritt weiter sind als am Anfang? Wenn ihr etwas Konstruktives beizusteuern habt, dann her damit. Alles andere hat hier nichts zu suchen.«

Schweigen machte sich breit. Sie alle spürten den Druck, der auf ihnen lastete. Als würde die Zimmerdecke plötzlich zwanzig Zentimeter niedriger hängen und sich mit jedem erfolglosen Tag weiter senken.

Der erste Mord hatte schon für Aufsehen gesorgt. Wenn morgen die Schlagzeilen den zweiten Mord verkündeten, dann zogen alle – Angehörige, Bevölkerung, Presse und vermutlich auch der eine oder andere profilierungssüchtige Politiker – die Daumenschrauben noch weiter an.

Hans stand auf, und die anderen taten es ihm nach. Keiner hatte Lust, noch auf eine Tasse Kaffee sitzen zu bleiben und zu plaudern. Als Toni den Raum verließ, wartete Hans im Gang auf sie und winkte sie zu sich. Sie stöhnte innerlich. Was war denn jetzt schon wieder?

»Ich habe keine Ahnung, was mit dir los ist«, fing Hans ohne Umschweife an. »Aber dass dir irgendetwas zu schaffen macht, das sieht ein Blinder mit Hörgerät. Ficht es ausnahmsweise nicht mit dir selbst aus, Toni. Egal, was es ist – du kannst immer zu mir kommen. Okay?«

Er wartete keine Antwort ab, sondern drehte sich um und verschwand in seinem Büro. Toni sah ihm nach. Konnte sie das wirklich? Konnte sie wirklich immer zu ihm kommen? Auch *damit*?

»Wenn du wüsstest«, flüsterte sie.

Dreiunddreißig

Bevor Toni ebenfalls in ihr Büro zurückging, holte sie sich noch einen Kaffee. Sie stellte die Tasse auf ihren Schreibtisch und ließ sich auf ihren Stuhl fallen. In ihrem Nacken ballten sich Kopfschmerzen zu einem pulsierenden Knoten. Sie knetete die steinharten Muskeln und ließ den Kopf ein paarmal in die eine und dann in die andere Richtung kreisen. Blödsinn. Sie stützte die Stirn in die Hände. Das half doch ohnehin nichts. Wenn sie nicht darauf warten wollte, dass der Schmerz ihr innerhalb der nächsten halben Stunde die Augen aus dem Schädel drückte, half nur Chemie.

Sie zog die oberste Schublade auf, drückte eine Schmerztablette aus dem Plastikstreifen und spülte sie mit einem großen Schluck Kaffee hinunter. Nach kurzem Zögern jagte sie eine zweite Tablette hinterher. Sicher war sicher. Ausfälle wegen solcher Banalitäten wie Kopfschmerzen konnte sich das Team jetzt nicht leisten.

Durch die offene Tür hörte sie Beates Stimme. Offenbar telefonierte sie gerade mit den Kollegen aus Chemnitz und erklärte ihnen, worum es ging.

Toni warf die Tablettenschachtel zurück in die Schublade und wollte sich weiter auf die Suche nach Gemeinsamkeiten der beiden Mordopfer machen, als ihr eine Idee kam. Sie rief IGWEB auf, ein Programm, in dem alle Vorgänge erfasst waren, die ein polizeiliches Aktenzeichen bekommen hatten, egal ob Verkehrsunfall, Bankraub oder Ruhestörung, gab Monika Falkes Anschrift ein und beschränkte die Suche auf die letzten sechs Tage. Dann drückte sie Enter. Eine Liste mit neun Einträgen tauchte auf dem Bildschirm auf. Das Schlagwort von Nummer vier ließ Tonis Herz schneller schlagen. Sie rief den Vorgang auf. Der Text war sehr kurz und nicht besonders aussagekräftig. Sie scrollte weiter zum Namen des Sachbearbeiters, suchte seine Telefonnummer heraus und rief ihn an.

Zehn Minuten später stand sie in der Tür zu Beates Büro.

»Du kannst die Chemnitzer zurückpfeifen«, sagte sie und hielt ein Blatt Papier in die Luft. »Ich weiß, wem der Stellplatz gehört.«

Toni lehnte am Aktenschrank in Hans' Büro, die Augen ihrer vier Kollegen auf sich gerichtet. Die Luft im Raum knisterte. Niemand wollte es laut aussprechen, doch alle dachten dasselbe: Haben wir ihn?

»Der Mann heißt Volker Bruhns«, begann Toni. »Einundfünfzig Jahre, verheiratet, Schlosser von Beruf. Auf ihn sind zwei Autos zugelassen, ein Kia Sorento, Baujahr 2012, und ein Ford Taunus, Baujahr 1974. Er hat dementsprechend auch zwei Stellplätze angemietet, und zwar den mit der Nummer einundzwanzig und den mit der Nummer siebenundachtzig. Auf Letzterem stand immer der Taunus. Wobei hier die Betonung auf *stand* liegt, denn«, Toni machte eine Kunstpause und blickte in die Runde, »Bruhns hat den Wagen am Freitag als gestohlen gemeldet.«

»Gestohlen?« Contutto schnaubte. »Na klar, das würde ich auch sagen, wenn ich damit eine junge Frau durch die Gegend fahre, die ich später umbringen will. Wenn schon

Spuren beseitigen, dann gründlich. Es ist nicht zufällig in den letzten Tagen irgendwo ein Ford Taunus vollkommen ausgebrannt? Nein? Dann hat er ihn vielleicht in einem See versenkt. Der Königssee würde sich für so etwas anbieten. Da liegt doch schon ein VW Käfer am Grund. Vielleicht leistet ihm ja inzwischen ein Taunus Gesellschaft.«

»Der Käfer ist allerdings nicht vom Ufer aus ins Wasser gefahren worden«, schaltete Hans sich ein, »sondern vor über vierzig Jahren durch die Eisdecke gebrochen und gesunken, weil ein Lebensmüder meinte, er müsste über den zugefrorenen See fahren. Ich denke, die Variante versenkter Taunus können wir getrost vergessen und uns realistischeren Szenarien zuwenden. Irgendwelche Vorschläge?«

»Na ja, so viele Möglichkeiten gibt es eigentlich nicht«, sagte Sören. »Da die Falke sich laut Aussage ihrer Freundin von dem Lokal aus alleine auf den Weg gemacht hat und nachweislich durch den Ostpark gegangen ist, muss sie ihrem Mörder im Haus über den Weg gelaufen sein. Vielleicht sind sie gleichzeitig nach Hause gekommen. Sie sperrt gerade die Haustür auf, er kommt aus der Tiefgarage nach oben. Oder sie treffen vor dem Eingang aufeinander, und er hält ihr sogar die Tür auf. Vielleicht war er angetrunken und schon lang scharf auf sie. Der Alkohol hat ihn mutig gemacht, er grabscht sie an, sie wehrt sich ...«

»Vielleicht hat er sie aber auch bereits im Lokal gesehen«, spann Beate den Faden weiter. »Er hat gewartet, bis sie es verlassen hat, und ist ihr dann gefolgt.«

»Aber dann hätte er sich doch bereits im Park über sie hergemacht«, warf Toni ein, »und hätte nicht erst gewartet, bis sie im Haus und eigentlich in Sicherheit ist.«

»Nicht, wenn entweder noch andere Leute unterwegs waren, er also befürchten musste, gesehen zu werden.

Vielleicht ist er ihr heimlich bis zum Hauseingang gefolgt, vielleicht hat er aber auch bereits vor dem Park eine zufällige Begegnung vorgetäuscht und ihr dann – ganz Kavalier der alten Schule – seinen Begleitschutz angeboten. Vielleicht war die Abkürzung durch den Park sogar seine Idee, weil er hoffte, dass dort was geht. Weil es aber aus irgendwelchen Gründen nicht so funktionierte, wie er es sich vorgestellt hatte, wollte er im Hausflur wenigstens einen Gutenachtkuss als Belohnung für seinen ritterlichen Schutz einfordern. Sie weigert sich, er glaubt aber, ein Recht darauf zu haben. Vielleicht hat er auch noch diesen dummen Spruch im Hinterkopf, dass Frauen zwar nein sagen, aber trotzdem ja meinen. Er wird noch zudringlicher, sie droht, alles seiner Frau zu erzählen ... Rest wie gehabt.«

»Aber warum hält er sie erst ein paar Tage gefangen, bevor er sie umbringt und dann in einer völlig anderen Ecke der Stadt ablädt?«, gab Toni zu bedenken. »Wenn die Begegnung reiner Zufall war, er nichts davon geplant hatte und im Endeffekt alles eine Kurzschlusshandlung war – warum hat er sie dann nicht sofort umgebracht?«

»Panik?«, antwortete Contutto. »Überforderung? Vielleicht wollte er sie zunächst gar nicht umbringen, sondern hat sie nur in die Tiefgarage gezerrt und in den Kofferraum seines Autos gesperrt, weil er ihr Angst einjagen wollte, damit sie die Klappe hält. Als das nicht funktioniert hat, ist er losgefahren und hat sie irgendwo eingesperrt, um sie endgültig mürbe zu machen. Dann kapiert er, dass er sie nicht gehenlassen kann, weil die Gefahr viel zu groß ist, dass alles herauskommt, und er sieht keinen anderen Ausweg, als sie umzubringen.«

Toni biss sich auf die Lippe. Das klang auf eine schräge

Art plausibel. Die Menschen taten die abwegigsten Dinge, wenn sie ihre Existenz bedroht sahen. Dinge, die alles nur noch schlimmer statt besser machten. Aber nicht in diesem Fall.

»Wenn es ihm um Vertuschung ging, hätte er ihre Leiche verschwinden lassen und sie niemals im Olympiapark mitten auf einen Weg gesetzt«, sagte sie. »Die Tat sieht aus wie ein riesengroßer, beschissener Zufall. Muss auf der einen Seite auch Zufall gewesen sein, weil die Falke und ihre Freundin erst kurz zuvor entschieden hatten, in das S2 zu gehen, und zu diesem Zeitpunkt auch noch gar nicht gewusst hatten, wie lang sie dortbleiben würden. Wenn der Täter sie also nicht schon zuvor systematisch überwacht hat, konnte er unmöglich wissen, dass sie in diesem Lokal war. Er muss ihr somit zufällig begegnet sein. Aber wieso hat er dann Klebeband und vor allem ein Versteck für sie parat? Das wiederum klingt so gar nicht nach Zufall.«

»Tja«, schaltete sich Hans ein. »Bevor wir uns hier noch weiter in Spekulationen ergehen, schlage ich vor, dass wir ihn das alles persönlich fragen. Weißt du, wo er arbeitet?«, wandte er sich an Toni, und sie nickte. »Gut. Beate und Contutto, ihr fahrt zu seiner Arbeitsstelle. Sören, du schnappst dir eine Streife vom zuständigen Revier und klingelst an seiner Wohnung.« Er stand auf, um anzudeuten, dass die Besprechung beendet war.

»Moment.« Toni stieß sich vom Aktenschrank ab und machte einen Schritt in den Raum. »Warum soll Sören mit einer Streife zur Wohnung fahren, ich bin schließlich auch noch da.«

»Tut mir leid, Toni, du bleibst hier. Nimm es nicht persönlich, aber du siehst aus, als würdest du jeden Moment umkippen. Sollte Bruhns nicht freiwillig in das Auto steigen und es zum Widerstand kommen, will ich nichts riskieren. Weder deine Gesundheit noch die von Sören.«

Toni starrte Hans entgeistert an.

»Das ist jetzt nicht dein Ernst, oder? Ich bin etwas blass, okay, aber das kommt von den Kopfschmerzen, und die habe ich inzwischen im Griff. Du kannst mich doch nicht einfach in die Ecke stellen wie ...«

»Doch, Toni, ich kann. Ende der Diskussion.«

Vierunddreißig

»Verdammt!«, fluchte Mulder und feuerte die verbogene Büroklammer quer durch sein Zimmer. Aus seinem Daumen quoll ein Blutstropfen. Er steckte den Finger in den Mund und saugte daran.

Montalbano, dieser narzisstische Vollidiot. Spazierte aufgeblasen wie eine Kröte in den Umkleideraum und kickte ihn in letzter Sekunde vom Obduktionsplan.

»Ich übernehme heute für Sie, Herr Kollege«, hatte er mit einem jovialen Lächeln gesagt. »Wer auch immer den Dienstplan erstellt hat, war sich offensichtlich nicht im Klaren darüber, dass Sie gerade erst bei uns angefangen und sicher noch jede Menge unerledigten Verwaltungskram auf dem Schreibtisch haben. Der türmt sich am Anfang erfahrungsgemäß immer sehr schnell und vor allem sehr hoch, da kommen solche außerplanmäßigen Geschichten äußerst ungelegen, nicht wahr?«

Was für ein Heuchler.

Machte einen auf kollegial und verständnisvoll. Tat, als wollte er ihm den Einstieg erleichtern. Dabei ging es ihm nur darum, bei den Presseanfragen, die vermutlich jetzt schon im Minutentakt im Institut eingingen, behaupten zu können, er habe das Mordopfer auf dem Tisch gehabt. Wenn der Mörder später gefasst wurde, war das selbstverständlich nur seiner akribischen Arbeit zu verdanken.

Mulder quetschte seinen Daumen zusammen und sah zu, wie das Blut aus der winzigen Wunde sickerte und sich auf der Haut verteilte.

Was ihn aber noch viel mehr ärgerte als Montalbanos Überheblichkeit, war die Tatsache, dass er sich dem hatte fügen müssen. Als Neuer saß er ganz am Ende der Nahrungskette, musste sich erst ein paar Plätze nach oben kämpfen, bevor er es wagen konnte, sich auf die Hinterbeine zu stellen. Noch dazu gegenüber Montalbano, der Professor Dederich in der Hackordnung so dicht auf den Fersen war, dass er eigentlich schon in dessen Schuhen stand. Und bis zu den Schultern in seinem Arsch steckte.

Wenigstens hatte er so viel Anstand besessen, Mulder ausführlich über das Ergebnis der Obduktion Bericht zu erstatten. Natürlich war Montalbano dazu nicht zu ihm gekommen, sondern hatte ihn zu sich rufen lassen.

Mulder rieb sich mit den Händen über das Gesicht. Manchmal kotzte ihn dieses Hierarchiedenken so an, dass er am liebsten alles hinschmeißen und mit einer eigenen Praxis völlig neu anfangen würde. Am besten als Hausarzt irgendwo auf dem Land. Die wurden immer gebraucht.

Blödsinn. Er schüttelte den Kopf. Er war nicht der Typ für eine eigene Praxis. Früher nicht und jetzt noch viel weniger.

Außerdem konnte er nicht schon wieder davonlaufen. Und wenn er ganz ehrlich war, wollte er das auch nicht. Mulder lehnte sich in seinem Stuhl zurück und sah aus dem Fenster. Als er erfahren hatte, dass man erneut eine Frau erstochen aufgefunden hatte und er die Obduktion vornehmen sollte, war ein kleiner Stromschlag durch seinen Körper geflossen.

Stieglitz, Mordkommission München.

Das war der erste Gedanke gewesen, der ihm durch den Kopf gegangen war. Dabei hatte er lächeln müssen. Genau wie jetzt. Er hatte gehofft, sie würde auch diesmal anwesend sein. Würde wieder neben dem Tisch stehen, die Hände in den Hosentaschen vergraben, vor Konzentration eine senkrechte Falte zwischen den Augenbrauen.

Und sie war tatsächlich gekommen. Aber gesehen hatte er sie nur für zwei Sekunden, als sie das Gebäude verließ und in einem Pulk Studenten verschwand.

Mulders Blick fiel auf das Telefon auf seinem Schreibtisch. Ihre Nummer wusste er längst auswendig. Er streckte seinen Arm aus und griff nach dem Hörer.

Fünfunddreißig

Toni wusste, dass es kindisch war, und doch war sie beleidigt. Beleidigt, weil Hans sie einfach ausgebootet hatte. Noch dazu mit einer solchen Begründung. Als wäre sie plötzlich eine Gefahr für die Menschheit, nur weil sie ein wenig blass um die Nase war. Früher, als sie noch im Streifendienst gewesen war, hatte sie sich schließlich auch nicht hinter einem Schreibtisch verschanzen können, nur weil es drei Uhr morgens und sie hundemüde war oder sich eine Erkältung anbahnte. Da hieß es raus in den Streifenwagen und ab zum nächsten Einsatz.

Sie merkte, dass die Kringel, die sie auf das Blatt vor sich gemalt hatte, immer größer und dicker geworden waren, und legte seufzend den Kugelschreiber weg.

Sinnlos, sich zu ärgern und die beleidigte Leberwurst zu spielen. Hans hatte entschieden und Schluss. Trotzdem würde sie jetzt gern vor Bruhns' Wohnungstür stehen, darauf warten, dass er öffnete, und dann beobachten, wie er reagierte, wenn sie ihre Ausweise zückten und ihm den Grund ihres Besuchs mitteilten.

Ganz ungewohnt war so eine Situation für ihn jedenfalls nicht. Sie überflog noch einmal den Auszug aus dem KAN, dem Kriminalaktennachweis, den sie ausgedruckt und in den letzten Minuten mit blauen Kringeln versehen hatte.

Einbruch, Körperverletzung, Trunkenheit im Straßenverkehr. Also nicht unbedingt jemand, den man als unbeschriebenes Blatt bezeichnen würde. Alle Taten lagen knapp neun Jahre zurück. Noch ein Jahr, und die Einträge mussten aus dem Register gelöscht werden. Sofern nicht weitere Taten hinzukamen, mit denen die Frist von vorne zu laufen begann. Vielleicht Entführung und Mord?

Toni lehnte sich zurück und sah auf die Uhr. Zweieinhalb Stunden waren vergangen, seit Beate, Sören und Contutto sich auf den Weg gemacht hatten. Allzu lang sollte es eigentlich nicht mehr dauern, bis ein Team mit Bruhns im Schlepptau hier auftauchte. Zumindest dann, wenn es keine Komplikationen gegeben hatte.

Das Telefon klingelte. Toni setzte sich aufrecht hin und sah auf das Display. Die Rechtsmedizin. Allerdings nicht die Nebenstelle von der Schattenkirchner. Aber wer sollte sie sonst anrufen? Montalbano mit der Bitte um ein heißes Date? Sie lachte auf und griff nach dem Hörer.

»Mordkommission München, Stieglitz.«

Stille. Dann ein Geräusch, das sich wie ein unterdrücktes Lachen anhörte. Schließlich ein Räuspern. Toni runzelte die Stirn. Was zur Hölle ...

»Hallo, Frau Stieglitz. Mulder am Apparat.«

Mulder! Toni schnappte nach Luft. Was wollte der denn? Die Gedanken rasten wie Flipperkugeln durch ihren Kopf, aber keiner fand den Weg in ihr Sprachzentrum.

»Frau Stieglitz?« Mulders Stimme klang überrascht, aber auch ein wenig unsicher. »Sie erinnern sich? Der Neue aus der Rechtsmedizin. Derjenige, der nicht so aussieht wie Quincy.«

Jetzt musste Toni grinsen. Den Spruch hatte er also nicht vergessen. Auf einmal war sie ganz ruhig und lächelte, als sie antwortete.

»Warum haben Sie das nicht gleich gesagt? Was verschafft mir die Ehre Ihres Anrufs? Ist Frau Schattenkirchner immer noch schlecht auf Sie zu sprechen, so dass Sie jetzt gut Wetter bei ihr machen müssen und Anrufe für sie erledigen?«

Wie konnte sie nur auf einmal so ungezwungen mit Mulder reden? Das lag bestimmt daran, dass mehrere Kilometer zwischen ihnen lagen. Würde sie ihm gegenüberstehen und in seine Gewitteraugen schauen, brächte sie sicherlich immer noch keinen Ton heraus. Zumindest keinen halbwegs vernünftigen.

»Erinnern Sie mich nicht daran.« Mulder lachte. »Aber ich sehe schon, Interna haben diese Bezeichnung nur rein der Form halber. Ich sollte mich in Zukunft also besser nicht darauf verlassen, dass das, was hinter den Mauern des Instituts passiert, diese Mauern niemals verlässt.«

»Nein, das sollten Sie wirklich nicht. Aber falls es ein Trost für Sie ist: Wenn Sie einmal eine Peinlichkeit vergessen haben, findet sich immer irgendwo jemand, der sich daran erinnert und Ihrem Gedächtnis auf die Sprünge hilft.«

Toni merkte, dass sie wieder angefangen hatte, auf dem Ausdruck herumzukritzeln. Diesmal war es ein Herzchen. Hastig schmierte sie mit dem Kugelschreiber darüber, bis nichts mehr davon zu sehen war.

»Apropos Gedächtnis auf die Sprünge helfen: Warum rufen Sie eigentlich an? Gibt es irgendetwas Neues?«

»Nein.« Die Antwort kam ein wenig zögerlich. »Nicht direkt. Ich …« Wieder zögerte Mulder. Es hörte sich an, als suchte er nach den richtigen Worten. Aber wofür? Mulder räusperte sich, dann sprach er weiter. »Ich konnte ja leider bei der heutigen Obduktion nicht anwesend sein, aber ich habe mich zwischenzeitlich mit Doktor Montalbano ausgetauscht. Die Leiche von Frau Falke weist doch erheblich mehr Verletzungen auf als die von Frau Sauer. Besonders die Fesselungsspuren und die Würgemale haben mich nachdenklich gemacht. Ich habe daraufhin die erste Leiche noch einmal gründlich hinsichtlich ähnlicher Spuren untersucht, aber keine gefunden. Außer den drei Stichwunden wurden ihr definitiv keine anderen Verletzungen zugefügt.«

Toni wartete, ob Mulder noch etwas hinzuzufügen hatte, doch er schwieg. Sie zog die Brauen hoch. Das war alles? Mehr nicht? Er hatte nur angerufen, um ihr zu sagen, dass er keine Verletzungen übersehen hatte? Daran hatte sie keinen Augenblick gezweifelt, und sie wäre nicht im Traum auf die Idee gekommen, ihn darum zu bitten, sich die Leiche der Sauer noch einmal anzusehen. Und nun? Sie wartete weiter.

»Ja, das ... Das war es auch schon«, sagte Mulder schließlich. Offenbar war ihm die Stille ebenso peinlich wie Toni. »Sie hören dann wieder von uns, sobald die Ergebnisse der toxikologischen Untersuchungen vorliegen.«

Toni fuhr die Linien des Herzchens nach. Als sie es merkte, warf sie den Kugelschreiber quer über den Schreibtisch.

»Danke, Doktor Mulder, dass Sie sich die Mühe gemacht haben.« Toni überlegte krampfhaft, wie sie das Gespräch noch ein wenig hinauszögern könnte, aber ihr wollte einfach nichts einfallen.

»Dann bis zur nächsten Leiche«, sagte sie und hätte sich für diese Bemerkung am liebsten eine Ohrfeige gegeben. Ging es noch dämlicher? »Auf Wiederhören.«

»Auf Wiederhören«, antwortete Mulder.

Toni wollte schon auflegen, als sie noch einmal seine Stimme hörte.

»Ach, Frau Stieglitz?«

Toni presste den Hörer wieder an ihr Ohr.

»Ja, Doktor Mulder?« Ihr Herz klopfte viel zu laut und viel zu schnell.

»Haben Sie einen Tipp für mich, wo man in München abends ein Bier trinken kann?«

In diesem Moment streckte Hans seinen Kopf zur Tür herein.

»Bruhns ist da«, flüsterte er und bedeutete ihr, mitzukommen.

»Im O'Donnel's«, sagte Toni, ohne zu überlegen. »Das ist ein Irish Pub in Haidhausen, in der Nähe vom S-Bahnhof Rosenheimer Platz.« Sie stand auf. »Tut mir leid, Doc, ich muss auflegen. Die Arbeit ruft.«

Sechsunddreißig

Toni spähte durch die halboffene Tür in den Vernehmungsraum, wo Contutto gerade das Aufnahmegerät vorbereitete. Bruhns saß am Tisch, die Hände zwischen den Knien, und schüttelte immer wieder den Kopf. Laut den erkennungsdienstlichen Unterlagen war er eins vierundachtzig groß, was man ihm jetzt aber nicht ansah, weil er die Schultern hängen ließ und ziemlich in sich zusammengesunken war. Die Körperhaltung eines Mörders, der wusste, dass er den Kopf nicht mehr aus der Schlinge ziehen konnte?

Toni musterte ihn weiter. So, wie er da auf seinem Stuhl saß, wirkte er gar nicht wie ein Mörder. Aber wer tat das schon? Die fiesen, vernarbten Fratzen hatte Hollywood für sich gepachtet; die meisten tatsächlichen Mörder sahen aus wie die Leute, denen man im Wartezimmer des Zahnarztes gegenübersaß oder an der Kasse mit dem Einkaufswagen versehentlich in die Hacken fuhr. Bruhns war nach außen hin der Typ, der am Samstag vom Baumarkt nahtlos auf das Sofa wechselte, um sich bei Bier und Chips sämtliche Bundesligaspiele anzusehen. Oder nachts junge Frauen in Tiefgaragen zerrte, um sie einzusperren und dann zu töten?

Bruhns legte seine Hände auf den Tisch. Es waren große Hände. Starke Hände. Die Hände eines Schlossers, die gewohnt waren, fest zuzupacken. Toni dachte an die Hämatome an den Oberarmen von Monika Falke.

Sein Haaransatz war mit den Jahren ziemlich weit nach hinten gerutscht. Auf Stirn und Oberlippe glänzten Schweißperlen. Sein Kinn zitterte.

Toni trat einen Schritt zurück und wandte sich zu Hans, der hinter ihr gestanden hatte.

»Wo haben sie ihn erwischt?«, fragte sie.

»Vor seiner Firma. Er war gerade auf dem Weg zum Auto.«

»Hat er Zirkus gemacht?«

»Kaum. Laut Beate hat er die Aktion erst für einen Scherz gehalten, doch als er kapiert hat, dass nirgends eine versteckte Kamera lauert, hat er sich zwar aufgeregt und wurde auch laut, ist dann aber brav ins Auto gestiegen. Redete auf der ganzen Fahrt davon, dass alles ein Missverständnis sei. Schließlich wäre er das Opfer.«

»Opfer?«, fragte Toni.

»Sein Taunus. Der Diebstahl.«

»Ach ja. Logisch. Ford Taunus, Baujahr 1974. Kommt auf der Liste der meistgeklauten Autos gleich nach BMW X6 und Porsche Cayenne.«

Hans' Telefon klingelte, und er eilte in sein Büro. Toni lugte wieder um die Ecke. Bruhns saß immer noch da wie vor einer Minute.

»'tschuldigung. Darf ich mal vorbei?« Sören schob Toni sanft auf die Seite, betrat den Vernehmungsraum und schloss die Tür hinter sich. Toni zog die Brauen hoch. Sören statt Beate? Eigentlich war es Usus, dass das Team, das die Festnahme getätigt hatte, auch die Vernehmung durchführte, sofern nicht irgendwelche Gründe dagegen sprachen. Vielleicht hielten sie es in diesem Fall für günstiger, eine reine Männerrunde zu bilden. Männer unter sich. Da konnten sie wenigstens ein klares Wort über Frauen reden. Wie sie einen aufregen konnten mit ihren Macken. Oder antörnen. Erst machten sie einen scharf, und wenn es zur Sache ging, waren sie auf einmal prüde und ließen einen nicht mehr ran. Das hatte doch jeder schon erlebt. Und jeder konnte verstehen, wie das einen Mann zur Weißglut treiben konnte, so dass er ein wenig Nachdruck anwenden musste, um das zu bekommen, was ihm versprochen worden war.

Möglicherweise keine schlechte Taktik.

»Toni?«

Sie drehte sich um. Hans stand in der Tür zu seinem Büro. Sie ging zu ihm.

»Was gibt's?«

»Bruhns' Ehefrau steht unten am Eingang. Sie ist offenbar total fertig mit den Nerven. Kümmerst du dich bitte um sie?«

»Mach ich«, sagte Toni und ging Richtung Aufzug. Das hatte aber nicht lang gedauert. Vermutlich hatten die Arbeitskollegen ihres Mannes gleich bei ihr angerufen, und sie war sofort hierhergefahren. Was eigentlich ganz praktisch war. Sie hätten die Ehefrau ohnehin als Zeugin vernommen. Umso besser, wenn sie aus eigenem Antrieb kam, so sparten sie sich die Vorladung.

In der Schleuse zwischen Eingangstür und Erdgeschoss redete eine Frau unter Zuhilfenahme beider Hände auf die Beamtin hinter der schusssicheren Trennscheibe ein. Toni schätzte sie auf Ende vierzig. Sie war ein bisschen pummelig, was der knielange, etwas zu enge Wollmantel eher betonte statt kaschierte. Die welligen Haare waren zerzaust als hätte sie keine Zeit mehr gehabt, sich zu frisieren. Oder gar nicht daran gedacht.

Toni betrat die Schleuse.

»Frau Maria Bruhns?«

Die Frau wirbelte herum und starrte Toni aus großen Augen an.

»Stieglitz ist mein Name. Ich bin von der Kripo. Bitte kommen Sie mit.«

Toni hatte eigentlich damit gerechnet, dass die Frau ihr nun genauso in den Ohren liegen würde wie der Kollegin am Eingang, aber Tonis Anblick schien ihr die Sprache verschlagen zu haben. Stumm hypnotisierte sie die Stockwerkanzeige im Aufzug, ihre Handtasche wie einen Schild an die Brust gepresst. Auch als sie auf dem Stuhl in Tonis Büro saß, klammerte sie sich weiterhin an ihre Tasche. Nicht einmal ihren Mantel hatte sie ausgezogen.

»Frau Bruhns ...«, begann Toni, doch die Frau fiel ihr ins Wort.

»Wo ist mein Mann? Warum haben Sie ihn mitgenommen? Das waren doch Sie, oder? Die Polizistin unten am Eingang wollte mir nichts sagen. Sie hat behauptet, sie weiß nichts. Aber die muss doch nur in den Computer schauen. Da steht doch alles drin, nicht wahr? Warum hat sie mir nichts gesagt? Was ist los?«

»Frau Bruhns, bitte.« Toni hob die Hände, um den Redeschwall zu stoppen. »Die Kollegin am Eingang hat die Wahrheit gesagt. Sie wusste wirklich nichts. Deshalb sind Sie jetzt auch bei mir. Ich ...«

»Dann waren Sie das? Sie haben meinen Mann abgeholt? Ihn abgeführt wie einen Schwerverbrecher. Vor der Firma. So dass alle es gesehen haben. Was glauben Sie denn, was jetzt die Leute über ihn sagen werden? Über uns?«

Die Leute werden noch ganz andere Dinge sagen, wenn sich unser Verdacht bestätigt, dachte Toni. Die Wangen der Frau glühten inzwischen. Sie musste in diesem Mantel schwitzen wie in der Sauna.

»Bevor wir uns weiter unterhalten«, fuhr Toni fort, »muss ich Sie darauf hinweisen, dass Sie ein sogenanntes Zeugnisverweigerungsrecht haben. Sie müssen also nichts sagen, was Ihren Mann in irgendeiner Weise belasten könnte.«

Frau Bruhns knetete auf ihrer Tasche herum.

»Was soll das heißen – belasten?«, fragte sie und riss die Augen noch ein Stück weiter auf. »Sie tun ja gerade so, als hätte mein Mann etwas verbrochen. Aber das hat er nicht. Er hat sich nichts zuschulden kommen lassen, das weiß ich genau. Wir haben nichts zu verbergen. Wir sind anständige Leute.«

»Gut, dann sagen Sie mir doch bitte, wo Ihr Mann vergangenen Donnerstag war.«

»Na, in der Arbeit, wo sonst?«

»Und danach?«

»Zu Hause. Wir haben gemeinsam zu Abend gegessen, und danach ist er zum Bowling gefahren.«

»Sicher?«, fragte Toni.

»Ganz sicher. Volker trifft sich jeden zweiten Donnerstag im Monat mit seinen Freunden zum Bowling. Das geht schon so, seit wir uns kennen, also seit über fünfundzwanzig Jahren. Anfangs habe ich ihn immer wieder gebeten, mich mitzunehmen, aber er wollte das nicht. Der Abend gehöre nur ihm und seinen Freunden, hat er gesagt. Damals war ich ganz schön beleidigt und habe ihm die eine oder andere Szene deshalb gemacht, aber inzwischen bin ich heilfroh darüber. So habe ich wenigstens einmal im Monat einen Abend ganz für mich allein.«

»Und wann kommt er an diesen Donnerstagen für gewöhnlich nach Hause?«

Frau Bruhns zuckte mit den Schultern.

»Das weiß ich nicht so genau. Aber es ist immer sehr spät. Auf keinen Fall vor elf. Ich habe einen sehr tiefen Schlaf, müssen Sie wissen, und wache normalerweise nicht auf, wenn er sich ins Bett legt. Ich kann mich nur an eine Nacht erinnern, als ich etwas Falsches gegessen hatte und mit einem Eimer zwischen den Knien auf dem Sofa saß. Da war es kurz nach ein Uhr, als er heimkam.«

»Ein Uhr?«, fragte Toni erstaunt. »Ist das nicht ein bisschen spät? Schließlich muss Ihr Mann doch am nächsten Tag zur Arbeit.«

Ein Lächeln huschte über das Gesicht von Frau Bruhns.

»Aus diesem Grund haben sie ihre Bowling-Runden auch reduziert. Früher haben sie sich zweimal im Monat getroffen. Aber das wurde ihnen allen zu viel, hat Volker gesagt. Schließlich wären sie ja keine zwanzig mehr. Da steckt man so was nicht mehr so leicht weg.«

Toni nickte und klopfte mit ihrem Kugelschreiber auf den Tisch.

»Kennen Sie die Namen der Freunde, mit denen Ihr Mann sich trifft?«

»Ja«, sagte die Bruhns und runzelte die Stirn. »Zumindest von einigen. Volker erzählt nicht viel darüber, und wenn ich einmal wissen will, wie es war, kommt von ihm nur *wie immer.*« Sie zuckte mit den Schultern. »Wahrscheinlich trinken sie Bier, reden über Fußball und Autos und schauen den Frauen dort in den Ausschnitt oder auf den Hintern. Was Männer eben so machen, wenn sie unter sich sind.«

»Könnten Sie bitte aufschreiben, wie diese Freunde heißen?« Toni schob ein Blatt Papier und den Kugelschreiber über den Tisch.

Frau Bruhns nickte. Sie überlegte einen Augenblick, dann griff sie nach dem Stift. Ihre Hand zitterte, und die Buchstaben gerieten unrund und wackelig.

»Ich weiß leider nur die Namen. Aber die Telefonnummern sind zu Hause in unserem Telefon gespeichert. Die könnte ich Ihnen später durchgeben, wenn Sie wollen«, sagte sie eifrig.

»Das wäre prima. Danke.«

Toni musterte ihr Gegenüber. Die Röte war bis auf ein paar vereinzelte Flecken zurückgegangen. Sie war immer noch aufgeregt, wirkte aber schon deutlich entspannter. Vermutlich, weil sie davon überzeugt war, dass sie dabei war, die Unschuld ihres Mannes zu beweisen.

Und wenn es stimmte? Wenn er wirklich beim Bowling gewesen war? Dann konnte er genauso gut früher heimgefahren sein. Vielleicht war es ein lahmer Abend gewesen, und alle waren früher gegangen. Oder er hatte eine Kellnerin angemacht und eine Abfuhr kassiert. Die hatte ihn so geärgert, dass er sogar sein Bier stehengelassen hatte und nach Hause zurückgekehrt war. Und im Treppenhaus war ihm dann Monika Falke über den Weg gelaufen …

»Hier. Bitte.« Frau Bruhns schob das Blatt zurück zu Toni. »Würden Sie mir jetzt bitte endlich sagen, worum es eigentlich geht? Was soll Volker denn getan haben?«

Toni ignorierte die Frage.

»Wo war Ihr Mann vor einer Woche in der Nacht von Samstag auf Sonntag, Frau Bruhns?«, fragte sie stattdessen.

»In der Nacht von … Aber wieso das jetzt? Ich dachte, es geht um den vergangenen Donnerstag?« Die Flecken auf den Wangen der Frau wurden wieder größer. Sie zog den Kragen ihres Mantels weiter auseinander.

»Bitte beantworten Sie einfach meine Frage. Wo war Ihr Mann vor einer Woche in der Nacht von Samstag auf Sonntag?«

Die roten Flecken krochen jetzt den Hals der Bruhns hinab.

»Ich ... Das ... Das weiß ich nicht.« Ihre Lippen wurden schmal und blass. »Ich war von Freitagnachmittag bis Sonntagabend bei meiner Mutter in Passau. Sie hat sich im Mai den Oberschenkelhals gebrochen und ist immer noch auf Hilfe angewiesen. Unter der Woche kommt ein ambulanter Pflegedienst, aber an den Wochenenden übernehmen meine Schwester und ich das. Wir wechseln uns monatsweise ab, und diesen Monat bin ich dran.«

»Dann waren Sie also auch vergangenes Wochenende bei Ihrer Mutter und sind erst gestern Abend zurückgekehrt?«

Maria Bruhns nickte wie in Zeitlupe, dann schüttelte sie den Kopf.

»Nein. Ich bin erst seit heute Vormittag wieder hier. Meiner Mutter ging es nicht gut. Sie hat Bronchitis und hat mich deshalb gebeten, noch eine Nacht länger zu bleiben. Und weil ich montags immer freihabe, bin ich ...« Ihre Stimme erstarb.

»Bitte«, flüsterte sie dann. »Sagen Sie mir, was Volker getan haben soll. Warum ist er hier?«

Toni schwieg. Volker Bruhns hatte also an beiden Wochenenden sturmfreie Bude gehabt. Er hatte kommen und gehen können, wie es ihm beliebte. Toni holte Luft.

»Frau Bruhns, haben Sie von der Frau gehört, die man heute Morgen im Olympiapark gefunden hat?«

Stille.

»Die Tote? Ja, natürlich, aber ...«

Das Gesicht der Bruhns wurde auf einmal völlig ausdruckslos, als hätte jemand mit einem Knopfdruck alle Emotionen ausgelöscht. Mit offenem Mund starrte sie Toni an. Die Finger, die sich eben noch in das Leder der Tasche gekrallt hatten, öffneten sich. Die Tasche rutschte von ihrem Schoß und fiel zu Boden. Langsam stand Maria Bruhns auf, drehte sich um und ging zum Fenster. Dann seufzte sie leise und kippte um.

Siebenunddreißig

Toni öffnete die Tür des Dienstwagens, stieg aber nicht sofort ein. Stattdessen blickte sie noch einmal die Hochhausfront hinauf. Irgendwo hinter einem der hell erleuchteten Fenster im sechsten Stock saß jetzt Maria Bruhns und hielt die Scherben ihres Lebens in der Hand. Sie hatte sich geweigert, mit dem Rettungsdienst, den Toni sofort alarmiert hatte, in ein Krankenhaus zu fahren und sich dort untersuchen zu lassen.

Die Ohnmacht hatte auch nur ein paar Sekunden gedauert. Nicht einmal lang genug, um die Bruhns in die stabile Seitenlage zu bringen.

»Ein Schwächeanfall, nichts weiter«, hatte sie gesagt und die Sanitäter abgewehrt. »Die Aufregung. Sie verstehen? Ich will jetzt nur nach Hause. Das darf ich doch, oder?«

Natürlich durfte sie. Toni hatte ihr angeboten, sie hinzubringen. Allerdings weniger aus Sorge um den Gesundheitszustand der Frau, sondern weil sie an die Telefonnummern von Bruhns' Bowlingkumpels kommen wollte.

Maria Bruhns hatte so sehr gezittert, dass sie die Tasten des Telefons nicht getroffen und Toni schließlich mit ihrem Einverständnis den Telefonspeicher selbst durchsucht hatte.

Mit fünf Telefonnummern in der Tasche setzte sie sich

jetzt in den BMW und fuhr zurück in das Präsidium, wo Volker Bruhns inzwischen zwei Stockwerke tiefer in der Haftanstalt schmorte.

»Ich war das nicht! Ich hab niemanden umgebracht!«, waren die einzigen Sätze, die er wieder und wieder von sich gegeben hatte.

Während Maria Bruhns von den Sanitätern untersucht worden war, hatte Toni sich mit Sörens und Contuttos Zustimmung in die Vernehmung eingeklinkt und Volker Bruhns mit der Aussage seiner Frau konfrontiert. Daraufhin war er so blass geworden, dass Toni schon geglaubt hatte, die Sanitäter könnten ihre Arbeit gleich hier fortsetzen, aber Bruhns war bei Bewusstsein geblieben. Allerdings hatte er sich von diesem Moment an strikt geweigert, auch nur noch eine einzige Silbe von sich zu geben. Nicht einmal das Zauberwort *Anwalt* war gefallen.

»Ich habe die Telefonnummern«, sagte Toni und betrat den Besprechungsraum, wo der Rest des Teams zusammensaß und sich eine kurze Verschnaufpause gönnte. Sie gab Hans den Zettel und nahm sich selbst eine Tasse Kaffee. Die wievielte war das heute? Die vierte? Oder eher die fünfte? Auf jeden Fall bestimmt nicht die letzte. Mittlerweile war es kurz nach halb acht, aber der Dienstschluss lag noch in weiter Ferne. Morgen früh mussten sie Volker Bruhns dem Haftrichter vorführen, der dann darüber entschied, ob er Haftbefehl erließ oder ihren Verdächtigen wieder auf freien Fuß setzte. Damit das nicht geschah, mussten sie noch so viel wie möglich zusammentragen, um den Tatverdacht gegen Bruhns zu erhärten.

Beate zog den Zettel an sich.

»Ich lasse eine Rückwärtssuche laufen. Vielleicht haben

wir Glück, und es haben sich nicht alle aus den Telefonbüchern streichen lassen.«

Wider Erwarten war es tatsächlich so. Zu drei der fünf Telefonnummern hatte das Internet eine Adresse ausgespuckt. Beate und Contutto sowie Toni und Sören machten sich sofort auf den Weg, und nachdem Hans einiges an Überzeugungsarbeit geleistet hatte, ließ sich schließlich der Schichtleiter des KDD dazu breitschlagen, ihnen ein Team zur Unterstützung zur Verfügung zu stellen, so dass sie alle drei Männer mehr oder weniger gleichzeitig befragen konnten.

»Hirschbergstraße Nummer vierundzwanzig«, sagte Toni. »Das müsste die nächste Einfahrt sein.«

Sören stellte den Dienstwagen im absoluten Haltverbot ab und legte die Anhaltekelle hinter die Windschutzscheibe. Toni stieg aus. Es nieselte leicht, und sie zog die Schultern hoch. Ein schwarzer 911er Porsche fuhr langsam auf der anderen Straßenseite vorbei. Das Gesicht des Fahrers lag im Schatten, aber Toni spürte, dass er sie ansah. Ihr wurde flau im Magen. Mike hatte einen schwarzen 911er. Wie Dutzende anderer Münchner auch. Vom Landkreis Starnberg gar nicht zu sprechen, versuchte sie sich zu beruhigen. Dann fiel für einen Moment das Licht der Straßenlaterne in den Wagen und enthüllte das Gesicht des Fahrers. Es war Mike.

Ein Magenschwinger konnte sich nicht schlimmer anfühlen. Tonis Knie knickten ein. Sie streckte den Arm aus und griff nach dem Wagendach, um sich festzuhalten. Nein. Das war unmöglich. Wie um alles in der Welt konnte er wissen, dass sie hier war? Ihre Gedanken rasten. Der KDD. Mike hatte dort sieben Jahre gearbeitet, kannte noch immer Gott und die Welt. Vielleicht hatte er dort einen Spitzel? Jemanden, der Mike jeden Schritt, den sie tat, sofort steckte?

Eine Songzeile tanzte durch ihren Kopf.

Every breath you take, every move you make.

Sting. Mikes Lieblingslied. Anfangs hatte sie das Lied romantisch gefunden: ein Mann, der eine Frau so liebte, dass er sie keinen Moment aus den Augen lassen wollte. Bis sie verstanden hatte, dass es das Lied eines Mannes war, der nicht akzeptieren wollte, dass die Beziehung beendet war. Das Lied eines Besessenen. Eines Stalkers wie Mike.

»Toni, was ist? Kommst du? Oder willst du hierbleiben und den Wagen festhalten, damit ihn keiner klaut?« Sören war bereits ein paar Schritte gegangen und wartete nun in der Durchfahrt zum Hinterhof.

Toni sah dem Porsche hinterher. Sie kniff die Augen zusammen, aber er war schon zu weit weg, so dass sie das Kennzeichen nicht mehr erkennen konnte. Sie schüttelte sich innerlich. Das war nicht Mike gewesen. Sie hatte sich getäuscht. Musste sich getäuscht haben.

»Paranoia«, murmelte sie und schloss zu Sören auf. »Paranoia in Kombination mit Halluzinationen.« Doch der Schmerz in ihrem Magen blieb.

Die Glühbirne in der Durchfahrt war kaputt, aber wenigstens brannten die Lichter über den Eingangstüren. Toni suchte den Namen Leitner und drückte auf den Klingelknopf. Nach wenigen Sekunden knackte die Sprechanlage.

»Ja?«, sagte eine weibliche Stimme.

»Polizei. Bitte machen Sie auf.«

Diesmal verging mehr Zeit, und Toni wollte es schon

bei den Nachbarn versuchen, als der Türöffner schließlich doch summte.

Im zweiten Stock stand eine Frau im Treppenhaus. Sie trug nur Socken, keine Hausschuhe, und hatte die Hände auf den Mund gelegt. Ihre Augen waren riesengroß. Pure Angst sprach aus ihnen. Ihr Brustkorb hob und senkte sich hektisch. Toni und Sören zeigten ihre Ausweise vor, aber sie warf kaum einen Blick darauf.

»Frau Katharina Leitner?«, fragte Toni, und die Frau nickte.

»Tim.« Sie drückte sich die Hände gegen die Brust. »Timmy. Ist etwas mit ihm? Ist etwas passiert? Hatte er einen Unfall?«

Die typische Reaktion, wenn nachts unangemeldet die Polizei vor der Tür stand. Zum Glück hatten sie diesmal keine Hiobsbotschaft.

»Kein Grund zur Sorge, Frau Leitner. Wir sind nicht wegen Ihres Sohnes hier.« Toni hatte zuvor überprüft, welche Personen unter der Adresse gemeldet waren, und dabei festgestellt, dass Maximilian Leitner offenbar verheiratet war und einen achtzehnjährigen Sohn namens Tim hatte.

»Wirklich?« Der Blick der Frau hetzte zwischen Toni und Sören hin und her.

»Wirklich«, sagte Sören und lächelte.

»Gott sei Dank!« Sie schloss für einen Moment die Augen, atmete tief aus und lächelte dann ebenfalls. »Dieses dumme Motorrad. Ich habe keine ruhige Minute, wenn Tim damit unterwegs ist. Aber ...« Ihr Lächeln schrumpfte. »Weshalb sind Sie dann hier? Ist etwas mit meinem Mann?« Die Angst kehrte in ihre Augen zurück.

»Nein, auch das nicht. Aber könnten wir vielleicht hineingehen?«, sagte Toni und deutete auf die offene Wohnungstür.

Die Frau zögerte, dann nickte sie und ging voraus. Im Wohnzimmer lief leise Musik, ein Heft mit Kreuzworträtseln lag aufgeschlagen auf dem Tisch.

»Bitte.« Katharina Leitner deutete auf das Sofa und setzte sich selbst in den Sessel.

»Ist Ihr Mann auch zu Hause?«, fragte Sören, und sie verneinte.

»Wo ist er?«

»Gegenüber, in seiner Stammkneipe. Heute spielen die Löwen. Montagsspiel zweite Liga. Er sieht sich die Spiele immer dort an. Früher ist er ins Stadion gegangen, aber seit es die Allianz Arena gibt, mag er nicht mehr. In den Bayern-Bunker geht er nicht, sagt er immer. Die Sechziger gehören ins Grünwalder und ...«

»Hat er ein Handy dabei? Können Sie ihn anrufen?«, unterbrach Toni sie.

»Ja, kann ich. Aber worum geht es denn?«

»Das würden wir ihm lieber selbst sagen. Wären Sie so freundlich?«, sagte Sören und deutete auf das Telefon, das neben dem Heft auf dem Tisch lag.

Katharina Leitner griff nach dem Telefon und tippte eine Nummer ein. Während sie dem Freizeichen lauschte, ließ sie Toni keine Sekunde aus den Augen.

»Schatz, ich bin's«, sagte sie. »Bitte komm sofort nach Hause. Die ...« Sie verstummte, als aus dem Hörer eine männliche Stimme erklang. Toni konnte nicht verstehen, was der Mann sagte, aber es klang nicht freundlich. »Ich weiß, Max. Aber es ist wichtig. Die Polizei ist da.«

Die männliche Stimme sagte noch etwas, dann legte Katharina Leitner auf.

Der nächste Song hatte gerade begonnen, als die Wohnungstür aufgesperrt wurde. Im Flur erklangen polternde Schritte, dann stand ein Mann im Wohnzimmer. Er atmete schwer und mit offenem Mund. Offenbar war er es nicht gewohnt, seine geschätzten hundertfünfzehn Kilo auf einen knappen Meter achtzig so schnell die Treppen hinaufzubewegen.

»Tim«, stieß er zwischen zwei keuchenden Atemzügen hervor. »Ist er … Hatte er …?«

»Nein.« Toni wiederholte, was sie zuvor schon Leitners Frau gesagt hatte. »Wir sind nicht wegen Ihres Sohnes hier, Herr Leitner. Sie können sich beruhigen.« Wenn sie jetzt etwas nicht gebrauchen konnten, dann dass der Mann vor Aufregung und Überanstrengung mit einem Herzinfarkt zusammenbrach. Das konnte er sich für später aufheben, wenn sie wieder auf dem Weg ins Präsidium waren.

»Worum geht es dann?«, fragte Maximilian Leitner. Er schnaufte noch immer schwer.

»Wo waren Sie letzten Donnerstag?« Toni konzentrierte sich ganz auf das Gesicht des Mannes, aber alles, was sie darin lesen konnte, war Überraschung.

»Letzten Donnerstag? Zu Hause.« Er hatte keine Sekunde überlegt.

»Sicher?«, hakte Toni nach.

»Sicher«, bestätigte er.

»Aber das war der zweite Donnerstag im Monat.«

Maximilian Leitner blickte von Toni zu Sören und wieder zu Toni. Die Überraschung auf seinem Gesicht war Ratlosigkeit gewichen. Er zuckte mit den Schultern.

»Wenn Sie das sagen.«

Toni lehnte sich auf dem Sofa nach vorne.

»Der zweite Donnerstag im Monat. Klingelt es da nicht bei Ihnen? Haben Sie da nicht einen festen Termin?«

Leitner schüttelte den Kopf. »Hören Sie, das wird mir jetzt allmählich zu dumm. Entweder sagen Sie mir endlich, was los ist, oder Sie gehen.« Er trat einen Schritt zur Seite, um den Weg zur Tür frei zu machen, und verschränkte die Arme vor dem Brustkorb.

»Sie waren also vergangenen Donnerstag zu Hause und nicht beim Bowling?« Toni ließ sich nicht aus dem Konzept bringen.

»Beim Bowling? Ich? Nein. Wie kommen Sie denn darauf?«

»Wir haben gehört, dass Sie sich mit Ihren Freunden jeden zweiten Donnerstag im Monat zum Bowling treffen«, fuhr Sören fort. »Stimmt das denn nicht?«

Leitner runzelte die Stirn.

»Ach, das meinen Sie?« Er schüttelte wieder den Kopf. »Damit haben wir schon vor – lassen Sie mich überlegen – fast zwei Jahren aufgehört.«

Toni und Sören sahen sich an.

Strike.

Achtunddreißig

Der Wecker auf Tonis Nachttisch zeigte dreiundzwanzig Uhr vierzehn, als sie aus der Dusche kam und sich mit einem Handtuch die Haare trockenrieb. Sie warf das Handtuch auf das Bett und schaltete die Mikrowelle an. Über ihre nackten Beine huschte eine Gänsehaut, und sie wickelte die Bettdecke um sich, während sie der Tupperdose zusah, wie sie ihre Runden drehte.

Toni war hundemüde, aber gleichzeitig auch aufgekratzt. Alle Freunde von Bruhns hatten dasselbe erzählt: Sie hatten ihre Bowlingrunde vor etwa zwei Jahren aufgelöst und sich seither nur noch zwei- oder dreimal getroffen. Aber das war im Sommer im Biergarten der Gaststätte Hirschgarten gewesen, und Bruhns hatte sich da nur einmal blicken lassen.

Sein Alibi hatte sich somit pulverisiert, und da er ihnen auch kein anderes angeboten, sondern weiterhin beharrlich geschwiegen hatte, zweifelte Toni nicht daran, dass er morgen in Haft gehen und vom Präsidium aus in die JVA Stadelheim verlegt werden würde.

Die Mikrowelle klingelte, und Toni holte die dampfende Plastikdose heraus. Sie sog den Duft ein und schloss genießerisch die Augen. Spaghetti bolognese. Mit ihrer Variante steckte Frau Wilmerdinger jedes italienische Restaurant in die Tasche. Toni rutschte an das Kopfende des Bettes und wickelte einen dicken Knäuel Nudeln um die Gabel.

Spaghetti bolognese. Sie lächelte. Die hatte sie sich bestellt, als sie zum ersten Mal mit Mike beim Essen gewesen war. Sie hatten sich an diesem Tag ganz zufällig bei einem Seminar getroffen. Zuvor hatten sie sich mehrere Jahre nicht gesehen, nachdem Mike ihre Dienstgruppe verlassen hatte und zum LKA gegangen war. Auch sie hatte inzwischen die Uniform ausgezogen und war zur Kripo gewechselt. Zwar erst einmal »nur« zur Sitte, aber ihren Traum, die Mordkommission, hatte sie nach wie vor fest im Blick.

Toni hatte nicht gewusst, dass Mike zwischenzeitlich wieder zum Polizeipräsidium München gewechselt hatte, und als sie erkannte, wer da im Seminarraum saß, wurde ihr heiß und kalt gleichzeitig, und es war, als würden die ganzen Gefühle, die sie während der Jahre ihrer Zusammenarbeit unterdrückt hatte, mit einem Schlag explodieren. Am liebsten hätte sie sich auf der Stelle umgedreht und wäre geflüchtet, aber erstens hätte sie dann Probleme mit ihrem Kommissariatsleiter bekommen, und zweitens hatte Mike sie bereits entdeckt. Ihre Blicke begegneten sich. Einen endlos langen Moment glaubte Toni, er würde sie nicht wiedererkennen, doch dann wurden seine Augen weit, und ein strahlendes Lächeln breitete sich auf seinem Gesicht aus. Da war er wieder, der griechische Gott. Der Unwiderstehliche. Toni schluckte.

Der Dozent betrat den Raum und schloss die Tür, so dass sie erst einmal darum herumkam, mit Mike reden zu müssen. Die Plätze rechts und links neben ihm waren zum Glück auch bereits besetzt, und sie nahm an einem Tisch schräg hinter ihm Platz.

Bis zur ersten Pause hatte sie sich so weit wieder im Griff, dass sie mit Mike sprechen konnte, und während der Mittagspause nahm er ihr das Versprechen ab, mit ihm abends noch essen zu gehen. Sie hatte Tomatensoße auf die Tischdecke gekleckert und sich fürchterlich dafür geschämt. Im Bett waren sie danach trotzdem gelandet.

Seufzend stellte Toni den Teller auf den Boden neben dem Bett und kuschelte sich unter die Decke. Sie konnte sich noch genau an die Zweifel erinnern, die sie nach dieser Nacht geplagt hatten. War es das? Hatte Mike bekommen, was er wollte? War sie jetzt abgehakt? Eine weitere Eroberung, die nun uninteressant geworden war? Sie hatte so viel Schlechtes über Mike gehört. Dass er Frauen – Kolleginnen – regelrecht sammelte, und sie verwünschte sich selbst dafür, wie dumm sie gewesen war.

Aber es war ganz anders gekommen. Mike hatte sie nicht fallenlassen. Ganz im Gegenteil. Diese erste Nacht war der Beginn eines Traums gewesen. Eines Traums, der zum Alptraum geworden war, aus dem sie bis heute noch nicht erwacht war.

Toni wurde kalt. Sie zog die Knie an und vergrub sich noch tiefer unter der Decke. Bestimmt würde sie jetzt wieder stundenlang wach liegen. Doch kaum hatte sie die Augen geschlossen, senkte sich der Schlaf über sie und zog sie hinab in einen Traum.

Der Wein schimmerte dunkelrot und samtig im Kerzenschein, im Hintergrund erklang die raue Stimme von Zucchero. Sie sah Mike über den Rand des Glases hinweg an und prostete ihm zu. Endlich waren sie wieder zusammen. Wie hatte sie nur so dumm sein können, abzuhauen und sich so lange vor ihm zu verstecken? Er meinte es doch nur gut. Er machte das alles nur, weil er sie liebte. Sie war so dumm und ungeschickt, aber er liebte sie trotzdem. Doch er wollte auch, dass sie ihn nicht blamierte, und so musste er ihr zeigen, wie sie sich zu verhalten hatte. Manchmal verstand sie es nicht gleich, machte denselben Fehler wieder, und dann musste er eben deutlicher werden.

Sie stellte das Glas zurück auf den Tisch. Es hatte Lippenstiftspuren am Rand. Toni erschrak. Lippenstift. War der von ihr? Natürlich, von wem denn sonst? Aber Mike hasste es doch, wenn sie Lippenstift trug. Hastig tupfte sie sich mit der Serviette die Lippen ab. Vielleicht hatte er es noch nicht bemerkt. Sie wickelte ein paar Nudeln auf und schob sie sich in den Mund. Sie waren wie Pappe.

»Schmeckt dir das Essen?«

Mikes Stimme war sanft und weich wie immer. Trotzdem zogen sich die Muskeln in Tonis Nacken zusammen. Sie kannte diesen Tonfall. Sie durfte jetzt nichts Falsches sagen. Mike war da sehr empfindlich, das wusste sie noch. Sie schluckte die aufgeweichten Pappstreifen hinunter und lächelte.

»Ja. Sehr gut«, sagte sie und wickelte zum Beweis sofort die nächsten Nudeln um ihre Gabel.

Mike schnalzte missbilligend mit der Zunge und sah sie mit der Sorte von nachsichtig-enttäuschtem Lächeln an, wie ein Vater, der weiß, dass aus seinem Kind nie das werden wird, was er sich erhofft hat.

»Du lügst, mein kleines buntes Vögelchen.«

Tonis Hände wurden feucht.

»Nein«, sagte sie schnell. »Wie kommst du denn darauf? Die Pasta ist gut, wirklich gut! Möchtest du probieren?«

Er fuhr sich mit der Serviette über den Mund, faltete sie sorgfältig zusammen und legte sie neben den Teller.

»Wie oft haben wir schon darüber gesprochen?« Er lächelte immer noch sein Du-dummes-Kind-Lächeln, aber seine Augen blickten kalt und hart.

»Wo… worüber denn?« Die Nudeln rutschten von Tonis Gabel und fielen zurück in die Tomatensoße. Blutrote Spritzer landeten auf dem Tischtuch rings um Tonis Teller. Rasch nahm sie ihre Serviette und versuchte sie abzutupfen, doch sie wurden dadurch nur größer. Toni biss sich auf die Lippe. Warum auch das noch? Mike hasste es, wenn sie sich in der Öffentlichkeit danebenbenahm. Sie wagte es nicht, ihm in die Augen zu sehen.

Blitzschnell beugte sich Mike über den Tisch. Seine Hand schloss sich um ihren Nacken wie der Kiefer eines Hundes und schlug ihren Kopf mit Wucht auf den Tisch.

»Darüber, dass du mich nicht anlügen sollst.«

Sofort riss er ihren Kopf wieder an den Haaren hoch und schmetterte ihn erneut auf den Tisch.

»Darüber, dass du von nichts eine Ahnung hast.«

Ein drittes Mal ließ er ihren Kopf auf den Tisch krachen. Mit einem hässlichen Klirren zerbrach der Teller unter Tonis Wange. Eine Scherbe schnitt tief in ihre Haut. Sie schmeckte Blut in ihrem Mund.

»Darüber, dass du durch deine Dummheit immer alles kaputtmachst.«

Glühend rote Blitze aus Schmerz jagten durch ihren Kopf.

»Mike«, flüsterte sie. »Bitte hör auf!« Doch er dachte gar nicht daran und drückte ihr Gesicht erbarmungslos in das Schlachtfeld aus Scherben, Wein und Pasta.

Stumm und starr saßen die anderen Gäste an ihren Tischen. Warum reagierte denn niemand?

»Hilfe!« Ihre Stimme war nicht mehr als ein Flüstern. »Bitte! Helfen Sie mir!« Sie konnte sich selbst kaum hören.

Endlich stand jemand auf. *Zieh ihn weg!*, schrie sie innerlich. *Bitte, zieh ihn weg! Er bringt mich noch um!*

Noch jemand erhob sich und noch jemand, bis schließlich alle Gäste aufstanden und zu ihrem Tisch kamen. Toni schluchzte. Der Mann, der als Erstes aufgestanden war, trat neben sie. Er beugte sich zu ihr hinunter.

»Das kommt davon«, flüsterte er ihr ins Ohr, »wenn man nicht weiß, wie man sich zu benehmen hat.«

Seine Stimme war an der Oberfläche sanft und verständnisvoll, doch darunter lauerten Glassplitter. Er strich mit dem Finger über ihre verschmierte Wange und leckte ihn dann genüsslich ab.

»Das hast du alles selbst zu verantworten, du dummes Miststück.« Er richtete sich auf, und jetzt erkannte sie auch sein Gesicht. Es war das von Mike.

»Das geschieht dir recht«, brüllte er so laut, dass es in ihren Ohren dröhnte. »Hörst du? Du hast es nicht anders verdient!«

Im nächsten Moment begann er zu lachen, erst leise und dann immer lauter. Die Leute, die nur stumm um den Tisch herumgestanden hatten, rückten näher. Einer nach dem anderen stimmte in das Gelächter ein. Sie zeigten mit dem Finger auf Toni und bogen sich vor Lachen. Und sie alle trugen dasselbe Gesicht – Mikes Gesicht.

Toni riss die Augen auf und starrte in die Dunkelheit. Ihr Herz raste, und sie war unfähig, sich zu bewegen. Das Gelächter hallte noch immer in ihrem Kopf, und im ersten Moment wusste sie nicht, wo sie war, bis sich die Gegenstände um sie herum langsam aus der Dunkelheit schälten. Der Tisch. Die Mikrowelle. Der Schrank.

Mit zitternden Händen tastete sie über ihr Gesicht. Keine Wunden. Kein Blut. Nur Tränen.

Neununddreißig

Der Paternoster drehte bereits rumpelnd seine Runden, als Toni um kurz vor halb sieben das Präsidium betrat. Sie stieg in eine Kabine und lehnte sich mit geschlossenen Augen an die Wand. Es roch muffig-vertraut nach altem Holz, Schmierfett und Staub.

Als sie im vierten Stock den Aufzug verließ, erblickte sie ihr Spiegelbild in einer Fensterscheibe: verquollene Lider, blasse Wangen und Augenringe bis zu den Mundwinkeln. Nachdem sie aus dem Alptraum aufgewacht war, hatte sie bis weit nach zwei Uhr wach gelegen und war dann auch nur in einen seichten Dämmerschlaf geglitten, aus dem sie aber immer wieder hochgeschreckt war.

Wenn nur dieser Tag schon vorüber wäre. Toni zog ihre Jacke aus, hängte sie über den Stuhl und ging in die Toilette. Mit beiden Händen schüttete sie sich Wasser in das Gesicht. Eiskalte Tropfen rannen ihr über den Hals und in den Ausschnitt. Sie stützte sich auf das Waschbecken und ließ den Kopf hängen. Plötzlich war sie unendlich müde. Es war nicht die Müdigkeit nach zu viel Arbeit und zu wenig Schlaf. Es war diese andere Art von Müdigkeit; diejenige, die in jede einzelne Faser kriecht; die den Körper von innen aushöhlt; die einem die Luft zum Atmen nimmt und einen stundenlang auf dieselbe Stelle starren lässt; die die Welt vor den Fenstern zu einem Ort des Grauens macht, schlimmer als jeder Alptraum.

Mühsam hob sie den Arm, zog ein paar Handtücher aus dem Spender und fuhr sich damit über das Gesicht. Bei dem Geruch des nassen Papiers krampfte sich ihr Magen zusammen, und eine Welle aus Übelkeit schwappte aus ihrem Magen nach oben. Sie hastete in eine Kabine und beugte sich über die Toilette, doch die Übelkeit verpuffte so schnell, wie sie gekommen war. Erschöpft setzte sie sich auf den Boden und legte den Kopf auf die Knie.

Das Klappern der Kabinentür nebenan ließ sie zusammenzucken. War sie etwa eingeschlafen? Toni sah auf die Uhr. Zwei Minuten vor sieben. Jetzt saßen bereits alle im Besprechungsraum. Sie wartete noch fünf Minuten, dann trat sie aus der Toilette.

Ihr linker Fuß war eingeschlafen und kribbelte. Sie humpelte über den Gang zum Besprechungsraum. Vor der Tür blieb sie stehen. Die Klinke lag kalt in ihrer Hand, und plötzlich fielen die Bilder aus ihrem Traum wieder über sie her. Mike. Seine Hand um ihren Nacken. Die Wut in seinem Gesicht. Das höhnische Gelächter. Mike. Mike. Mike. Überall Mike.

Toni begann zu zittern, und ihre Hand rutschte kraftlos von der Klinke. Sie konnte da jetzt nicht hineingehen, konnte sich nicht den Blicken ihrer Kollegen stellen. Hinter der Tür gähnte ein schwarzer Abgrund, der sie verschlingen und erst dann wieder ausspucken würde, wenn nichts mehr von ihr übrig war als eine leere, tote Hülle.

»Hey, Toni!«

Schnelle Schritte hallten hinter ihr durch den Gang. Unendlich langsam drehte sie den Kopf. Contutto kam im Laufschritt auf sie zu.

»Sag bloß, du bist auch zu spät dran?«, fragte er keuchend. »Ich hab fast eine halbe Stunde in der S-Bahn festgesessen. Mann, Mann, Mann. Immer ist irgendetwas anderes los. Heute war es die allseits beliebte Stellwerkstörung. Die haben doch eine Liste, auf der sie die Gründe abhaken, damit sie dieselbe Ausrede nicht zweimal hintereinander benutzen. Aber willst du nicht reingehen?«

Er fasste an ihr vorbei, drückte die Klinke und gab der Tür einen Schubs.

»Bitte, nach dir«, sagte er mit einer kleinen Verbeugung.

Nun blieb ihr nichts anderes übrig, sie musste in den Abgrund springen. Toni nuschelte einen Gruß und steuerte ihren Platz an, ohne den anderen in die Augen zu sehen.

»Sorry wegen der Verspätung«, sagte Contutto. »Die S-Bahn mal wieder. Ihr kennt das ja.«

Er erntete Kopfnicken und gemurmelte Zustimmung von allen Seiten. Zu Tonis Erleichterung nahmen offensichtlich alle an, dass auch sie in der S-Bahn gesessen hatte, denn Hans ging sofort zur Tagesordnung über.

»Brodt hat mich gestern Abend wieder einmal zu Hause angerufen«, begann er und sah in die Runde.

Kriminaldirektor Nikolaus Brodt war Dezernatsleiter und bekannt dafür, dass er gerne die Privatanschlüsse seiner Mitarbeiter strapazierte. Allerdings nur die von leitenden Mitarbeitern; Sachbearbeiter schienen in seiner Welt nicht zu existieren.

»Unsere Freunde von der Presse trampeln bereits auf seinen Zehen herum, weil sie entweder spitzgekriegt haben, dass wir zwischen den Morden einen Zusammenhang sehen oder sie diesen Zusammenhang frisch-fröhlich selbst konstruiert haben. Jetzt sind sie wohl kurz davor, einen Münchner Jack the Ripper ins Leben zu rufen.«

»Das war ja klar, oder? O Mann, ich könnte kotzen«, schimpfte Contutto und tat, als würde er sich den Finger in den Hals stecken. »Das ist doch mal wieder typisch. Fakten sind scheißegal, wir machen erst mal Panik, verunsichern die Bevölkerung und pinkeln bei der Gelegenheit gleich noch der Polizei ans Bein. Hauptsache, die Auflage stimmt. Haben sie schon einen Namen für ihn? Wie wäre es mit *Sepp, der Schlachter*? Ein wenig Lokalkolorit kann ja nicht schaden, oder?«

»Mach mal halblang«, bremste Hans Contutto ein, bevor der sich noch mehr in Rage reden konnte. »Die Schlagzeilen von heute sind nicht schlimmer als sonst und die von morgen noch nicht gedruckt. Außerdem ist gar nicht gesagt, dass wir wieder einmal Zielscheibe sind. Laut Brodt haben die Journalisten ihm zwar fast die Tür mit ihren Fragen eingerannt, was ja auch verständlich ist, aber noch war alles im Rahmen.«

»Noch. Du sagst es.« Contutto verschränkte die Arme vor der Brust wie ein bockiges Kind. Fehlte nur noch, dass er einen Flunsch zog, dachte Toni.

»Ich brauche euch ja nicht zu erklären«, fuhr Hans fort, ohne sich um den Einwurf zu kümmern, »dass es möglichst lang so bleiben sollte. Und deshalb kommt es nicht nur auf unsere Arbeit an, sondern auch auf das Auftreten jedes Einzelnen. Kein Wort über die Identität unseres Tatverdächtigen. Keine unüberlegten Bemerkungen im Beisein Dritter, auch dann nicht, wenn sie Uniform tragen oder eine Kriminalmarke in der Tasche haben. Es wäre nicht das erste Mal, dass sogenannte Kollegen der Presse Interna zuspielen, um sich ein paar Silberlinge dazuzuverdienen.«

Nicht zu vergessen die Fotos vom Tatort und der Leiche,

besonders wenn ein Prominenter das Opfer war, dachte Toni. Die brachten bestimmt richtig gutes Geld.

»Da sich vermutlich keiner von euch vordrängeln wird, werden Beate und ich an der heutigen Pressekonferenz teilnehmen. Immerhin können wir der Meute eine Festnahme präsentieren, auch wenn wir uns natürlich bedeckt halten und die Erwartungen dämpfen werden. Ihr drei«, er wandte sich an Toni, Sören und Contutto, »kümmert euch um die Vorführung und seht zu, dass ihr noch mehr Beweise auftreibt. Vielleicht lässt sich Bruhns ja nach einer Nacht in unserem wunderbaren Etablissement nun doch dazu herab, ein wenig aus dem Nähkästchen zu plaudern.«

Toni verließ den Besprechungsraum als Letzte. Im Flur blieb sie einen Moment stehen und beobachtete, wie Beate in Hans' Büro verschwand. Wahrscheinlich sprachen sie sich wegen der bevorstehenden Pressekonferenz ab.

Toni hasste Pressekonferenzen und vermied tunlichst jeden Kontakt mit den Journalisten. Trotzdem rumorte es in ihr, weil Hans es ganz offensichtlich nicht für nötig befunden hatte, sie wenigstens der Form halber zu fragen. Wahrscheinlich befürchtete er, sie könnte sich zu einer patzigen Antwort hinreißen lassen. Bei der Einserschülerin Beate musste er sich wegen so etwas natürlich keine Sorgen machen.

Sie biss die Zähne aufeinander und wandte sich ab.

Vierzig

Tonis Gehirn fühlte sich an wie durch den Mixer gejagt. Wie immer, wenn sie zu wenig geschlafen hatte, fror sie erbärmlich. Mit brennenden Lidern starrte sie auf den Computermonitor, bis die Buchstaben vor ihren Augen verschwammen. Sie lehnte sich zurück und presste Daumen und Zeigefinger gegen ihre Nasenwurzel.

Die Nacht hinter Gittern hatte Bruhns nicht weichkochen können; er weigerte sich nach wie vor, auch nur ein Wort mit ihnen zu wechseln. Mittlerweile war ihm der Haftbefehl eröffnet worden, und er war mit einem Gefangenentransportkommando auf dem Weg in die Münchner JVA Stadelheim. Mal sehen, wie es ihm dort gefiel. Vielleicht überlegte er es sich doch noch anders, wenn er merkte, dass es nun wirklich ernst wurde.

Contutto betrat ihr Büro.

»Sören und ich folgen dem unwiderstehlichen Ruf des Schnitzeltags und gehen in die Kantine. Kommst du mit?« Er stutzte. »Sag mal, frierst du? Du machst hier aber nicht einen auf Virenmutterschiff und verbreitest großzügig irgendwelche grippalen Infekte, oder? Mir reicht es, dass ich zu Hause ständig den Bazillen ausweichen muss, weil mein Kurzer alle Augenblicke Husten, Schnupfen und die Kotzeritis aus dem Kindergarten mitbringt. Das muss ich hier nicht auch noch haben. Soll ich mal schauen, ob Beate in ihrer Schreibtischapotheke etwas für dich hat?«

»Nein, danke. Lass gut sein«, winkte Toni ab. »Erstens bin ich nicht ansteckend, und zweitens habe ich selbst etwas.« Sie zog die oberste Schublade auf und nahm eine Schachtel Paracetamol heraus, doch der Blister war leer. So ein Mist. Warum in aller Welt hatte sie das Ding in die Schublade zurückgelegt, statt es wegzuwerfen?

»Soll ich doch bei Beate ...?«

»Nein!«, fauchte Toni, und es tat ihr augenblicklich leid. Contutto meinte es nur gut, aber sie wollte nun mal aus Prinzip nichts von Beate, weder Ratschläge noch Kopfschmerztabletten.

»Mach dir wegen mir keine Mühe«, schob sie besänftigend nach. »Das kriege ich schon auf die Reihe. Erst komme ich mit in die Kantine, und danach springe ich noch schnell in die Apotheke. Die ist ja gleich ums Eck.«

Der Kantineneingang lag in einem der Innenhöfe des Präsidiums. Toni hatte sich ihre Jacke übergeworfen, fröstelte auf den wenigen Metern unter freiem Himmel aber trotzdem. Als sie die Schwingtür aufstieß, schlugen ihr warme Luft, Stimmengewirr und der Geruch nach Pommes frites entgegen. Sie sah sich um. Fast alle Tische waren besetzt, und die Schlange von der Essensausgabe zog sich fast bis zur Geschirrrückgabe. Seit der neue Pächter das Zepter in die Hand genommen und die Speisekarte von Grund auf überarbeitet hatte, herrschte jeden Tag reger Betrieb in der Kantine, aber am Schnitzeltag platzte sie regelmäßig beinahe aus allen Nähten.

Dabei hatten nicht gerade wenige das genaue Gegenteil prophezeit. Allerdings nicht aufgrund des Pächterwechsels, sondern aufgrund der Tatsache, dass vor kurzem für alle Polizisten, die nicht im Schichtdienst arbeiteten, die Gleitzeit und mit ihr ein elektronisches Zeiterfassungssystem eingeführt worden war, bei dem nun jeder Bedienstete seine Anwesenheit per Chip verbuchen musste. Als diese Pläne zum ersten Mal die Runde im Präsidium gemacht hatten, hatte sich sofort heftigster Widerstand dagegen geregt. Bei den einen, weil sie den Zusammenbruch des Dienstbetriebes und somit den Zusammenbruch von Sicherheit und Ordnung in München befürchteten; bei den anderen, weil sie ihre Mittagspausen außerhalb des Dienstgebäudes nun nicht mehr unbemerkt in die Länge ziehen konnten. Doch allen Unkenrufen zum Trotz war weder das eine noch das andere eingetreten. Der Dienstbetrieb lief weiter wie bisher, das Verbrechen hatte in München nicht die Oberhand gewonnen, und auch die Kollegen hatten sich dank ihres Einfallsreichtums mit den Zeiterfassungsgeräten arrangiert und fanden immer noch aus allen möglichen Winkeln Münchens den Weg in die Kantine des Präsidiums.

Toni blieb so unvermittelt stehen, dass Contutto auf sie auflief. Er sagte etwas zu ihr, doch ihr Verstand blendete es aus. Kollegen aus allen möglichen Winkeln Münchens. Auch aus der Landsberger Straße. Dort, wo Mikes Dienststelle lag.

Toni spürte, wie ihr das Blut aus dem Gesicht wich. In ihren Ohren begann es zu rauschen, und die Luft war auf einmal dick wie Wasser. Ihre Blicke jagten durch den Raum. War er hier? Saß er an einem der Tische? Oder kam er gerade hinter ihr zur Tür herein? Sie drehte sich um. Winzige Augen hinter dicken Brillengläsern glotzten sie an. Toni schob den Mann zur Seite. Raus hier. Nur raus.

Sie sprang die Treppenstufen hinunter, rannte quer

über den Hof und flüchtete sich durch eine Tür wieder in das Gebäude. Keuchend lehnte sie sich an die Wand. Verdammt noch mal. Jetzt ging das hier auch schon los. Hier, im Präsidium. Mitten unter Hunderten von Polizisten. Nicht einmal hier fühlte sie sich mehr sicher. Eigentlich hatte sie darauf gehofft, dass die Panikattacken mit der Zeit besser würden, aber sie wurden nicht besser. Ganz im Gegenteil.

Hinter Tonis Stirn begannen schwarze Kopfschmerzen zu wummern. Sie presste die Handballen gegen die Schläfen und senkte den Kopf. Der Schmerz schwappte durch ihren Schädel wie Gelee und trieb ihr die Tränen in die Augen. Sie musste sich unbedingt Tabletten besorgen, sonst würde sie diesen Tag nie durchstehen.

Von oben näherten sich Stimmen und Schritte. Toni drückte sich an die Wand, wartete, bis die Kollegen an ihr vorbeigegangen waren, dann verließ sie ihr Versteck Richtung Haupteingang.

Sie drückte einen der beiden wuchtigen hölzernen Türflügel auf und trat nach draußen. So miserabel die Lage des Polizeipräsidiums in Bezug auf Parkplätze war, so perfekt war sie, wenn man eine Besorgung machen musste. Von den Stufen vor dem Haupteingang aus konnte man beinahe in die Fußgängerzone spucken.

Obwohl graue Wolken den Himmel bedeckten, bohrte sich das verwaschene Licht bis in ihren Hinterkopf. Sie kniff die Augen zusammen, überquerte den kleinen Vorplatz und ging auf das Tor zu, das aus dem Präsidiumsgelände in die Ettstraße hinausführte. Das Tor wurde von zwei mächtigen, etwa vier Meter hohen Säulen flankiert, auf denen zwei steinerne Löwen kauerten und sämtliche Ankömmlinge mit drohend erhobenen Pranken anfauchten. Toni war sich bis heute noch nicht ganz im Klaren darüber, ob die beiden Löwen anzeigewillige Bürger abschrecken oder den Polizisten deutlich machen sollten, dass sie auf dem besten Weg waren, sich in die Höhle des Löwen zu begeben.

Im Moment wünschte sie sich, einen der beiden Löwen bei sich zu haben, denn kaum hatte sie das Tor passiert, fühlte sie sich klein und verletzlich und musste sich beherrschen, um nicht wieder umzukehren und sich hinter die großen Türflügel zu flüchten. Sie zog den Kopf zwischen die Schultern und eilte an der Mauer, die das Präsidium umgab, entlang Richtung Fußgängerzone.

Ihr Blick hetzte über die Polizeiparkplätze an der Ettstraße. Kein roter Audi. Aber das hieß natürlich gar nichts. Erstens gab es noch weitere Parkplätze, und zweitens war der rote Audi nur ein Auto unter vielen in Mikes Dienststelle.

Als ihr klar wurde, dass sie beinahe rannte, zwang sie sich dazu, langsamer zu gehen. Mach dich nicht verrückt, Stieglitz, beschwor sie sich. Er ist nicht da. Und selbst wenn – am helllichten Tag wird er schön brav die Füße stillhalten. Zeugen sind das Letzte, was er gebrauchen kann. Das war schon immer sein Credo.

Trotzdem war sie heilfroh, als sie sich in die Apotheke flüchten konnte. Mit einem schnellen Blick scannte sie die Kunden: ein älteres Ehepaar und zwei Frauen in schwarzen Ganzkörperschleiern.

Also keine Gefahr.

Toni atmete tief durch und stellte sich an. Fünf Minuten später verließ sie die Apotheke mit einer großen Packung Paracetamol in einer kleinen Tüte. Am liebsten hätte sie noch an der Verkaufstheke zwei Tabletten genommen, aber ohne Wasser brachte sie sie nicht hinunter.

Haferl-Schorsch und ein Kollege, der Toni vage bekannt vorkam, durchschritten gerade das Tor des Präsidiums. Wahrscheinlich waren sie auf dem Heimweg. Beide trugen private Jacken, doch die braunen Diensthosen und die schwarzen Schuhe verrieten sie auf den ersten Blick als Polizisten. Dieses Räuberzivil war bei keiner Dienststellenleitung gerngesehen, und es hagelte deshalb regelmäßig Standpauken. Schorsch hatte sich wegen solcher Kleinigkeiten, wie er es nannte, noch nie den Kopf zerbrochen. Toni konnte sich noch gut erinnern, wie er früher seinen Inspektionsleiter fast in den Wahnsinn getrieben hatte, weil er mit schöner Regelmäßigkeit weiße statt der vorgeschriebenen braunen Socken zur Uniform getragen hatte.

Schorsch lächelte Toni schon von weitem zu, und sie erwiderte das Lächeln. Augenblicklich schrumpfte ihre Paranoia ein wenig zusammen. Schorsch war und blieb ihr guter Geist, und solange er in der Nähe war, konnte ihr nichts passieren.

»Servus, Toni.«

»Servus, Schorsch.«

Der andere Kollege nickte grüßend mit dem Kopf. Sie wollte schon an ihm vorbeigehen, als er sie ansprach.

»Sag mal, du bist doch die Kollegin Stieglitz, oder?«

Toni blieb stehen und drehte sich um.

»Ja«, sagte sie und musterte den Mann. Etwas an ihm ließ sie wachsam werden, auch wenn sie nicht sagen konnte, was es war. Sie kramte weiterhin in ihrem Gedächtnis, woher sie ihn kannte, aber sie kam nicht drauf. »Warum fragst du?«

Der Kollege fixierte sie, ohne zu blinzeln. »Findest du es in Ordnung, was du mit Mike gemacht hast?«

Toni erstarrte. Hatte er das wirklich gerade gesagt? Hatte er sie tatsächlich nach Mike gefragt? Ihr Verstand stolperte, stockte, und zwei, drei Herzschläge lang schrumpfte die Welt auf die verächtlich hochgezogene Lippe des Polizisten zusammen. Überdeutlich, wie durch eine Lupe sah sie die kleinen weißen Hautfetzen an seiner Lippe und den einen Schneidezahn, der sich ein wenig über den anderen geschoben hatte. Sie musste sich mit Gewalt von diesem Anblick losreißen, um wieder in der Welt Fuß zu fassen.

»Erstens weiß ich nicht, was du meinst, und zweitens, selbst wenn ich es wüsste, würde es dich nichts angehen.« Das Zittern in ihrer Stimme ließ die Antwort nicht halb so arrogant und gleichgültig klingen, wie sie es hätte tun sollen.

Der Kollege zog seine Lippe noch weiter nach oben. Am Zahnfleischrand hing ein wenig Panade.

»Du spielst also weiterhin das arme Opfer und fällst ihm in den Rücken, statt zu ihm zu stehen. Weißt du eigentlich, was du damit seinem Ruf antust? Wie er vor den Kollegen dasteht, wenn sich das herumspricht?«

Toni glaubte nicht recht zu hören. Was *sie* Mikes Ruf antat? Wie *er* vor den Kollegen dastand? Und was er *ihr* angetan hatte, zählte überhaupt nicht? Sie spürte, wie es in ihrem Bauch zu brodeln begann, wie die aufgestaute, unterdrückte Wut herauskroch und sich unter die Angst mischte.

»Ich bin niemandem in den Rücken gefallen«, fuhr Toni den Kollegen an. »Und wenn Mike vor den Kollegen jetzt schlecht dasteht, dann hat er sich das ganz allein selbst zuzuschreiben.« Und es tat ihr weiß Gott nicht leid, wenn es so sein sollte. Leid tat ihr nur, dass es so lang gedauert hatte.

Sie wandte sich zum Gehen, doch der Kollege hielt sie zurück. Sie blieb stehen und sah auf seine Hand hinab, die sich um ihren Unterarm gelegt hatte. Sie spürte den Druck seiner Finger durch ihre Jacke hindurch.

»Ich glaube nicht, dass er es auch so sieht, nach allem, was er für dich getan hat. Oder hast du schon vergessen, dass du es nur ihm zu verdanken hast, wo du heute bist? Ohne ihn wärst du nie zur Mordkommission gekommen. Nie!«

Eine Erinnerung blitzte in Tonis Kopf auf. Mike mit einem Kollegen in einem zivilen Dienstwagen vor ihrem Haus, rauchend und lachend. Sie war ganz sicher, dass das derselbe Mann gewesen war. Nur sein Name wollte ihr nicht einfallen. Sie wusste nur, dass sie ihn damals auf den ersten Blick nicht hatte ausstehen können, und genau diese Abneigung kochte jetzt wieder in ihr hoch.

»Fass mich noch einmal an«, fauchte sie, »und du wirst es bereuen!«

Sie riss sich los und stieß beinahe mit einem Mann zusammen, der hinter ihr stand. Seinem Gesichtsausdruck nach hatte er ihre Diskussion mit Interesse verfolgt und beäugte sie nun mit leicht zur Seite geneigtem Kopf.

»Sorry«, murmelte Toni und schickte sich an, an ihm vorbeizugehen, doch er trat ihr in den Weg. Irritiert hielt sie inne. Was sollte das denn? Erst jetzt sah sie, dass er nicht allein war, sondern dass hinter ihm noch eine Handvoll Männer und Frauen standen. Auch sie hatten die Hälse neugierig gereckt.

»Habe ich richtig gehört? Sie sind bei der Mordkommission?«, fragte der Mann und kam noch einen Schritt näher.

Toni wich automatisch zurück und ärgerte sich im selben Moment darüber. Nie in die Defensive begeben, das schwächte die eigene Position und stärkte den anderen. Genau das schien der Mann auch zu denken und grinste. Toni musste unwillkürlich an eine Hyäne denken, die kurz davor war, sich auf ein halb verendetes Tier zu stürzen. Sie spürte, wie ihr der Schweiß ausbrach. Die Löwen über dem Tor fauchten lautlos aus aufgerissenen Mäulern.

Sie versuchte zum zweiten Mal, sich an dem Hyänenmann vorbeizudrücken, doch inzwischen hatten die anderen hinter seinem Rücken aufgeschlossen und bildeten jetzt einen kleinen Halbkreis um sie beide. Toni hatte das Gefühl, in eine Arena geraten zu sein, ohne zu wissen, wer ihr Gegner war und welche Waffe er gleich hervorziehen würde.

»Sie kommen wohl gerade von einer Ermittlung zurück«, sagte er mit einem kurzen Blick auf die kleine Plastiktüte mit dem großen roten Apotheken-A darauf. »Oder kann es etwa sein, dass Sie Ihre Dienstzeit mit der Erledigung persönlicher Dinge vergeuden, statt sie der Suche nach Verbrechern zu widmen? Dann wundert es mich nämlich nicht, dass es so lang gedauert hat und erst eine zweite Frau sterben musste, bis Sie es endlich für nötig befunden haben, Ihre Arbeit zu tun.«

Ganz München sei in Angst, fuhr er fort. Mädchen und Frauen wagten es nicht mehr, allein auf die Straße zu gehen, weil sie nicht wüssten, ob nicht vielleicht hinter der nächsten Ecke der Mörder auf sie wartete, um sie kaltblütig abzuschlachten. Was würden diese verängstigten Menschen wohl denken, wenn sie erfuhren, dass die angeblich mit Hochdruck arbeitenden Kommissare Zeit und Steuergelder verschwendeten, um private Dinge zu erledigen, statt dafür zu sorgen, dass ein gefährlicher Mörder hinter Gitter kam?

»Glauben Sie, dass das dem zurzeit ohnehin ziemlich angekratzten Image der bayerischen Polizei förderlich wäre? Nach all den Skandalen in letzter Zeit? Ich sehe schon die Schlagzeilen vor mir: Erst das Vergnügen, dann die Arbeit – ein Blick hinter die Kulissen der Münchner Mordkommission.«

Toni hatte das unwirkliche Gefühl, in einer Folge der *Versteckten Kamera* gelandet zu sein. Sie war so perplex, dass sie kein Wort herausbrachte.

»Und?« Er beugte sich ein wenig vor. »Was sagen Sie nun dazu, Frau Kommissarin?«

Ein entzündeter Pickel an seiner Kinnspitze zog Tonis Aufmerksamkeit auf sich, und sie konnte nicht anders, als die gerötete Stelle anzuglotzen.

»Hat es Ihnen die Sprache verschlagen?«

Plötzlich machte es in Tonis Kopf klick, und wie bei einem chemischen Zünder flossen die Komponenten, die die Bombe zur Explosion bringen sollten, unaufhaltsam ineinander. Nur dass sich in ihrem Kopf keine Säuren, sondern Angst, Wut, viel zu wenig Schlaf und die hämmernden Kopfschmerzen zu einem Gemisch vereinigten, über das sie jeden Moment die Kontrolle verlieren würde. Nein. Über das sie die Kontrolle verlieren *wollte*. Was glaubte diese ganze beschissene Welt eigentlich, wie sie mit ihr umspringen konnte? Durfte jeder auf ihr herumtrampeln, wie es ihm gerade passte?

Toni versuchte nicht einmal, die drohende Explosion zu stoppen, sondern ließ ihrer Wucht freien Lauf.

»Was glauben Sie eigentlich, wer Sie sind? Bauen sich hier vor mir auf, führen sich auf wie der Rotz am Ärmel und wagen allen Ernstes, mir und meinen Kollegen zu unterstellen, wir würden Däumchen drehen?« Sie stieß mit dem Zeigefinger gegen seine Brust. »Wenn Sie schon alles besser wissen, Sie elender Klugscheißer, dann machen Sie es doch auch. Warum haben Sie uns nicht schon vor einer Woche gesagt, wer der Mörder ist? Weil Sie das nicht konnten, nicht wahr? Das Einzige, was Sie können, ist Ihre große Klappe aufreißen. Selbst haben Sie doch in Ihrem ganzen jämmerlichen Leben noch nichts geleistet. Sie können nur auf anderen herumhacken, damit Sie sich besser fühlen und von Ihrer erbärmlichen Existenz ablenken. Und der Idiotenhaufen da«, sie zeigte auf das Gefolge in seinem Rücken, »ist keinen Deut besser. Ihr lauft diesem aufgeblasenen Wicht hinterher und bewundert ihn vermutlich noch für seinen Horizont, der so begrenzt ist, dass die Sonne auf demselben Fleck auf- und untergeht.«

Weit aufgerissene Augen starrten sie an, was Toni nur noch wütender machte. Mit diesen kleinen Scheißern war sie noch lange nicht fertig. Da spürte sie, wie zwei kräftige Hände sie am Arm packten und nach hinten wegzogen.

»Es reicht, Toni«, zischte Schorsch ihr ins Ohr. »Hör auf mit dem Scheiß und komm mit.«

»Lass mich los«, zischte sie zurück. »Ich hab es so satt, dass ich mir von diesen Intelligenzverweigerern sagen lassen muss, wie Polizeiarbeit funktioniert. Wenn nicht mal unsere Führung genug Arsch in der Hose hat, um Paroli zu bieten, dann muss es eben jemand anders tun.«

»Aber dieser Jemand bist nicht du, verstanden?« Er zerrte weiter an ihrem Arm. Toni versuchte sich loszumachen, doch Schorsch war stärker. »Lass das diejenigen machen, die mehr Kohle bekommen als du, und die für so etwas bezahlt werden.«

»Aber genau die ziehen doch den Kopf ein und geben nur irgendwelche salbungsvollen Worte von sich, mit denen sie diesen Typen zwischen den Zeilen auch noch zustimmen.«

Schorsch zog sie weg vom Haupttor und um die Ecke zur Einfahrt in der Löwengrube. Als sie die Schranke und zwei verwundert dreinblickende Kollegen hinter sich gelassen hatten, fiel die Wut in Tonis Bauch in sich zusammen und hinterließ nur ein großes schwarzes Nichts. Sie blieb stehen und lehnte sich gegen einen Dienstwagen.

»Danke.«

Schorsch nahm seine Hände von ihrem Arm und sah sie fragend an.

»Alles wieder okay?«

Toni nickte, obwohl nichts okay war. Gar nichts. Und dabei waren die Konsequenzen, die ihr Ausraster nach sich ziehen würde, noch das Geringste. Vermutlich musste sie wieder bei Brodt antanzen und einen Anschiss über sich ergehen lassen. Danach würde Hans sie zwei Tage lang strafend ansehen. Aber das kannte sie ja schon, damit kam sie klar.

»Komm, wir trinken einen Kaffee.« Er deutete mit dem Kinn auf den Hofdurchgang, hinter dem die Kantine lag. Toni schüttelte schnell den Kopf. Ein Fehler. Der Geleeschmerz schwappte von links nach rechts.

»Zu laut«, log sie. »Mein Schädel zerspringt jetzt schon beinahe. Deshalb auch mein kleiner Ausflug.« Sie hielt das Apotheken-Tütchen hoch.

»Dann bleib hier stehen und rühr dich nicht vom Fleck. Ich bin gleich wieder da.«

So schnell, wie Schorsch mit zwei dampfenden Pappbechern in der Hand wieder da war, musste er sich vorgedrängelt haben. *Lassen Sie mich durch. Ich bin von der Polizei.* Er reichte ihr einen Becher.

»Ich hoffe, du trinkst deinen Kaffee noch wie früher«, sagte er, und Toni bejahte.

Sie schloss ihre Finger um die Pappe. Die Wärme tat gut. Sie merkte, wie sie sich ein wenig entspannte. Sie warf sich zwei Tabletten, die sie zuvor schon herausgedrückt hatte, in den Mund und spülte mit Kaffee nach. Schweigend standen sie da, an die Wand gelehnt, und sahen den vorbeieilenden Kollegen zu. Sie war dankbar, dass Schorsch nicht fragte, was das da draußen zu bedeuten gehabt hatte. Dass er einfach nur da war. Ihr Blick fiel auf den Ring an seiner linken Hand. Herrgott im Himmel! Dass sie da nicht gleich dran gedacht hatte!

»Sag mal«, fing sie an, »bist du noch mit Alina zusammen?«

»Zusammen ist gut.« Er hielt die Hand mit dem Ring in die Höhe. »Ich habe bald lebenslänglich, wenn mir nicht noch etwas richtig Gutes einfällt oder mir der Vatikanstaat Asyl gewährt.«

»Und Alina – ist die noch immer bei der Organisierten Ausländerkriminalität?«

»Ja, ist sie. Warum?«

Sie biss sich auf die Lippe. Sollte sie ...?

»Das ist das Nachbarkommissariat von Mike. Glaubst du, sie könnte seine Dienstpläne besorgen?«

»Sicher.« Schorsch sah sie an, runzelte die Stirn. »Ich will ja nicht neugierig sein, aber hat das zufällig was mit dem Theater da draußen zu tun?«

Toni seufzte.

»Ja. Hat es. Mike und ich ... Wir sind nicht mehr zusammen. Es hat am Schluss ziemlich geknallt, deshalb will ich ihm nicht mehr begegnen.« Bis hierher stimmte alles. »Im Keller stehen allerdings noch ein paar Sachen, die mir gehören und die ich gerne holen möchte. Ich will aber nur dann hinfahren, wenn er ganz sicher nicht da ist, und dafür brauche ich seine Dienstpläne.«

Wie glatt ihr die Lügen in letzter Zeit von den Lippen gingen. Sie schämte sich für ihre Feigheit, aber ihr fehlte für die Wahrheit jetzt einfach die Kraft.

»Deine Sachen? Ganz sicher? Kein Racheakt?«

»Kein Racheakt.«

»Gut.« Er nahm ihr den leeren Becher aus der Hand. »Kann ich dich jetzt allein lassen?«

Toni lächelte müde. Ihre Mundwinkel waren schwer wie Blei.

»Ja klar. Zieh endlich Leine, dein Dienst ist schon längst vorbei. Kein vernünftiger Mensch bleibt hier länger, als er dafür bezahlt wird.«

Schorsch nickte, klopfte ihr auf die Schulter und ging.

In ihrem Büro stürzte Toni sich auf die Papiere auf ihrem Schreibtisch. Sie musste sich jetzt unbedingt ablenken. In ihrem Hinterkopf rumorte das schlechte Gewissen, weil ihr die Sicherungen durchgebrannt waren und sie sich zu so einem Auftritt hatte hinreißen lassen. Aber schließlich hatte es dieser Vollidiot auch selbst herausgefordert, oder etwa nicht?

Toni spürte, wie der Zorn wieder in ihr aufwallte. Mit beiden Händen schob sie die Gedanken beiseite und vergrub sich in die Arbeit.

Die Kopfschmerzen hatten sich auf ein erträgliches Maß reduziert, als ihr Telefon klingelte. Es war Hans.

»In mein Büro. Sofort!«

Toni sah den Hörer an. So kurz angebunden kannte sie Hans gar nicht. Das verhieß auf jeden Fall nichts Gutes. Sie schnitt dem Telefon eine Grimasse und versuchte das flaue Gefühl in ihrem Magen zu ignorieren.

»Sag mal, bist du noch ganz bei Trost?«, blaffe Hans sie an, kaum dass Toni die Tür hinter sich geschlossen hatte. »Was in Dreiteufelsnamen ist eigentlich in dich gefahren? Machst du das absichtlich? Bist du seit neuestem auf der Kamikaze-Schiene unterwegs?«

Toni entschied sich dafür, sich erst einmal dumm zu stellen.

»Kannst du mir bitte erklären, worum es geht?«, fragte sie und bemühte sich, so unbedarft wie möglich auszusehen. Da hatte sie bei Hans allerdings genau den falschen Knopf gedrückt.

Ein paar Sekunden lang war es still im Raum. Sekunden, in der Hans' Gesichtsfarbe von erregter Röte zu Leichenblässe und wieder zurück zu Rot wechselte. Allerdings einem tiefdunklen, fast schon violetten Rot. Das hatte sie an ihm noch nie gesehen.

»Hör gefälligst auf, mich zu verscheißern!«, brüllte Hans und schlug mit beiden Händen auf die Tischplatte. Der Löffel in seiner Kaffeetasse machte einen Satz. »Du weißt haargenau, worum es geht! Es geht um die Show, die du da draußen abgezogen hast. Wie du in aller Öffentlichkeit vor einer Horde Journalisten völlig die Kontrolle verloren, sie angeschrien, beleidigt und einen davon auch noch tätlich angegriffen hast.«

»Tätlich angegriffen? So ein Schwachsinn! Mit der Fingerspitze habe ich ihn berührt, das war alles!« Sie stach mit dem Zeigefinger gegen eine imaginäre Brust. »Aber hat der feine Herr Journalist auch verraten, dass er mich absichtlich provoziert hat? Dass er es darauf angelegt hat? Dass er ...«

»Spar dir deinen Atem für das Disziplinarverfahren«, schnitt Hans ihr das Wort ab. »Da wirst du noch ausreichend Gelegenheit haben, dich zu äußern. Und bis dahin pack deine Sachen und geh nach Hause. Du hast ab sofort Urlaub.«

Toni blieb der Mund offen stehen. War das jetzt sein Ernst, oder wollte er ihr damit nur einen ordentlichen Schrecken einjagen? Wenn ja, dann war ihm das auf jeden Fall gelungen.

Zum ersten Mal wagte sie es nicht, Hans mit einem lockeren Spruch noch weiter aus der Reserve zu locken. Stattdessen stand sie reglos da und wartete darauf, dass ihr Chef zugab, dass das nur ein Scherz gewesen war. Es musste ein Scherz gewesen sein. Wenn auch ein schlechter. Aber verdammt gut gespielt.

Das Ticken der Uhr auf Hans' Schreibtisch war das einzige Geräusch im Raum. Toni begann automatisch zu zählen. Nach vierundvierzig Sekunden gab Hans ein leises Seufzen von sich. Die ungesunde Farbe war aus seinem Gesicht gewichen und hatte tiefen Ringen unter den Augen Platz gemacht. In diesem Ausmaß waren sie Toni bisher noch nie aufgefallen. Die Ermittlungen waren also auch an ihm nicht spurlos vorübergegangen.

Hans fuhr sich mit beiden Händen durch die Haare und ließ seinen Blick durch sein Zimmer wandern. »Mensch, Toni«, sagte er, und seine Stimme klang so müde, wie er aussah. »So etwas darf nicht passieren. Du weißt doch selbst, wie der Hase läuft. Egal ob vor der Presse oder dem normalen Bürger – so einen Ausraster können wir uns nicht leisten. Die Medien lauern doch nur darauf, dass einer von uns Mist baut und sie uns dann wieder an den Eiern packen können.« Ihre Blicke begegneten sich, und er hob kurz die Hände. »Sorry wegen der Eier. Ist mir so rausgerutscht.«

Toni winkte ab. »Kein Problem, ich fühle mich trotzdem angesprochen.«

Ihr Magen flatterte vor Erleichterung. Hans hatte sich offensichtlich wieder beruhigt. Jetzt kam noch die übliche Ansprache, und dann konnte sie sich wieder an die Arbeit machen.

»War's das dann?«, fragte sie, als Hans keine Anstalten machte, noch etwas zu sagen.

Er nickte langsam.

»Nutz die Zeit und bring das, was dich so belastet, auf die Reihe, was immer es auch ist. Wenn du Hilfe brauchst, dann melde dich, wir sind deshalb ja nicht aus der Welt.«

Toni, die sich schon zum Gehen gewandt hatte, drehte sich wieder um.

»Wie ... wie meinst du das?«, fragte sie. »Welche Zeit soll ich nutzen? Es ist noch jede Menge zu tun, da bleibt keine Zeit für andere Dinge.«

»Die Arbeit hier wird ohne dich weitergehen. Es ist, wie ich zuvor gesagt habe: Du hast ab sofort Urlaub.«

Toni entschlüpfte ein ungläubiges Lachen.

»Aber das geht doch nicht, Hans. Das kannst du nicht machen. Du kannst mich doch nicht einfach nach Hause schicken.« Toni machte zwei große Schritte auf ihn zu. Die Gedanken wirbelten wild durch ihren Kopf. Sie hatte jetzt genug von diesem Theater, das fand nicht einmal sie noch lustig.

»Du verstehst es immer noch nicht, oder?« Hans schloss für einen Moment die Augen und schüttelte den Kopf. »Hast du eigentlich eine Ahnung, wie viele Leute wegen deiner hirnlosen Aktion jetzt verzweifelt mit Händen und

Füßen rudern, um einigermaßen Schadensbegrenzung zu betreiben? Im Allerheiligsten brennt die Luft, das kann ich dir sagen. Der Präsident springt im Dreieck, und Brodt ist so stinkwütend, dass er dich nicht einmal persönlich zur Sau machen will, weil er fürchtet, sonst einen Gehirnschlag zu bekommen. Er war übrigens auch dagegen, dich in Urlaub zu schicken.« Hans stützte sich auf seinen Schreibtisch, beugte sich nach vorn und sah sie durchdringend an. »Er wollte dich suspendieren lassen. Hörst du? Suspendieren! Er hält dich nämlich für nicht länger tragbar. Sei also froh, dass es so gelaufen ist und nicht anders.«

Toni war aber nicht froh. Suspendierung. Das war doch völliger Blödsinn.

»Ich ...«, fing sie an, doch Hans ließ sie nicht weiterreden.

»Ich will kein Wort mehr von dir hören. Räum deinen Schreibtisch auf und geh nach Hause.«

Einundvierzig

»Mama? Mama!« Karin Ainmiller presste den Hörer noch fester gegen ihr Ohr und hielt sich das andere mit der Hand zu. Dennoch konnte sie kaum etwas verstehen. Es rauschte und knackte in der Leitung, und statt der Stimme ihrer Mutter hörte sie wie aus weiter Ferne immer wieder einen Mann, der Sätze auf Spanisch herunterratterte.

Genervt verdrehte Karin die Augen. Wie vor dreißig Jahren. Wenn sie mit einer Schnur und zwei Joghurtbechern von München nach Fuerteventura telefonieren würde, wäre die Qualität auch nicht schlechter. Von wegen technologischer Fortschritt.

»...rück bin treffen wir ... Tasse Kaffee ... feiern ... Geburtstag ...ach.«

Als würden die Sätze durch einen Schredder gejagt. So hatte es keinen Sinn.

»Ruf mich an, wenn du zurück bist, dann trinken wir Kaffee.« Karin plärrte mittlerweile in das Telefon. Wobei das wahrscheinlich genauso sinnvoll war, wie wenn sie das Fenster aufgemacht und hinausgeschrien hätte. »Ich hab dich lieb!«, schob sie noch hinterher, dann legte sie auf.

Fuerteventura. Der Name hatte einen so wunderbaren Klang nach blauem Meer mit weißen Schaumkronen, glitzerndem Sand zwischen den nackten Zehen, salzigem Seewind in der Nase und nichts als Ruhe und Erholung. Das alles könnte sie jetzt auch haben – wenn sie letzte Woche von heute auf morgen alles stehen- und liegengelassen hätte, um ihrer Mutter auf dem Last-Minute-Trip zu folgen. Aber sie hatte tausend Gründe vorgeschoben, warum sie nicht einfach die Koffer packen und abhauen konnte: die Blumen, die Arbeit, der Stromableser ...

Karin ließ sich auf die Couch fallen und griff nach dem Buch, in dem sie gelesen hatte. Ihr Blick huschte über die Zeilen, ohne jedoch ein einziges Wort aufzunehmen. Wann war sie so geworden? So ängstlich. So auf Sicherheit bedacht. So unflexibel. Wann hatte sie ihre Lebendigkeit, ihren Mut und ihre Spontaneität verloren? War sie wirklich dieselbe Frau, die vor über zwanzig Jahren mit einem verrosteten, aus dem letzten Loch pfeifenden Ford Fiesta nach Südfrankreich aufgebrochen war, ohne auch nur einen einzigen Gedanken an Nächte im Auto auf irgendwelchen Parkplätzen, Reifenpannen oder gerissene Keilriemen zu verschwenden? Heute unternahm sie nichts ohne einen bis ins Detail ausgearbeiteten Plan, um auf jede Eventualität vorbereitet zu sein. Die Szenarien, die ihr dabei in den Sinn kamen, machten sie dann meistens so nervös, dass sie alle Pläne wieder über den Haufen warf und zu Hause blieb.

Karin sah von ihrem Buch auf. Wann war ihr Leben zu einem Hochsicherheitstrakt geworden?

Sie blickte durch die offene Tür in ihr Schlafzimmer. Am Schrank hing der flammend rote Pullover, den ihre Freundinnen ihr zum Geburtstag geschenkt hatten.

»Damit du endlich auch mal etwas Fetziges zum Anziehen hast«, hatte Judith gesagt, als Karin das Geschenk ausgepackt hatte. Der Satz war ihr versehentlich über die Lippen gerutscht, und Judith hatte auch sofort versucht, ihn zu relativieren, aber Karin war in diesem Moment bewusstgeworden, wie recht ihre Freundin damit hatte. Ihre Kleidung war nicht nur unauffällig und konservativ – sie war todlangweilig. Wenigstens trug sie noch keine beigefarbenen Gesundheitsschuhe mit medizinischem Fußbett und nahm an Kaffeefahrten teil, aber viel fehlte dazu nicht mehr.

Trotzdem hatte sie sich gesträubt, den Pulli anzuziehen. Er passte nicht zu ihr, war viel zu auffällig. Schon alleine der Ausschnitt. Der war doch viel zu tief. Und außerdem war Rot ohnehin nicht ihre Farbe. Aber ihre Freundinnen hatten nicht lockergelassen, bis sie schließlich nachgegeben und den Pullover übergestreift hatte.

»Wie war das? Rot ist nicht deine Farbe?«, hatte Bine gesagt, als Karin vor dem Spiegel gestanden und staunend die Frau darin betrachtet hatte. »Wenn jemand Rot tragen kann, dann du.«

Karin legte das Buch zurück auf den Tisch, stand auf und ging in das Schlafzimmer. Sie zog ihre Bluse aus und streifte sich den Pullover über, zupfte ein paar Locken zurecht und musterte sich. Es stimmte. Die Farbe war perfekt. Nie im Leben hätte sie gedacht, dass Rot ihr so gut stehen könnte. Sie drehte sich vor dem Spiegel hin und her. Der Ausschnitt war immer noch gewöhnungsbedürftig, und sie fühlte sich ein wenig nackt darin, aber immerhin lenkte er von den kleinen Speckröllchen ab, die sich über ihren Hosenbund wölbten. Von den Blicken, die sie bei der Kneipentour mit ihren Freundinnen auf sich gezogen hatte, war auf jeden Fall kein einziger zu ihren Hüften gewandert.

Und wenn sie ganz ehrlich war, hatte sie diese Blicke unheimlich genossen. Eigentlich hatte sie sich schon fast damit abgefunden, mit Mitte vierzig zu den schwer Vermittelbaren zu gehören. Ähnlich wie die alten Tiere im Tierheim, die auch keiner mehr wollte. Aber jetzt hatte sie neue Hoffnung geschöpft. Vielleicht war es doch noch nicht zu spät? Doch dann musste sie etwas unternehmen, statt nur zu Hause zu sitzen und sich auszumalen, wie es wäre, wenn sie noch einmal in die Kneipe ging, und der Typ, dem sie ihre Visitenkarte gegeben hatte, tatsächlich dort wäre, er sie wiedererkennen würde und ...

Die Türklingel riss Karin aus ihren Gedanken. Sie überlegte kurz, den Pullover aus- und die Bluse wieder anzuziehen, aber das würde zu lang dauern. Sie verließ das Schlafzimmer und öffnete die Wohnungstür.

Ein Mann stand vor ihr.

»Ja bitte?«, sagte sie und lächelte. Der Mann kam ihr vage bekannt vor, aber sie wusste nicht, wo sie ihn einordnen musste.

Der Blick des Mannes wanderte für den Bruchteil einer Sekunde an ihr auf und ab, und Karin fühlte sich, als stünde sie splitterfasernackt vor ihm. Sie raffte den Ausschnitt des Pullovers mit der Hand, um ihr Dekolleté wenigstens ein bisschen zu bedecken.

»Kann ich Ihnen helfen?«, fragte sie, doch er antwortete nicht.

Karins Lächeln geriet ins Wanken. Der Mann war irgendwie unheimlich. Am liebsten hätte sie sofort die Tür zugeschlagen, aber ganz so unhöflich wollte sie dann doch nicht sein.

»Tut mir leid, ich muss wieder hinein. Mein Bügeleisen ...«, sagte sie. Eine ziemlich lahme Ausrede, aber eine bessere fiel ihr gerade nicht ein. Sie lächelte ihm zu und wollte die Tür schließen, doch sie blockierte. Irritiert blickte Karin zu Boden. Der Mann hatte einen Fuß hineingestellt.

»Was soll das?«, sagte Karin und versuchte, ihre Stimme fest und bestimmt klingen zu lassen. »Nehmen Sie sofort den Fuß weg, sonst rufe ich die Poli...«

Weiter kam sie nicht. Der Arm des Mannes schnellte nach vorn. Karin hörte ein Knistern, spürte eine Berührung an ihrem Hals, dann explodierte die Welt.

Zweiundvierzig

Toni spürte eine Berührung an ihrer Schulter.

»Endstation. Sie müssen aussteigen.«

Sie öffnete die Augen. Eine Frau sah sie an, lächelte. Es war ein freundliches Lächeln. Nachsichtig und auch ein klein wenig amüsiert.

Toni blickte aus dem Fenster. *Flughafen München.* Hier war sie also gelandet. Sie hatte nicht aufgepasst, in welcher S-Bahn sie saß. Sie war am Marienplatz in die erstbeste Bahn eingestiegen, irgendwo wieder ausgestiegen, kreuz und quer herumgefahren. Stundenlang. Ziellos. Planlos. Hatte sich zwischen den Menschen verkrochen. Vor sich. Vor der Welt. Vor allem.

Die Frau stand inzwischen auf dem Bahnsteig, klopfte von außen gegen die Scheibe. Sie lächelte immer noch. Toni stieg aus, ging zur Rolltreppe, ließ sich hinauffahren in das Terminalgebäude. Menschen kamen ihr entgegen, schlenderten, hasteten an ihr vorbei. Menschen mit großen Koffern. Menschen mit kleinen Koffern. Menschen mit Gepäckwagen, mit Rucksäcken und Aktenkoffern. Menschen mit Zielen. Und mittendrin sie. Ein Mensch ohne Ziel.

Sie sah nach draußen. Es war stockdunkel. Die Schilder der Taxis in den Haltebuchten leuchteten kränklich gelb. Wie spät es wohl war? Sechs? Halb sieben? Sie wandte sich ab, ließ sich mit der Menge treiben.

Vor der riesigen Anzeigetafel blieb sie stehen, legte den Kopf in den Nacken. *Departures.* London. Abu Dhabi. Peking. Wien.

Wien. Wie war es dort eigentlich um diese Jahreszeit? Sie tastete in ihrer Tasche nach ihrem Geldbeutel. Kreditkarte und Personalausweis hatte sie dabei. Mehr brauchte sie nicht. Warum setzte sie sich nicht einfach in das nächstbeste Flugzeug und ließ den ganzen Mist hier hinter sich? Schließlich hatte sie ganz offiziell Urlaub.

Urlaub. Von wegen. Hans hatte sie vom Platz gestellt. Nein, nicht nur vom Platz gestellt; er hatte sie aus der Mannschaft geworfen und ihr Platzverbot erteilt. Sie durfte nicht einmal mehr auf der Ersatzbank sitzen und zuschauen. Und alles nur, weil dieser Arsch von Journalist sie provoziert hatte. Dabei hatte sie nichts anderes getan, als sich zu verteidigen. Verbale Notwehr, das war es gewesen. Das musste sie Hans irgendwie begreiflich machen, wenn er selbst es nicht erkennen konnte oder wollte.

Ihre Fingerspitzen berührten ihr Handy. Sie zog es heraus. Es war immer noch ausgeschaltet. Wie oft Mike wohl in der Zwischenzeit angerufen hatte? Oder hatte er aufgegeben? Nein. Nicht er.

Ihr Finger lag auf der On-Taste. Sie zögerte. Dachte nach. Steckte das Telefon wieder weg. Heute machte ein Anruf keinen Sinn. Erstens war Hans vermutlich längst zu Hause, und zweitens würde er seine Meinung ohnehin nicht so schnell ändern. Kehrtwenden innerhalb von weniger als vierundzwanzig Stunden machten unglaubwürdig. Und Unglaubwürdigkeit konnte sich kein Vorgesetzter leisten.

Morgen. Morgen würde sie es versuchen. Dann war genug Zeit verstrichen, dass Hans seinen Fehler zugeben konnte, ohne sein Gesicht zu verlieren.

Wien, dachte sie wieder. Wien im November. Im Fiaker durch eine nebelgraue Stadt. Schwarze blattlose Bäume im Prater, dazwischen ein wintertotes Riesenrad. Sachertorte in einem überheizten Café. Beschlagene Scheiben. Mürrische Gesichter.

Bleierne Müdigkeit legte sich auf Tonis Schultern. Sie war zu schwer für Wien. So konnte sie nicht abheben, den Boden nicht verlassen. Sie fuhr mit der Rolltreppe wieder nach unten. Zwei S-Bahn-Zügen schaute sie auf dem Bahnsteig zu, wie sie ein- und abfuhren. Erst in den dritten stieg sie ein. Sie hatte keine Eile. Kein Ziel. Nur ein kleines Zimmer mit Tupperdosen vor der Tür.

An der Haltestelle Rosenheimer Platz stieg sie aus. Ihr Auto stand noch immer hier herum. Höchste Zeit, es endlich nach Hause zu fahren. Nach Hause. Sie lachte freudlos. Was für ein schlechter Scherz.

Ihr Auto glänzte feucht vom Nebel. Toni steckte den Schlüssel in die Fahrertür, hielt inne und zog ihn wieder ab. Sie wollte nicht zurück in ihr Zimmer. Wollte nicht auf die Wände starren, die immer näher und näher rücken würden, bis sie keine Luft mehr bekam.

Sie zog das Handy aus der Tasche und schaltete es ein. Einhundertfünfundachtzig entgangene Anrufe. Sie drückte die Meldung weg, wählte.

»Zinkl.«

»Hans? Bist du das?«

Keine Antwort. Im Hintergrund hörte sie Stimmengemurmel und Musik, vermutlich lief der Fernseher. Toni stellte sich Familie Zinkl vor, wie sie einträchtig am Abendbrottisch saß.

»Hans?«, fragte sie noch einmal. Jetzt ertönte ein tiefer Atemzug. Sie konnte Hans fast vor sich sehen, wie er sich durch die Haare fuhr, die Augen zusammenkniff und dann seine Brille zurechtrückte.

»Egal, was du willst«, sagte er schließlich. »Die Antwort ist *Nein*.«

»Aber du weißt doch gar nicht, was …«

»Und ob ich das weiß. Du bist nicht halb so schwer zu durchschauen, wie du glaubst, Toni, und deshalb brauchst du gar nicht erst weiterzusprechen. Du bist und bleibst beurlaubt.«

»Aber …«

»Nein, Toni. Einfach nur nein.« Es knackste. Die Verbindung war unterbrochen.

Fassungslos ließ Toni das Telefon sinken. Hans hatte sie abserviert. Eiskalt und ohne sie auch nur ein einziges Mal zu Wort kommen zu lassen. Ihr Mund öffnete und schloss sich tonlos. Aber das konnte er doch nicht machen. Das war nicht fair! Er konnte doch nicht einfach auflegen!

Sie betätigte die Wahlwiederholung.

»Ich habe Feierabend, und ich will nicht mit dir über dienstliche Dinge streiten«, sagte Hans mit gedämpfter Stimme. »Lass es einfach bleiben, hörst du? Egal, was du sagst, das ändert nichts an meiner Antwort.«

Wieder wurde die Verbindung unterbrochen. In Toni kochten Wut und Verzweiflung hoch. Sie wählte die Nummer ein drittes Mal und presste den Hörer so fest an ihr Ohr, dass es weh tat. Nervös biss sie an der Nagelhaut ihres Daumens herum. Sie schmeckte Blut, als endlich jemand abhob.

»Hans, so geht das nicht. Bitte hör mir zu. Ich …« Toni verstummte irritiert.

»… Nummer von Familie Zinkl gewählt. Wir sind momentan leider nicht erreichbar. Bitte versuchen Sie es später noch einmal oder hinterlassen Sie uns eine Nachricht nach dem Piep.«

Der Anrufbeantworter. Hans hatte tatsächlich den Anrufbeantworter eingeschaltet, damit er nicht mehr mit ihr reden musste.

»Verdammte Scheiße!« Sie schlug mit Hand auf das Autodach. Hatten sich denn jetzt alle gegen sie verschworen? Aber so leicht warf man sie nicht aus dem Rennen. Zum vierten Mal wählte sie Hans' Nummer, trommelte auf dem Blech herum, während die Ansage lief. Sie würde ihm erklären, dass es nicht fair war, sie nur wegen dieses einen blöden Ausrutschers so eiskalt abzusägen. Den ganzen Speicherplatz würde sie ihm vollsprechen, so dass er gar nicht anders konnte, als alles ungeschehen zu machen. Der Signalton erklang, sie holte Luft, aber in ihrem Kopf war auf einmal alles leer. Alle Erklärungen, alle Argumente, alles, was sie ihm hatte an den Kopf werfen wollen – es war weg.

Toni ließ den Arm sinken und legte auf.

Dreiundvierzig

Die Tür des O'Donnel's quietschte vertraut. Toni bestellte einen Kaffee und setzte sich an einen Tisch in der Ecke. Ein Tier, das sich im letzten Winkel seines Baus vergrub. Sie rührte in ihrer Tasse, nahm einen Schluck. Der Kaffee schmeckte scheußlich, sauer und bitter zugleich. So wie der heutige Tag. Was Brodt anging, hatte sie sich vermutlich selbst den Todesstoß verpasst. Jetzt war sie endgültig in der untersten Schublade gelandet. Die Schublade, die er für den Bodensatz des Präsidiums reserviert hatte. Für die, die in seiner Polizei nichts zu suchen hatten.

Die Tür quietschte. Ein Mann kam herein, sah sich um und setzte sich schließlich an die Theke.

Ein Mann mit Glatze.

Mit Glatze und Gewitteraugen.

Mulder.

Wie vom Donner gerührt, starrte Toni ihn an. Kein Zweifel, er war es. Ihr Herz überschlug sich. Und nun? Sie konnte doch kaum unter dem Tisch verschwinden. Oder sich in Luft auflösen. Ob der Barkeeper sie durch den Hinterausgang hinauslassen würde?

Als hätte Mulder ihre Gedanken gespürt, drehte er den Kopf. Ihre Blicke trafen sich, und etwas Glühendes bohrte sich mitten in Tonis Brust. Mit angehaltenem Atem beobachtete sie, wie die Augen des Arztes sich zuerst verengten und dann immer größer wurden; wie ein Lachen sich über seinem Gesicht ausbreitete; wie er nach seinem Glas griff und aufstehen wollte; wie er zögerte und wieder zurücksank, und wie das Lächeln zu flackern begann.

Verdammt, Mulder, dachte Toni, bleib bloß weg! Dann lächelte sie zurück und hasste sich dafür. Ihr bescheuertes Leben war kompliziert genug. Warum konnte sie nicht einfach aufstehen, ihn höflich, aber distanziert grüßen und gehen?

Ihre Herzfrequenz stieg schlagartig in den roten Bereich, als Mulder aufstand und sich ihrem Tisch näherte.

»Darf ich?«, fragte er, und Toni nickte. In ihrem Kopf herrschte mit einem Mal völlige Leere. Wenn er sie nicht für grenzdebil halten sollte, musste sie jetzt etwas antworten. Irgendetwas.

»Was führt Sie denn hierher, Doktor?«

Großartig. Nur ein Satz über das Wetter wäre noch schlimmer gewesen.

»Na, Ihr Tipp. Sie erinnern sich?«

Es dauerte einen Moment, dann wusste sie, was er meinte. Das Telefonat. Er hatte sie angerufen. Warum eigentlich? Sie konnte sich nicht konzentrieren. Seine Nähe erstickte jeden vernünftigen Gedanken im Keim.

»Ich weise aber jegliche Verantwortung von mir, wenn es Ihnen hier nicht gefallen sollte«, sagte Toni und hob die Hände.

Er sah sie an und griff nach seinem Glas.

»Bis jetzt gefällt es mir ganz gut.«

War das ein Zwinkern? In Tonis Magen löste sich ein Erdrutsch. Hastig hob sie die Tasse und nahm einen Schluck. Der Kaffee war inzwischen eiskalt und hinterließ ein pelziges Gefühl auf der Zunge. Sie verzog angewidert das Gesicht.

»Begeistert sehen Sie ja nicht gerade aus«, sagte Mulder.

»Der Kaffee ist heiß schon nur mit Whiskey zu ertragen«, antwortete Toni und schob die Tasse von sich. »Kalt schmeckt er wie etwas, das man auch zum Straßenbau verwenden könnte.«

»Und warum quälen Sie sich dann damit? Haben Sie Bereitschaft?«

»Nein.« Toni schüttelte den Kopf. »Eher das Gegenteil.«

»Das Gegenteil?«

»Urlaub.«

»Urlaub?« Mulder setzte sein Glas ab. An seiner Oberlippe klebte ein wenig Schaum. Toni hätte ihn am liebsten abgewischt und sich danach den Finger abgeschleckt. »Ich habe im Radio von der Festnahme gehört. Ich dachte immer, nach einer Festnahme fährt der Apparat noch einmal so richtig nach oben, wenn es darum geht, dieser Person die Tat lückenlos nachzuweisen.« Er beugte sich ein wenig vor und sah sie gespannt an. »Ist er denn wirklich der Täter?«

Ein Hauch Aftershave kitzelte Tonis Nase. Holzig und herb. Sie hätte es am liebsten direkt von seiner Haut eingeatmet.

»Ja, so ist es eigentlich auch. Was uns großes Kopfzerbrechen macht, ist, dass es zwischen den Frauen überhaupt keine Verbindung zu geben scheint. Sie entsprechen schon rein äußerlich völlig unterschiedlichen Typen. Die eine groß, sehr schlank und mit roten Locken. Die andere gut zehn Zentimeter kleiner, eher mollig, blond und mehr als fünfzehn Jahre jünger. Die eine hatte eine lesbische Beziehung, die bis vor kurzem noch streng geheim gewesen war, die andere lebte seit zwei Jahren mit ihrem Freund zusammen. Die eine war erfolgreiche Fotografin, die andere Studentin. Bis auf die Tatsache, dass sie kurz vor ihrer Ermordung beziehungsweise bis kurz vor ihrem Verschwinden dasselbe Lokal besucht haben, gibt es keine Gemeinsamkeit.«

Toni drehte ihre Tasse in den Händen hin und her.

»Was es auch war, das den Täter dazu veranlasst hat, sich gerade diese beiden Frauen auszusuchen – wir haben es noch nicht gefunden.« Sie ließ die Tasse los. »Aber vielleicht verschwenden wir auch unsere Zeit damit, etwas zu suchen, was gar nicht existiert. Vielleicht war es einfach nur Zufall. Vielleicht haben beide ihn versehentlich angerempelt. Vielleicht haben sie ihn nicht beachtet, als sie an ihm vorübergegangen sind, und das hat ihn wütend gemacht. Vielleicht hatte er zuvor Streit mit seiner Frau oder seinem Chef, und er musste sich einfach an jemandem abreagieren.«

Mulder hatte sich zwischenzeitlich wieder zurückgelehnt, wofür Toni ausgesprochen dankbar war. Von ihm schienen irgendwelche Energieströme auszugehen, die die Härchen an ihren Armen zu Berge stehen ließen.

Aber da war auch noch etwas anderes, das kribbelte. Es war in ihrem Hinterkopf und nervte sie jedes Mal, wenn sie über die fehlenden Gemeinsamkeiten zwischen den Frauen nachdachte. Es wurde sogar schlimmer, wenn sie laut darüber sprach. Ihr Unterbewusstsein hatte etwas registriert. Etwas, das sie direkt vor Augen hatte, so dass es ihr regelrecht ins Gesicht springen müsste. Sie versuchte sich selbst davon zu überzeugen, dass das nur Einbildung war, aber dieses Gefühl, etwas zu übersehen, war so stark, dass sie es fast mit den Händen greifen konnte.

Aber was, verflixt noch mal? Das war wie Tauchen bei null Meter Sichtweite.

»Da haben Sie ja wirklich noch jede Menge Arbeit vor sich«, sagte Mulder nach einem weiteren Schluck. Sein Glas war schon beinahe leer, und er winkte die Bedienung heran. »Ist es da nicht ein wenig ungewöhnlich, dass Sie ausgerechnet jetzt Urlaub nehmen?«

Toni wusste nicht, wem sie lieber den Hals umdrehen wollte: sich selbst, weil sie so dumm gewesen war, ihren Zwangsurlaub überhaupt anzusprechen, oder Mulder, weil er das Thema nicht einfach auf sich beruhen lassen konnte. Zum Glück erlöste die Kellnerin sie von einer Antwort.

»Noch eines?«, fragte sie Mulder, und er nickte. »Für Sie auch?« Die Bedienung wandte sich Toni zu.

Sie überlegte einen Moment und hatte schon das Wort *Cola* auf den Lippen, entschied sich aber doch anders.

»Für mich auch ein Guinness«, antwortete sie.

Das trinke ich ganz allein auf dich, Brödtchen, dachte sie grimmig, als sie wenig später ihr Glas hob und mit Mulder anstieß. Darauf, dass ich bis zu deiner Pensionierung in der untersten Schublade vor mich hin modern werde. Und vermutlich noch Jahre darüber hinaus. Das kollektive Gedächtnis des Präsidiums vergaß nichts und niemanden.

»Und was verschlägt Sie hierher, Doc?«

»Meinen Sie München im Allgemeinen oder diese Kneipe im Besonderen?«

Toni zuckte mit den Schultern. »Das überlasse ich erst einmal Ihnen. Ans Eingemachte geht es beim Verhör immer erst nach dem harmlosen Geplänkel.«

»Großartige Aussichten«, antwortete Mulder. »Hab ich noch Zeit, meinen Anwalt anzurufen, bevor Sie die Daumenschrauben auspacken?«

»Daumenschrauben sind überbewertet. Ich stehe mehr auf Akkuschrauber. Sie glauben gar nicht, wie redselig die Leute werden, wenn man ihnen glänzende Metallschrauben Millimeter für Millimeter in die Kniescheiben bohrt.«

Mulder verzog das Gesicht.

»Haben Sie schon mal überlegt, den Beruf zu wechseln? Sie hätten das Zeug zum Chirurgen.«

»Ist das wieder eines Ihrer zweifelhaften Komplimente, bei denen man nicht weiß, ob man sich geschmeichelt oder beleidigt fühlen soll?«

»Hilft es etwas, wenn ich sage, dass ich früher mal Chirurg war?«

»In Ihrem Leben vor München?«

Mulders Mund formte noch immer ein Lächeln, aber es hatte von einem Moment auf den anderen alle Wärme verloren. Mulder selbst schien auf einmal grau geworden zu sein. Er wich Tonis Blick aus und griff nach seinem Glas.

»Tut mir leid, Doc, das war eine blöde Frage«, sagte Toni hastig. »Es geht mich ja auch nichts an. Ich meine ... Ich dachte nur ...«, stotterte sie und hatte keine Ahnung, was sie gedacht hatte. Vermutlich wieder einmal gar nichts. Warum konnte sie manchmal nicht einfach ihre Klappe halten?

»So falsch liegen Sie damit gar nicht.« Mulder hatte aufgehört, sein Glas zwischen seinen Fingern hin und her zu drehen. »Aber die Geschichte ist nichts, was man einer beinahe wildfremden Frau in einer Kneipe erzählt.«

Betreten nickte Toni und starrte auf die Tischplatte, als stünden dort die richtigen Worte, um sich zu entschuldigen und ihm recht zu geben.

»Mindestens beim Vornamen nennen sollten wir uns dafür schon.«

Toni hob irritiert den Kopf. Im Gegensatz zu ihr hatte Mulder sich offensichtlich wieder gefangen und hielt ihr sein Glas entgegen.

»Ich heiße Thomas, aber die meisten nennen mich ...«

Fox, dachte Toni.

»... Tom.« Er zwinkert ihr zu, als hätte er ihre Gedanken erraten.

»Toni«, antwortete sie. Sie prosteten sich zu und sahen sich über den Rand ihrer Gläser hinweg an. Ohne Vorwarnung explodierte in Tonis Bauch ein glitzernder Funkenregen, und sie hatte auf einmal das Gefühl, von Mulders Augen eingesogen zu werden wie ein Schwimmer von einem verborgenen Strudel. Schnell nahm sie einen großen Schluck von ihrem Guinness. Ihr Herz klopfte bis hinauf in ihren Hals, und sie hatte alle Mühe, das Bier hinunterzuschlucken.

»Erzählen Sie mir jetzt, was Sie aus dem beschaulichen Würzburg in den Moloch München verschlagen hat?«, fragte Toni, als auch er getrunken hatte. Ihre Hände hielten sich krampfhaft an ihrem Bierglas fest, damit Mulder nicht bemerkte, wie ihre Finger zitterten.

»Würzburg?« Der Arzt hob die Brauen. »Wie kommen Sie auf Würzburg?«

»So schwer ist das nicht«, antwortete Toni. »Zum einen mogelt sich ihr fränkischer Dialekt immer wieder durch, und zum anderen dürfen Sie nicht die Reichweite des Flurfunks unterschätzen. Für den gibt es auch im Polizeipräsidium Empfänger.«

Mulder verdrehte die Augen.

»Das mit dem Flurfunk hätte ich mir denken können. Wir empfangen übrigens auch Signale aus dem Polizeipräsidium. Nur so zur Info.« Er grinste, und Toni spürte, wie Hitze in ihre Wangen schoss. Wie meinte er das? Hatte er Gerüchte über sie gehört? Oder gar die Wahrheit? Sie wusste nicht, was schlimmer war.

»Aber zurück zu Ihrer Frage«, sagte Mulder und wechselte zu Tonis Erleichterung das Thema. »Der Grund, der mich nach München geführt hat, ist derselbe wie bei vielen Ihrer Kollegen – die Arbeit.«

»Die Arbeit? Das ist alles?«

Mulder hob die Hände.

»Ziemlich unspektakulär, ich weiß. Aber mehr steckt nicht dahinter.«

Er lächelte zur Bestätigung, aber Toni glaubte ihm nicht. Das Lächeln war gezwungen. Wie bei einem Beschuldigten, dessen selbstsichere Fassade zu bröckeln beginnt, weil er weiß, dass er den Kopf nicht mehr aus der Schlinge ziehen kann. Da steckte sehr wohl mehr dahinter. Viel mehr. Ganz sicher eine Frau. Aber von ihr wollte Toni jetzt nichts wissen. Jetzt nicht und später auch nicht. Am besten nie.

»Und Sie?«, fragte er im Gegenzug.

»Ursprünglich wollte ich nur mein Auto holen.«

»Ihr Auto?«

»Ja.«

»Sie wollten Ihr Auto in München holen und sind dann hiergeblieben?« Mulder sah sie so verständnislos an, dass Toni lachen musste.

»Himmel, nein! Ich bin in München geboren und würde nicht im Traum darauf kommen, von hier wegzuziehen. Ich war vor einigen Tagen mit einem Kollegen hier im O'Donnel's, und am Ende war meine Blutalkoholkonzentration nicht mehr ganz straßenverkehrskompatibel. Deshalb habe ich mein Auto stehenlassen und wollte es heute holen.«

»Mit einem Kollegen, so, so«, murmelte Mulder und griff nach seinem Glas. Dabei streifte er sie mit einem raschen Blick, der gleichzeitig so intensiv war, dass er sich bis in das Mark von Tonis Knochen fräste. Zwei, drei Herzschläge lang saß sie da und starrte auf den Ring aus Feuchtigkeit, den Mulders Glas auf der Tischplatte hinterlassen hatte. Plötzlich begann es in ihr zu brodeln. Sie wusste nicht, was sie mehr ärgerte: dass dieser kurze Blick sie so aus der Fassung brachte oder die Art und Weise, wie Mulder das *So, so* betont hatte. Vier Buchstaben, in die er sämtliche Untertöne gepackt hatte, die man sich vorstellen konnte. Von ironisch über anzüglich bis ... enttäuscht? Konnte es sein, dass er glaubte, dass sie und Raff etwas miteinander hatten, und er deshalb enttäuscht war, weil er sich selbst Chancen bei ihr ausrechnete?

Herr im Himmel, was für ein Schwachsinn! Solche dämlichen Gedanken konnte doch nur das Gehirn einer Frau produzieren. Der Doc interessierte sich nicht für sie, da konnte ihre Phantasie sich ausmalen, was sie wollte.

Mulder stellte sein Glas ab und zog ein Päckchen Zigaretten aus seiner Hemdtasche.

»Rauchen Sie?«

Toni schnitt eine Grimasse und hielt dem Mediziner die überkreuzten Zeigefinger entgegen.

»Weiche, Satan!«, sagte sie nur, und Mulder lachte.

»In dem Stadium war ich auch einmal«, antwortete er, »aber das habe ich überwunden, wie man sieht. Stört es Sie, wenn ich kurz rausgehe?«

»Nein, machen Sie ruhig, aber nehmen Sie Ihren Suchtteufel bitte mit vor die Tür. Mir reichen meine eigenen Dämonen.«

Der letzte Satz war aus Toni herausgesprudelt, ohne

dass sie es gewollt hatte. Mulder sah sie einen Moment lang an, als hätte er eine Zweideutigkeit hinter ihren Worten erkannt, die ihr selbst nicht klar war. Aber der Augenblick war so schnell verflogen, dass sie hinterher nicht mehr sagen konnte, ob sie ihn sich nicht doch nur eingebildet hatte.

Ein weiteres Glas Bier und einen Whiskey später war Tonis Kopf so leicht wie seit Ewigkeiten nicht mehr. Sie spürte die Hitze aus Alkohol und Gelächter in ihrem Gesicht und die Endorphine, die durch ihre Adern schwappten. Noch zehn oder fünfzehn Minuten länger mit Mulders Lippen direkt vor ihrem Gesicht, und sie würde sich zu etwas hinreißen lassen, was sie hinterher ganz sicher bitter bereute.

»Danke für den schönen Abend, Doc.« *Tom* wollte ihr einfach nicht über die Lippen. Es war, als würde sie dadurch eine Grenze überschreiten, hinter der Dinge auf sie warteten, für die sie noch nicht bereit war. *Doc* hielt diese Dinge auf Abstand. Noch.

Toni legte ihre Autoschlüssel auf den Tisch, während sie in ihrer Umhängetasche nach ihrem Geldbeutel kramte.

»Sie wollen jetzt doch nicht mehr fahren, oder?«, fragte Mulder.

Toni hörte auf zu kramen und sah ihn an. Die Besorgnis auf seinem Gesicht hatte fast schon etwas Rührendes.

»Keine Angst, Doc«, sagte sie lächelnd. »Ich lasse mein Auto stehen und nehme die S-Bahn. Ich möchte nur noch schnell etwas aus dem Wagen holen.«

Sie traten aus dem Lokal und blieben auf dem Gehweg stehen. Jetzt ein *Kommen Sie gut nach Hause*, dann schnell umdrehen und nichts wie weg aus der Gefahrenzone. Aber

Toni brachte den Mund nicht auf. Sie wollte sich nicht umdrehen und noch viel weniger gehen.

»Wo steht denn Ihr Auto?«, durchbrach Mulder die Stille, die zwischen sie gekrochen war.

»Die Straße runter und an der nächsten Ecke links«, sagte Toni.

»Wenn es Ihnen nichts ausmacht, begleite ich Sie. Ich muss zwar an der Ecke nach rechts, aber ein paar Meter mehr an der frischen Luft könnte ich jetzt gut gebrauchen.«

Natürlich machte es Toni nichts aus, trotzdem achtete sie peinlich genau darauf, Mulder nicht zu nahe zu kommen und ihn keinesfalls versehentlich zu berühren.

»Das ist Ihrer?«, fragte Mulder, als sie neben dem Heck ihres Wagens stehen blieben. Er sah Toni an. »Also ganz ehrlich – ich habe mit vielem gerechnet, aber nicht mit einem Mercedes W123 230 TE. Welches Baujahr? 1984?« Er ging auf die Beifahrerseite und spähte ins Innere.

»Nicht ganz. 1983.« Toni schob die Hände in die Hosentaschen und beobachtete Mulder, der lächelnd mit dem Finger über die Chromleisten an den Fenstern fuhr. Er sah aus wie ein Junge, der die lang ersehnte Eisenbahn unter dem Christbaum entdeckte.

»Wir hatten damals auch einen W123. Allerdings als Limousine, nicht als Kombi. Mein Vater war stolz wie Oskar und hat ihn jeden Samstagnachmittag von Hand gewaschen und trocken geledert. Der hatte nach zehn Jahren noch keinen einzigen Kratzer. Das gute Stück hier ist aber auch perfekt in Schuss. Und hat noch gar keine Delle. Dann haben Sie den Wagen wohl noch nicht lange, oder?«

Mulder grinste und zog den Kopf ein, als Toni ihm mit dem Finger drohte.

»Bis vor zehn Sekunden waren Sie mir beinahe sympathisch, Doc. Aber jetzt legen Sie es ernsthaft darauf an, unter grellem Licht und mit einem Zettel am Zeh auf Ihrem eigenen Seziertisch zu landen.«

»Bei uns gibt es keine Zettel am Zeh.«

»Für Sie machen Ihre Kollegen bestimmt eine Ausnahme. Ich würde ihn auch höchstpersönlich beschriften. Mit Füller. Und in meiner Sonntagsschrift.«

Sie warf ihm noch einen warnenden Blick zu und schloss die Kofferraumklappe auf.

»Sie stecken wohl mitten in einem Umzug?«, fragte Mulder und deutete auf die Kartons, die den gesamten Laderaum ausfüllten.

»Mittendrin eigentlich nicht mehr«, sagte Toni, spähte kurz in eine der Kisten und nahm sich die nächste vor. »Der Umzug ist schon ein paar Wochen her. Aber ich habe jetzt keinen Keller mehr, und in der Wohnung ist dafür kein Platz. Deshalb fahre ich die Kartons erst einmal spazieren, bis mir eine bessere Lösung einfällt. Ah, da ist es ja.«

Sie hielt einen Bluetooth-Lautsprecherwürfel in der Hand. »Das Ding vermisse ich seit dem ersten Tag. Vier Gigabyte Musik auf dem Handy und keine vernünftige Möglichkeit, sie abzuspielen.«

Sie schloss den Deckel des Kartons, zog die Heckklappe herunter und drehte sich zu Mulder um. Der hatte die Hände hinter dem Rücken verborgen und sah Toni mit einem Gesichtsausdruck an, den sie absolut nicht deuten konnte. Was war das? Aufregung? Unsicherheit? In ihrem Magen regte sich das altbekannte Flattern.

»Was ist?«, fragte sie, doch Mulder sah sie nur weiterhin wortlos an. Das Flattern wurde stärker. Sie trat von einem Fuß auf den anderen, lächelte unbeholfen. Weg. Schnell.

»Doc, ich muss jetzt wirklich gehen«, fing sie an, als

Mulder ihr unvermittelt etwas entgegenstreckte. Toni brauchte eine Sekunde, bis sie erkannte, was es war: Es waren Blumen. Eine lachsfarbene Rose, eine weiße Ranunkel und der Zweig eines Korkenzieherhasels, zusammengehalten von einer Efeuranke. Es vergingen zwei Sekunden, bis ihr Gehirn die Erinnerung zuließ. Der Blumenstrauß. Der Blumenstrauß mit dem Vogelkopf. Toni wich zurück. Ihre Gedanken überschlugen sich.

»Was soll das?«, flüsterte sie. Ihre Kehle war auf einmal wie ausgetrocknet. Der Strauß war gar nicht von Mike gewesen, sondern von Mulder? Ihr wurde schlecht.

»Weg!«, stieß Toni hervor. »Schmeißen Sie das weg! Sofort!«

Aber Mulder stand nur da und schaute sie an. Da stürzte sie nach vorn, riss ihm die Blumen aus der Hand und schleuderte sie auf die Straße. Dann drehte sie sich um und begann zu rennen. Weg!, dröhnte es bei jedem Schritt in ihren Ohren. Weg, weg, weg! Waren denn alle Männer wahnsinnig? Reichte es denn nicht, dass Mike überall war und sie keine Sekunde aus den Augen ließ? Musste jetzt auch noch ein perverser Rechtsmediziner hinter ihr her sein?

»Toni!«

Sie spürte Mulders Hand an ihrem Arm, schüttelte sie ab und rannte noch schneller. Weiter, immer weiter. Weg von diesem kranken Vogelmörder. Der Alkohol, der gerade noch wie Helium ihren Kopf gefüllt hatte, sackte nun in ihre Beine. Ihre Füße wogen Tonnen. Sie stolperte, fing sich, musste sich aber an einer Hauswand abstützen, um nicht zu fallen.

»Toni!«

Mulders Stimme direkt hinter ihr. Sie stieß sich von der Hauswand ab. Zwei Hände packten sie an den Schultern.

Toni riss sich los, taumelte, prallte gegen die Mauer, wollte weiterlaufen, doch Mulder versperrte ihr den Weg.

Keuchend presste Toni sich mit dem Rücken gegen die Wand. Panisch blickte sie die Straße auf und ab. Sie war menschenleer. Verdammt, das war sie doch sonst nie!

»Himmel, Toni! Was ist los?«

Sollte sie um Hilfe schreien? Was, wenn ihn das wütend machte und er dann komplett austickte? Wenn er dann ein Skalpell aus der Tasche zog, um sie aufzuschlitzen und auszuweiden wie eine seiner Leichen?

Erinnerungen blitzten auf. Mike, wie er sie im Schlafzimmer an die Wand drückte. Seine Fingerkuppen, die sich in ihr Fleisch bohrten. Sein wutverzerrtes Gesicht, das immer näher kam. Der Schlag, der sie ohne Vorwarnung traf.

Tonis Fingernägel kratzten über den groben Putz. Lähmende Starre kroch in ihre Knochen. Ihr Atem wurde schneller und flacher. Gleich. Gleich kam der Schmerz. Sie spürte, wie sie sich in sich zurückzog.

Eine andere Erinnerung flackerte auf. Der Abend, an dem alles eskaliert war. Die Polizei in ihrer Wohnung. Die Sanitäterin, die lange auf die Hämatome auf ihren nackten Beinen geschaut und dann geflüstert hatte: »Das haben Sie nicht verdient.«

Nein, verdammt! Das hatte sie nicht. Sie nicht und auch keine andere Frau. Und deshalb durfte sie nicht wieder in dieses beschissene Muster zurückfallen. Sie drängte die lähmende Angst zur Seite und hob das Kinn.

»Was los ist?« Toni hörte ihre Stimme, erkannte sie aber nicht wieder. Sie klang hart und kalt wie die einer Fremden. »Das frage ich Sie, Doc. Was sollte das mit den Blumen? Glauben Sie, ich stehe auf so was?«

Mulder sah sie an.

»Na ja«, sagte er dann. »Warum nicht? Mal was anderes.«

»Mal was anderes?« Toni riss die Augen auf. Ein abgetrennter Vogelkopf war *mal was anderes*? War das sein Ernst? »Muss ich Ihnen wirklich erklären, warum ich nicht auf *so was* stehe?«

»Ja, ich bitte darum. Dann könnte ich vielleicht verstehen, warum Sie so ausflippen. Aber andererseits sollten Sie das besser demjenigen sagen, von dem die Blumen sind. Von mir sind sie nämlich nicht.«

Tonis Schultern sackten nach unten.

»Wie meinen Sie das?«

»Genau so, wie ich es sage: Von mir sind die Blumen nicht. Die hat jemand unter den Scheibenwischer an Ihrem Auto geklemmt. Ich habe nichts anderes getan, als sie herunterzunehmen und Ihnen zu geben.«

Toni wurde schwindlig vor Erleichterung. Mulder hatte also nichts damit zu tun? Aber war das auch die Wahrheit, oder behauptete er das nur, um sie in Sicherheit zu wiegen und ihr dann aus dem Hinterhalt die nächste Breitseite zu verpassen?

»Dann war der andere Strauß auch nicht von Ihnen?«

»Welcher andere Strauß?«

»Der mit …« Toni verstummte, klappte den Mund zu und wischte die Bemerkung mit der Hand weg. »Nicht so wichtig.« Sie sah Mulder an, blickte ihm direkt in die Augen. »Und Sie lügen mich auch nicht an?«

Der Arzt schüttelte den Kopf.

»Ganz sicher nicht.«

Sollte sie ihm glauben? Toni suchte in seinen Augen und seinem Gesicht nach irgendetwas, das ihn als Lügner entlarvte, aber sie fand nichts. Konnte sie sich darauf verlassen? Ihre Menschenkenntnis hatte bei Mike schon kläglich versagt, und dann war ihr Hans heute auch noch in den Rücken gefallen. – Was, wenn sie sich in Mulder ebenso täuschte? Ach verdammt. Sie konnte sich doch nicht in allen Menschen irren. Er durfte kein Lügner sein. Nicht er. Das Verlangen, Mulder glauben zu wollen, war so übermächtig, dass es alle Zweifel beiseitefegte. Toni atmete tief ein und aus.

»Dann muss ich mich wohl bei Ihnen entschuldigen, Doc. Ich dachte wirklich, das wäre Ihre Idee gewesen.« Beschämt sah sie zu Boden.

»Schon vergessen.« Mulder trat einen Schritt auf sie zu. »Sind Sie wieder okay?«

Toni nickte. Sie spürte, wie sich seine Hände um ihre Arme legten, und schaute auf. Der Blick aus seinen Gewitteraugen brannte sich seinen Weg direkt in ihre Brust.

»Wirklich?«

Toni nickte wieder.

»Dann zittern Sie einfach so zum Spaß?«

Toni musste gegen ihren Willen lachen und nickte zum dritten Mal.

»Nehmen Sie es mir nicht übel, aber das kaufe ich Ihnen nicht ab. So lasse ich Sie auf keinen Fall mit der S-Bahn fahren. Sie setzen sich jetzt in ein Taxi, und mich werden Sie erst los, wenn Sie sicher zu Hause sind.«

Vierundvierzig

Toni stand auf dem Gehsteig vor dem Haus und sah zu, wie das Taxi um die Ecke bog und aus ihrem Blickfeld verschwand. Die Stelle, wo Mulders Ellenbogen ihren Arm berührt hatte, fühlte sich immer noch warm an. Behutsam legte sie ihre Hand darauf. Die ganze Fahrt über hatte sie gehofft und gleichzeitig befürchtet, dass Mulder sich in der schützenden Dunkelheit zu ihr beugen und sie küssen würde. Seine Lippen auf ihren. Seine Wärme. Seine Nähe. Haut an Haut. Aber es war bei dieser Berührung geblieben, von der Toni nicht einmal sicher war, ob Mulder sie überhaupt gespürt hatte.

Sie blickte hinauf zu ihrem Zimmer. Das Licht der Straßenlaternen spiegelte sich in den Fensterscheiben, doch dahinter lauerten pechschwarze Schatten, die über sie herfallen würden, sobald sie die Tür öffnete.

Vielleicht sollte sie in ein anderes Hotel gehen. Nur für heute Nacht. Aber wäre es morgen anders? Wären die Schatten dann weniger dunkel? Und übermorgen? Und nächste Woche?

Die Scheinwerfer eines Autos näherten sich. Tonis Herz klopfte schneller. Mulder? Kam er zurück? Doch das Auto war kein Taxi. Ohne sein Tempo zu verringern, fuhr es vorbei und nahm die Wärme von Mulders Berührung mit sich.

Toni drehte sich um und ging auf die Haustür zu. Das

Pfefferspray ließ sie in der Tasche. Sie war auf einmal so unendlich müde. Wenn Mike irgendwo lauerte, wenn er sich auf sie stürzte, vielleicht sogar die Waffe zog und sie zu einem weiteren tragischen Opfer einer kaputten Beziehung zwischen Polizisten machte, dann sollte das eben so sein.

»Fräulein Toni?«

Die Stimme klang in dem stillen Haus viel zu laut. Toni, die bereits den Fuß auf die erste Stufe gesetzt hatte, drehte sich um. Gespenstisch schwarz hob sich Frau Wilmerdingers Umriss von dem hellen Rechteck der Tür ab.

»Gott sein Dank, dass ich Sie noch treffe.« Sie machte einen Schritt nach vorne in das kalte Treppenhauslicht. Es ließ die Wirtin alt und müde aussehen. Sie hatte sich in eine viel zu große graue Männerstrickjacke gewickelt. Vermutlich von ihrem Herbert. Wieder einmal ging Toni durch den Kopf, wie allein Frau Wilmerdinger sein musste. Aber ihr fehlte in diesem Moment einfach die Kraft, um Mitgefühl aufzubringen. Morgen wieder. Oder übermorgen.

»Ich muss Ihnen etwas zeigen, Fräulein Toni.«

Jetzt? Mitten in der Nacht? Hatte das nicht Zeit bis morgen? Toni blieb stumm und rührte sich nicht von der Stelle.

»Ich weiß schon, dass es sehr spät ist«, sagte Frau Wilmerdinger, als hätte sie Tonis Gedanken gelesen. »Aber wenn ich Ihnen das heute nicht mehr sage, kann ich die ganze Nacht nicht schlafen. Das ist mir so fürchterlich peinlich. Fünfundvierzig Jahre mache ich jetzt den Gästebetrieb, aber so was ist mir noch nie passiert, das müssen Sie mir glauben.«

Die Wirtin öffnete ihre Fäuste, die sie bis eben an ihre Brust gepresst hatte. Auf den Handflächen lagen schwarze

Splitter. Toni runzelte die Stirn. Splitter wovon? Und was hatten sie mit ihr zu tun?

Kopfschüttelnd blickte Frau Wilmerdinger auf ihre Hände hinab. »Ich weiß wirklich nicht, wie das passieren konnte. Ich habe heute wieder bei Ihnen im Zimmer geputzt. Das mache ich jeden Dienstag, das wissen Sie ja, und da wische ich auch immer mit dem Staublappen über den Kleiderschrank. Ich steige also auf die kleine Leiter, nehme den Lappen, und wie ich merke, dass da oben etwas ist, war es auch schon zu spät. Jesses, hab ich mir gedacht, jetzt hab ich etwas runtergeworfen. Ich bin sofort von der Leiter gestiegen, um nachzuschauen, ob etwas kaputtgegangen ist, und dabei muss ich draufgetreten sein.«

Toni hatte immer noch keinen blassen Schimmer, wovon ihre Wirtin eigentlich sprach. Sie hatte nichts auf dem Schrank abgelegt, das wusste sie genau. Sie hatte ja noch nicht einmal etwas *im* Schrank deponiert. Wenn dort oben etwas gelegen hatte, dann musste das von einem Vormieter stammen, aber ganz sicher nicht von ihr.

Frau Wilmerdinger streckte Toni die Splitter entgegen, als wären es Opfergaben, die eine zornige Gottheit milde stimmen sollten.

Toni konnte noch einen Blick auf die glänzenden Bruchstücke werfen, dann erlosch das Licht im Treppenhaus, und sie hatte das Gefühl, rücklings in die Dunkelheit zu stürzen.

Fünfundvierzig

Vier Minuten nach zwei. Toni schob die Schubladen wieder in das Nachtkästchen und drückte die Matratze zurück in das Bettgestell. Sie setzte sich auf das Bett, stand jedoch sofort wieder auf, ging erst zum Fenster, dann zur Tür, überzeugte sich erneut, dass sie abgeschlossen hatte, setzte sich an den Tisch, stand auf, stellte den Stuhl vor den Schrank, stieg hinauf und tastete mit den Fingern jede Kante, jede Ritze entlang. Dann stieg sie wieder hinab, packte die Griffe der Schranktüren und ließ sie mit einem frustrierten Seufzen wieder los. Es war genug. Sie hatte das Zimmer mehrfach auf den Kopf gestellt, aber nichts mehr gefunden. Das Ding, das Frau Wilmerdinger vom Schrank gefegt hatte, war und blieb ein Einzelstück.

Toni setzte sich wieder an den Tisch, auf dem die Splitter lagen. Nachdenklich schob sie die Teile mit dem Zeigefinger hin und her. Sie hatte so etwas noch nie zuvor in der Hand gehabt, und doch hatte ihr die eine Sekunde, bevor das Licht im Treppenhaus erloschen war, genügt, um es zu identifizieren: Es war eine Kamera. Eine verdammt kleine, verdammt teure und verdammt professionelle Kamera.

»Eine Kamera?«, hatte Frau Wilmerdinger gesagt. »Wozu brauchen Sie denn eine Kamera in Ihrem Zimmer?« Sie hatte zu Toni aufgesehen, die Stirn ratlos in Falten gelegt, doch dann, von einem Augenblick auf den anderen, war die Ratlosigkeit blanker Bestürzung gewichen. »Ach du lieber Himmel! Denken Sie vielleicht, ich würde ...«

»Um Gottes willen, nein, Frau Wilmerdinger«, hatte Toni schnell eingeworfen. »Ich glaube natürlich nicht, dass Sie in meinen Sachen herumschnüffeln. Die Kamera war auch nicht dazu gedacht, Sie zu überwachen.«

»Nicht mich? Aber wen denn dann?«

»Mich.«

»Sie? Tut mir leid, Fräulein Toni, aber jetzt komme ich gar nicht mehr mit. Warum sollte Sie denn jemand überwachen? Sie sind doch kein Verbrecher.«

Tja, das hatte sie bis heute auch gedacht. Aber offenbar gab es Leute, die anderer Meinung waren. Brodt würde zwar ganz sicher vor Freude nackt Samba tanzen, wenn er Material über sie in die Hände bekam, mit dem er ihre Suspendierung erwirken konnte, aber so weit, bei ihr heimlich eine Kamera installieren zu lassen, würde er dann doch nicht gehen. Gesetze zu übertreten war nicht sein Ding. Aber das von Mike.

Als Toni noch neben Frau Wilmerdinger im Treppenhaus gestanden hatte, hatte sie das alles seltsamerweise so gut wie nicht berührt. Sie hatte sogar mit einem leisen Triumphgefühl an den einen Abend zurückgedacht, an dem sie das unbestimmte Gefühl gehabt hatte, dass jemand in ihrem Zimmer gewesen war. Ganz offensichtlich war sie weder verrückt, noch hatte sie sich getäuscht, sondern hatte erneut den Beweis dafür, dass sie sich auf ihre Intuition verlassen konnte, so absurd sie manchmal auch erscheinen mochte.

Frau Wilmerdinger hatte ihr angeboten, sofort in ein anderes Zimmer umzuziehen, doch Toni hatte abgelehnt. Dann hätte Mike sie schon wieder in die Flucht geschlagen, und diesen Triumph wollte sie ihm nicht gönnen, auch wenn die Beklemmung inzwischen mit eiskalten Fingern nach ihr griff. Stattdessen hatte sie das Unterste nach oben gekehrt, hatte jeden Winkel inspiziert und sogar die Möbel verrückt. Nun gab es nichts mehr, was sie tun konnte, außer der Stille um sie herum und den Gedanken in ihrem Kopf zuzuhören. Gedanken, die immer lauter werden würden, bis sie so laut brüllten, dass sie heulend auf dem Boden zusammenbrechen und zu Mike zurückkriechen würde.

Zum Glück hatte sie heute den kleinen Lautsprecher aus dem Auto geholt. Toni stöpselte den Würfel an die Steckdose und stellte ihn auf den Nachttisch. Dann holte sie ihr Handy und schaltete es nach kurzem Zögern ein. Sie ignorierte die Leuchtdiode, die blinkend auf entgangene Anrufe aufmerksam machte, scrollte durch das Musikarchiv, bis sie fand, was sie suchte, und drückte auf Play.

»Es lebe der Zentralfriedhof und alle seine Toten!« Die knarzende Stimme von Wolfgang Ambros füllte den Raum, während Toni die Schuhe von den Füßen streifte und komplett angezogen unter die Decke schlüpfte. Sie schloss die Augen. Hoffentlich waren die Toten des Zentralfriedhofs stärker als ihre eigenen Dämonen.

Sechsundvierzig

Die ganze Nacht über war Toni im Traum von riesigen schwarzen Augen verfolgt worden. Aus allen Ecken hatten sie sie angeglotzt; aus dem Waschbecken, aus dem Spiegel, sogar aus ihren Schuhen heraus. Mit dem Gefühl von Eisenringen um den Brustkorb war sie aufgewacht, hatte sich sofort angezogen und noch vor dem Morgengrauen ihr Zimmer verlassen, um ihr Auto zu holen. Mit klopfendem Herzen war sie auf den Mercedes zugegangen, doch diesmal klemmte keine böse Überraschung unter den Scheibenwischern. Zwei Stunden war sie herumgefahren, hatte sich in einer kleinen Bäckerei eine Tasse Kaffee und eine Butterbreze gekauft und doch keinen Bissen hinuntergebracht.

Tonis Magen knurrte, als sie gegen die Tür klopfte und darauf wartete, dass sie hereingerufen wurde. Keine Reaktion. Sie ließ ein paar Sekunden verstreichen, dann drückte sie die Klinke und warf einen Blick in das Büro. Hans saß mit dem Telefonhörer am Ohr an seinem Schreibtisch, neben ihm standen Sören und Beate. Er stockte kurz, als er Toni sah, und seine Miene verfinsterte sich, doch er ließ sich nicht aus dem Konzept bringen.

»Wärt ihr so freundlich, uns einen Augenblick alleine zu lassen?«, bat er Sören und Beate, nachdem er das Gespräch beendet hatte.

Er machte sich noch ein paar Notizen, und als die beiden das Zimmer verlassen hatten, wandte er sich Toni zu.

»Ich hoffe, du hast einen wirklich guten Grund, warum du hier auftauchst.« Er klang nicht feindselig, nicht einmal genervt; eher müde und resigniert, als wäre etwas eingetroffen, von dem er gehofft hatte, dass es nicht passieren würde.

Toni hatte mit einem schnellen Blick die Papiere überflogen, die vor Hans auf dem Tisch lagen, und sah ihm nun ins Gesicht. Graue Haut, tiefe Falten, dunkle Ringe unter den Augen. Das blühende Leben sah definitiv anders aus. Ihr Mitleid hielt sich allerdings in Grenzen. Ihrem Spiegelbild von heute Morgen zufolge konnte sie ihm in puncto Aussehen problemlos das Wasser reichen, und den Schuh, dass sie Mitschuld an seinem abgekämpften Erscheinungsbild hatte, wollte sie sich keinesfalls anziehen.

»Mach den Quatsch rückgängig«, sagte sie. »Du weißt selbst, dass das völlig überzogen war.«

»Völlig überzogen?« Hans rollte mit seinem Stuhl zurück. Die Lehne prallte mit einem dumpfen Laut gegen den Heizkörper hinter ihm. »Völlig überzogen war einzig und allein deine Reaktion. Das hatte mit professionellem Auftreten nichts, aber auch gar nichts zu tun. Wie kann man sich nur so gehenlassen? Du …«

»Ach, hör doch auf, Hans! Ihr tut ja alle so, als wäre ich die Erste, die sich nicht zu hundert Prozent politisch korrekt verhalten hat. Ich bin jetzt seit fast zwanzig Jahren bei diesem Verein und habe einige Kollegen erlebt, auch aus der Führungsetage, die sich schlimmer aufgeführt haben als die Axt im Wald. Die haben allerdings höchstens den erhobenen Zeigefinger zu sehen bekommen, wenn überhaupt. Aber die hatten ja auch genug Silber und Gold auf den Schultern, da nimmt man das alles eher sportlich und klopft ihnen hinter verschlossenen Türen für ihre Courage vermutlich auch noch auf die Schultern. Doch wehe, das Fußvolk benimmt sich mal daneben, dann schwingen genau dieselben Leute, die gerade noch heimlich Beifall geklatscht haben, die große Keule. *Zeichen setzen* nennt man das dann. Aber hast du eigentlich eine Ahnung, was das für Zeichen sind? Die Kleinen hängt man, die Großen lässt man laufen, so sieht's aus.«

Toni merkte, dass ihr vor Wut und Enttäuschung die Tränen in die Augen traten, und sie blinzelte heftig. »Verdammt noch mal, ich will doch nur meine Arbeit machen. Ich will dabei helfen, diesen Bruhns hinter Schloss und Riegel zu bringen.«

»Wenn es das ist, was du willst, dann bist du zu spät dran«, antwortete Hans.

Toni stutzte.

»Wieso zu spät?«, fragte sie dann.

»Heute um kurz nach elf Uhr hat Bruhns den Mund aufgemacht.«

»Du meinst, er hat gestanden?«

»Er hat zugegeben, dass seine ehemaligen Bowling-Freunde die Wahrheit gesagt haben. Die Bowling-Runde existiert schon seit langer Zeit nicht mehr, aber seiner Frau hat er weiterhin vorgegaukelt, dass er dort hingeht. So auch an dem Abend, als Monika Falke verschwunden ist.«

»Folglich hat er kein Alibi. Dann müssen wir ihm nur noch nachweisen, wo er gewesen ist, und wir haben ihn.«

»Wir wissen schon, wo er gewesen ist.«

»Na also, das ist doch perfekt.«

»Nein, verdammt!« Hans schlug mit der flachen Hand auf den Tisch. »Nein, das ist verdammt noch mal nicht perfekt. Das ist Scheiße. Richtig große Scheiße.« Er starrte sie an, als ginge diese richtig große Scheiße allein auf ihr Konto.

»Aber das verstehe ich nicht«, sagte Toni. »Was ist an diesem geplatzten Alibi denn so schlimm? Er war nicht dort, wo er hätte sein sollen. Also kann er überall gewesen sein.«

»Nein. Kann er eben nicht. Das geplatzte Alibi ist sein Alibi. Er hat nämlich an jedem einzelnen angeblichen Bowling-Abend zwar keine Kugel im Bowling-Center, dafür aber eine Nummer im Swinger-Club geschoben. Und an den Tagen, an denen seine Frau bei ihrer pflegebedürftigen Mutter war, hat er noch eine Extra-Runde eingelegt. Die Clubleitung hat sich zwar anfangs etwas geziert, aber inzwischen haben sie eingesehen, dass sie besser mit uns kooperieren, und die Aussage im Großen und Ganzen bestätigt. Der feine Herr Bruhns hat letzten Monat sogar die Platin-Mitgliedskarte bekommen. Ist das nicht großartig?« Hans rieb mit der Hand über seine Stirn. »Ich will gar nicht wissen, wie oft er dafür seine Frau hintergangen hat.«

Toni zog einen der Besucherstühle zu sich heran und ließ sich darauf fallen. Ihre Wut war inzwischen völlig verraucht. Das war wirklich richtig große Scheiße. Ihr einziger Tatverdächtiger hatte sich in Luft aufgelöst. Sie waren wieder bei null.

»Und jetzt?«

»Jetzt?«, fragte Hans. »Jetzt lassen wir uns von Presse und Öffentlichkeit erst einmal so richtig zerfleischen, und dann fangen wir wieder ganz von vorne an. Brodt denkt sogar daran, uns vorübergehend noch ein oder zwei Beamte zusätzlich zuweisen zu lassen.«

Toni horchte auf. Mehr Beamte? Das war ihre Chance.

Warum zwei Kollegen holen, die man erst einarbeiten musste, wenn eine Ermittlerin mit Erfahrung Gewehr bei Fuß in den Startlöchern stand? Doch bevor sie etwas sagen konnte, hob ihr Vorgesetzter die Hand.

»Ich weiß, was du denkst, Toni. Aber schlag dir das aus dem Kopf. Brodt will dich nach wie vor nicht sehen.«

Siebenundvierzig

Tonis Beine liefen das letzte Gefällestück wie von selbst hinunter. Wenn sie jetzt stolperte, würde sie sich garantiert den Hals brechen. Keuchend lehnte sie sich gegen einen Baum. Ihre Oberschenkel brannten mit ihren Lungen um die Wette, ihr war schwindlig, und sie stand kurz vor dem Herzinfarkt, und gleichzeitig fühlte sie sich so leicht und frei, als wäre sie auf dem Waldweg allen Sorgen davongerannt. Warum war sie auf diese Idee nicht schon viel eher gekommen?

Früher, als sie für die Aufnahmeprüfung bei der Polizei trainiert hatte, war sie hier drei- bis viermal die Woche gelaufen. Danach hatte sie sich nicht mehr so oft dazu aufraffen können, und nachdem sie mit Mike zusammengekommen war, hatte sie ganz aufgehört. Er mochte die Strecke nicht und mochte es noch viel weniger, wenn sie dort ohne ihn lief. Dann waren ihre Laufhosen auf einmal zu kurz und ihre Shirts zu eng. Als ob sie nur zum Joggen ging, um andere Männer anzumachen und mit ihnen im Gebüsch zu verschwinden. Wenn sie jetzt darüber nachdachte, konnte sie nicht verstehen, wie sie diese Warnsignale hatte übersehen können. Und noch viel weniger, dass sie diese gemeinen und völlig haltlosen Unterstellungen widerspruchslos hingenommen hatte. Konnte Liebe wirklich so blind und blöd machen?

Toni trabte zum Parkplatz, sperrte ihren Wagen auf und ließ sich auf den Fahrersitz fallen. Das Hochgefühl, das gerade noch durch ihre Adern geflossen war, war verpufft. Wieder einmal hatte Mike es geschafft, sie runterzuziehen. Sie drehte den Zündschlüssel und stellte sich zum vermutlich hunderttausendsten Mal die Frage, warum um alles in der Welt sie nur so lang bei ihm geblieben war, und wie immer fand sie darauf keine Antwort.

Wie hatte sie sich überhaupt jemals mit Mike einlassen können? Warum hatte sie nicht von Anfang an bemerkt, dass er völlig irre war, ein durchgeknallter Psychopath, der vor nichts zurückschreckte? Wie hatte sie sich nur so blenden lassen können?

Wobei Mike nicht nur sie, sondern das komplette Präsidium getäuscht hatte und noch immer täuschte. Nach außen hin war er der Strahlemann. Der Vorzeigepolizist, der immer einen lockeren Spruch auf Lager hatte und mit den alteingesessenen Münchnern genauso gut zurechtkam wie mit den Halbstarken aus irgendwelchen Jugendgangs.

Er war charmant, witzig und gerade so viel Macho, dass er damit jede Frau um den Finger wickeln konnte, egal ob achtzehn oder achtzig. Sie selbst war da keine Ausnahme gewesen, und auch jetzt, trotz allem, was passiert war, spürte sie noch immer ein Echo von diesem Kribbeln, das an diesem verhängnisvollen Tag vor fünfzehn Jahren ihren damals ohnehin schon nervösen Magen noch mehr in Aufruhr versetzt hatte.

Es war ihr erster Tag im richtigen Polizeileben gewesen. Nach drei Jahren Studium im theoretischen Vakuum der Fachhochschule und ein paar behüteten Monaten Praktikum war sie nun angeblich reif, um ab sofort stellvertretende Leiterin einer Dienstgruppe zu sein.

Mit weichen Knien war sie durch die Gänge der Sendlinger Inspektion geschlichen. Ihre funkelnagelneue Lederjacke war noch ganz steif gewesen, und sie hatte sich fürchterlich verloren darin gefühlt. Mit klopfendem Herzen hatte sie die Wache betreten, und das Erste, was sie gesehen hatte, war Mike. Ein griechischer Gott, der in eine bayerische Polizeiuniform gesteckt worden war. Der Vergleich war ihr heute noch viel peinlicher als damals, und doch passte er wie kein zweiter.

Zu Tonis Glück hatte Mike gerade telefoniert und sie nicht sofort bemerkt, so dass ihr ein paar Sekunden blieben, in denen sie sich wieder hatte sammeln und beruhigen können. Während der folgenden drei Jahre, die sie von diesem Tag an zusammengearbeitet hatten, hatte sie sich jede Schicht aufs Neue zusammennehmen müssen, um sich zumindest nach außen hin nicht von seinem Aussehen und seinem Charme überwältigen zu lassen. Wenn ihr damals jemand gesagt hätte, was für ein brutaler, kranker Typ Mike in Wirklichkeit war – Toni hätte es nie im Leben geglaubt, hätte es für Verleumdungen eines eifersüchtigen Nebenbuhlers oder einer abgeblitzten Kollegin gehalten. Sie hatte es ja nicht einmal dann wahrhaben wollen, als die Prügel zur Selbstverständlichkeit geworden waren. Als schon eine Nichtigkeit genügte, um ihn ausrasten zu lassen.

Toni war noch keine hundert Meter gefahren, als ihr Handy klingelte. Sörens Nummer leuchtete auf.

»Was gibt's?«, fragte Toni.

»Hans will dich sprechen.«

»Und warum ruft er mich dann nicht an?«

»Er hat es ja versucht, aber du warst nicht erreichbar.«

Sie nahm das Telefon vom Ohr. Tatsächlich. Das Display meldete Anrufe in Abwesenheit.

»Und was will er?«

»Keine Ahnung, meine Kristallkugel ist gerade beim Polieren. Auf jeden Fall hat er ordentlich rotiert und ganz sicher ein Büschel graue Haare mehr. Und er war bei Brodt.«

Tonis Herz klopfte schneller. Das konnte gut oder schlecht sein. Bitte, lass es eine gute Nachricht sein, betete sie zu allen verfügbaren Göttern.

»Momentan ist er gerade in einer Besprechung, aber so in zehn Minuten dürfte er wieder erreichbar sein.«

»Danke, Sören.«

Toni legte auf und fuhr rechts ran. Ungeduldig sah sie dem Minutenzeiger zu, wie er sich auf dem Ziffernblatt vorwärtsarbeitete. Nach neun Minuten hielt sie es nicht länger aus und wählte die Nummer ihres Kommissariatsleiters.

»Mordkommission München. Zinkl am Apparat.«

»Servus, Hans, Toni hier. Du wolltest mich sprechen?« Toni gab sich alle Mühe, so gelassen wie möglich zu klingen, während sie sich selbst so fest den Daumen drückte, dass es weh tat.

»Toni«, sagte Hans. Er schnaufte, als wäre er gerade durch den Westpark gelaufen und nicht sie. »Ich dachte schon, du hättest dich abgesetzt.«

Sie zog eine Grimasse, sagte vorsichtshalber aber nichts. Sie kam sich vor wie auf einem zugefrorenen See, dessen Eis unter ihren Füßen laut knisterte und knackte. Ein falscher Schritt, und alles war vorbei.

»Aber da dem offensichtlich nicht so ist, hast du sicherlich Zeit, am Montag wieder zum Dienst zu kommen, oder?«

Toni schloss die Augen und ballte die Faust.

»Ich glaube, das lässt sich einrichten«, sagte sie und grinste dabei bis über beide Ohren. »Ich kann auch gleich kommen. Ich habe nichts vor und …«

»Das ist nicht nötig. Montag reicht völlig. Melde dich um sieben Uhr bei Frank Schwarzer. Alles Weitere sagt er dir dann.«

Moment. Wie war das? Toni runzelte die Stirn.

»Schwarzer? Hast du gerade Schwarzer gesagt? Doch nicht der Schwarzer von K 14!«

Das war ein Scherz. Ganz sicher. Wenn auch ein verdammt schlechter. Aber Hans war nun mal nicht bekannt für seine Qualitäten als Witzeerzähler, da konnte sie ihm den schon durchgehen lassen.

»Genau der«, antwortete Hans. »Hansastraße, zweiter Stock, ganz am Ende des Flurs.«

Das musste man ihm lassen, er klang ausgesprochen überzeugend. So überzeugend, dass sie ihm beinahe glaubte.

»Du machst Witze.«

»Höre ich mich so an? Dann noch einmal in aller Form: Du bist ab sofort bis auf weiteres bei den Vermissten und unbekannten Toten.«

»Was?« Toni schnappte nach Luft. »Das kann doch nicht wahr sein! Ich soll notorische Ausreißer und demenzkranke Rentner suchen, auf die die Pfleger im Altenheim nicht gut genug aufgepasst haben?« Sie stieß die Tür auf und stieg aus, ohne sich um das Hupen der anderen Autofahrer zu kümmern. »Hans, das kannst du nicht machen!«

»Jetzt halt mal die Luft an!«, fuhr Hans ihr in die Parade. »Was ich nicht machen kann, ist so zu tun, als wäre der Mist mit den Journalisten nie passiert. Weißt du eigentlich, wie ich an Brodt hingeredet habe, damit du am Montag schon wieder in den Dienst kommen darfst? Er sucht nur nach Fehltritten, die er dir ans Bein binden kann, und würde nichts lieber tun, als dich suspendieren zu lassen, bis die Sache abgearbeitet und Gras darüber gewachsen ist. Und damit wir uns richtig verstehen – er ist nicht der Einzige, der so denkt. Du kannst nur von Glück reden, dass unser Vizepräsident sich daran erinnert hat, dass er sich in jüngeren Jahren selbst einmal ähnlich danebenbenommen und wohl so etwas wie nostalgische Anwandlungen hatte. Entweder schluckst du deinen beschissenen Stolz und deine Sturheit hinunter und trittst nächste Woche bei Schwarzer an – oder du bist schneller weg vom Fenster, als du *Ja, aber* sagen kannst.«

Achtundvierzig

»Das wäre dann Ihr Büro.« Frank Schwarzer, Erster Kriminalhauptkommissar und Leiter des K 14, öffnete eine Tür und wartete, bis Toni an ihm vorbeigegangen war.

Schwarzer war Anfang fünfzig, hatte aber bereits vollkommen ergraute Haare, was ihm hinter vorgehaltener Hand den Spitznamen Häuptling Silberlocke eingebracht hatte. Angeblich gehörte Humor nicht zu seinen herausragenden Eigenschaften, dafür war er den Gerüchten zufolge ein fanatischer Läufer, der mindestens zwei Marathons pro Jahr absolvierte. Seine asketischen, fast schon ausgezehrten Gesichtszüge würden jedenfalls dazu passen, fand Toni.

»Der Kollege Müller, der am rechten Schreibtisch sitzt, ist momentan auf Fortbildung«, sagte Schwarzer. »Wenn Sie irgendwelche Fragen haben, müssten Sie sich also an jemanden in den Nachbarzimmern wenden. Wobei Sie ja schon lang genug bei der Kripo sind, da sollte es eigentlich keine großen Probleme geben. Wenn es von Ihrer Seite nichts weiter gibt ...«

Das war mehr Feststellung als Frage, und Toni schüttelte gehorsam den Kopf.

»Gut. Dann kommen Sie erst einmal an und richten sich ein. Wir sehen uns bei der Mittagsrunde um halb eins.«

Mit diesen Worten drehte er sich um und ließ sie allein.

Toni stand noch einen Augenblick da, dann setzte sie

sich an ihren Tisch und betrachtete die gegenüberliegende Wand hinter Müllers leerem Stuhl. Wie so viele Polizisten hatte auch er ganz offensichtlich ein Faible für Polizeiabzeichen aus anderen Ländern. Fast jeder Quadratzentimeter war mit Ärmelabzeichen und Mützensternen aus allen fünf Kontinenten zugepflastert. Dazwischen prangten Fotos von ihm und ausländischen Kollegen, vorzugsweise neben einem Streifenwagen.

Sein Schreibtisch schien ihm auch nicht auszureichen, denn einige Akten, Notizzettel und Ausdrucke waren zu ihr hinübergeschwappt. Aber damit konnte sie leben. Schließlich war ihre Anwesenheit hier nur ein Gastspiel und nicht von Dauer.

Trotzdem würde sie sich eines auf jeden Fall nicht nachsagen lassen: dass sie ihre Arbeit nicht gut machte. Solange sie hier sein musste, würde sie genauso gründlich arbeiten wie immer, das war sie ihrer Berufsehre schuldig.

Sie loggte sich in den Computer ein und musste gleich die erste Niederlage einstecken. Die Anwenderbetreuer hatten bereits ganze Arbeit geleistet und ihr sämtliche Zugriffsrechte auf die Archive und Ordner der Mordkommission genommen.

»Scheiße«, fluchte Toni. Wie sollte sie dann auf dem Laufenden bleiben? Sie versuchte alle Tricks, die ihr einfielen, aber die Türen blieben geschlossen. So hatte sie sich das nicht vorgestellt. Frustriert verschränkte sie die Arme vor der Brust und starrte auf den Bildschirm. Ihre Arbeitsmoral war auf null gesunken. Andererseits brachte es auch nichts, wenn sie wie ein bockiges Kind auf ihrem Stuhl saß und auf den Feierabend wartete. Seufzend griff sie nach der Maus. Mal sehen, was die neue Dienststelle so zu bieten hatte.

Toni hatte sich durch ein gutes Dutzend Ordner geklickt, als es klopfte. Sie hob den Kopf. Im Türrahmen stand eine junge Frau mit schulterlangen braunen Haaren und sah sie verlegen an.

»Entschuldigung, Frau Stieglitz. Ich wollte Sie nicht stören. Der Chef hat mich geschickt. Die Mittagsrunde ...« Der Rest des Satzes blieb unausgesprochen in der Luft hängen. Stattdessen deutete sie mit dem Daumen irgendwo hinter sich in den Flur.

War es wirklich schon so spät? Eigentlich hatte Toni jetzt keine große Lust auf Smalltalk, doch sich gleich am ersten Tag abzukapseln war kein besonders guter Einstand.

»Tut mir leid, ich habe nicht auf die Uhr gesehen. Ich komme sofort.«

Im Aufenthaltsraum saßen neben Schwarzer und der Kollegin von eben noch fünf weitere Beamte und nickten Toni zu, als sie das Zimmer betrat.

»Ah, Frau Stieglitz«, begrüßte sie Schwarzer. »Bitte, suchen Sie sich einen Platz aus.«

Er wartete, bis sie sich hingesetzt hatte, dann verschränkte er die Finger ineinander und sah sie an.

»Ich hoffe, Sie konnten sich schon ein wenig einleben. Viel hatten Sie heute ja noch nicht zu tun, aber das wird sich sicherlich bald ändern. Gibt es etwas von Ihrer Seite, das Sie loswerden möchten, Frau Stieglitz?«

Toni erwiderte seinen Blick.

»Nein«, sagte sie schlicht und verschränkte ihre Hände ebenfalls vor sich auf der Tischplatte. Sie spürte die Neugier der anderen Kollegen fast körperlich. Vor allem der augenscheinlich Älteste im Team schien sich auf die Lippe beißen zu müssen, um sie nicht zu löchern, was an den Gerüchten dran war, die ihr garantiert schon vorausgeeilt waren.

Toni machte sich keine Illusionen darüber, dass hinter ihrem Rücken geredet wurde. Der Flurfunk funktionierte im Präsidium München mit einer fast schon erschreckenden Effektivität, und Neuigkeiten verbreiteten sich beinahe mit Lichtgeschwindigkeit bis in den letzten Winkel und die kleinste Dienststelle. Trotzdem – wer etwas wissen wollte, musste sie direkt darauf ansprechen. Von sich aus gab sie garantiert nichts preis.

Die Kaffeemaschine fauchte, als hielte selbst sie es vor Neugier nicht mehr aus. Toni ließ sich aber weder dadurch noch durch das erwartungsvolle Schweigen ihrer Kollegen beeindrucken. Stattdessen stand sie auf, um sich einen Kaffee einzuschenken.

Schwarzer räusperte sich und schob die Papiere, die er vor sich liegen hatte, hin und her. Über das Gesicht der Kollegin mit den braunen Haaren huschte ein Grinsen. Toni vermutete, dass sie gegen irgendein ungeschriebenes Gesetz verstoßen hatte. Vielleicht hätte sie Schwarzer erst um Erlaubnis fragen müssen, ob sie aufstehen durfte. *Herr Lehrer, ich muss mal*, oder so ähnlich.

»Nun gut«, hörte sie seine Stimme in ihrem Rücken, während sie eine Tasse aus dem Schrank nahm. »Da Frau Stieglitz uns offenbar nicht mehr zu sagen hat, kommen wir zu dir, Udo. Gab es bei der Besprechung mit dem Kreisverwaltungsreferat etwas Neues?«

So fragte sich der Kommissariatsleiter rund um den Tisch. Als der Letzte einen kurzen Abriss seiner aktuellen Fälle und anstehenden Aufgaben gegeben hatte, stand Schwarzer auf und ging zur Kaffeemaschine, und wie die Entenküken ihrer Mutter folgte auch der Rest der Kollegen. Da erst fiel Toni auf, dass sie tatsächlich die Einzige war, die bereits eine Tasse vor sich stehen hatte. Ah. Das war also der Grund für die Irritation gewesen: Der Kaffee war erst frei, wenn Häuptling Silberlocke das Signal dazu gab. Toni zuckte innerlich mit den Schultern. Andere Dienststellen, andere Sitten.

Dem anschließenden Geplänkel über dienstliche und private Nebensächlichkeiten folgte Toni nur mit einem halben Ohr; sie kannte die Kollegen zu wenig, um sich dafür zu interessieren, wessen Kind gerade Zähne bekam und wessen Fahrrad an der U-Bahn geklaut worden war. Deshalb war sie heilfroh, als Schwarzer die Runde endlich aufhob und einer nach dem anderen an seine Arbeit zurücktrottete.

Toni schenkte sich noch einen Kaffee ein und steuerte dann ebenfalls ihr Zimmer an. Neben der Tür zu ihrem Büro wartete der ältere Kollege, der sie schon am Tisch so unverhohlen gemustert hatte. Betont lässig, ein Bein über das andere geschlagen, lehnte er an der Wand und schlürfte aus seiner Tasse. Toni hatte keine Lust darauf, sich länger mit ihm zu beschäftigen, als es die Höflichkeit unbedingt gebot, und nickte ihm nur knapp zu. Das deutete ihr Kollege jedoch bereits als Einladung zu einem Gespräch.

»Und?«, fragte er und hob die Augenbrauen.

Das sollte vermutlich so viel heißen wie: Nun rück schon endlich raus mit der Sprache. Stimmt es, was man sich über dich erzählt? Hast du dich tatsächlich mit einem Journalisten geprügelt?

Toni hielt inne, die Hand schon auf der Türklinke. Sie wusste, es wäre klüger, einfach den Mund zu halten, an ihm vorbeizugehen und sich an die Arbeit zu machen, doch sie konnte nicht anders. Mit einem ergebenen Seufzen ließ sie die Klinke los und drehte sich um, den Blick fest in ihre Tasse gerichtet.

»Warum soll ich ein Geheimnis daraus machen. Ihr wisst es vermutlich ohnehin schon«, sagte sie und hob theatralisch langsam den Kopf.

Sofort kam Leben in den Kollegen. Er löste sich von der Wand und machte einen Schritt auf Toni zu. Seine Augen fixierten ihre Lippen, als würde er die Worte aus ihrem Mund nicht nur hören, sondern auch sehen wollen.

Toni fiel auf, wie still es auf einmal war; als würde das gesamte Kommissariat den Atem anhalten und auf ihre unmittelbar bevorstehende Offenbarung lauern. Gut, die sollten sie haben. Sie holte tief Luft, presste einen Moment lang die Lippen aufeinander, dann sprach sie es aus: »Die Kaffeemaschine muss dringend entkalkt werden.«

Neunundvierzig

»Ab morgen fahre ich wieder mit der S-Bahn«, murmelte Toni, während sie die Treppe hinaufhetzte. Eigentlich hatte sie gedacht, dass es hier kein großes Problem sein dürfte, einen Parkplatz zu finden, aber die letzten zwanzig Minuten, in denen sie kreuz und quer durch die Gegend gefahren war, um ihren Mercedes schlussendlich halb auf einem Grünstreifen zu parken, hatten sie eines Besseren belehrt.

Sie ließ Jacke und Tasche achtlos auf ihren Schreibtisch fallen und schaffte es gerade noch vor Schwarzer in den Besprechungsraum. Diesmal hatten ihre Kollegen bereits Kaffeetassen vor sich stehen. Morgens durfte die Herde also schon vor dem Alphatierchen an die Tränke. Trotzdem verzichtete sie zunächst, denn der Kommissariatsleiter betrat den Raum und fing – kaum dass er sich gesetzt hatte – damit an, die neu eingelaufenen Vorgänge zu verteilen.

»Und der wäre für Sie, Frau Stieglitz«, sagte Schwarzer, als nur noch ein Aktendeckel übrig war. »Leider kann ich Ihnen als Einstand nichts so Aufregendes bieten, wie Sie es bisher gewohnt waren. Höchstwahrscheinlich ist es nicht einmal ein richtiger Fall, sondern nur falscher Alarm.« Schwarzer schob den Vorgang in ihre Richtung. »Mitteiler ist eine Mutter, die sich Sorgen macht, weil sie ihre Tochter seit ein paar Tagen nicht erreichen kann. Ihre erwachsene, gesunde Tochter von vierundvierzig Jahren, wohlgemerkt.« Er zuckte mit den Schultern. »Wie gesagt: nichts Aufregendes, aber zum Einarbeiten für Sie genau das Richtige.«

Kurz darauf war die Besprechung beendet. Toni klemmte sich den Aktendeckel unter den Arm und ging in den Aufenthaltsraum, um sich einen Kaffee zu holen. Offenbar hatte jemand gerade erst eine frische Kanne aufgesetzt, denn der Kaffee tröpfelte noch aus dem Filter. Toni nahm eine Tasse aus dem Schrank und stellte sie neben die Maschine. Dann setzte sie sich auf die Tischecke, schlug die Vermisstenanzeige auf und begann zu lesen: Karin Ainmiller, vierundvierzig, geschieden, selbstständige Übersetzerin. Hatte zuletzt am Donnerstag mit ihrer Mutter telefoniert. Seither war sie nicht mehr erreichbar und wie vom Erdboden verschluckt.

Wie üblich hatten die Kollegen der Polizeiinspektion sich erkundigt, ob Karin Ainmiller durch einen Rettungsdienst in ein Münchner Krankenhaus gebracht worden war, und tatsächlich war im fraglichen Zeitraum eine unbekannte Frau nach einem Verkehrsunfall in das Schwabinger Krankenhaus eingeliefert worden; allerdings war sie geschätzte fünfundsechzig Jahre alt und schied somit definitiv aus.

Toni blickte von der Anzeige auf. Sie gab es nicht gern zu, aber Schwarzers Theorie vom falschen Alarm war nicht von der Hand zu weisen. Es gab weder Anhaltspunkte für eine Suizidgefahr, noch litt Karin Ainmiller unter einer lebensbedrohlichen Krankheit oder war auf die Einnahme von Medikamenten angewiesen. Sie war eine erwachsene Frau und hatte das Recht, einfach mal ein paar Tage abzutauchen, ohne dies an die große Glocke zu hängen oder gar um Erlaubnis zu fragen.

Vielleicht wollte die Ainmiller einfach nur ihre Ruhe haben und hatte sich zum meditativen Töpfern in ein Kloster zurückgezogen. Oder sie war mit einem zehn Jahre jüngeren Typen, den sie in irgendeiner üblen Kneipe aufgegabelt hatte, zu einer wilden Liebeswoche aufgebrochen und hatte es bis heute einfach nicht geschafft, das Bett zu verlassen.

Möglich war aber auch, dass Mutter und Tochter sich bei ihrem letzten Telefonat so sehr gestritten hatten, dass die Ainmiller Abstand brauchte und nicht erreichbar sein wollte.

Das war etwas, das Toni absolut nachvollziehen konnte. Sie selbst beschränkte die Kommunikation mit ihrer Mutter auf vierzehntägliche Pflichttelefonate. Die waren durchschnittlich nach vier Minuten beendet, weil ihre Mutter nichts mit dem *blutigen Kram*, wie sie Tonis Arbeit nannte, zu tun haben wollte und Toni wiederum kein Interesse am Tratsch und Klatsch und schon gar nicht am Zustand von Darmflora und Bandscheiben der halben Verwandtschaft hatte.

Egal, wie sie es drehte oder wendete – zum jetzigen Zeitpunkt gab es keine Grundlage für polizeiliches Tätigwerden. Trotzdem konnte es nicht schaden, wenn sie sich mit der besorgten Mutter unterhielt. Vielleicht kamen im Gespräch noch Dinge zutage, die etwas Licht in das Dunkel brachten.

Der Kaffee war inzwischen durchgelaufen. Toni schlug den Aktendeckel zu, goss sich eine Tasse ein und machte sich damit auf den Weg zu ihrem Büro.

»Frau Stieglitz?«

Frau Winter, die Schreibkraft des Kommissariats, war mit ihrem Bürostuhl an die Tür gerollt und sah sie über ihre Lesebrille hinweg an.

Toni blieb stehen. »Ja?«

»Sie haben Besuch. Ein Kollege. Ich wollte während der Besprechung nicht stören und habe ihm gesagt, er soll solange in Ihrem Zimmer auf Sie warten.«

Besuch? Für sie? Hier? Aber es wusste doch so gut wie niemand, dass sie hierher in die Verbannung geschickt worden war. So gut wie niemand außer ...

Toni bedankte sich und hatte es auf einmal sehr eilig, in ihr Büro zu gelangen. Im Grunde kam nur ein Mensch in Frage: Hans. Die Vernunft hatte also doch gesiegt. Er wollte sie zurück in die Mordkommission holen. Dass er sich dafür gleich persönlich auf den Weg machte, wunderte sie zwar, aber vermutlich musste er mit Schwarzer noch etwas klären.

Schwungvoll öffnete sie die Tür.

»Na endlich«, fing Toni an, doch die weiteren Worte blieben ihr im Hals stecken. Das war nicht Hans, der da lässig zurückgelehnt auf ihrem Stuhl saß und sich jetzt zu ihr herumdrehte.

»Na endlich? So erwartungsvoll? Mit so einer Begrüßung hatte ich nicht gerechnet.«

Tonis Magen wurde zu Eis.

»Mike«, flüsterte sie tonlos. Der Boden unter ihren Füßen begann zu schwanken. Wie kam er hierher? Hastig betrat sie ihr Büro und schloss die Tür hinter sich. Wenn ihre Kollegen mitbekamen, was zwischen ihr und Mike vorging, war sie geliefert.

»Was willst du von mir? Warum ...?« Ihre Stimme versagte. Sie spürte, wie Panik in ihr aufstieg und ihr die Luft zum Atmen nahm.

»Was ich von dir will? Ich glaube, das weißt du ganz genau.« Mike lächelte sein Prince-Charming-Lächeln, bei dessen Anblick Toni früher dahingeschmolzen war. Jetzt überzog es ihre Haut mit Eiskristallen.

»Aber deshalb bin ich heute nicht hier. Heute«, er betonte das Wort überdeutlich, »bin ich hier, weil du etwas von mir willst.«

Toni sah ihn verwirrt an. Sie von ihm? Es gab nur eine Sache, die sie von ihm wollte: dass er sie endlich in Ruhe ließ und mit seinen Nachstellungen aufhörte. Am liebsten hätte sie ihm das ins Gesicht geschrien, aber das wagte sie nicht.

»Das muss ein Missverständnis sein«, sagte sie stattdessen und hasste sich dafür, dass ihre Stimme so dünn klang wie die einer sterbenden Maus. »Ich will nichts von dir.«

»Bist du sicher?« Mike lächelte noch breiter, zog ein paar Blätter aus der Jackentasche und faltete sie auf. »Mir hat ein Vögelchen nämlich gezwitschert, dass du die hier haben willst.«

Er klatschte die Blätter mit der flachen Hand auf den Tisch. Der Knall ließ Toni zusammenzucken.

»Was ist das?«, fragte sie.

»Das, wonach du hinter meinem Rücken gefragt hast, meine Teure: meine Dienstpläne.«

Mit einem Ruck stand er auf und ging auf sie zu. Der vertraute Duft seines Aftershaves drang in Tonis Nase. Früher hatte sie es geliebt. Jetzt verursachte es ihr Brechreiz. Sie wich zurück, bis die Tür in ihrem Rücken sie zum Stehenbleiben zwang. Mike war keinen halben Meter mehr von ihr entfernt. Er hob den Arm, streifte wie zufällig Tonis Brust und stützte ihn neben ihrem Kopf gegen das Türblatt.

»Du hättest mich auch direkt darum bitten können, das

wäre viel einfacher gewesen.« Er beugte sich zu ihr hinab. Toni wich zur Seite aus, aber er setzte nach, drängte sie in die Ecke. »Du hast doch bis jetzt immer von mir bekommen, was du wolltest«, flüsterte er und presste sich an sie. Seine Finger umklammerten ihr Kinn, zwangen ihren Kopf nach oben, bis sie ihm in die Augen sehen musste. Seine Erektion drückte hart gegen ihre Hüfte. »Und du wirst immer von mir bekommen, was du verdienst.« Seine Lippen und seine Zungenspitze streiften ihre Wange und ihr Ohr, dann ließ er sie los und trat zurück.

»Tut mir leid, aber ich muss gehen. Der Dienst ruft. War schön, dich wiederzusehen, Toni.«

Er zwinkerte ihr zu und öffnete die Tür. Im Flur waren zwei Kollegen, die sich rasch abwandten und so taten, als seien sie in ein Gespräch vertieft. Mike machte einen Schritt nach draußen, blieb stehen und drehte sich noch einmal zu Toni um.

»Wir sehen uns«, sagte er lächelnd und nickte den beiden Kollegen zu, dann war er fort.

Sekundenlang stand Toni da wie betäubt. Weder sah sie die beiden Kollegen, die ihr schiefe Blicke zuwarfen, noch hörte sie irgendein Geräusch um sich herum. Sie fuhr sich mit der Hand über die Wange, betrachtete ihre Finger. Sie konnte nichts erkennen, aber sie wusste, dass sein Speichel daran haftete. Sie wischte die Hand an ihrer Hose ab. Sie musste das abwaschen. Jetzt. Sofort.

Toni drängte sich an den beiden Kollegen vorbei und hastete in die Toilette. Am Waschbecken zog sie ihr Shirt über den Kopf und drehte den Hahn auf. Sie beugte sich über das Becken und schaufelte wie besessen Wasser über ihr Gesicht. Es war ihr egal, dass das Wasser über ihren Oberkörper rann, ihren BH und ihren Hosenbund tränkte.

Sie musste um alles in der Welt seinen Speichel und das ekelhafte Gefühl seiner Zunge auf ihrer Haut loswerden.

Toni begegnete ihrem Blick im Spiegel. Tränen mischten sich unter die Wassertropfen auf ihrer Wange. Sie hatte schon wieder versagt. Sie war immer noch Mikes Marionette. Am liebsten hätte sie ihrem Spiegelbild mitten in das Gesicht gespuckt.

Kathrin, die Kollegin, die sie gestern zur Mittagsrunde geholt hatte, kam herein. Als sie Toni sah, lief sie rot an, murmelte eine Entschuldigung und floh aus der Toilette.

»Wohl noch nie eine halbnackte Frau gesehen«, murmelte Toni und betrachtete sich selbst im Spiegel. »Du bist wirklich die Krönung, Stieglitz. Dein Leben ist so was von im Arsch.«

Sie zog sich ihr Shirt wieder an, wischte sich die Tränen mit den Händen vom Gesicht und versuchte von ihrem Kajal zu retten, was noch zu retten war. Sie schnitt sich selbst noch eine Grimasse und verließ die Toilette. Kathrin hatte sich inzwischen zu Pat und Patachon, Dick und Doof, Tom und Jerry oder wie die beiden Kollegen auch immer hießen, gesellt und steckte den Kopf mit ihnen zusammen. Über wen die drei gerade tuschelten, war sonnenklar.

Toni ließ sie links liegen und ging zurück in ihr Büro. Ein Hauch von Mikes Aftershave hing noch immer im Raum. Augenblicklich schnürte es ihr wieder die Luft ab. Sie musste raus hier, und zwar gleich.

Toni raffte die Unterlagen über Karin Ainmiller zusammen, stopfte sie in ihre Umhängetasche und stürmte in das Büro von Frau Winter. Durch die Verbindungstür konnte sie Schwarzer sehen, der an seinem Schreibtisch saß und telefonierte.

»Wo bekomme ich die Papiere und den Schlüssel für einen Dienstwagen?«, fragte Toni und hatte alle Mühe, sich ihre innere Aufruhr nicht anmerken zu lassen.

»Hier bei mir«, antwortete die Winter. »Audi oder lieber BMW?«

Scheißegal. Ein Auto, einfach nur ein Auto.

»Den BMW, bitte.« Tonis Vorrat an Höflichkeit war nahezu aufgebraucht, und ihre letzten Kraftreserven gingen dafür drauf, nicht schreiend aus dem Gebäude zu rennen. Sie nahm die Mappe entgegen und wollte das Zimmer verlassen, als sie Schwarzers Stimme hörte.

»Sie rücken aus, Frau Stieglitz?«

Sie biss die Zähne aufeinander. Mist.

»Ja.« Toni drehte sich um. »Ich fahre zur Mutter der Vermissten, um sie persönlich zu befragen.« Sie rechnete fest damit, dass Schwarzer sie darauf hinweisen würde, dass Zeugen in der Regel vorgeladen wurden, doch zu ihrer Überraschung nickte er nur.

»Nehmen Sie ein Diensthandy mit, damit Sie erreichbar sind. Und vergessen Sie nicht, am Zeiterfassungsterminal den Dienstgang zu buchen.«

Die Zeiterfassung. Natürlich. Hauptsache, jede Minute des Tages wurde ordnungsgemäß protokolliert. Toni griff sich eines der Mobiltelefone, die auf einem Schrank neben der Tür standen, verabschiedete sich und ging gemessenen Schrittes hinaus. Kaum war sie im Treppenhaus, fiel die Beherrschung von ihr ab. Sie lief die Stufen hinunter, stieß die Glastür auf, stürzte aus dem Gebäude und rannte beinahe in einen Radfahrer hinein. Mit zitternden Knien blieb sie stehen.

Jetzt wusste sie endgültig, wie die Frauen sich fühlten, die sie früher nie verstanden hatte. Die aus heiterem Himmel die Anzeige gegen ihre Exmänner zurückzogen und nichts mehr von einer Bestrafung wissen wollten. Die behaupteten, das aus freien Stücken zu machen, obwohl gleichzeitig die Angst ihre Augen dunkel färbte.

Sie hatte es am eigenen Leib erfahren. War paralysiert gewesen wie das sprichwörtliche Kaninchen vor der Schlange. Die Angst hatte alles in ihr ausgeknipst. Den Verstand. Den Mut. Die Widerstandskraft. Hätte Mike sie am Arm genommen und hinausgeführt – sie wäre ihm gefolgt, unfähig, auch nur die geringste Gegenwehr zu leisten.

Toni schüttelte den Kopf. Wie sollte das nur weitergehen? So jedenfalls nicht. Wenn sie Mike in Zukunft nicht mehr entgegenzusetzen hatte, hatte er gewonnen. Dann gab es für sie kein Entkommen mehr. Zumindest nicht lebendig.

Fünfzig

Toni stellte die Kaffeetasse auf den Unterteller und tippte mit der Fingerkuppe die letzten Krümel ihrer Mohnschnecke auf. Ihre Knie hatten endlich aufgehört zu zittern, und sie konnte wieder freier atmen, auch wenn das Gefühl, eine Schlinge um den Hals zu haben, noch nicht ganz verschwunden war.

Toni verließ das kleine Stehcafé, nahm das Diensthandy aus ihrer Umhängetasche und wählte die Nummer von Ruth Ainmiller. Ein ungewohntes Gefühl, wieder richtige Tasten zu benutzen. Bereits nach dem zweiten Klingeln meldete sich eine weibliche Stimme.

»Ainmiller.«

»Guten Morgen. Mein Name ist Stieglitz, und ich bin von der Mo… Münchner Kriminalpolizei. Entschul…«

»Gibt es etwas Neues?«, fiel Ruth Ainmiller Toni ins Wort. »Haben Sie Karin gefunden?«

»Nein, tut mir leid, Frau Ainmiller. Aber ich würde gern zu Ihnen kommen und Ihnen ein paar Fragen über Ihre Tochter stellen. Ich weiß, es ist noch sehr früh, aber …«

»Das macht nichts. Kommen Sie ruhig. Ich bin schon seit Stunden wach.«

»Bitte, setzen Sie sich.« Ruth Ainmiller lotste Toni zu einem cremefarbenen Sofa in einer überraschend modern eingerichteten Wohnung. Wobei die Überraschung genau genommen nur daher rührte, dass Toni immer wieder von der Einrichtung ihrer Eltern auf die anderer Leute in ähnlichem Alter schloss. Ein übles Vorurteil, das wusste sie selbst, aber es hielt sich dennoch hartnäckig.

Im Gegensatz zu Tonis Mutter, die hier völlig deplatziert gewirkt hätte, passte Frau Ainmiller perfekt in ihre Wohnung. Den Unterlagen nach war sie siebenundsechzig, wirkte mit ihrer leicht sonnengebräunten Haut und den kurzen, fast weißen Haaren jedoch wesentlich jünger. Auf den ersten Blick machte sie nicht den Eindruck einer überbesorgten Glucke, aber der erste Eindruck war nicht immer der richtige.

»Weshalb glauben Sie, Ihrer Tochter könnte etwas zugestoßen sein?«, fragte Toni.

Frau Ainmillers Hände verkrampften sich, und ihre Lippen wurden weiß. Toni hatte diese Reaktion schon oft beobachtet. Es war eine Sache, einen beängstigenden Gedanken mit sich herumzutragen, und eine ganz andere, wenn jemand anders ihn laut aussprach. Dann war es, als bekäme die Wirklichkeit einen Riss, und all das Böse, das man fernzuhalten versuchte, zwängte sich plötzlich hindurch und glotzte einen geifernd und grinsend an.

»Karin und ich hatten schon immer ein sehr enges Verhältnis.« Frau Ainmiller sprach langsam und überlegt, als hätte sie Angst, dass jedes unvorsichtige Wort ihrer Tochter Schaden zufügen könnte. »Nach dem Tod meines Mannes wurde es sogar noch enger. Ich hätte eigentlich gedacht, dass es anders sein würde. Dass wir beide endlich unser eigenes Leben leben würden, weil das, was uns so aneinander hatte kleben lassen, nun verschwunden war. Mein Mann war ein ziemlicher Tyrann, müssen Sie wissen.«

Sie sagte das ohne jeglichen Groll in der Stimme, es war nichts weiter als eine nüchterne Feststellung.

»Er hat uns beiden jeden einzelnen Tag zur Hölle gemacht. Deshalb zog Karin aus, sobald sie alt genug war. Ich hätte es auch tun sollen, ich weiß, aber …« Sie sah auf ihre Hände und schüttelte den Kopf. »Verzeihen Sie, ich schweife ab.« Frau Ainmiller versuchte ein Lächeln, doch es misslang kläglich, und ihre Stimme zitterte, als sie weitersprach. »Karin und ich telefonierten auch weiterhin fast jeden Tag. Selbst als ich auf Fuerteventura war.«

Sie zog ein zerknülltes Taschentuch aus ihrem Pulloverärmel und tupfte sich die Tränen aus den Augenwinkeln.

»Bei unserem letzten Telefonat war die Verbindung furchtbar, als würde man sich direkt über das Meer hinweg anbrüllen. Das Gespräch war deshalb sehr kurz, wir haben uns eigentlich nur verabredet. Ich wollte sie besuchen, sobald ich zurück bin, um nachträglich auf ihren Geburtstag anzustoßen. Als ich am Freitagabend wieder zu Hause war, habe ich sie deshalb sofort angerufen, aber sie ging einfach nicht ans Telefon.«

Ruth Ainmiller war mit jedem Wort leiser geworden, und ihre Schultern waren immer weiter nach vorn gesunken.

»Kann es denn nicht sein, dass Ihre Tochter spontan verreist ist und vergessen hat, Ihnen Bescheid zu sagen? Oder dass Sie Ihnen aus irgendeinem Grund nicht sagen wollte, dass sie wegfährt?«, fragte Toni.

Frau Ainmiller schüttelte entschieden den Kopf.

»Nein. Karin und ich haben keine Geheimnisse voreinander.« Sie sah Toni an. »Ich weiß, wie sich das anhört. Mein Mann sagte auch immer, dass das zwischen mir und Karin eine regelrechte Affenliebe wäre, und vielleicht hatte er auch recht damit. Aber es war und ist nun einmal so. Die meisten Menschen können das nicht verstehen.«

Toni nickte innerlich. In diesem Punkt war sie ganz auf Herrn Ainmillers Seite.

»Haben Sie ein aktuelles Foto Ihrer Tochter? Das würde uns die Suche sehr erleichtern.«

»Ja, sicher. Einen Moment.«

Frau Ainmiller stand auf, holte ein Fotoalbum aus dem Schrank und legte es auf ihren Schoß. Sie blätterte ein paar Seiten und nahm schließlich behutsam ein Foto heraus. Es zeigte eine Frau mit schulterlangen blonden Locken, die einen Maßkrug in der Hand hielt und ausgelassen in die Kamera lachte.

»Das war im Mai oder Juni dieses Jahres. Da waren wir in den Bergen beim Wandern und haben auf einer Alm Rast gemacht.« Frau Ainmiller strich mit den Fingerspitzen über das Bild. Dieselbe hilflose Geste wie bei der Köster. »Ich hatte meinen alten Fotoapparat dabei. Sie wissen schon, so einen, in den man noch einen Film einlegen muss. Karin hat mir vor zwei Jahren so eine neumodische Digitalkamera geschenkt, aber ich mag diese Dinger nicht. Damit wird man schlampig, drückt einfach nur auf den Auslöser, ohne sich um das Motiv zu bemühen.«

Eine Träne tropfte auf das Bild, und sie wischte hastig mit dem Ärmel darüber.

»Ach, was rede ich nur wieder.« Frau Ainmiller schniefte und schüttelte den Kopf, dann reichte sie Toni das Foto.

»Danke«, sagte Toni und gab Karin Ainmillers Mutter einen Augenblick, um sich zu sammeln.

»Haben Sie eine Ahnung, wo Ihre Tochter sich ab Freitag aufgehalten haben kann?«, fragte sie dann. »Trifft sie sich regelmäßig mit Freunden? Besucht sie ein Fitnessstudio? Hat sie einen Partner, zu dem sie gefahren sein könnte?«

»Nein.« Ruth Ainmiller zog das Taschentuch wieder aus ihrem Ärmel und schnäuzte. »Sie hat keinen Partner. Schon lange nicht mehr. Seit sie vor Jahren auf so einen Kerl hereingefallen ist, der ihr die große Liebe vorgegaukelt hat, sie in Wahrheit aber nur dazu benutzt hat, seine Schulden zu bezahlen, kapselt sie sich ab wie eine Auster. Dass ich in meinem Alter niemanden mehr finde, ist nicht so schlimm. Aber sie ist doch erst vierundvierzig. Sie kann doch nicht die restlichen dreißig oder vierzig Jahre ihres Lebens allein verbringen.« Sie schnäuzte sich wieder. »Außerdem laufen dort draußen ja nicht nur Lügner und Betrüger herum. Ein paar anständige Männer gibt es doch noch. Aber wie soll sie die denn finden, wenn sie sich nur zu Hause vergräbt?«

Frau Ainmiller blickte kurz aus dem Fenster, dann drehte sie den Kopf und sah Toni an.

»Entschuldigung, ich habe Ihre anderen Fragen vergessen.«

»Wie sieht es mit Freunden aus?«, wiederholte Toni. »Geht sie zu Stammtischen, zum Sport, zum Töpfern?«

»Nein. Nicht dass ich wüsste. Wie gesagt: Karin ist kein sehr geselliger Mensch. Sie verbringt die meiste Zeit zu Hause. Ich sage ihr immer wieder, dass sie sich nicht so einigeln soll, aber welches Kind hört schon auf seine Mutter?« Sie lächelte traurig und sah auf ihre Knie, auf denen noch immer das Fotoalbum lag.

Toni konnte ihr nicht widersprechen. Sie tat auch nie das, was ihre Mutter sagte. Hauptsächlich deshalb, weil ihre Ansichten zu weit auseinanderdrifteten und sie über die Anschauungen ihrer Mutter oft nur den Kopf schütteln konnte; manchmal weigerte sie sich aber auch aus Prinzip, als würde sie jetzt die rebellische Phase ausleben, die sie als Teenager nicht gehabt hatte. Nieder mit dem Establishment und so weiter.

»Was ist mit Freunden?«, dirigierte sie sich selbst zurück in die Gegenwart. »Kennen Sie die Freunde Ihrer Tochter?«

»Was heißt kennen ...« Ruth Ainmiller zuckte mit den Schultern. »Ich habe ja nichts mit ihnen zu tun. Aber ich weiß, dass sie noch Kontakt zu ein paar ehemaligen Schulfreundinnen hat und hin und wieder etwas mit ihnen unternimmt.«

»Erinnern Sie sich an die Namen?«

»Ja, warten Sie ...« Sie runzelte die Stirn. »An eine erinnere ich mich ganz genau: Christina. Christina Hoh. Mit ihr hing Karin zusammen wie mit einem siamesischen Zwilling. Dann waren da noch eine Sabine Kalteisen und eine Judith Sigwart. Ob die Mädchen heute noch so heißen, weiß ich natürlich nicht.«

Toni notierte sich die Namen.

»Haben Sie schon bei Ihrer Tochter geklingelt?«, fragte sie dann.

»Natürlich.« Ruth Ainmiller klang beinahe entrüstet. »Ich war jeden Tag bei ihr, zuletzt gestern Abend. Aber es war alles dunkel, und niemand hat aufgemacht.«

»Haben Sie einen Schlüssel zur Wohnung?«

»Ja, habe ich.«

»Und haben Sie ihn benutzt? Waren Sie in der Wohnung?«

Ruth Ainmiller wich Tonis Blick aus, strich mit den Händen über das Fotoalbum. Also war sie in der Wohnung gewesen. Diese Gesten waren eindeutig wie ein Geständnis.

»Ist Ihnen etwas aufgefallen?«, hakte Toni nach.

Karin Ainmillers Mutter presste die Lippen aufeinander. Es war ihr sichtlich peinlich, dass sie ihrer Tochter hinterherspioniert hatte, aber derartige Befindlichkeiten waren jetzt fehl am Platz. Obwohl immer noch alles harmlos schien, regte sich in Toni ein ungutes Gefühl, und sie entfernte sich immer mehr von ihrem eigentlichen Plan, den Fall nach dem Gespräch mit Ruth Ainmiller als falschen Alarm einzustufen und ihn erst einmal auf Halde zu legen.

»Nein«, antwortete Ruth Ainmiller. »Ich bin ja auch nur einen Schritt in den Flur gegangen und habe nach ihr gerufen. Als niemand geantwortet hat, bin ich wieder hinaus, weil ... weil ... Ach, ich weiß selbst nicht.« Ihre Hände flatterten auf wie zwei aufgescheuchte Vögel, und sie verstummte.

»Haben Sie etwas dagegen, wenn wir uns gemeinsam in der Wohnung umsehen?«, fragte Toni, und Ruth Ainmiller schüttelte den Kopf.

Einundfünfzig

Karin Ainmiller wohnte nicht in einer Wohnung, sondern in einem winzigen Häuschen, das sich weit zurückgesetzt von der Straße hinter hohe Thujenhecken duckte. Der Vergleich mit der Auster, den Karins Mutter erwähnt hatte, kam Toni wieder in den Sinn. Hinter diesen Hecken konnte so einiges passieren, ohne dass es jemand mitbekam.

Sie gingen um das Haus herum, sahen durch alle Fenster. Die Zimmer waren verwaist, und trotz des tristen Wetters, das mehr an Abenddämmerung als an Tageslicht erinnerte, brannte nirgends eine Lampe.

»Hat Ihre Tochter einen Wagen?«, fragte Toni und deutete auf den leeren Carport.

»Ja. So einen schicken blauen mit schwarzem Dach. Karin hat ihn sich erst vor ein paar Monaten gekauft. Er war ihr ganzer Stolz.« Ruth Ainmiller fasste sich an den Hals. »Vielleicht ist sie ja doch in Urlaub gefahren«, murmelte sie. »Aber das hätte sie mir doch gesagt.«

Sie beendeten ihre Runde um das Haus. Von außen schien alles in Ordnung zu sein. Weder an den Fenstern noch an der Haustür konnte Toni Einbruchsspuren entdecken, und auch im Haus sah alles ganz normal aus. Keine Spuren eines Kampfes, keine durchwühlten Schränke oder Schubladen, also nichts, was auf einen übereilten

Aufbruch, einen Einbrecher oder schlimmstenfalls eine Entführung hindeutete.

Während Toni drinnen von Zimmer zu Zimmer ging, stand Ruth Ainmiller regungslos im Flur. Sie hatte die Arme um sich geschlungen und wirkte, als würde sie am liebsten die Flucht ergreifen.

»Ist das das Telefon Ihrer Tochter?« Toni hielt ein Smartphone in die Höhe. »Das lag in der Küche auf dem Tisch.«

Ruth Ainmiller nickte.

»Dann können wir eine Handyortung auf jeden Fall vergessen. Sind Sie einverstanden, dass ich die Handydaten durchsehe? Vielleicht finde ich die Telefonnummern der Freundinnen, die Sie mir genannt haben, dann könnte ich mich mit ihnen in Verbindung setzen.«

Karin Ainmillers Mutter zögerte, dann stimmte sie zu, und Toni schaltete das Handy an. Keine PIN-Eingabe notwendig. Glück gehabt. Sie öffnete das Telefonbuch und fand nach kurzer Suche die Namen Bine, Judith und Tina. Toni notierte sich die Rufnummern und überprüfte dann das Journal. Zuletzt hatte Karin Ainmiller am Donnerstag letzter Woche mit dem Handy telefoniert, und zwar mit einer ihrer Freundinnen. Danach hatte Funkstille geherrscht. Kein unbeantworteter Anruf, keine Textnachricht, leere Mailbox.

Bei dem Festnetzanschluss sah es ähnlich aus. Kein entgangener Anruf, keine Nachricht auf dem Anrufbeantworter. Viel Kontakt zur Außenwelt hatte Karin Ainmiller augenscheinlich wirklich nicht gehabt.

»Soll ich Sie nach Hause fahren?«, fragte Toni, als sie das Haus verlassen hatten und wieder an der Straße standen.

»Nein, danke, Frau Stieglitz. Ich gehe ein Stück zu Fuß, ich kann jetzt nicht stillsitzen.« Sie sah Toni an. »Ich weiß, dass Sie mich für eine überbesorgte Glucke halten, die ihre erwachsene Tochter nicht loslassen kann. Vielleicht haben Sie damit auch gar nicht so unrecht. Vielleicht bemuttere ich sie wirklich zu sehr und will nicht einsehen, dass sie mich schon seit Jahrzehnten nicht mehr braucht. Aber dennoch kenne ich mein Kind, und ich weiß, dass sie nie einfach so verschwinden würde.«

Mit diesen Worten drehte sie sich um und ging. Toni sah Ruth Ainmiller hinterher. Es stimmte. Sie hatte die Frau anfangs wirklich für eine dieser Hubschraubermütter gehalten, die pausenlos über ihren Kindern kreisten und jeden Schritt überwachten, selbst wenn die Kinder schon längst erwachsen waren. Aber sie konnte auch nicht abstreiten, dass der Besuch in Karin Ainmillers Haus eine gewisse Beklemmung in ihr hinterlassen hatte. Obwohl alles ordentlich und unauffällig aussah, hatten ein paar Kleinigkeiten ihre Aufmerksamkeit erregt: die Obstschale, in der die Bananen braun wurden; der volle Kühlschrank; das schmutzige Geschirr in der Spülmaschine.

Toni setzte sich in den BMW und fuhr zurück zur Dienststelle. Unbehelligt erreichte sie ihr Büro, zog ihr Notizbuch heraus und begann damit, Karin Ainmillers Freundinnen anzurufen.

Zweiundfünfzig

»Vielen Dank, Frau Korkmaz, dass Sie Zeit für mich haben«, sagte Toni und reichte der Frau die Hand.

Judith Korkmaz, geborene Sigwart, arbeitete in einer kleinen Boutique in Schwabing und war sofort bereit gewesen, sich mit Toni zu unterhalten. Allerdings nur, wenn ihre Kolleginnen keinen Wind davon bekamen. Die würden sonst nur die wildesten Gerüchte darüber in die Welt setzen, was sie wohl verbrochen hatte, dass plötzlich die Polizei im Laden auftauchte und mit ihr sprechen wollte.

Als Treffpunkt hatte sie ein kleines Stehcafé in der Nähe der Münchner Freiheit vorgeschlagen, wo Judith Korkmaz jetzt eine riesengroße Tasse Milchkaffee auf dem wackeligen Bistrotisch abstellte.

»Glauben Sie denn, dass Karin etwas zugestoßen ist?«, fragte sie und wischte die Spuren ihres scharlachroten Lippenstifts vom Tassenrand. Sie hatte etwas von einem Paradiesvogel: sehr bunt, fast schon schrill, aber im Gesamtbild passte alles wieder zusammen.

»Dafür gibt es überhaupt keine Anhaltspunkte«, sagte Toni. »Normalerweise würden wir bei Erwachsenen auch nicht so schnell tätig werden, weil grundsätzlich jeder volljährige Mensch das Recht hat, sich von allem zurückzuziehen, ohne jemandem darüber Rechenschaft abzulegen und einen Zettel mit seinem Aufenthaltsort zurückzulassen.«

»Aber?«, fragte Judith Korkmaz und neigte den Kopf zur Seite.

»Es gibt kein Aber«, antwortete Toni.

»Doch, das gibt es. Sie sagten, normalerweise ermitteln Sie nicht. Dass Sie es aber doch tun, zeigt, dass dies kein normaler Fall ist und es ein Aber geben muss.«

Autsch, dachte Toni, erwischt.

»An Ihnen ist eine Anwältin verlorengegangen«, sagte sie und lächelte, und Judith Korkmaz grinste zurück.

»Sie werden es nicht glauben, ich habe tatsächlich ein paar Semester Jura studiert, doch das wurde mir bald zu langweilig. Schrecklich trocken, das Ganze.«

»Und dann?«, fragte Toni aus reiner Neugier.

»Dann habe ich nach Ansicht meines Vaters mein Leben weggeworfen, habe Kunst studiert und bin bildende Künstlerin geworden. Wie Sie sehen, kann ich mich davon nicht vollständig über Wasser halten, aber es ist mein Traum, und nur das zählt für mich.«

Ressentiments der Väter gegen die Berufswahl ihrer Töchter. Damit kannte Toni sich auch sehr gut aus.

»Sie haben mir immer noch nichts über das Aber an Karins Verschwinden erzählt.« Judith Korkmaz blieb hartnäckig.

»Da ist wirklich keins«, sagte Toni. »Zumindest kein richtiges. Keines, das konkret Anlass zur Sorge geben würde. Nur ein paar braune Bananen und eine Spülmaschine mit schmutzigem Geschirr. Das ist alles.«

Judith Korkmaz zog die Nase kraus.

»Braune Bananen und schmutziges Geschirr? Das passt überhaupt nicht zu Karin. Sie ist in solchen Sachen sehr pingelig. Sie würde nie wegfahren, ohne dafür zu sorgen, dass nichts schimmeln oder vergammeln kann.«

»Und wenn sie ganz spontan aufgebrochen ist?«

Die Antwort auf Tonis Frage war ein lautes Lachen.

»Karin und spontan passt zusammen wie der Papst und die Vielehe. Sie ist der organisierteste, durchgeplanteste Mensch, den ich kenne. Bine und ich witzeln immer, dass sie selbst aufs Klo nur nach Plan geht.« Sie lachte noch einmal, wurde dann aber schlagartig ernst. »Ich habe kein gutes Gefühl bei der Sache, Frau Stieglitz. Selbst wenn Karin ganz gegen ihre Gewohnheit spontan verreist sein sollte, hätte sie sich auf jeden Fall bei ihrer Mutter gemeldet. Die beiden hängen stärker aneinander als zwei Magneten.«

»Könnte es sein, dass sie einen Mann kennengelernt hat und ein paar ungestörte Tage mit ihm verbringen will?«

»Einen Mann?« Judith Korkmaz zog die Augenbrauen hoch. »Wünschen würde ich es ihr nach dem Desaster mit diesem Mistkerl Bernie, erzählt hat sie in dieser Hinsicht aber nichts. Wenn, dann könnte es nur in den letzten Tagen passiert sein. Als wir an ihrem Geburtstag um die Häuser gezogen sind, war sie jedenfalls definitiv noch Single.«

»War das das letzte Mal, dass Sie Kontakt hatten?«, fragte Toni, und Judith Korkmaz bejahte. »Hat sie an diesem Abend vielleicht jemanden kennengelernt? Hat Frau Ainmiller geflirtet, sich mit jemandem unterhalten, vielleicht Telefonnummern ausgetauscht?«

»Also geflirtet hat sie, das steht fest.« Judith Korkmaz schmunzelte. »Allerdings erst in der letzten Kneipe, als die Cocktails so richtig gewirkt haben. In den ersten Läden war sie so artig und zurückhaltend wie immer, aber am Schluss hat sie richtig aufgedreht. Als wir das Lokal verlassen haben, stand der eine Kerl, der es ihr besonders angetan hatte, gerade beim Rauchen draußen, und wenn ich mich nicht völlig täusche, hat sie ihm im Vorbeigehen etwas zugesteckt. Es sah aus wie ein Zettel, aber fragen Sie mich nicht, was daraufstand. Vielleicht hat sie ihm ja tatsächlich ihre Telefonnummer gegeben.«

Toni lehnte sich nach vorn. Jetzt wurde es interessant.

»Erinnern Sie sich noch, wie der Mann aussah?«

»Ja, sehr gut sogar. Er war nämlich ziemlich …« Sie sog die Luft durch die Zähne und schüttelte dabei ihre Hand, als hätte sie sich verbrannt. »Eigentlich stehe ich ja nicht auf Männer mit Glatze, und mir persönlich gefiel der junge Kerl mit Mütze hinter der Bar besser, aber der hatte was.«

Glatze? Ohne es zu wollen, hatte Toni sofort Mulder vor Augen. Energisch schob sie den Gedanken an ihn beiseite. Dafür war jetzt keine Zeit. Sie war hier, um etwas über Karin Ainmiller herauszufinden. Über Mulder konnte sie sich nach Dienst den Kopf zerbrechen.

»Können Sie den Mann noch weiter beschreiben?«

»Lassen Sie mich nachdenken. Er war etwa Mitte bis Ende vierzig, ungefähr eins fünfundachtzig groß, schlank und trug ein enganliegendes helles Shirt, das seine Muskeln an den Armen und der Brust so richtig betonte. Da musste man einfach hinsehen.« Ihre Augenbrauen zuckten kurz nach oben, und sie grinste.

»Hat Frau Ainmiller sich mit dem Mann unterhalten? Hatten Sie den Eindruck, dass sie sich bereits kannten?«

»Nein.« Judith Korkmaz schüttelte den Kopf. Ihre großen bunten Ohrringe klimperten leise. »Den Eindruck hatte ich nicht. Sie haben nicht miteinander gesprochen. Karin hat immer nur zu ihm hinübergesehen, aber die Blicke, die sie ihm zugeworfen hat, die hatten es in sich.«

»Haben Sie vier das Lokal gemeinsam verlassen?«

»Ja, haben wir«, bestätigte Judith Korkmaz. »Wir haben uns anschließend noch ein Taxi bis zum Sendlinger Tor geteilt. Ich glaube, der Fahrer war heilfroh, als er den gackernden Hühnerhaufen endlich los war.«

»Könnte es sein, dass Frau Ainmiller noch einmal zurückgefahren ist?«

»Nein, ausgeschlossen. Als wir das letzte Lokal verlassen haben, hat die frische Luft Karin getroffen wie ein Vorschlaghammer. Sie wollte nur noch nach Hause und ins Bett.«

Tonis Magen flatterte. Sie musste den Mann unbedingt finden. Sie wollte den Teufel nicht an die Wand malen, aber sie hatte das unbestimmte Gefühl, dass er der Schlüssel zu Karin Ainmillers Verschwinden war. Hoffentlich nur, weil er das Hotel gebucht hatte, in dem sie sich seit Freitag verbarrikadiert und Spaß miteinander hatten.

»Wie hieß das Lokal, in dem Sie zuletzt waren?«

»Ach Gott, fragen Sie mich etwas Leichteres. Die Kneipe war Bines Idee, ich hatte davon noch nie gehört. Ich weiß nur noch, dass es ein ganz kurzer Name war, der mich an mein erstes Auto erinnert hat.«

»Und was war das für ein Auto?«

»Ein R4.«

Toni legte ihren Kugelschreiber aus der Hand. Das Magenflattern wurde stärker.

»Kann es S2 gewesen sein?«

»Ja!« Judith Korkmaz klatschte in die Hände. »Genau das war es.« Dann sah sie auf die Uhr. »Sagen Sie, brauchen Sie mich noch? Ich müsste zurück in den Laden.«

»Nein«, sagte Toni, während ihr Gehirn auf Hochtouren lief. »Vielen Dank. Sie haben mir sehr geholfen.«

Dreiundfünfzig

Toni fuhr an den Straßenrand und stellte den Motor ab. Hinter den Scheiben des S2 war erwartungsgemäß alles dunkel. Sie nahm das Diensthandy aus ihrer Tasche. Sollte sie Hans anrufen und ihm erzählen, was sie gerade erfahren hatte? Eigentlich hatte er es ja nicht verdient. Eigentlich sollte sie auf eigene Faust weiterermitteln und Entführer und Frauenmörder ganz alleine zur Strecke bringen, denn dass die Fälle zusammenhingen, davon war Toni mittlerweile felsenfest überzeugt. So große Zufälle konnte es nicht geben. Aber dann siegte die Vernunft über den Trotz.

»Hallo, Hans«, sagte sie, nachdem er abgehoben hatte. »Ich bin es, Toni.«

»Toni.« Es war erstaunlich, wie viel Resignation und Ärger er in nur vier Buchstaben packen konnte. »Was willst du?«, fragte Hans, ließ sie aber gar nicht zu Wort kommen. »Nein, sag es mir nicht. Ich weiß es nämlich schon, und die Antwort darauf lautet: Nein. Nein, Brodt hat sich noch nicht beruhigt, und nein, du kannst noch nicht zurück.«

Toni ballte die Faust. Sie hätte nicht anrufen sollen. Aber sie schluckte ihren Ärger hinunter.

»Das will ich doch auch gar nicht. Also das heißt, natürlich will ich zurück. Und zwar am liebsten gestern. Aber deshalb rufe ich jetzt nicht an, sondern wegen der beiden ermordeten Frauen. Ich ...«

»Toni, wann kapierst du es endlich?«, fuhr Hans dazwischen. »Du bist nicht mehr bei der Mordkommission. Du suchst jetzt vermisste Personen. Lass uns unsere Arbeit machen und konzentriere du dich auf deine. Damit ist allen am ehesten gedient.«

»Aber ...«

»Nichts aber. Und jetzt entschuldige mich, ich habe zu tun.«

Toni starrte das Telefon in ihrer Hand an. Er hatte aufgelegt. Dieser elende Ignorant! Gut, dann eben nicht. Wer nicht will, der hat schon. Mehr als versuchen konnte sie es nicht, und wenn Hans unbedingt auf stur schalten wollte, dann fing sie den Mörder eben allein. Sein Problem, wenn er am Ende dastand wie ein Idiot.

Sie atmete noch einmal tief durch, dann stieg sie aus und ging zum Lokal. Toni beschattete mit den Händen die Scheibe und spähte ins Innere.

»Verdammter Mist«, murmelte sie. Sigi Lenz saß nicht in seinem Spinnennetz. Sie ließ den Blick weiter durch das Lokal schweifen und entdeckte einen Lichtschein, der aus dem Flur kommen musste, durch den der Wirt sie und Sören damals geführt hatte. Sie trat zur Eingangstür, rüttelte und klopfte.

»Herr Lenz? Bitte machen Sie auf«, rief sie und schlug mit der Faust gegen das Glas. Spätestens wenn die Alarmanlage losging, würde er sich schon zeigen. Aber so lange musste sie nicht warten. Ein ziemlich verärgert aussehender Sigismund Lenz erschien an der Tür. Als er sie sah, stutzte er kurz, musste offenbar überlegen, woher er sie kannte, dann glätteten sich die Falten auf seiner Stirn ein wenig und ließen ihn nun eher skeptisch als verärgert aussehen.

»Sieh einer an, die Kripo«, sagte er, nachdem er die Tür aufgeschlossen hatte. »Wieder mal auf der Suche nach einem Verdächtigen? Mit dem ersten hat es ja nicht so recht geklappt, wie man hört.«

Toni ging nicht auf die Stichelei ein, sondern zog das Foto von Karin Ainmiller aus ihrer Tasche und hielt es ihm unter die Nase.

»Erinnern Sie sich an diese Frau? Sie war letzten Donnerstag Gast in Ihrem Lokal. An diesem Tag müssten Sie theoretisch auch hier gewesen sein, nicht wahr?«

Sigi Lenz nickte. »Stimmt. Ich war hier.« Er kniff die Augen zusammen und beugte sich vor, betrachtete das Foto und schüttelte dann den Kopf. »Nein, tut mir leid, da klingelt nichts.«

»Sie war mit drei Freundinnen hier. Die vier waren vermutlich ziemlich aufgekratzt.«

»Ach, bei denen war sie dabei? Ja, an die kann ich mich erinnern. Die saßen hinten im Eck und haben es ziemlich krachen lassen.«

»Haben Sie zufällig beobachtet, ob sich ein Mann mit einer der Frauen unterhalten hat?«

»Nein, tut mir leid. Ich habe aber auch nicht darauf geachtet. Kann schon sein, dass mir da etwas entgangen ist.« Sigi Lenz deutete mit dem Kinn auf das Foto. »Die ist aber nicht auch noch tot, oder?«, fragte er.

Hoffentlich nicht, dachte Toni.

»Die Frau wird vermisst«, sagte sie, »und ich bin jetzt auf der Suche nach Menschen, die sie zuletzt gesehen haben. Sie soll hier Kontakt mit einem Mann gehabt haben. Vielleicht erinnern Sie sich an den. Er hat eine Glatze, ist etwa einen Meter fünfundachtzig groß und auffallend muskulös.«

Sigi Lenz runzelte die Stirn.

»Also«, begann er zögernd. »Ich kenne da schon jemanden, auf den diese Beschreibung zutrifft, und der war an diesem Abend auch hier.«

»Und wer wäre das?«, fragte Toni, doch Lenz schwieg und rieb sich über das Kinn. Die Skepsis war auf sein Gesicht zurückgekehrt. Toni wollte gerade etwas nachdrücklicher werden, als er schließlich doch weitersprach.

»Er heißt Andreas Wenisch. Wir kennen uns schon seit über zwanzig Jahren, haben früher im gleichen Club trainiert. Er ist Stammgast hier, kommt mehrmals die Woche.« Es war Lenz anzusehen, wie viel Überwindung ihn diese Sätze kosteten.

»Sie haben nicht zufällig seine Adresse?«

»Das leider nicht, aber seine Telefonnummer. Und ich weiß, wo Sie ihn jetzt garantiert finden.«

Als Andreas Wenisch auf Toni zukam, musste sie daran denken, wie Judith Korkmaz die Luft durch die Zähne gesogen und die Hand geschüttelt hatte. Jetzt konnte sie verstehen, warum. Die Korkmaz hatte nicht übertrieben. Der Mann war ein echter Blickfang, und die Muskeln in der Tat beeindruckend. Toni ging jede Wette ein, dass unter dem verschwitzten T-Shirt mit dem Aufdruck *Munich Fight Club* ein mindestens genauso beeindruckendes Sixpack verborgen war. Für jemanden, der so muskulös war, war es bestimmt kein Problem, Würgemale am Hals einer Frau zu hinterlassen.

»Sind Sie die Polizistin, die mich sprechen will?«, fragte er und platzierte seine Boxhandschuhe neben Toni auf dem Empfangstresen.

»Wenn Sie Andreas Wenisch sind, dann ja.«

»Der bin ich. Und Sie sind?«

»Stieglitz, Kripo München.«

Sie hielt ihm ihren Ausweis unter die Nase, doch Wenisch interessierte sich überhaupt nicht dafür, sondern musterte Toni eingehend von oben bis unten. Sie wartete geduldig, bis er wieder bei ihrem Gesicht angelangt war.

»Fertig?«, fragte sie, was ihm ein amüsiertes Grinsen entlockte. »Dann könnten Sie Ihre Aufmerksamkeit vielleicht auf dieses Foto lenken.« Sie legte das Bild von Karin Ainmiller neben seine Handschuhe. »Erkennen Sie diese Frau wieder?«

Andreas Wenisch sah Toni mit einem Blick an, der ihr einen Schauer über den Rücken jagte, und zu ihrem Ärger keinen unangenehmen. Kein Zweifel, der Mann wusste haargenau, wie er auf Frauen wirkte, und nutzte das schamlos aus. Es fiel Toni nicht schwer, sich vorzustellen, dass er Magdalena Sauer und Monika Falke vor dem S2 angesprochen und sie mit seiner Masche eingewickelt hatte.

»Keine Ahnung. Sollte ich?« Wenisch sah sie an. Den ratlosen Gesichtsausdruck hatte er wirklich gut drauf.

»Sie waren doch letzten Donnerstag im S2«, begann Toni, und als Wenisch das bestätigte, fuhr sie fort: »Dann haben Sie bestimmt die vier Frauen bemerkt, die dort gefeiert haben.«

Er nickte und schaute noch einmal auf das Foto. Dann hellte sich sein Gesichtsausdruck auf.

»Moment, ja. Jetzt erkenne ich sie wieder. Das ist die Blonde mit dem roten Pullover. O Mann, die hatte ordentlich einen im Tee und war ziemlich gut drauf. Was hat sie denn verbrochen, dass die Kripo sich für sie interessiert?«

»Sie ist in eine Sache verwickelt, über die ich Ihnen aus

Gründen des Datenschutzes keine nähere Auskunft geben kann. Leider ist sie uns entwischt und irgendwo untergetaucht, und nun versuchen wir sie aufzustöbern.«

Das sollte genügen, um Wenisch vorzugaukeln, dass sie es nicht auf ihn abgesehen hatte.

»Und warum glauben Sie, dass ich Ihnen dabei helfen könnte?«

»Weil eine ihrer Freundinnen beobachtet hat, dass sie Ihnen einen Zettel zugesteckt hat, während Sie draußen beim Rauchen standen. Dieser Zettel wäre sehr interessant für uns, weil er uns möglicherweise einen Hinweis auf ihren Aufenthaltsort geben könnte.«

»Nicht nur einen Hinweis«, sagte Wenisch. »Sondern eine vollständige Adresse. Das war nämlich eine Visitenkarte.«

»Eine Visitenkarte?«, wiederholte Toni. »Haben Sie diese Karte noch?«

»Nein, tut mir leid. Ich habe sie weggeworfen, nachdem die Mädels in das Taxi gestiegen sind.«

»Weggeworfen?«, fragte Toni. »Sie hatten keine Verwendung für die Karte?«

Andreas Wenisch verzog das Gesicht.

»Ganz ehrlich? Nein. Aus der Entfernung sah sie ja ganz gut aus, aber als sie dann direkt an mir vorbeiging, war sie doch nicht mein Typ.«

»Und das konnten Sie vorher nicht erkennen?«

Er deutete mit Zeige- und Mittelfinger auf seine Augen.

»Kurzsichtig. Hatte meine Brille vergessen.«

Vergessen? Wohl eher aus Eitelkeit zu Hause gelassen.

»Und wohin haben Sie die Karte geworfen?«, hakte Toni nach.

»Natürlich nicht auf den Boden, falls Sie das denken,

Frau Kommissarin. Ich bin ja kein Umweltsünder.« Er grinste Toni an. »Ich hab sie im Aschenbecher entsorgt.«

»Hey, Andi! Wird das heute noch was?«, rief ein Mann von den Trainingsräumen her und winkte mit seinen behandschuhten Händen.

»Wie sieht's aus?«, fragte Wenisch. »Brauchen Sie mich noch?«

Toni entließ ihn mit einem Kopfschütteln.

Vierundfünfzig

Die Pommes waren kalt geworden und schmeckten wie Pappe. Toni schob das Tablett von sich und wischte sich die Finger an einer Serviette ab. Sie war mit der festen Überzeugung in den Boxclub marschiert, gleich einen Mörder und Entführer vor sich zu haben, und war mit riesigen Zweifeln wieder gegangen.

Einerseits sprach alles für Wenisch: Er war sportlich, kampferfahren und kräftig genug, um eine Frau problemlos zu überwältigen, ihr eine Klinge mehrmals in den Körper zu rammen, sie in einen Kofferraum zu wuchten und durch die Gegend zu tragen. Er war Stammgast im S2, ließ bei Frauen ganz offensichtlich kaum etwas anbrennen und hatte eine Visitenkarte der Ainmiller bekommen.

Andererseits war er zu unbedarft gewesen. Zu locker. Überhaupt nicht argwöhnisch oder vorsichtig. Natürlich konnte er das alles nur gespielt haben; vielleicht war er auch einfach nur überheblich oder sich seiner Sache so sicher, dass er sich für unangreifbar hielt.

Aber wenn er es nicht war, wer dann? Es musste auf jeden Fall jemand sein, der sich im oder in der Nähe des S2 aufhielt, denn das war die einzige Gemeinsamkeit der Frauen. Ein Stammgast. Ein Anwohner. Oder jemand, der dort arbeitete. Jemand wie Christopher Henning zum Beispiel. Er arbeitete nicht nur dort, er wohnte auch gegenüber.

Toni verließ das Lokal und ging über den Parkplatz zu ihrem Wagen. Ihr fiel ein, dass die Korkmaz einen jungen Mann hinter der Bar erwähnt hatte. Henning? Was hatte der eigentlich an diesem Abend im S2 zu suchen gehabt? Arbeitete er dort nicht nur freitags und samstags?

Sie holte das Diensthandy aus der Tasche, als ihr einfiel, dass sie keine einzige Telefonnummer besaß, weil Sören sie notiert und in die Akten übertragen hatte.

Mist. Dann blieb ihr eben nichts anderes übrig, als noch einmal persönlich bei Sigi Lenz vorbeizufahren.

»Ich hoffe, das wird nicht zur Gewohnheit«, sagte Sigi Lenz, als er Toni die Tür öffnete. »Nichts gegen Sie persönlich, aber häufiger Polizeibesuch ist für jedes Lokal rufschädigend.«

»Ich würde mir an Ihrer Stelle weniger um den Polizeibesuch Gedanken machen, sondern viel mehr darüber, dass Frauen verschwinden und ermordet werden, nachdem sie in Ihrem Etablissement zu Gast waren. Das kann auf Dauer noch viel rufschädigender sein.«

Toni und Sigi Lenz starrten sich an, bis der Wirt schließlich die Luft ausstieß und die Hände in die Taschen schob.

»Rücken Sie schon raus, was Sie von mir wollen. Ich habe auch noch andere Dinge zu tun.«

»Christopher Henning«, sagte Toni. »Ich habe gehört, dass er an dem Abend, als die vier Frauen bei Ihnen im Lokal gefeiert haben, ebenfalls hier war. Das war ein Donnerstag, aber ich dachte, er arbeitet nur freitags und samstags.«

»Das stimmt. Er war auch nicht hier, um zu arbeiten, sondern um mich zu fragen, ob ich ihn nicht öfter brauchen kann. In seinem anderen Job gab es wohl Stress, und er hat dort gekündigt.«

»Ist das nicht eine ungewöhnliche Uhrzeit, um Sie so etwas zu fragen? Tagsüber hätte er sich doch in Ruhe mit Ihnen unterhalten können.«

»Die meisten Leute, die wegen eines Jobs nachfragen, kommen dann, wenn Betrieb ist. Insofern ist das nicht ungewöhnlich. Außerdem war das Gespräch schnell beendet.«

»Sie haben ihm zugesagt?«, fragte Toni.

»Nein, abgesagt. Ich habe meine Leute für die Wochentage, noch mehr Angestellte lohnen sich nicht.«

»Ist Herr Henning gleich wieder gegangen, oder hat er sich noch mit jemandem unterhalten?«

»Weder noch. Er hat sich ein Bier genommen, brav einen Strich auf der Anschreibliste gemacht und sich damit in eine Ecke verzogen. Ob er sich dort mit jemandem unterhalten hat, weiß ich nicht. Ich bin schließlich nicht sein Kindermädchen. Irgendwann war er dann nicht mehr da, aber fragen Sie mich nicht, wann er gegangen ist. Warum wollen Sie das eigentlich wissen? Ist er jetzt der nächste Verdächtige auf Ihrer Liste?«

»Kein Verdächtiger«, korrigierte Toni. »Potentieller Zeuge.« Potentiell Verdächtiger traf es zwar besser, aber das musste sie Lenz ja nicht auf die Nase binden.

»Und warum fragen Sie ihn dann nicht selbst?« Er streckte den Arm aus und deutete auf das Haus gegenüber. »Falls Sie es vergessen haben sollten: Christopher wohnt gleich da drüben.«

Toni sah den Wirt ausdruckslos an.

»Habe ich nicht, keine Bange. Aber vielen Dank, dass Sie mir meine Arbeit erklären. Ich werde mich bei Gelegenheit revanchieren und Ihnen erläutern, wie man eine Kneipe führt, ohne pleitezugehen.«

Toni wartete, bis Sigi Lenz die Tür wieder versperrt hatte und im hinteren Teil seiner Lounge verschwunden war, dann nahm sie sich den Aschenbecher vor, der rechts neben dem Eingang stand.

Offenbar legte Lenz – oder wer auch immer für die Sauberkeit im und um das S2 zuständig war – Wert auf Reinlichkeit, denn in der mit Sand gefüllten Schale, in dem die Raucher ihre Zigaretten ausdrücken konnten, steckte keine einzige Kippe. Von einer Visitenkarte war natürlich auch nichts zu sehen. Somit konnte sie Wenisch glauben oder auch nicht. Aber selbst wenn er die Wahrheit gesagt und die Karte hier entsorgt hatte, war sie zwischenzeitlich in der Müllverbrennungsanlage gelandet. Oder jemand anders hatte sie eingesteckt. Jemand, der ebenfalls im Lokal gewesen war und möglicherweise alles beobachtet hatte. Jemand wie Henning.

Toni sah zu seinem Wohnhaus hinüber. Sollte sie ihm gleich auf den Zahn fühlen? Sie entschied sich dagegen. Was in ihrem Kopf herumspukte, war noch nicht ausgereift genug, darüber musste sie sich zuerst noch in Ruhe ein paar Gedanken machen.

Toni stieg in den BMW und machte sich auf den Rückweg zur Dienststelle. Auf dem südlichen Mittleren Ring herrschte im Bereich der kilometerlangen Tunnelbaustelle der übliche Stop-and-go-Verkehr. Vor ihr schlängelte sich ein italienischer Lkw durch die zahllosen Kurven und kam dem Mercedes Sprinter neben sich dabei bedrohlich nahe. *Autoteile Kowalczyk* stand in großen roten Buchstaben auf dem Heck des Transporters. Kowalczyk. Der Name kam Toni seltsam bekannt vor. Nur woher? Da fiel es ihr ein: Jana Kowalczyk, die Angestellte von Sigi Lenz. Die konnte ihr mit Sicherheit sagen, was Henning für ein Typ war.

Aber war die Kowalczyk nicht gerade in der Dom-Rep im Urlaub? Das ließ sich leicht herausfinden. Der freundliche ältere Herr aus der Wohnung im Parterre war über den derzeitigen Aufenthaltsort des *tätowierten Gesindels* sicher bestens informiert.

Wider Erwarten surrte der Türöffner, kaum dass Toni auf die Klingel gedrückt hatte. Aus den Augenwinkeln sah sie, dass sich hinter einem Fenster im Parterre der Vorhang bewegte. Der wachsame Nachbar hatte seinen Beobachtungsposten pflichtgemäß eingenommen. Sie drückte die Haustür auf und betrat das Treppenhaus.

Am Klingelschild neben der Wohnungstür von Jana Kowalczyk klebte ebenfalls ein kariertes Stück Papier, nur dass auf diesem der Name noch lesbar war. Toni klingelte, und fast im selben Moment öffnete sich die Tür. Sie musste den Blick ein wenig heben, um der jungen Frau, die ihr nun gegenüberstand, in die Augen sehen zu können.

»Jana Kowalczyk?«, fragte Toni.

Die Augen der jungen Frau verengten sich.

»Wer will das wissen?«

»Stieglitz, Kripo München«, antwortete Toni und hielt ihren Dienstausweis in die Höhe.

Jana Kowalczyks Augen blitzten auf.

»Das war er, stimmt's?«, sagte sie und stach mit dem Zeigefinger in Richtung der Tür ihres Nachbarn. »Er hat wieder bei euch angerufen und wieder irgendeinen Scheiß über Drogen erzählt, die ich angeblich kiloweise in meiner Küche verstecke. Dass der Typ nicht endlich Ruhe geben kann! Ich nehme keine Drogen, verdammt noch mal, und ich verkaufe den Mist auch nicht. Wann kapiert der Mann das endlich?«

Toni hob beschwichtigend die Hände.

»Ich kann Sie beruhigen. Ihr höflicher Nachbar mit der gewählten Ausdrucksweise hat nicht angerufen. Zumindest nicht, soweit ich weiß. Ich bin auch gar nicht Ihretwegen hier. Den Grund für meinen Besuch möchte ich Ihnen aber nicht hier draußen sagen. Ich habe so das Gefühl, dass dort«, sie deutete ebenfalls auf die Nachbarwohnung, »gerade ein Ohr unter der Tür hindurchwächst.«

Eine Sekunde lang sah es so aus, als würde Jana Kowalczyk nicht darauf eingehen, doch dann trat sie zur Seite und bat Toni mit einer knappen Handbewegung herein. Sie schloss die Tür und blieb mit verschränkten Armen im Flur stehen.

»Worum geht es?«

»Sie arbeiten im S2 als Bedienung, richtig?«, fragte Toni.

Jana Kowalczyk nickte. Ihre Augen waren immer noch schmal und misstrauisch.

»Aber zurzeit haben Sie Urlaub.«

Die junge Frau nickte wieder.

»Sollten Sie dann nicht in der Dom-Rep sein? Zumindest hat Ihr Chef Herr Lenz so etwas anklingen lassen.«

»In der Dom-Rep? Ich? Sehe ich so aus?«

Sie schob die Ärmel ihres Shirts zurück und enthüllte bis zu den Handgelenken tätowierte Arme. Toni ließ ihren Blick über die Tattoos und die großen Tunnels in Jana Kowalczyks Ohrläppchen wandern und versuchte sich die junge Frau an einem Pool zwischen All-inclusive-Urlaubern, lärmenden Kindern und weiß uniformiertem Hotelpersonal vorzustellen. Es klappte nicht.

»Um ehrlich zu sein: überhaupt nicht«, antwortete sie und lächelte.

»Gut. Jede andere Antwort hätte ich Ihnen ernsthaft

übelgenommen.« Jana Kowalczyks Schultern entspannten sich ein wenig.

»Und warum haben Sie das Ihrem Chef dann erzählt?«

»Ganz einfach: damit ich meine Ruhe vor ihm habe. Als ich bei ihm angefangen habe, habe ich den Fehler gemacht, ihm zu erzählen, dass ich in meinem Urlaub zu Hause bleibe. Prompt hat er mich dreimal angerufen und mich gebeten einzuspringen. Das ist mir seither nie wieder passiert.«

»Haben Sie denn keine Angst, dass er plötzlich vor Ihrer Tür stehen könnte?«

»Sigi? Nie im Leben. Dazu müsste er sich in sein Auto setzen und zu mir fahren. Dafür ist er viel zu bequem. Chris hat es da viel schwerer.«

»Chris?«, fragte Toni, obwohl sie sich schon denken konnte, von wem die Rede war.

»Christopher Henning. Er arbeitet freitags und samstags im S2.«

»Ah ja, ich erinnere mich«, sagte Toni. »Seine Wohnung liegt genau gegenüber, nicht wahr? Ich habe noch zu meinem Kollegen gesagt, dass ich nie in Sichtweite meines Chefs wohnen möchte. Da würde ich mich ständig beobachtet fühlen. Big Boss is watching you.«

Jana Kowalczyk lachte und ließ die Arme sinken.

»Geht mir genauso.«

»Herrn Henning scheint das aber nichts auszumachen, wenn sein Chef ihn außerplanmäßig ruft. Zumal er sich wohl mit seinem letzten Arbeitgeber überworfen und dort gekündigt hat. Können Sie sich vorstellen, warum? Als mein Kollege und ich uns mit ihm unterhalten haben, machte er einen sehr umgänglichen und sympathischen Eindruck. Er wirkte überhaupt nicht wie jemand, der schnell irgendwo aneckt.«

Jana Kowalczyks Schultern hoben sich wieder ein wenig.

»Das tut er eigentlich auch nicht. Anecken, meine ich.«

Eigentlich. Das klang vielversprechend. Toni wartete ab.

»Er ist ein prima Kollege, ich kann mich wirklich nicht beschweren. Mit den Gästen kann er auch gut, natürlich besonders mit den weiblichen. Die liegen ihm regelrecht zu Füßen.«

Das war noch nicht alles. Toni hatte das Gefühl, dass ein unausgesprochenes *Aber* in der Luft hing. Als Jana Kowalczyk nichts mehr sagte, half Toni nach.

»Aber?«, fragte sie.

»Was meinen Sie mit *aber?*« Die junge Frau tat, als wüsste sie nicht, wovon Toni sprach, doch das Flackern in ihrem Blick verriet das Gegenteil.

Toni schwieg, und schließlich tat die Stille ihre Wirkung.

»Ja, also ...«, druckste Jana Kowalczyk herum. »Manchmal, da ist Chris etwas ... seltsam.«

»Seltsam?«, fragte Toni. »Wie darf ich das verstehen?«

»Bei manchen Frauen weigert er sich, sie zu bedienen, und wenn er es doch tun muss, dann nur mit größtem Widerwillen. Einmal hat er sich so danebenbenommen, dass ich mich in Grund und Boden geschämt und mich für sein Verhalten entschuldigt habe. Wir hatten deshalb hinterher auch einen ziemlich heftigen Streit.«

»Hat er einen Grund für seine Reaktion genannt?«, fragte Toni.

Jana Kowalczyk schüttelte den Kopf.

»Nein, nicht soweit ich mich erinnern kann. Er hat nur vor sich hin geflucht. Ich habe damals vermutet, dass das seine Ex war und er die Trennung noch nicht ganz überwunden hatte. Jedenfalls kippte seine Stimmung in Sekundenbruchteilen. Das war schon beinahe unheimlich.«

»Kam so etwa später noch einmal vor?«, wollte Toni wissen.

»Nein, nicht mehr in diesem Ausmaß. Ich habe Chris damit gedroht, zum Chef zu gehen, wenn er sich wieder so unmöglich aufführt. Danach hat er sich zusammengerissen. Zwei- oder dreimal war er einer Frau gegenüber noch komisch, aber er ist nie mehr so ausgetickt wie bei der einen.«

»Ist Ihnen an den Frauen irgendetwas aufgefallen? Könnte irgendetwas an ihrem Verhalten Herrn Henning provoziert haben?«, fragte Toni.

Jana Kowalczyk runzelte die Stirn und zupfte an ihrem Ohrläppchen.

»Tut mir leid«, sagte sie schließlich und sah Toni an. »Wenn es etwas gab, dann habe ich es nicht mitgekriegt. Mir sind sie jedenfalls nicht aufgefallen, weder positiv noch negativ.«

»Gut, vielen Dank«, sagte Toni und verabschiedete sich.

Sie stieg in den BMW und drückte den Startknopf. Brummend sprang der Motor an. Toni betätigte den Blinker und legte die Hände auf das Lenkrad, fuhr aber nicht an. Sie wurde das Gefühl nicht los, dass sie irgendetwas übersehen hatte. Nur was?

Toni ging in Gedanken noch einmal alles durch, was sie bisher über Karin Ainmiller in Erfahrung gebracht hatte, konnte das lose Ende aber nicht finden. Dafür stand eine Sache für sie nun unverrückbar fest: Derjenige, der Magdalena Sauer und Monika Falke auf dem Gewissen hatte, war auch für das Verschwinden von Karin Ainmiller verantwortlich, und das S2 war der Dreh- und Angelpunkt des Ganzen. Wenn nur zwei der drei Frauen das Lokal besucht hätten, könnte das noch als Zufall durchgehen; drei waren jedoch mindestens eine zu viel.

Vielleicht nützte der Täter die Lounge als eine Art Beobachtungsposten. Ähnlich wie der junge Mann, der vor einiger Zeit als »Nachtbus-Vergewaltiger« die Schlagzeilen beherrscht hatte. Der Kerl hatte sich seine Opfer unter den Fahrgästen der Münchner Nachtlinien gesucht, war mit den Frauen ausgestiegen und dann über sie hergefallen.

Toni war sich sicher, dass es bei Magdalena Sauer und Monika Falke ähnlich abgelaufen sein musste: Der Täter hatte sie im S2 gesehen, war ihnen noch am selben Abend gefolgt und hatte sie attackiert, als sie alleine waren. Nur Karin Ainmiller hatte sich unwissentlich einen Aufschub verschafft, weil sie zusammen mit ihren Freundinnen im Taxi weggefahren war. Dass er bereits an diesem Abend auf sie aufmerksam geworden war und sie zu seinem nächsten Opfer auserkoren hatte, stand für Toni allerdings außer Zweifel.

Vielleicht war er dem Taxi gefolgt und hatte sie in den nächsten Tagen beobachtet, bis sich eine günstige Gelegenheit ergeben hatte. Vielleicht hatte er ihre Anschrift aber auch auf der Visitenkarte gelesen. So wie Andreas Wenisch.

Selbst wenn Wenisch die Wahrheit gesagt und die Karte tatsächlich weggeworfen hatte, so hätte er sich zuvor problemlos Straße und Hausnummer einprägen können. Eigentlich war er der perfekte Verdächtige. Trotzdem sträubte sich in Toni nach wie vor alles gegen ihn als Täter. Stattdessen drängte sich immer wieder Henning in den Vordergrund. Schon als sie und Sören in der Wohnung des Barkeepers gewesen waren, war sie das Gefühl nicht losgeworden, dass an seiner Sonnyboy-Fassade nicht alles Gold war, was da glänzte, und dieser Eindruck hatte sich nach dem Gespräch mit Jana Kowalczyk noch verstärkt.

Ein Fiat parkte vor ihr ein, am Heck einen unübersehbaren *Atomkraft? – Nein danke!*-Aufkleber, und plötzlich baumelte das lose Ende genau vor ihren Augen. Toni stellte den Motor ab, stieg aus und klingelte noch einmal bei der jungen Frau. Das Gespräch dauerte keine zwei Minuten, genau wie das Telefonat, das sie im Anschluss mit Judith Korkmaz führte.

Tonis Herz klopfte. Zeit, die Mordkommission mit ins Boot zu holen. Sie hatte die Verbindung zwischen den Frauen gefunden.

Fünfundfünfzig

Nun konnte Hans sich nicht mehr herauswinden. Sie tippte seine Nummer ein, besann sich aber und wählte stattdessen die von Sören. Besser, sie schickte ihn vor. Wenn Hans immer noch auf seinem seltsamen Trip war, legte er vermutlich auf, bevor sie einen Ton gesagt hatte. Sören schien allerdings nicht im Büro zu sein. Sie versuchte es auf seinem Handy. Nach dem dritten Klingeln hob er ab.

»Hallo, Sören, ich bin es, Toni. Du musst etwas für mich tun. Bitte geh zu Hans und ...«

»Stopp!«, unterbrach er sie. »Sag jetzt bitte nicht, dass ich bei ihm ein gutes Wort für dich einlegen soll, damit du zur Mordkommission zurückkommen darfst.« Seine Stimme klang gequält, aber wenigstens nicht genervt. »Versteh doch, Toni. So schnell geht das nicht. Über die Sache muss erst Gras wachsen. Viel Gras. Hans tut wirklich, was er kann, aber das braucht seine Zeit. Du ahnst nicht, was für eine Lawine ...«

»Darum geht's mir doch gar nicht«, unterbrach Toni Sören jetzt ihrerseits. »Zumindest nicht im Moment. Ich rufe wegen einer ganz anderen Sache an. Und ich wette mit dir, wenn Hans hört, was ich herausgefunden habe, dann muss ich nicht mehr darum betteln, dass ich zurückkommen darf. Dann wird er mich darum anflehen, und

Brodt wird mir höchstpersönlich den roten Teppich ausrollen.«

Sie legte eine Kunstpause ein, doch Sören sprang nicht darauf an. Ihre Hochstimmung bekam einen kleinen Knacks. Manchmal konnte Sören ein echter Spielverderber sein.

»Also gut, ich erkläre es dir. Ich ermittle derzeit im Fall einer vermissten Frau und habe herausgefunden, dass sie vor ihrem Verschwinden Gast im S2 war, genau wie die beiden ermordeten Frauen. Ich kann es noch nicht beweisen, aber ich verwette meinen Hintern darauf, dass ein und dieselbe Person hinter den Morden und der Entführung steckt. Es fehlen nur noch die handfesten Belege, und um die zu bekommen, müssen wir zusammenarbeiten.«

Es war so still in der Leitung, dass Toni schon glaubte, Sören hätte aufgelegt. Erleichtert schloss sie die Augen, als sie seine Stimme hörte.

»Gibt es eine Verbindung zwischen der Vermissten und den beiden Opfern?«

»Ja, wie ich schon sagte: Sie waren alle im S2 und«, sie zog ihren Trumpf, »alle trugen an diesem Abend ein auffälliges rotes Kleidungsstück. Die Sauer einen Mantel, die Falke eine Jacke und die Ainmiller einen Pullover.«

Jetzt, da sie es laut aussprach, klang es nicht mehr so phänomenal wie in ihren Überlegungen und für einen Moment geriet Tonis Überzeugung ins Wanken. Doch sie wischte die Zweifel sofort beiseite. Die Farbe war der Schlüssel. Es konnte nur so sein.

Sören schien allerdings ganz und gar nicht ihrer Meinung zu sein. »Ein rotes Kleidungsstück?«, kam es aus dem Hörer. »Das ist nicht dein Ernst.« Er schnaubte. »Toni, die

Diskussion hatten wir doch schon, und du weißt sicher noch, wie sie ausgegangen ...«

»Ich glaube, es war Henning«, warf Toni hastig dazwischen. »Laut der Aussage seiner Kollegin ist er früher schon einmal wegen einer Frau in einem roten Kleid ausgetickt. Außerdem war er im S2, als mindestens zwei der Opfer ebenfalls dort waren, und er hat zugegeben, dass Magdalena Sauer ihm schon früher aufgefallen war. Er ...«

»Er war nicht im Lokal, als Monika Falke mit ihrer Freundin dort war, und dass er Magdalena Sauer wiedererkannt hat, beweist gar nichts. Mensch, Toni.« Sören seufzte. »Hör auf, krampfhaft Zusammenhänge zu konstruieren, die es nicht gibt. Deshalb glätten sich die Wogen hier nicht schneller, ganz im Gegenteil. Brodts Blutdruck schießt immer noch durch die Decke, sobald jemand deinen Namen auch nur denkt. Mach einfach deine Arbeit, halte die Füße still und warte ab.«

Toni glaubte nicht recht zu hören. Was zum Henker war mit Sören los? Hatte er sich jetzt hinter ihrem Rücken auch noch gegen sie verschworen? Eine Blase gefüllt mit glühend heißer Enttäuschung zerplatzte in ihrem Bauch.

»Sag mal, hörst du mir eigentlich zu? Mir geht es nicht um mich, sondern um das Arschloch, das Frauen entführt, tötet und ihre Leichen in der Öffentlichkeit zur Schau stellt. Verdammte Kacke, soll ich mich denn hinsetzen und Däumchen drehen und darauf warten, dass der Typ noch eine umbringt? Nur damit ich dann vor euch auf und ab stolzieren, mir an die Brust klopfen und sagen kann, ich hätte es gleich gewusst? Ist es das, was ihr wollt?«

Sören seufzte erneut. Diesmal klang es genervt und resigniert.

»Jetzt dreh mir doch nicht die Worte im Mund um. Natürlich will das niemand, aber komm endlich runter von diesem bescheuerten Trip und lass die Luft aus deinem Ego. Du bist nicht die Einzige in diesem Laden, die weiß, wie Polizeiarbeit funktioniert.«

»Aber das hab ich doch nie behauptet.«

»Doch, genau das hast du. Du merkst es nur nicht mehr, weil du so von dir überzeugt bist, dass du dich über alles und jeden hinwegsetzt, der deine Meinung nicht teilt. Ist dir schon mal die Idee gekommen, dass andere auch recht haben könnten und nicht nur du?«

Toni stand der Mund offen. Das war nicht der Sören, den sie kannte. So hatte er noch nie mit ihr geredet. Sie hatte immer geglaubt, dass sie beide ein richtig gutes Team waren. Kollegen, die sich nicht nur ohne große Worte gegenseitig zuarbeiteten und den nächsten Handgriff des anderen instinktiv vorausahnten, sondern bei denen es auch zwischenmenschlich stimmte. Klar, sie hatte ihre Macken, das wusste sie selbst. Aber wer zum Teufel hatte keine? Sören war ebenfalls nicht frei davon – auch wenn ihr jetzt gerade keine einfiel, die sie wirklich auf die Palme bringen konnte.

Sie biss sich auf die Unterlippe. War sie denn wirklich so schlimm? Waren Sören und die anderen insgeheim froh, dass sie die Mordkommission verlassen hatte? War die ganze Kollegialität denn nur geheuchelt?

»Weißt du was?«, fauchte sie in das Handy. »Ihr könnt mich alle mal.«

Toni warf ihre Tasche und ihre Jacke auf Kollege Müllers Stuhl, setzte sich an ihren Schreibtisch, lehnte sich zurück und starrte an die Wand. Die Polizeiabzeichen, Fotos und Mützensterne verschwammen vor ihren Augen zu bunten

Klecksen, während Wut und Enttäuschung in ihr brodelten. Dass Schwarzer sie von oben herab behandelte, war ihr genauso scheißegal wie die Tatsache, dass einige seiner Leute sie anglotzten wie eine Kröte mit drei Köpfen und nur darauf warteten, dass sie endlich mit den Einzelheiten des angeblichen Skandals herausrückte.

Aber dass Sören wirklich zu glauben schien, sie würde Zusammenhänge erfinden, nur um ihr Ego zu streicheln und die anderen als unfähige Idioten hinzustellen, das hatte sie so richtig tief getroffen. Sie hatte fest mit seiner Unterstützung gerechnet, doch statt ihr zu helfen, fiel er ihr in den Rücken und wollte ihr nicht einmal richtig zuhören.

Nun blieb nur noch Schwarzer übrig, an den sie sich wenden konnte. Dummerweise hatte sie wirklich so gut wie nichts in Händen, und die wenigen dürren Fakten wurden nicht besser, je länger sie darüber nachdachte. Wenn ihre Intuition nicht so laut brüllen würde, dass Henning derjenige war, den sie suchten, würde sie sich vermutlich selbst nicht glauben.

»Um es noch einmal in wenigen Worten zusammenzufassen«, sagte Schwarzer fünfzehn Minuten später, »Sie vermuten, dass dieser Henning für den Tod zweier Frauen und das Verschwinden einer dritten verantwortlich ist, und jetzt möchten Sie ihn observieren lassen, damit er uns zu ebendieser dritten Frau führt, von der Sie glauben, dass sie noch am Leben ist. Richtig?«

Der Kommissariatsleiter saß hinter seinem Schreibtisch, die Fingerspitzen beider Hände aneinandergelegt, und sah sie über dieses Spitzdach hinweg an. Seine Zeigefinger zuckten rhythmisch auseinander und wieder zusammen. Die abgehackten Bewegungen zogen Tonis Aufmerksamkeit beinahe hypnotisch auf sich und waren auf dem besten Weg, sie aus dem Konzept zu bringen. Am liebsten hätte sie Schwarzer auf die Finger geklopft, damit er mit diesem Blödsinn aufhörte.

»Richtig«, antwortete Toni. Nur dass sie es nicht vermutete, sondern fest davon überzeugt war.

»Und was hat Sie noch einmal zu dieser Annahme veranlasst?«

Toni musste sich zusammenreißen, um nicht die Augen zu verdrehen. Genau das hatte sie ihm doch in den letzten Minuten erklärt. Das war Absicht. Er wollte sie verwirren, sie verärgern, und wenn ihm das gelang, hatte sie verloren.

»Alle drei Frauen waren kurz vor ihrem Verschwinden in dem Lokal, in dem Henning als Barkeeper arbeitet«, antwortete Toni betont ruhig. »An eine der Frauen erinnert er sich laut eigener Aussage sehr gut, und eine andere hat sich zur selben Zeit wie er im Lokal aufgehalten. Die beiden Mordopfer trugen auffallend rote Jacken, und die Verschwundene hatte einen roten Pullover an, als sie im S2 zu Gast war. Dies ist mehr als nur Zufall, sondern in meinen Augen ein Muster beziehungsweise das Merkmal, anhand dessen der Täter seine Opfer auswählt.«

»Und dieser Henning hatte Kontakt zu allen drei Frauen?«

»Nein«, musste Toni zugeben. »Nur zu einer. Die beiden anderen hat er laut Zeugenaussagen nur gesehen. Zumindest eine davon.«

»Sind alle drei unmittelbar nach ihrer Begegnung oder Nicht-Begegnung mit diesem Mann verschwunden?«

»Nein.« Toni spürte, dass ihre Felle davonschwammen. »Nur eine. Bei der zweiten wissen wir nicht, ob Henning an diesem Tag überhaupt in der Nähe des Lokals war, und die dritte verschwand erst eine Woche später. Aber er hatte in allen drei Fällen die Gelegenheit. Er könnte die zweite Frau von seiner Wohnung aus beobachtet und sie dann verfolgt haben. Er wohnt genau gegenüber dem Lokal und hat beste Sicht auf die kommenden und gehenden Gäste.« Sie klammerte sich haltsuchend an ihre dürren Fakten. »Außerdem bin ich fest davon überzeugt, dass die Farbe Rot ausschlaggebend ist. Vielleicht können wir Henning auf irgendeine Art provozieren und eine Reaktion hervorrufen, die ...«

»Und Sie glauben allen Ernstes, dass ich das dem Staatsanwalt so verkaufe?«, fiel Schwarzer Toni ins Wort. »Nehmen wir an, Ihr Nachbar hasst Hunde. Wenn irgendwo zwei Hundehalter getötet werden – nehmen Sie dann Ihren Nachbarn unter dringendem Tatverdacht fest?« Schwarzer lehnte sich zurück und fixierte Toni aus zusammengekniffenen Augen. »Wenn ich dem Staatsanwalt mit Ihrer Farben-Theorie komme, fängt er im günstigsten Fall an zu lachen. Den schlechtesten Fall will ich mir gar nicht ausmalen.« Er lehnte sich wieder nach vorn. »Was wir brauchen, sind Beweise, Frau Stieglitz. Handfeste Beweise. Das müssten Sie als ehemalige Mordermittlerin eigentlich gelernt haben.«

Er hob das Wort *ehemalig* so überdeutlich hervor, dass es Toni einen heißen Stich in die Brust versetzte.

»Oder muss ich Sie daran erinnern, dass laut Strafprozessordnung eine Observation nur dann gerechtfertigt ist, wenn tatsächliche Anhaltspunkte dafür vorliegen, dass die betreffende Person in eine Straftat von erheblicher Bedeutung involviert ist? Ahnungen einer Polizistin und bloße Abneigung eines Bürgers gegen die Farbe Rot zählen selbst bei großzügigster Auslegung der Gesetze nicht dazu.«

»Könnten wir dann nicht wenigstens inoffiziell mit ein oder zwei Teams …«

»Ich weiß nicht, wie Sie bei der Mordkommission gearbeitet und was Sie dort alles inoffiziell getan haben«, unterbrach er Toni, »und um ehrlich zu sein, will ich es auch gar nicht wissen. Jetzt gehören Sie jedenfalls zu meinem Kommissariat, und hier halten wir uns an die Vorschriften. Bringen Sie mir stichhaltige Beweise, dann können wir uns noch einmal über eine Observation unterhalten. Vorher ist jedes weitere Gespräch Zeitverschwendung.«

Toni fielen tausend Dinge ein, die sie Schwarzer am liebsten an den Kopf werfen würde. Bei Hans hätte sie sich nicht zurückgehalten, aber der hätte so eine Tirade auch mit stoischer Ruhe über sich ergehen lassen und sie höchstens hinterher gebeten, alles noch einmal zu wiederholen, weil er angeblich gerade nicht zugehört hatte. Das war seine Art, ihr den Wind aus den Segeln zu nehmen, und ihr wurde mit einem Mal schmerzlich bewusst, wie sehr sie ihn vermisste.

Schwarzer hingegen würde sich garantiert beim Dezernatsleiter über sie beschweren oder gleich ein Disziplinarverfahren gegen sie beantragen. Der Kerl strahlte so viel Humor aus wie ein Fernsehansager aus den fünfziger Jahren.

Sie raffte die Unterlagen zusammen, in die ihr Kommissariatsleiter nicht einen einzigen Blick geworfen hatte, stand auf und verließ grußlos sein Büro. Schwarzer und seine Strafprozessordnung konnten ihr gestohlen bleiben. Wenn alle sich weigerten, ihr zu helfen, dann zog sie die Sache eben allein durch.

Sechsundfünfzig

Toni ließ sich tiefer in den Sitz des Mercedes rutschen und zog den Reißverschluss ihrer Jacke bis ganz oben zu. Was gäbe sie jetzt für eine Standheizung. Oder wenigstens eine Thermoskanne mit Kaffee. Sie warf einen Blick auf die Uhr. Kurz vor halb sieben. Seit zwei Stunden stand sie nun schon da und beobachtete zwischen den kahlen Ästen der Bäume hindurch Hennings hell erleuchtete Wohnung. Vor etwa einer Stunde hatte sie kurz seine Silhouette am Fenster gesehen, doch seither hatte sich nichts mehr gerührt.

Erst hatte sie bei ihm klingeln wollen, um ihn ein wenig in die Enge zu treiben und zu einer Reaktion zu zwingen, aber dann hatte sie sich dagegen entschieden. Am Ende veranlasste ihn das noch zu einer Kurzschlusshandlung, die mit einer dritten Frauenleiche endete, und das wollte Toni auf keinen Fall riskieren.

Bevor sie losgefahren war, hatte sie noch überlegt, einen ihrer neuen Kollegen ins Vertrauen zu ziehen. Bis auf Mister Neugierig und die ältere Kollegin mit dem leichten Silberblick schienen die anderen ganz okay zu sein. Gewagt hatte sie es trotzdem nicht. Die Gefahr, dass der- oder diejenige alles verriet, war zu groß. Schwarzers Untergebene konnten es sich nicht leisten, auf die Abschussliste ihres Chefs zu geraten, schließlich mussten sie es noch mehrere

Jahre mit ihm aushalten, und da war es besser, es sich nicht mit ihm zu verscherzen.

Das Klingeln ihres Handys riss Toni aus ihren Gedanken.

»Servus, Toni, ich bin's, Pit.«

»Da schau an«, sagte Toni. »Der KDD. Ist bei euch mal wieder nichts los, so dass du vor lauter Langeweile in der Weltgeschichte herumtelefonieren musst, oder hattest du unstillbare Sehnsucht nach mir?«

»Sehnsucht ja, aber um ehrlich zu sein, weniger nach dir, meine Teuerste, sondern nach dem Thai Curry, das du mir versprochen hast. Jede Nachtschicht sitze ich hier in meinem Aquarium, starre auf die Tür und hoffe, dass sie sich in der nächsten Minute öffnet und ein Topf voller scharfer Köstlichkeiten hereinschwebt. Aber leider ...« Er seufzte laut und vernehmlich.

Toni verzog das Gesicht. Mist, das hatte sie ganz vergessen.

»Das klingt ja fürchterlich. Wenn du mir jetzt noch sagst, dass du vor Hunger die letzten Nächte kein Auge zugemacht hast, bekomme ich fast ein schlechtes Gewissen. Schließlich weiß doch jeder, dass der Schlaf im Dienst zwischen Mitternacht und vier Uhr morgens der gesündeste ist.«

»Schlafen im Dienst?« Sie hörte ihren Kollegen laut schnauben. »Das sagt ausgerechnet jemand von der Tageslichtpolizei. Bei euch gehören doch Hausschuhe und Ärmelschoner zur Grundausstattung. Ganz zu schweigen von den speichelabsorbierenden Schaumstofftastaturen, die beim Nickerchen am Schreibtisch nicht nur unschöne Abdrücke auf der Stirn und den Wangen verhindern, sondern auch technische Defekte durch Sabberpfützen.«

Toni grinste breit, versuchte aber, ihrer Stimme einen möglichst beleidigten Klang zu geben.

»Na warte, verehrter Kollege. Ich glaube, ich habe noch irgendwo eine Dose mit Kokosmilch, die bestimmt schon seit drei Jahren abgelaufen ist. Damit werde ich dir ein Curry zubereiten, das du den Rest deines Lebens in Erinnerung behalten wirst.«

»Danke für den Hinweis, dann werde ich zur Sicherheit unseren Praktikanten zum Testesser umfunktionieren, bevor wir uns hier um die Toiletten prügeln müssen. Aber Spaß beiseite. Eigentlich rufe ich an, weil bei der Telefonvermittlung ein Typ aufgelaufen ist, der dich angeblich unbedingt sprechen muss. Der Dame in der Vermittlung fiel dann nichts Besseres ein, als ihn zu mir durchzustellen, und jetzt habe ich einen gewissen Dr. Mulder in der anderen Leitung, der von sich behauptet, Rechtsmediziner zu sein und irgendwelche wichtigen Erkenntnisse im Fall der beiden ermordeten Frauen zu haben. Die will er allerdings nur dir mitteilen. Wenn du mich fragst, dann ist das einer der üblichen Spinner und Wichtigtuer. Mulder! Wer kommt schon auf so einen Namen? Der Kerl hat vermutlich zu viel *Akte X* gesehen und glaubt, du wärst seine Scully, die mit ihm kleine grüne Männchen jagen geht.«

Als Toni Mulders Namen hörte, zuckte ein elektrischer Schlag durch ihren Körper. Der Doc wollte sie sprechen? In ihrem Magen begann es zu kribbeln. Aber weshalb mit ihr, wenn es um die ermordeten Frauen ging? Schließlich war sie nicht mehr bei der Mordkommission. Konnte es sein, dass Mulder das noch gar nicht wusste? Waren die Kollegen ausnahmsweise einmal diskret gewesen? Ein ziemlich absurder Gedanke, aber Wunder geschahen bekanntlich immer wieder.

»Toni?«, fragte Peter Kerschbaumer. »Bist du noch dran? Was mache ich jetzt mit dem Typen? Soll ich ihn höflich, aber bestimmt darauf hinweisen, dass er sich zum Teufel scheren und seine grünen Männchen allein jagen kann?«

»Frag ihn, mit wem ich ihn bei der Obduktion verglichen habe.«

»Wie bitte? Was soll ich tun?«

»Du hast schon richtig verstanden, Pit. In der Rechtsmedizin gibt es tatsächlich einen Dr. Mulder, aber ich will sichergehen, dass das auch der echte Doc ist und keiner, der sich für ihn ausgibt.«

Sie hörte, wie ihr Kollege mit jemandem sprach, dann war er wieder bei ihr.

»Quincy. Er sagt, du hättest ihn mit Quincy verglichen. Sag mal, laufen in der Rechtsmedizin noch mehr Leute aus Fernsehserien herum? Lass es mich wissen, wenn die Mädels aus *Baywatch* auftauchen, dann komme ich auch mal auf einen Sprung vorbei.«

Es war tatsächlich Mulder. Tonis Magen kribbelte jetzt nicht nur, er flatterte wie verrückt.

»Gib ihm meine Handynummer.« Sie war auf einmal aufgeregt wie ein Teenager und hatte Mühe, ihre Stimme im Zaum zu halten. »Er soll mich anrufen, wenn es wirklich so wichtig ist.«

Erst jetzt merkte sie, dass sie während der letzten Minuten kerzengerade und völlig verkrampft dagesessen hatte, und ließ sich gegen die Lehne sinken. Mulder schaffte es immer wieder, sie völlig aus dem Tritt zu bringen. Und dafür musste er nicht einmal vor ihr stehen. Allein die Tatsache, dass ein Dritter über ihn sprach, genügte, um ihr Herz wie verrückt rasen zu lassen.

Als ihr Handy erneut klingelte, war ihr Mund von einer Sekunde auf die andere staubtrocken.

»Stieglitz.« Hoffentlich war ihre Nervosität nicht zu deutlich hörbar.

»Hallo, Toni. Ich hoffe, ich störe Sie nicht?«

Es war tatsächlich Mulder.

»Nein, überhaupt nicht. Sie wissen ja, wir Polizisten sind so etwas wie die öffentlich-rechtliche Form der Pfadfinder: Allzeit bereit und immer im Dienst. Pit sagte, Sie hätten neue Erkenntnisse, was die beiden Opfer betrifft?«

»Nun ja«, druckste er herum. »Nicht direkt.«

»Was heißt nicht direkt?«, fragte sie.

»In diesem Fall heißt es, dass ich genaugenommen nichts Neues habe.«

Toni zog die Augenbrauen hoch.

»Und warum haben Sie dann im Präsidium angerufen und das behauptet?«

»Weil ...« Er stockte.

Toni musste unweigerlich an einen Arzt denken, der seinem Patienten sagen muss, dass die Gallensteine keine Gallensteine sind, sondern etwas, das seinem Leben in ein paar Wochen ein Ende setzen wird. Sie presste die Lippen aufeinander, als wäre sie dieser Patient.

»Weil mir die Morde nicht aus dem Kopf gehen und ich Sie fragen wollte, ob es schon etwas Neues gibt. Da ich Ihre private Telefonnummer nicht hatte, fiel mir nichts Besseres als diese kleine Schummelei ein.«

Toni ließ den Atem, den sie unbewusst angehalten hatte, langsam entweichen. Es ging also tatsächlich nur um die Arbeit. Insgeheim hatte sie ja gehofft, dass ... Ja, was eigentlich? Dass er ihr offenbaren würde, dass er seit jenem Abend im O'Donnel's nicht mehr schlafen konnte, weil sich seine Gedanken nur noch um sie drehten und er sie unbedingt wiedersehen musste? Was für eine blödsinnige Vorstellung. Warum er mit diesem Anruf bis nach Dienstschluss wartete, erschloss sich ihr zwar überhaupt nicht, aber sie hatte auch keine besonders große Lust, jetzt darüber nachzudenken.

»Außerdem war mir nach einem Feierabendbier, um den Formalingeschmack aus der Kehle zu bekommen. Ich wollte mich gerade auf den Weg ins O'Donnel's machen und habe mich gefragt, ob Sie vielleicht auch Lust auf ein Guinness hätten.«

Während in der Leitung erwartungsvolle Stille herrschte, ratterte es in Tonis Kopf wie verrückt. War die Sache mit den Morden nur eine fadenscheinige Alibibegründung und wollte er in Wirklichkeit den Abend mit ihr verbringen, oder interpretierte sie schon wieder viel zu viel hinein? Sie kaute auf ihrer Unterlippe herum. War sie nur ein Notnagel, weil er außer ihr niemanden kannte, oder hatte ihm der Abend mit ihr tatsächlich gefallen?

Ihr jedenfalls hatte er gefallen, doch so gern sie Mulder wiedersehen würde – es änderte nichts an der Tatsache, dass sie hier festsaß. Henning hatte Priorität.

»Normalerweise echt gern, Doc, aber ich stecke mitten in einer Observation und kann hier die nächsten Stunden nicht weg.«

»Oh.« Irrte sie sich, oder hörte er sich enttäuscht an? »Das ist natürlich etwas anderes. Sie sind ja wirklich immer im Dienst.« Er lachte kurz auf, und jetzt war Toni sich sicher, dass Enttäuschung darin mitschwang. »Dann will ich Sie gar nicht länger stören.« Er verstummte, den Daumen vermutlich schon über der Taste mit dem kleinen roten Telefon.

Bevor Tonis Verstand sich einschalten konnte, hörte sie sich sagen: »Was halten Sie davon, wenn Sie mir hier Gesellschaft leisten? Das Herumsitzen ist auf Dauer ganz schön eintönig, und ich hätte gegen ein wenig Fachsimpelei nichts einzuwenden. Mit Guinness kann ich allerdings nicht dienen.«

Wahrscheinlich dauerte die Stille, die sich an ihre Frage anschloss, nur zwei oder drei Sekunden; Toni kam es vor wie eine Ewigkeit. Dann erlöste Mulders Stimme sie aus ihrer Qual.

»Wo finde ich Sie?«

Siebenundfünfzig

Zum mindestens siebten oder achten Mal schaute Toni nun schon in den Spiegel, zupfte an ihren Haaren herum und vergewisserte sich, dass kein Mohnkörnchen zwischen ihren Zähnen hing. Sie war wirklich schlimmer als eine verknallte Fünfzehnjährige; es fehlte nur noch, dass sie Herzchen ins Lenkrad schnitzte. Einen Moment lang bereute sie es, dass sie Mulder gefragt hatte, ob er ihr nicht Gesellschaft leisten wollte. Schließlich musste sie sich auf Henning konzentrieren, und ob das so gut funktionierte, wenn der Doc neben ihr saß, wagte sie zu bezweifeln.

Sie blickte hinauf zur Wohnung ihres Verdächtigen. Es hatte sich immer noch nichts getan. Die Fenster waren unverändert hell erleuchtet.

Wie aus dem Nichts tauchte ein Gesicht an der Seitenscheibe auf. Toni schrak zusammen und stieß einen spitzen Schrei aus. Das Licht der Straßenlaternen spiegelte sich auf einem kahlen Schädel und malte bizarre Schatten unter die Augen des Mannes, der zu ihr hereinsah.

»Mein Gott, Doc!«, rief Toni. Ihr Herz raste. Eine Sekunde lang hatte sie wirklich mit dem Aufblitzen eines riesigen Küchenmessers gerechnet. Sie kurbelte das Fenster hinunter. »Geht Ihnen die Arbeit aus, oder warum versuchen Sie rechtschaffene Bürger in den Herzinfarkt zu treiben?«

»Gut, dass Sie rechtschaffen und nicht harmlos gesagt

haben.« Mulder sah sie an und grinste sein schiefes Grinsen. »Dann wäre ich hier nämlich eindeutig verkehrt.«

Toni wusste nicht, ob es sein Grinsen war oder seine Bemerkung, die ihr die Sprache verschlug, jedenfalls herrschte in ihrem Kopf gähnende Leere. Mürrisch winkte sie ab, schloss das Fenster wieder und deutete auf den Beifahrersitz. Als er die Tür öffnete, strömte feuchtkalte Luft in den Wagen. Toni hätte am liebsten die Fahrertür auch noch aufgerissen. Inzwischen war ihr überhaupt nicht mehr kalt, ganz im Gegenteil. Hitzewallungen in den Wechseljahren konnten nicht schlimmer sein als das, was Mulder in ihr auslöste.

»Damit es keine Unklarheiten gibt«, sagte sie, kaum dass er sich gesetzt und die Tür geschlossen hatte. »Das hier ist mein Reich, und hier gibt es spezielle Regeln. Wer sich nicht daran hält, fliegt raus, auch um halb drei Uhr morgens im Niemandsland und bei strömendem Regen. Regel Nummer eins: Keine frevelhaften Bemerkungen über mein Auto. Regel Nummer zwei: Brennende Zigaretten haben im Wagen nichts verloren. Und Regel Nummer drei: Es wird nichts gegessen, das krümelt oder klebt. Verstanden?«

Mulder erwiderte nichts, sondern sah sie nur stumm an.

»Waren Sie eigentlich bei der Bundeswehr?«, fragte er schließlich. »Einen Augenblick lang habe ich mich gefühlt wie an meinem ersten Tag auf dem Kasernenhof. Wenn Sie einmal genug von Mord und Totschlag haben, sollten Sie das ernsthaft in Erwägung ziehen. Sie hätten sicherlich eine glänzende Karriere vor sich.«

»Klappe, Doc.« Sie verpasste ihm einen Klaps gegen den Oberarm, konnte sich ein Grinsen aber nicht verkneifen. »Ich bin nicht zum Spaß hier, ich muss arbeiten.«

»Wen beobachten Sie eigentlich, wenn ich fragen darf?«

Einen Augenblick lang überlegte Toni, wie viel sie ihm erzählen durfte. Eigentlich so gut wie gar nichts, wenn man von den Vorschriften ausging, aber Mulder gehörte in ihren Augen irgendwie zum Ermittlungsteam, und deshalb konnte sie da ruhig ein wenig großzügiger sein.

»Der Mann heißt Christopher Henning. Er ist Barkeeper in der Kneipe gegenüber, und es weist einiges darauf hin, dass er nicht nur mit den beiden Morden, sondern auch mit der Entführung einer weiteren Frau zu tun hat.«

Sie gab ihm eine knappe Zusammenfassung dessen, was sie herausgefunden hatte, umschiffte dabei die Querelen mit Hans und Schwarzer und vor allem ihre Eigenmächtigkeit in einem großzügigen Bogen.

Mulder lehnte sich ein wenig nach vorn und machte den Hals lang, um einen Blick auf Hennings Fenster zu werfen.

»Und wie lang müssen Sie heute noch ein Auge auf ihn haben? Sie werden doch kaum die ganze Nacht hier sitzen, oder?«

Toni wiegte den Kopf hin und her.

»Das ist noch nicht abschließend geklärt. Je nachdem, was in den nächsten Stunden passiert.«

»Aha.« Mulder klang nicht gerade überzeugt. Toni spürte seinen Blick auf sich ruhen, tat jedoch, als würde sie es nicht bemerken. »Wenn sich die Observation über so lange Zeit hinziehen kann, wäre es dann nicht sinnvoller gewesen, zwei Leute damit zu beauftragen? Schließlich müssen auch öffentlich-rechtliche Pfadfinder früher oder später auf die Toilette, sofern Sie nicht die eher unwahrscheinliche Variante einer Katheterisierung gewählt haben.«

Jetzt war es Toni, die herumdruckste. »Wissen Sie, Doc, genaugenommen ist das nicht direkt eine offizielle Observation.«

»Ach so? Und was genau heißt *nicht direkt*?«

»In diesem Fall heißt es, dass ich völlig auf eigene Faust handle und niemand außer Ihnen weiß, dass ich hier bin.«

»Hm.« Mulder zog die Brauen zusammen und fuhr sich mit der Hand über das Kinn. Seine Bartstoppeln machten ein leises, kratzendes Geräusch. Ganz bestimmt erklärte er sie jetzt für verrückt und überlegte, ob er ihr den Vogel zeigen und aussteigen oder einfach nur wortlos verschwinden sollte. »Warum wundert mich das jetzt nicht?«, sagte er schließlich.

Toni drehte den Kopf und sah ihn an. Das Halbdunkel im Wagen ließ die Fältchen um seine Augen tiefer wirken. Oder lag es nur an dem spöttischen Lächeln auf seinen Lippen?

»Vorsicht, Doc.« Toni drohte ihm mit dem Zeigefinger. »Wer im Glashaus sitzt, sollte im Keller auf die Toilette gehen. Helfen Sie mir auf die Sprünge: Wer hat heute im Polizeipräsidium angerufen und etwas von wichtigen Erkenntnissen in zwei Mordfällen erzählt und sich so die Privatnummer einer Polizeibeamtin erschlichen?«

Mulder hob kapitulierend die Hände. »Touché«, sagte er. »Einigen wir uns auf unentschieden?«

»Oder darauf, dass wir beide es für eine großartige Freizeitgestaltung halten, am Straßenrand in einem Auto zu sitzen und ...« Toni verstummte mitten im Satz. Das Licht in Hennings Wohnung war ausgegangen.

»Was ist los?« Mulder sah nach oben.

»Das Licht ist aus. Wenn er nicht gleich nach dem Sandmännchen ins Bett geht, kann das nur bedeuten, dass er jeden Moment das Haus verlassen wird. Tut mir leid, aber das war's dann wohl mit der gemeinsamen Freizeitgestaltung.«

Toni bedauerte es in der Tat aufrichtig. Gerade hatte sie angefangen lockerer zu werden, und nun musste sie den Doc im wahrsten Sinn des Wortes auf die Straße setzen.

»Soll das heißen, Sie werfen mich aus dem Wagen?«, fragte er auch prompt. »Jetzt, da es spannend wird? Das können Sie mir nicht antun.«

Mulders Blick traf Toni mitten ins Herz. Gut, dass sie saß, im Stehen hätten ihre Knie jetzt ganz sicher nachgegeben.

»Na gut«, lenkte sie ein. »Allerdings nur, wenn Sie mir versprechen, dass Sie sich aus allem raushalten, wenn es brenzlig werden sollte.«

Mulder nickte. »Versprochen. Aber sagen Sie ...« Er spähte aus dem Fenster. »Müsste er nicht langsam herauskommen?«

Dasselbe hatte sich Toni auch gerade gedacht. Seit das Licht in seiner Wohnung verloschen war, war genügend Zeit vergangen, dass er die Treppe hinunter und wieder hinauf hätte gehen können. Entweder hatte er sich tatsächlich vom Sandmännchen ins Bett bringen lassen oder ...

»Mist!« Toni schlug auf das Lenkrad.

»Was ...?«, setzte Mulder an, doch sie ließ ihn nicht ausreden.

»Haben Sie gesehen, ob in den letzten Minuten ein Auto die Tiefgarage verlassen hat?«

»Tiefgarage? Was für eine Tiefgarage?«

»Die dort hinten.« Sie blickte über ihre Schulter, und genau in diesem Moment fuhr ein blauer Škoda Fabia die Rampe herauf. Die Stimme von Karin Ainmillers Mutter hallte durch Tonis Kopf: *So einen schicken blauen mit schwarzem Dach. Sie hat ihn sich erst vor ein paar Monaten gekauft.*

Toni las das Kennzeichen ab. Es war das richtige.

»Jetzt hab ich dich«, zischte sie.

Achtundfünfzig

Toni griff nach dem Zündschlüssel, drehte ihn um – doch ihr Mercedes tat keinen Mucks. Sie drehte den Schlüssel ein weiteres Mal – wieder nichts.

»Scheiße, Scheiße, Scheiße!«, fluchte Toni, während der Škoda an ihnen vorbeifuhr. Mit einer Mischung aus Wut und Verzweiflung drehte sie den Schlüssel ein drittes Mal. Klack. Stille.

»Sind Sie mit dem Auto da?«

Mulder nickte.

»Gut. Sie fahren.«

Toni folgte Mulder zu einem dunkelgrünen Auto und drehte sich dabei immer wieder um, um den Škoda nicht aus den Augen zu verlieren.

»Ein Lada Niva?«, sagte sie, während sie nach dem Sicherheitsgurt angelte. »Sie fahren einen russischen Geländewagen? Das ist nicht Ihr Ernst, oder?«

»Sehen Sie mich lachen?«, gab Mulder zurück. »Ja, ich fahre einen Lada. Wobei die Betonung hier eindeutig auf dem Wort *fahren* liegt, während Ihr Mercedes ...«

»Links!«, schnitt Toni ihm das Wort ab. Der Fabia, der nun noch etwa einhundert Meter vor ihnen war, blinkte. »Aber machen Sie um Himmels willen langsamer. Wenn Sie weiter wie ein wildgewordener Förster hinter Henning herjagen, wird er uns schneller entdecken, als uns lieb ist.«

»Jäger«, sagte Mulder, während er den Gegenverkehr durchließ und schließlich ebenfalls abbog. Glücklicherweise hatte sich nur ein Auto zwischen sie und ihr Zielobjekt geschoben. »Der Wagen gehört einem Jäger, keinem Förster.«

»Wollen Sie damit sagen, das ist gar nicht Ihrer? Haben Sie ihn etwa geklaut? Gibt es noch mehr Abgründe in Ihrem Leben?«

Mulder warf Toni einen Blick zu, der ihr eine Gänsehaut über den Körper jagte. Da war etwas in seinen Augen, das sie nur zu gut kannte. Etwas Tiefes, Dunkles, in dem Dinge lauerten, die niemals ans Licht gelangen durften. »Geliehen.« Er sah wieder nach vorn und brach den Bann, doch die Gänsehaut auf Tonis Armen blieb. »Der Wagen gehört einem Kollegen, der zugleich passionierter Jäger ist. Er hat ihn mir zusammen mit seiner Wohnung überlassen, während er in den USA ist. Nicht jeder macht nämlich so einen Tanz um sein Auto wie Sie.«

Toni war in diesem Moment überhaupt nicht danach, sich über ihr Verhältnis zu ihrem Auto zu streiten, und hätte die Bemerkung am liebsten unkommentiert gelassen, doch sie musste irgendwie die Beklemmung loswerden, die seit Mulders undefinierbarem Blick in ihrer Brust hockte.

»Ich schlage vor, wir unterhalten uns später über den Unterschied zwischen dieser klappernden Schuhschachtel auf Rädern und meinem wunderbaren Stück deutscher Wertarbeit. Konzentrieren Sie sich lieber darauf, dass Henning uns nicht entwischt.«

Sie hatte das letzte Wort noch nicht ganz ausgesprochen, als die Ampel vor ihnen von Grün auf Gelb umschaltete. Die Bremslichter des Škoda flackerten auf, doch dann entschied Henning sich offenbar anders und gab Gas. Der Fahrer vor ihnen, der ebenfalls schon auf die Bremse getreten hatte, tat es Henning gleich und schaffte es gerade noch bei Gelb über die Linie. Das Rotlicht leuchtete auf, doch Mulder fuhr weiter, ohne sein Tempo zu verringern. Von rechts kamen Scheinwerfer auf Toni zu, eine Hupe quäkte, dann hatten sie die Kreuzung überquert.

»Mein Gott, Doc!« Toni stieß pfeifend den Atem aus. »Bitte sagen Sie mir, dass Sie das genau berechnet haben und das andere Auto uns nie im Leben erwischt hätte.«

Mulder grinste, doch es sah ziemlich verkniffen aus, und wenn Toni sich nicht täuschte, hatte er Schweißperlen auf der Stirn.

Sie beugte sich nach vorn und starrte durch das Auto vor ihnen hindurch auf Hennings Hinterkopf, als könne sie dadurch seine Gedanken lesen. Wohin wollte der Kerl, und war er wirklich der, für den sie ihn hielt? War er wirklich ein Entführer und zweifacher Mörder? Was, wenn Hans recht hatte und sie sich das alles nur einbildete, weil sie nicht damit zurechtkam, dass man sie ausgebootet hatte?

Unsicherheit keimte in ihr auf und mit ihr der Zweifel, ob diese Observation nicht doch eine riesige Schnapsidee war. Sie hatte nicht einen einzigen Beweis für ihre Theorie, sondern nur eine vage Verbindung zwischen den Opfern und einem Mann mit einer ausgeprägten Aversion gegen Frauen in roter Kleidung.

Ob es ihr in den Kram passte oder nicht, Schwarzers Argumentation war nicht von der Hand zu weisen. Eine Abneigung einer bestimmten Sache gegenüber machte einen noch lange nicht zum Mörder.

Aber selbst wenn Schwarzer recht hatte und sie nur einem Hirngespinst hinterherjagte – alles war besser, als jetzt in ihrem Zimmer in der Pension Maria zu sitzen und das Gefühl zu haben, wie in einer Peepshow von unsichtbaren Augen angestarrt zu werden.

Henning war dem Mittleren Ring in Richtung Nordwesten gefolgt. Auf Höhe des Olympiaturms setzte er den Blinker nach rechts und nahm die Abfahrt in Richtung Dachau. Der Verkehr war hier nicht mehr so dicht, und Toni hoffte inständig, dass Henning sie nicht entdeckte.

Als er nach links in die Ludwigsfelder Straße abbog, befanden sich nur noch zwei Fahrzeuge zwischen ihnen. Toni biss sich auf die Lippe. Weit konnte es nicht mehr sein, dessen war sie sich ganz sicher. Hoffentlich kamen sie nicht zu spät und Karin Ainmiller war noch am Leben.

Nach ein paar hundert Metern leuchteten die Bremslichter des Wagens vor ihnen auf, und sie sah, wie der Škoda nach rechts in eine schmale, von Büschen flankierte Straße abbog.

»Und jetzt?«, fragte Mulder. »Soll ich dranbleiben?«

»Nein. Fahren Sie geradeaus weiter und drehen Sie nach ein paar Metern um. Wenn wir ihm sofort folgen, sieht er uns, und wir fliegen auf.«

Mulder gehorchte und wendete den Lada nach fünfzig Metern. Als sie in die schmale Straße einbogen, waren die Rücklichter des Fabia bereits in der Dunkelheit verschwunden.

»Wohin führt die Straße?«, fragte Mulder, und Toni zuckte mit den Schultern.

»Ich habe keine Ahnung. Ich weiß, dass in dieser Richtung der Rangierbahnhof Nord liegt, aber das ist auch schon alles. Die Gegend hier gehört leider nicht zu meinen bevorzugten Aufenthaltsorten.«

Stumm fuhren sie weiter, passierten eine offene Schranke, umrundeten eine Biegung, und noch ehe Toni *Stopp!* rufen konnte, war Mulder schon auf die Bremse getreten. Sofort löschte er die Lichter und schaltete den Motor aus.

Etwa fünfundzwanzig Meter vor ihnen stand der Škoda. Im Wagen selbst schien niemand zu sitzen, doch die Scheinwerfer brannten und beleuchteten einige Gebäude: zwei große, die wie Lagerhallen aussahen, und ein kleineres, flaches, dessen Eingangstür offen stand. Vermutlich das dazugehörige Büro. Zerbrochene Scheiben und jede Menge Unrat ließen keinen Zweifel daran, dass hier schon längere Zeit niemand mehr arbeitete. War dies der Ort, wo Henning Karin Ainmiller gefangen hielt? Um das herauszufinden, konnte sie entweder abwarten, bis er wieder herauskam, oder hingehen und nachschauen. Die Entscheidung fiel innerhalb von Millisekunden.

»Haben Sie Ihr Handy dabei, Doc?«

»Ja, warum?«

»Wenn mein Exchef die Nummer meines Handys auf dem Display sieht, hebt er garantiert nicht ab.«

»Exchef?« Mulder zog die Augenbrauen hoch. »Kann es sein, dass ich da etwas verpasst habe?«

»Das könnte durchaus sein, aber das erzähle ich Ihnen später, okay? Wären Sie jetzt so freundlich?«

Mulder reichte ihr seinen Blackberry, und Toni tippte Hans' Nummer ein. Es kam ihr vor wie eine Ewigkeit, bis er sich endlich meldete.

»Hans, ich bin's, Toni. Bitte leg nicht gleich wieder auf, sondern hör mir zu. Dr. Mulder und ich sind auf einem verlassenen Firmengelände zwischen der Ludwigsfelder Straße und dem Rangierbahnhof. Wir haben Christopher Henning hierherverfolgt und ...«

»Du hast was?« Toni zuckte zusammen, als Hans unvermittelt in das Telefon brüllte. »Sag mal, bist du noch zu retten? Reicht es dir denn nicht, dich selbst immer in die Scheiße zu reiten? Musst du jetzt noch andere Leute hineinziehen? Noch dazu jemanden, der nicht einmal bei der Polizei ist! Was glaubst du, was los ist, wenn die Presse Wind davon bekommt, dass eine Polizistin einfach so irgendwelche Bürger verfolgt? Und noch dazu genau diejenige, die einen Reporter tätlich angegriffen hat?«

»Und was glaubst du, was erst los ist, wenn die Presse erfährt, dass ein Mörder und Entführer vor unserer Nase herumtanzt und wir ihn laufenlassen? Henning ist mit dem Wagen von Karin Ainmiller unterwegs. Das ist die Frau, wegen deren Verschwinden ich ermittle. Welche Beweise brauchst du denn noch, um zu akzeptieren, dass hier was zum Himmel stinkt?«

Toni merkte, dass sie dabei war, sich in Rage zu reden, und atmete einmal tief durch.

»Ich steige jetzt aus und sehe nach, was Sache ist. Der Doc bleibt hier im Wagen und hält dich per Handy auf dem Laufenden. Wir sehen uns.«

»Toni, verdammt, du gehst da nicht alleine hin. Bleib gefälligst ...«

Sie nahm den Blackberry vom Ohr und gab ihn Mulder zurück.

»Egal, was passiert, Doc. Sie bleiben hier im Auto, halten die Verbindung zu Hans und erzählen ihm alles, was Sie sehen, verstanden?«

Er nickte, doch als Toni aussteigen wollte, hielt er sie am Arm fest.

»Wollen Sie nicht doch lieber auf Verstärkung warten?«

»Und riskieren, dass er ihr in der Zwischenzeit etwas antut? Nein, Doc, das ist keine Option.«

Mulder presste die Lippen aufeinander.

»Okay«, sagte er schließlich und ließ sie los. »Aber passen Sie auf sich auf. Ich werde es Ihnen nie verzeihen, wenn ich Sie morgen auf meinem Tisch liegen habe und mir Ihre Leber anschauen muss.«

Neunundfünfzig

Toni verließ den Wagen. Kälte und Dunkelheit umfingen sie, und was sie die ganze Zeit verdrängt hatte, ließ sich nun nicht mehr verleugnen: Sie war ganz auf sich gestellt. Diesmal hatte sie keine Kollegen an ihrer Seite, und bis auf Hans wusste niemand, wo sie waren. Gedämpft drang Mulders Stimme aus dem Wageninneren zu ihr heraus. Es klang irgendwie tröstlich, und auch wenn er ihr nicht wirklich helfen konnte, fühlte sie sich zumindest nicht ganz allein.

Im Schutz der Sträucher schlich Toni auf das Bürogebäude zu. Kahle Zweige, die aussahen wie pechschwarze, knochige Finger, verhakten sich in ihrer Jacke, versuchten sie zurückzuhalten. Oder in die Dunkelheit zu zerren.

»Scheiß Horrorfilme«, murmelte sie und riss sich los. Nur noch knapp fünf Meter, dann hatte sie das Gebäude erreicht. Sie schmeckte Metall in ihrem Mund, und ihr Atem ging so schnell, als hätte sie die gesamte Strecke im Sprint zurückgelegt. Toni drückte sich gegen die Hauswand und hielt die Luft an. Es war totenstill, nur ein Martinshorn jammerte durch die Nacht. Hatte Hans vielleicht doch die Kavallerie alarmiert?

Zentimeter um Zentimeter schob sie ihren Kopf um die Ecke. Der Platz lag so verlassen da wie zuvor. Von Henning immer noch keine Spur. Geduckt hastete sie zu dem Škoda. Die Rücklichter starrten ihr entgegen wie rote Augen.

Toni lief zur Fahrerseite und warf einen Blick hinein. Der Wagen war leer, doch der Zündschlüssel steckte. Wenn sie den abzog, saß Henning fest. Sie sah sich noch einmal um. Die offene Eingangstür des flachen Gebäudes war kaum fünf Meter von ihr entfernt und schwarz wie das Tor zur Unterwelt.

Sie öffnete den Wagen, beugte sich hinein und griff nach dem Schlüssel. Der metallene Anhänger klimperte leise, als sie mit den Fingern dagegenstieß. Toni zerrte den Schlüssel aus dem Zündschloss, richtete sich auf und stieß dabei mit dem Kopf gegen die Karosserie. Der Schlüssel entglitt ihren Fingern und fiel klirrend neben den Wagen. Hastig bückte sie sich und tastete über den Boden. Steine, Dreck und noch mehr Steine. Aber kein Schlüssel.

»Wo bist du, du Scheißding?«, flüsterte sie.

Wenn sie wenigstens etwas sehen könnte! Endlich spürte sie kaltes Metall an ihren Fingerspitzen. Schnell schloss sie die Faust darum und stand auf.

Eine Sekunde später stach ein greller Lichtschein in ihre Augen. Geblendet sah Toni zur Seite.

»Sieh an«, hörte sie. »Die Bullen sind auch schon da.«

Mit einer Hand schirmte Toni ihr Gesicht ab und blinzelte zwischen den Fingern hindurch.

»Herr Henning?«

Rasch steckte sie den Autoschlüssel ein und schob die Hand unter ihre Jacke. Mit dem Daumen öffnete sie den Verschluss des Holsters und griff nach ihrer Waffe. Solange das Licht direkt in ihre Augen schien, konnte sie allerdings unmöglich schießen.

»Herr Henning, bitte nehmen Sie die Lampe herunter.«

»Sonst noch einen Wunsch, Frau Kommissarin? Darf ich Ihnen noch etwas zu trinken bringen?« Hennings Stimme troff vor Verachtung. »Einen Aperol vielleicht? Nein, dazu sind Sie nicht der Typ. Ich tippe eher auf trockenen Martini. Oder wollen Sie einfach nur vögeln, so wie diese Schlampe hier?«

Der grelle Lichtschein schwenkte zur Seite, aber die Nachbilder auf ihrer Netzhaut tanzten immer noch vor Tonis Augen herum. Sie blinzelte mehrmals, um die pulsierenden Flecken zu verscheuchen, und als sie endlich sehen konnte, worauf Henning die Taschenlampe jetzt richtete, zog sich ihr Magen zusammen: Es war Karin Ainmiller.

Henning hatte sie fest an sich gezogen, und so, wie er den Arm um sie gelegt hatte, wirkten die beiden beinahe vertraut – wären nicht Karin Ainmillers weit aufgerissene Augen gewesen und das Messer, das Henning gegen ihren Hals drückte.

Toni zog die Waffe aus dem Holster.

»Legen Sie das Messer weg«, sagte sie so ruhig und bestimmt, wie sie konnte, »und lassen Sie die Frau gehen. Meine Kollegen sind bereits hier und warten nur auf mein Zeichen.«

Wie zur Bestätigung hörte sie ein Rascheln in den Sträuchern, die das Firmengelände umgaben. Aber das war unmöglich. So schnell und vor allem so lautlos würde es kein Streifenwagen zu ihnen schaffen. Es war bestimmt nur ein Tier, aufgescheucht durch die ungewohnten Stimmen.

Toni konzentrierte sich wieder auf Henning. Er hatte sich jetzt genau hinter Karin Ainmiller geschoben und hielt sie wie einen Schutzschild vor sich. Wenn sie ihn ausschalten wollte, musste sie ihm in den Kopf schießen.

Immer auf die Beine, Stieglitz, hatte ihr Schießausbilder

geflachst. *Stirnbein, Jochbein, Nasenbein. Dann geht der andere keinen Schritt mehr.*

Selbst wenn sie so größenwahnsinnig wäre, solch einen Sonntagsschuss zu versuchen – bevor sie die Waffe auch nur halbwegs ins Ziel gebracht hatte, hatte der Irre seiner Geisel schon die Kehle aufgeschlitzt, und die Ainmiller war verblutet, noch bevor der Notarzt sein Martinshorn anschalten konnte.

»Kollegen?« Henning grunzte. »Ach ja? Und warum kann ich sie dann nicht sehen? Ich glaube, Sie lügen, Frau Kommissarin. Sie sind ganz alleine hier, auf eigene Faust, und niemand weiß davon, nicht wahr?«

Toni spürte, wie ein Schweißtropfen zwischen ihren Schulterblättern hinunterlief.

»Ich lüge nicht, Herr Henning. Ich bin nicht alleine hier, und meine Kollegen wissen sehr wohl, wo ich bin.«

Verdammt noch mal, wo blieb die Kavallerie? Und wenn Hans inzwischen aufgelegt hatte? Wenn er gar nicht mehr mit Mulder telefonierte? Wenn niemand kam, um ihr zu helfen?

»Geb'en Sie auf, Herr Henning«, versuchte sie es wieder. »Legen Sie Ihre Waffe weg. Noch ist es nicht zu spät.« Die üblichen leeren Floskeln, nützlich wie eine Wasserpistole bei einem Waldbrand.

»Hier legt nur einer seine Waffe weg«, rief Henning, »und das bist du! Los, auf die Motorhaube damit. Nun mach schon!«

Die Klinge an Karin Ainmillers Kehle zuckte. Toni wurde schlecht. Dieser verdammte Scheißkerl! Fieberhaft suchte sie nach Alternativen, aber es gab keine.

Sie lockerte den Griff um ihre Waffe, bis sie die Pistole nur noch mit den Fingerspitzen hielt. Den Blick starr auf

Hennings Hand mit dem Messer gerichtet, tastete sie sich an dem Fahrzeug entlang und legte die Waffe auf der Motorhaube ab.

»Und jetzt geh zurück!«

Toni ballte die Fäuste. Wut schnürte ihr die Kehle zu. Wut auf sich, dass sie sich so hatte übertölpeln lassen. Wut auf diesen Dreckskerl, der sich einfach so das Recht herausnahm, das Leben anderer Menschen zu zerstören. Sie musste doch irgendetwas tun können, verdammt noch mal!

Erneut raschelte es in der Dunkelheit, und aus den Augenwinkeln sah Toni, wie ein Schatten durch die Sträucher huschte. Die Verstärkung! Hoffnung flackerte in ihr auf. Wenn ihre Kollegen es geschafft hatten, sich zu ihnen vorzuarbeiten, dann hatten sie noch eine echte Chance, Henning hier und jetzt zur Strecke zu bringen.

»Geh von dem Auto weg!«, bellte Henning, und Toni tat es. Mit jedem Schritt, den sie rückwärts machte, tat er einen nach vorn, die Ainmiller immer noch wie einen Schild vor sich. Als er das Auto erreicht hatte, steckte er die Taschenlampe weg und griff nach der Waffe.

Im selben Moment verließ der Schatten seine Deckung und sprintete über den Hof. Tonis Augen wurden weit. Das war nicht ihre Verstärkung. Das war nicht mal ein Polizist. Das war Mulder.

Ein leises Klicken ertönte in Tonis Rücken. Es war ein vertrautes Geräusch, aber es gehörte nicht hierher, und deshalb dauerte es den Bruchteil einer Sekunde zu lang, bis Toni es zuordnen konnte: Es war das Klicken der Griffsicherung ihrer Waffe.

Nur einen Wimpernschlag später zerriss ein ohrenbetäubender Knall die Dunkelheit.

Dann noch einer.

Und noch einer.

Mulder sackte zusammen, und Tonis Herz hörte auf zu schlagen.

Sechzig

»Setz dich hinter das Steuer!«

Henning hielt die Mündung der Pistole genau auf ihr Gesicht gerichtet. Toni starrte in die runde Öffnung. Nein. Sie konnte Mulder doch nicht hier liegenlassen!

»Setz dich hinter das Steuer, verdammt noch mal!«

Karin Ainmiller wimmerte, als Henning die Klinge fester gegen ihren Hals drückte.

»Steig ein. Jetzt. Oder sie ist genauso tot wie der da.«

Toni presste die Lippen aufeinander. Und wenn sie sich auf ihn stürzte? Das Überraschungsmoment ausnützte? Für den Bruchteil einer Sekunde dachte sie ernsthaft daran, Henning tatsächlich anzugreifen, dann gewann ihr Verstand wieder die Oberhand. Nein, das würde sie niemals schaffen. Vielleicht würde sie bis auf einen halben Meter an ihn herankommen, aber dann würde er abdrücken und sie genauso über den Haufen schießen wie Mulder. Wenn sie nur eine winzige Chance bewahren wollte, Karin Ainmiller zu retten, musste sie tun, was er sagte. Und Mulder zurücklassen.

»Okay«, sagte Toni. »Ich steige ein.«

Henning verfolgte jede ihrer Bewegungen und hielt die Pistole auf sie gerichtet, bis sie auf dem Fahrersitz saß. Dann schob er die Ainmiller auf die Rückbank und setzte sich daneben.

Toni beobachtete im Rückspiegel, wie das Messer vom Hals der Frau abwärts wanderte. Der Anblick des nackten Körpers von Magdalena Sauer stieg aus Tonis Gedächtnis auf. Drei Stiche. Einer davon genau ins Herz.

Henning beugte sich zu ihr nach vorne. Sie spürte seinen Atem an Hals und Wange und musste all ihre Willenskraft aufbieten, um ihm nicht auszuweichen.

»Fahr los«, zischte er. »Und versuch nicht, mich auszutricksen.«

Toni startete den Motor und wendete. Das Licht der Scheinwerfer huschte über Mulders Körper. War das Schwarze neben seinem Körper nur ein Schatten oder doch eine Blutlache? Toni presste die Lippen aufeinander. Mulder, dieser verdammte Idiot! Warum hatte er nicht auf sie gehört? Warum hatte er sich nicht an das gehalten, was sie ihm eingeschärft hatte, und war im Wagen sitzen geblieben? Warum musste er unbedingt den Helden spielen und sich über den Haufen schießen lassen? Reichte es denn nicht, dass sie sich von Henning hatte übertölpeln lassen? Musste Mulder ihm auch noch direkt in die Arme laufen?

Der Wagen rumpelte durch ein Schlagloch, und Toni biss sich auf die Zunge. Tränen schossen in ihre Augen. Zornig wischte sie sie mit dem Handrücken weg.

Eines stand fest: Wenn dieser Mist hier vorbei war, würde sie dem Doc die Leviten lesen, und zwar so, dass er hinterher aufrecht unter der Tür durchgehen konnte und ihm die Schattenkirchner wie eine liebende Mutter vorkam.

»Rechts!«, befahl Henning, als sie wieder die Ludwigsfelder Straße erreichten. Gehorsam bog Toni ab. Ihre Nase lief, und sie schniefte mehrmals.

»Hast du kein Taschentuch?«, kam es von der Rückbank.

»Doch, in der Jacke.«

»Dann benutz es gefälligst.«

Beinahe hätte Toni aufgelacht. Der hatte Probleme. War kurz davor, mindestens einen weiteren Mord zu begehen, und regte sich über ihr Schniefen auf. Sie schob die linke Hand in ihre Jackentasche, wo sie nicht nur ein zerknülltes Tempo, sondern auch das Diensthandy ertastete. Als ihre Finger über die kleinen Tasten glitten, jagte eine Idee durch ihr Gehirn. Sie war aberwitzig und wahrscheinlich zum Scheitern verurteilt, aber im Moment die beste Chance, die sie hatte. Und vor allem die einzige.

Wenn sie sich nicht völlig täuschte, war Sören der Letzte, den sie angerufen hatte. Wenn es ihr gelang, die Wahlwiederholung zu drücken, dann könnte Sören alles hören, was vor sich ging, und sie konnte ihn zu sich lotsen.

Tonis Fingerkuppen fuhren über die kleinen Erhebungen. Lag die Taste mit dem kleinen grünen Telefon rechts oder links oben? Sie drückte links. Oder war es doch rechts? Zu spät.

Sie ließ das Handy los, zog die Hand mit dem zerknüllten Taschentuch aus der Jacke und schnäuzte sich. Im Rückspiegel sah sie Karin Ainmiller. Stocksteif und mit weit aufgerissenen Augen saß sie da, schien seit Minuten die Luft anzuhalten. Ob sie die Klinge an ihrem Körper spürte?

»Wir sind gleich an der Eversbuschstraße«, durchbrach Toni die bleierne Stille. »Da geht es nur rechts oder links. Wohin soll ich fahren?«

Sie sprach langsamer und lauter als gewöhnlich, als hätte sie ein schwerhöriges, begriffsstutziges Kind vor sich. Aber sie wollte unbedingt sichergehen, dass Sören jedes

Wort verstand und wusste, wohin sie fuhren. Sofern er überhaupt am Telefon war.

»Links!«, befahl Henning.

Toni setzte den Blinker und bog ab.

»Wohin bringen Sie uns?« Toni versuchte es auf die direkte Art, doch Henning reagierte nicht.

»Was haben Sie vor?« Sie warf einen kurzen Blick nach hinten und sah, wie ihr Entführer den Mund zu einem Grinsen verzog. Es war ein kaltes, bösartiges Grinsen, aber gleichzeitig auch seltsam entrückt, als würde er sich auf etwas freuen. Toni konnte sich nur zu gut vorstellen, was das war.

»Der Autobahnkreisel«, sagte er plötzlich. »Fahr zum Kreisel. Und ab jetzt kein Wort mehr!«

Mit aufeinandergepressten Lippen befolgte Toni den Befehl und fuhr auf der Pippinger Straße bis zu ihrem Ende, bog dort auf die Verdistraße ab und fuhr dann in den großen Kreisverkehr ein, der Beginn und Ende der A8 markierte. Dort ließ Henning sie dreimal im Kreis fahren, wobei er sich immer nach hinten umwandte. Offenbar wollte er herausfinden, ob ihnen jemand folgte. Dann dirigierte er sie in die Bergsonstraße.

Toni schöpfte neue Hoffnung. In der Bergsonstraße befand sich die Verkehrspolizeiinspektion Fürstenfeldbruck. Sie gehörte zwar nicht zum Polizeipräsidium München und funkte auf einer anderen Frequenz, aber bei Fahndungen oder Verfolgungsfahrten wurden die Kollegen dort natürlich auch informiert, und wenn Tonis Plan aufgegangen war, wussten sie jetzt bereits Bescheid und suchten nach ihnen.

Ihr Herz schlug schneller, als auf der rechten Seite das blau leuchtende Polizeischild auftauchte. Als sie mit dem

Škoda die Einfahrt passierten, flammten die Scheinwerfer eines Streifenwagens auf. Toni jubelte innerlich. Die Kollegen hatten sie entdeckt! Der Streifenwagen setzte sich in Bewegung, fuhr aus der Einfahrt und bog nach links ab.

Nein, verdammt! Das war die falsche Richtung! Mit aufgerissenen Augen musste Toni im Rückspiegel mit ansehen, wie die Rücklichter des BMW immer kleiner wurden.

»Die Polizei, dein Freund und Helfer«, höhnte Henning vom Rücksitz. »Beim Abzocken immer die Ersten, aber nie da, wenn man sie braucht, nicht wahr, Frau Kommissarin?«

Toni umklammerte das Lenkrad, hätte vor Enttäuschung am liebsten aufgeschrien. Ihr Plan war gescheitert. Sören hatte sie nicht gehört. Und was nun? Ihre Gedanken überschlugen sich.

»Vor der Bushaltestelle ist ein Tor. Dort fährst du hinein.«

Toni bremste ab. Sie sah den Durchbruch in der Mauer, wo das Tor sein musste.

»Da hinein?«, fragte Toni. »In den Friedhof?«

»Ja, in den Friedhof. Oder hat die taffe Frau Kommissarin etwa Angst vor den Toten?« Henning lachte.

Nein, nicht vor den Toten. Nur vor den Lebenden.

Sie fuhr über den Gehweg und blieb stehen. Die Scheinwerfer des Škoda leuchteten durch das schmiedeeiserne Tor in den Friedhof hinein. Rote Grablichter flackerten vereinzelt in der Schwärze.

»Steig aus und mach das Tor auf«, befahl Henning.

»Und wie soll das gehen? Ich hab keinen Schlüss…«

»Halt den Mund und tu einfach, was ich dir sage.«

Umständlich fummelte Toni am Sicherheitsgurt herum und überlegte währenddessen fieberhaft, was sie tun könnte, um andere auf sie aufmerksam zu machen, ohne die Ainmiller in Gefahr zu bringen.

Doch ihr Gehirn war wie leergefegt. Sie stieg aus, ging um den Škoda herum und drückte gegen das Tor. Mit einem leisem Quietschen schwang es nach innen auf.

Einundsechzig

Kurz hinter der Trauerhalle ließ Henning sie anhalten und aussteigen.

»Da lang.« Er zeigte mit dem Messer auf einen Weg. Die Klinge schimmerte in der Dunkelheit. »Du gehst voraus«, sagte er zu Toni, und sie setzte sich in Bewegung. Die kalten, leeren Augen der steinernen Engel, die über die Toten wachten, folgten ihnen unverwandt.

Unter den Bäumen reichte das Licht kaum aus, um die schmalen Wege erkennen zu können, doch Henning lotste sie zwischen den Gräbern hindurch, ohne auch nur einmal zu zögern. Plötzlich verfing sich Tonis Fuß an einem Hindernis. Sie stolperte, streckte haltsuchend ihre Hände aus, doch sie griff ins Leere und fiel der Länge nach hin. Etwas Hartes schlug gegen ihre Rippen und presste die Luft aus ihren Lungen. Hustend schnappte sie nach Luft.

»Los, steh auf!« Henning trat ihr gegen die Beine.

Toni presste die Lippen aufeinander und versuchte den Schmerz hinunterzuschlucken. Als sie sich auf den Boden stützte und auf die Knie aufrichtete, berührten ihre Finger den Gegenstand, auf den sie gefallen war. Hastig warf sie einen Blick darauf. Es war eine metallene Weihwasserschale, wie sie fast auf jedem Grab standen. Normalerweise waren sie fest verankert, doch diese hier war lose. Toni packte sie und presste sie an ihren Körper.

»Mach schon!«

Noch ein Tritt.

»Ich kann nicht«, wimmerte Toni und kauerte sich zusammen. »Ich glaube, ich habe mir etwas gebrochen.«

»Scheiß drauf«, fluchte Henning. »Steh auf oder ich stech dich gleich hier ab.«

Toni sah aus den Augenwinkeln, dass Henning neben sie trat und sich zu ihr hinabbeugte.

Sie hielt die Luft an, wartete, bis er ganz nah war, dann wirbelte sie herum und schlug mit aller Kraft dorthin, wo sein Kopf sein musste. Mit einem dumpfen Laut traf Metall auf Knochen. Überraschung breitete sich auf Hennings Gesicht aus, dann verdrehte er die Augen und kippte lautlos nach hinten um.

Fassungslos starrte Toni ihn an. Zwei, drei Sekunden verstrichen, bis sie kapierte, dass sie einen lucky punch gelandet und Henning k. o. geschlagen hatte. Das war ihre Chance.

»Laufen Sie!« Toni rappelte sich auf und packte Karin Ainmiller am Arm, doch die bewegte sich nicht. »Nun machen Sie schon! Wir müssen weg!« Toni zerrte stärker, aber die Ainmiller stand da wie festgewachsen.

»Ist er tot?«, flüsterte sie und starrte auf den leblosen Körper vor ihren Füßen.

»Nein, der ist nur bewusstlos«, antwortete Toni, »aber das wird er nicht ewig bleiben. Wenn Sie nicht wollen, dass er uns doch noch abschlachtet, sollten wir verschwinden, bevor er wieder zu sich kommt.«

Ein leises Stöhnen ließ sie zusammenfahren. Henning. Er wachte auf.

»Los!«, schrie Toni und drang endlich zu Karin Ainmiller durch, die sich stolpernd in Bewegung setzte.

Toni wollte ihr schon folgen, doch sie drehte sich noch einmal um und warf einen letzten Blick auf ihren Entführer.

Ihre Waffe. Die hatte sie vollkommen vergessen. Sie steckte noch immer in seinem Hosenbund, aber die durfte sie ihm auf keinen Fall überlassen.

Mit zwei Schritten war sie neben Henning. Sie bückte sich, packte den Griff der Pistole und zog sie heraus. Als sie sich wieder aufrichtete, schlug Henning die Augen auf. Erst war sein Blick trüb und nach innen gerichtet, wusste mit der Welt um sich herum nichts anzufangen, dann begegnete er dem ihren, und sie konnte sehen, wie die Erinnerung im Bruchteil einer Sekunde zurückkehrte. Einen dröhnenden Herzschlag lang war Toni wie festgefroren, dann jagte ein neuer Schwall Adrenalin durch ihren Körper, und sie rannte los. Doch Hennings Hand hatte bereits ihr Fußgelenk umklammert und riss sie von den Beinen. Toni schlug hart auf dem Boden auf, und die Waffe entglitt ihren Händen.

Schmerz durchbohrte ihren Brustkorb und raubte ihr den Atem. Flirrende Lichtpunkte tanzten vor ihren Augen. Stöhnend wälzte sie sich auf die Seite. Wo war oben? Wo war unten?

Toni krallte die Finger in den Boden, stemmte sich auf die Knie. Einen, vielleicht anderthalb Meter vor ihr lag ihre Waffe.

Auf allen vieren krabbelte sie vorwärts, streckte den Arm aus, spürte schon das kalte Metall an ihren Fingerspitzen, da riss sie ein brutaler Ruck nach hinten, und im nächsten Moment war Henning über ihr. Er warf sich mit seinem ganzen Gewicht auf sie und drückte sie auf den Boden. Seine Beine pressten ihre Arme an ihren Körper wie ein Schraubstock.

»Ich mach dich fertig, du dreckige Bullenschlampe!«, keuchte er. »Ich stech dich ab wie ein Schwein.«

Toni trat, strampelte und wand sich, doch Henning schien das nicht einmal zu registrieren.

Mit beiden Händen hob er das Messer über seinen Kopf. Toni starrte die Klinge an. Mulders letzte Worte an sie fielen ihr wieder ein. *Ich werde es Ihnen nie verzeihen, wenn ich Sie morgen auf meinem Tisch liegen habe und mir Ihre Leber anschauen muss.*

»Sorry, Doc«, flüsterte sie. »So war das nicht geplant.«

Ein scharfer Knall zerriss Tonis Gedanken, und etwas Warmes spritzte auf ihr Gesicht. Hennings Augen weiteten sich, und sein Mund öffnete und schloss sich tonlos. Ein seltsames Zischen und Röcheln kam aus einer Öffnung am Hals, die dort gerade noch nicht gewesen war. Bläschen quollen stoßweise daraus hervor, blühten auf und zerplatzten, regneten auf Toni herab.

Brausepulver, dachte sie. Es sah aus wie schäumendes Brausepulver.

Henning begann zu schwanken. Das Messer entglitt seinen Fingern und fiel neben Toni zu Boden. Hennings Kopf kippte nach vorn. Blut lief aus seinem Mund. Ein langgezogenes Gurgeln drang aus dem Loch in seinem Hals, dann begrub er Toni unter sich.

Zweiundsechzig

Alles bestand aus Watte. Watte in ihren Beinen. Watte in ihren Ohren. Watte in ihrem Kopf.

»Bist du okay?«

Eine Stimme kroch durch die Watte. Sie kannte die Stimme, aber es war zu mühsam, ihr einen Namen und ein Gesicht zuzuordnen.

»Toni? Bist du okay?«

Die Stimme hatte ihren Namen gesagt, also musste sie gemeint sein. Aber sie konnte sich nicht bewegen. Immer noch war es, als läge der schlaffe, warme Körper auf ihr. Sie spürte den Stoff des Shirts auf ihrem Gesicht. Spürte ihren Atem, der in ihren Lungen gefangen war. Fühlte, wie die Beine, die sie eben noch umklammert hatten, langsam von ihr hinabrutschten.

Eine Hand schloss sich um ihre Schulter, rüttelte sie sanft. Toni hob den Kopf, blinzelte. Ganz langsam sickerte die Wirklichkeit durch die Watte. Der kalte, raue Granit des Wasserbeckens, auf dessen Rand sie saß. Das Geräusch von eiligen Schritten, von Autoreifen auf den sandigen Wegen. Stimmengemurmel. Unstetes Taschenlampenlicht. Schwarze Lederjackenrücken, die sich um etwas geschart hatten. Und der Geschmack von Blut in ihrem Mund. Hoffentlich ihr eigenes und nicht das von ... Tonis Magen stülpte sich um. Hastig drehte sie sich zur Seite, doch der saure Schwall schaffte es nur bis in ihre Kehle und floss dann wieder zurück. Sie spuckte aus. Der metallische Geschmack blieb.

»Hier«, sagte die Stimme, von der ihr jetzt wieder eingefallen war, dass sie Sören gehörte. Er hielt ihr ein Taschentuch hin. Toni nahm es und wischte sich über den Mund. Aus den Augenwinkeln blickte sie zu den Lederjackenrücken hinüber. Zwischen den Hosenbeinen ihrer Kollegen hindurch sah sie den Notarzt, der sich über Hennings Körper beugte. Sie wandte sich ab und presste die Lippen aufeinander. Bilder zuckten durch ihren Kopf: das blubbernde Loch in Hennings Hals. Die warme Schwärze, als er sie unter sich begrub. Blasse Gesichter, die auf sie hinabblickten. Münder, die sich bewegten. Eine Hand, die eine Waffe hielt.

Toni riss die Augen auf und schnappte nach Luft.

»Alles okay?«

Ihr Kopf bewegte sich mechanisch auf und ab. Natürlich war alles okay. So okay, wie es nur sein konnte, wenn man gerade unter dem Körper eines Mannes herausgezogen worden war, der einen hatte abschlachten wollen. Der zwei Frauen getötet und eine dritte entführt hatte.

»Karin Ainmiller!«, stieß Toni hervor. »Wo ist sie? Sie konnte abhauen, aber ich weiß nicht, wohin.« Sie reckte den Hals und sah sich hektisch um.

»Beruhige dich«, sagte Sören. »Wir haben sie. Sie ist einem Streifenwagen direkt vor die Motorhaube gelaufen und nun bereits auf dem Weg ins Krankenhaus. Es geht ihr körperlich so weit ganz gut.«

Gott sei Dank! Erleichtert sank Toni in sich zusammen. Erst jetzt wurde ihr bewusst, dass Sören seinen Arm um sie gelegt hatte und sie an ihm lehnte. Peinlich berührt, rückte Toni ein wenig von ihm ab.

»Danke«, flüsterte sie und sah zu Boden. Sie spürte, wie Sören zögerte, dann glitt sein Arm von ihren Schultern und die Kälte der Novembernacht nahm seinen Platz ein. »Wenn du nicht gewesen wärst, dann …«

»Bedank dich bei Beate. Sie war es, die Henning …« Er verstummte.

»Beate?«, fragte Toni. »Sie? Nicht du?«

Wieder sah sie die Hand mit der Pistole vor sich und tastete automatisch nach ihrem Holster. Es war leer. Aber warum …? Wie ein Blitz schlug die Erinnerung ein.

»Mulder«, flüsterte sie, und alles in ihr wurde zu Eis. Für einen endlosen Moment konnte sie sich nicht bewegen, konnte nicht atmen, nicht schlucken, war wie versteinert. Dann zerschellte die Starre. Sie wand ihre Hand aus Sörens Fingern und sprang auf.

»Mulder!«, wiederholte sie. »Wir müssen zu ihm! Henning hat auf ihn geschossen. Er stirbt, wenn …«

Sören griff nach ihrem Handgelenk und hielt sie fest. Stumm sah er ihr in die Augen und schüttelte den Kopf.

Dreiundsechzig

Toni tastete mit den Fingern über ihr Gesicht. Die Stellen, wo Hennings Blut auf sie gespritzt war, brannten immer noch, obwohl Sören es noch auf dem Friedhof weggewaschen hatte. Bestimmt würde sie es noch spüren, wenn die Blutergüsse und Schwellungen in ihrem Gesicht verschwunden und die geprellten Rippen längst wieder in Ordnung waren.

Der Lift hielt mit einem Ruck, und die Türen glitten auseinander. Vierter Stock, Station C, Zimmer vierhundertzwölf.

Ihr Herz klopfte viel zu schnell, als sie endlich vor der Tür stand. Sie ballte ihre eiskalten Finger zu Fäusten und steckte sie in die Jackentaschen. Sie fühlte sich jämmerlich, das schlechte Gewissen hockte wie eine aufgeblähte Kröte in ihrer Brust und drückte ihr beinahe die Luft ab. Am liebsten wäre sie zurück zum Aufzug gelaufen, aber so viel Feigheit hätte sie sich nie verziehen. Außerdem war da ja noch der Teil in ihr, der unbedingt in dieses Zimmer wollte, und bevor sie es sich doch noch anders überlegen konnte, klopfte sie, wartete zwei Sekunden und öffnete die Tür.

Mit angehaltenem Atem blieb Toni stehen. Von draußen presste sich die Novembernacht schwarz gegen die Scheiben, schien ihr verschwommenes Spiegelbild verschlingen zu wollen. Sie schluckte, als sie es schließlich wagte, Mulder anzuschauen.

Da lag er, im Bett am Fenster. Er hatte die Augen geschlossen, schlief ganz bestimmt. Das Krankenhaushemd war ein wenig verrutscht und gab den Blick auf einen Verband an seiner linken Schulter frei. Sein Hals trug noch die orangefarbenen Spuren des Mittels, mit dem sie seine Haut vor der Operation desinfiziert hatten. War es nur das grässliche Licht, das sein Gesicht so blass, fast grau aussehen ließ?

Mulders linker Arm lag auf der Bettdecke. Ein Schlauch führte von seinem Handrücken zu einem Tropf. Wahrscheinlich war er bis oben hin vollgepumpt mit Schmerzmitteln und vollkommen weggetreten.

Toni selbst hatte sich geweigert, im Krankenhaus zu bleiben, und war nach der Untersuchung auf eigenes Risiko gegangen. Dann hatte sie ein paar Stunden geschlafen, eine ordentliche Dosis Schmerzmittel mit einem großen Schluck Leitungswasser hinuntergewürgt und war in das Präsidium gefahren. Hans hatte einen halbherzigen Versuch gemacht, sie nach Hause oder wenigstens zum K 14 zu schicken, aber sie hatte ihm angesehen, dass er insgeheim froh war, sie dort zu haben.

Im Flur war Toni beinahe mit Beate zusammengestoßen. Beate, der sie ihr Leben verdankte. Ausgerechnet ihr. Wie verhielt man sich in so einer Situation? Fiel man seinem Retter um den Hals, auch wenn man ihn nicht leiden konnte? Bedankte man sich überschwänglich? Änderte so ein Erlebnis alles? Schmiedete es ein unzerstörbares Band zwischen den beiden Personen? Wenn es so war, dann war dieses Band so hauchdünn, dass Toni es nicht gespürt hatte. Alles, was sie gefühlt hatte, war der Wunsch, so tun zu können, als wäre es nicht Beate gewesen, die geschossen hatte, sondern irgendjemand anders.

»Danke«, hatte Toni schließlich gemurmelt und sich gezwungen, ihrer Kollegin in die Augen zu sehen. Sie hatte nicht gewusst, was sie noch hätte sagen sollen, obwohl Tausende von Emotionen und Gedanken durch ihren Kopf geschwirrt waren. Irgendwo dazwischen auch ehrliche Dankbarkeit.

»Schon gut«, hatte Beate nur geantwortet, Tonis Arm gedrückt und war weitergegangen.

Nach Dienst hatte Toni sofort Mulder besuchen wollen, doch da hatte er noch auf der Intensivstation gelegen und die Schwester hatte ihr den Zutritt verweigert.

Wie gestern schwappten auch jetzt Erleichterung und Enttäuschung durch ihre Adern. Erleichterung, weil sie nicht mit ihm reden musste, Enttäuschung, weil sie es so gern getan hätte.

Toni drehte sich um und wollte sich auf Zehenspitzen aus dem Zimmer schleichen, als sie seine Stimme hörte.

»Toni?«

Sie blieb stehen. Ihre Herzfrequenz schnellte in den roten Bereich.

»Ich hoffe, Sie haben Kuchen dabei.«

Toni hätte am liebsten die ganze Welt umarmt. Sie wandte sich um und bemühte sich, nicht zu breit zu grinsen.

»Tut mir leid, Doc. Ich hatte eine Flasche Whiskey eingesteckt, aber die haben die Schwestern bei der Leibesvisitation entdeckt.«

Sie schloss die Tür und trat näher, blieb jedoch in sicherer Entfernung von seinem Bett stehen.

Auf einmal schien sie viel zu viele Hände zu haben. Sie verhakte die Finger ineinander, löste sie wieder und schob sie schließlich in die Hosentaschen. Und jetzt? Was sollte sie jetzt sagen? Sorry, dass Sie wegen mir fast draufgegangen wären? Kann ich Sie als Entschuldigung auf ein Bier einladen? Irgendwann in ein paar Wochen, wenn das zerfetzte Gewebe in Ihrem Körper wieder einigermaßen zusammengewachsen ist?

Sie schaffte es nicht, Mulder in die Augen zu sehen. Hastig trat sie an das Fenster. Ihr Spiegelbild schaute ihr hohlwangig und aus dunklen Augenlöchern entgegen. Toni schluckte. Sie musste irgendwie auf sicheren Boden gelangen, wenn sie nicht in dem Chaos in ihrem Inneren untergehen wollte.

»Meine Kollegen und ich wühlen uns gerade durch Hennings Leben«, sagte sie zu ihrem Spiegelbild. »Ich war mit Sören zu Beginn der Ermittlungen schon einmal in seiner Wohnung. Sie war völlig nichtssagend, ohne Charakter, als würde kein wirklicher Mensch, sondern nur das blutleere Abziehbild eines Menschen darin leben. Harmlos bis langweilig. So sah es dort aus. Zumindest in dem Raum, zu dem wir damals Zutritt hatten.«

Der Boden unter ihren Füßen wurde langsam fester. Sie bewegte sich wieder auf Terrain, auf dem sie sich auskannte. Trotzdem drehte sie sich nicht zu Mulder um, als sie weitersprach.

»Aber als wir dann das Schlafzimmer betraten ...«

Sie stockte, hatte das Gefühl, wieder im Türrahmen zu stehen und mit offenem Mund auf das zu starren, was hinter der verschlossenen Tür verborgen gewesen war. Sören, der hinter ihr gewartet hatte, hatte einen Hustenanfall bekommen, und sogar Contutto hatte es die Sprache verschlagen.

»Ich habe so etwas noch nie gesehen, Doc«, fing sie

wieder an. »Henning hatte das Bett in die Mitte des Raums gestellt. Am Kopfende sowie rechts und links hatte er Schränke bis direkt an die Matratze geschoben und am Fußende stapelten sich bis zur Bettkante irgendwelche Papiere, so dass nur ein schmaler Einstieg übrig geblieben war. Es hatte fast etwas von einer Festung, fehlten nur noch der Wassergraben und die Zugbrücke. Aber was mir eigentlich die Luft geraubt hat, waren die Wände.«

Toni wandte sich um und hob die Arme, als wollte sie den ganzen Raum umfassen.

»Sie waren von oben bis unten vollgeschrieben, von der Decke bis zur Fußbodenleiste. Buchstabe an Buchstabe, manchmal ganz sorgfältig und fast wie gemalt, manchmal wie in größter Hast hingeschmiert und kaum zu entziffern.«

Sie ließ die Arme fallen.

»Das ganze Zimmer ist ein riesiges Tagebuch. Vor etwa zwei Jahren hat er in der linken oberen Ecke begonnen und von da an jeden Tag fein säuberlich dokumentiert. Oft sind seine Gedanken ganz banal, dann aber wieder so krank, dass wir es nicht mehr in der Wohnung ausgehalten und uns draußen auf die Bordsteinkante gesetzt haben, ohne ein Wort zu sagen. Ich hätte sogar um ein Haar einen Fußgänger um eine Zigarette angeschnorrt.«

Toni schüttelte den Kopf und sah Mulder an.

»Wir haben ihn gerade noch rechtzeitig gestoppt, Doc. Diese drei Frauen wären garantiert nur der Anfang gewesen. Wenn er das alles in die Tat umgesetzt hätte, wovon er phantasiert hat …«

Sie verstummte. Ihre Kehle hatte sich so fest zusammengezogen, dass sie nicht einmal mehr schlucken konnte.

»Steht dort auch, warum er das getan hat?«, fragte Mulder leise.

Toni räusperte sich.

»Nein, dort nicht. Zumindest nicht in den Teilen, die wir bisher gesichtet haben. Aber in den Papieren, die er vor seinem Bett gestapelt hatte. Darauf hat er seine Gedanken notiert, bevor er die Wände als Tagebuch entdeckt hat. Er muss mit den Aufzeichnungen begonnen haben, sobald er schreiben konnte. Wobei es anfangs keine richtigen Tagebucheinträge waren. Es waren Geschichten. Geschichten um einen kleinen Jungen.«

Sie sah wieder die zerknitterten, eselsohrigen Seiten vor sich, herausgerissen aus einem Schulheft, und darauf die unbeholfene blaue Tintenschrift, die mal über, mal unter die Hilfslinien gerutscht war.

»Die Geschichten erzählen, wie eine Mutter ihren kleinen Jungen jeden Tag, wenn sie in die Arbeit geht, in der Wohnung einsperrt und ihm einschärft, dass er ganz brav sein soll. Denn wenn er etwas anstellt, kommen die Kobolde aus den Schatten gekrochen und ziehen ihn hinab in die Silberminen, wo er Tag und Nacht arbeiten muss, bis er zu groß ist, um sich noch in den engen Stollen bewegen zu können, und dort elend verhungert. Als der Junge einmal versehentlich den Teller zerbricht, auf dem seine Mutter ihm immer ein paar Brote hinstellt, verkriecht er sich unter seinem Bett und traut sich nicht mehr hervor. Nicht einmal, als er auf die Toilette muss. So liegt er hungrig und vollgepinkelt stundenlang auf dem Boden, und als seine Mutter nach Hause kommt, tröstet sie ihn nicht, sondern versohlt ihm den Hintern, weil er viel zu alt ist, um noch in die Hose zu machen.«

Toni lehnte sich gegen das Fensterbrett.

»Aus den späteren Einträgen geht hervor, dass seine Mutter wohl Alkoholikerin war und so gut wie jeden Tag einen anderen, meistens ebenfalls besoffenen Kerl mit in die Wohnung gebracht hat, mit dem sie sich dann lautstark vergnügt hat. Wobei es wohl nicht immer ein Vergnügen war, denn manchmal saß sie morgens mit aufgeplatzter Lippe und zugeschwollenem Auge am Frühstückstisch. Henning hörte meistens schon im Hausflur, wenn seine Mutter wieder einen Mann mit anschleppte, und versteckte sich dann bis zum nächsten Morgen in seinem Zimmer.«

In Tonis Rücken begannen jetzt Regentropfen gegen die Scheibe zu prasseln.

»Als Henning etwa zwölf Jahre alt war«, fuhr sie fort, »musste er eines Nachts fürchterlich dringend auf die Toilette und erwischte seine Mutter und so einen Typen dabei, wie der es ihr im Flur besorgt hat. Henning rannte an den beiden vorbei ins Bad und hatte kaum die Tür hinter sich zugeschlagen, als der Typ sie wieder aufriss, die Hose noch bei den Knien. Er baute sich vor dem Jungen auf, hielt ihm seinen Penis entgegen und lallte: *Mund auf, damit du groß und stark wirst!*«

Der Ekel jagte eine Gänsehaut über Tonis Körper, und sie rieb sich mit den Händen über die Arme.

»Hennings Mutter lehnte schwankend am Türrahmen und versuchte den Typen von ihrem Sohn wegzuzerren, was sie schließlich auch geschafft hat. Nicht geschafft hat sie allerdings, ihr rotes Kleid wieder zurechtzuziehen, und Henning beschreibt ziemlich drastisch, wie ihre Brüste aus dem Ausschnitt hingen.«

Toni schwieg einen Moment. Ob das wohl der Auslöser für seine Abneigung gegen die Farbe Rot war? Konnte so ein Erlebnis wirklich ein lebenslanges Trauma hervorrufen?

Sie dachte an Magdalena Sauer, das erste von Hennings Opfern. Die obszöne Zurschaustellung konnte sie jetzt in gewisser Weise nachvollziehen – aber warum die Kirche? Warum Sankt Michael? War das eine spontane Entscheidung, oder steckte mehr dahinter? Sie stieß sich vom Fensterbrett ab.

»Insgesamt ziemlich klischeehaft, nicht wahr?«, sagte Toni und ging im Raum auf und ab. »Mutter vernachlässigt Kind, Kind wird psychisch geschädigt und später zum Täter. Die klassische Verteidiger-Strategie vor Gericht: Er hatte eine schlimme Kindheit, Herr Vorsitzender. Er kann nichts dafür.«

Toni stieß ein humorloses Lachen aus.

»Wissen Sie, Doc, ich könnte jedes Mal an die Decke gehen, wenn ich das höre. Wenn Täter als die eigentlichen Opfer dargestellt werden und die Verteidiger sie vollkommen aus der Verantwortung nehmen wollen und die Schuld allein bei Eltern und der Gesellschaft suchen.«

Sie verschränkte die Hände im Nacken.

»Aber wenn ich dann wiederum solche Sachen lese, wenn mir bewusst wird, wie Kinderseelen durch jahrelange Vernachlässigung, durch Misshandlungen und Missbrauch zerschmettert werden, weil diese kleinen Menschen nichts anderes kennengelernt haben als Schmerz und Verrat, dann weiß ich erst recht nicht mehr, wohin mit meiner Wut, und ich kann mich nicht entscheiden, wessen Gesicht ich lieber zu Brei schlagen würde: das der Menschen, die dem Kind so etwas angetan haben, oder das des inzwischen Erwachsenen, der doch eigentlich wissen muss, dass das, was er tut, nicht richtig ist, weil er es am eigenen Leib erfahren hat.«

Toni sah Mulder an. Stumm erwiderte er ihren Blick. Erst jetzt fielen ihr die dunklen Schatten unter seinen Augen auf.

»Mein Gott, Doc«, sagte sie. »Es tut mir leid. Ich rede und rede und habe Sie noch mit keiner Silbe gefragt, wie es Ihnen geht.« Sie spürte, wie der gerade noch feste Boden unter ihren Füßen wieder zu Treibsand wurde.

»Schon okay«, antwortete Mulder und lächelte. In Tonis Brust zog sich etwas schmerzhaft zusammen. »Henning konnte mit Ihrer Pistole zum Glück nicht halb so gut umgehen wie mit dem Messer. Bäume ausreißen werde ich in nächster Zeit zwar nicht, aber wenn ich nicht atme, geht es ganz gut.«

Er zwinkerte ihr zu, und der Knoten in Tonis Brust lockerte sich ein wenig.

»Nun setzen Sie sich schon hin«, sagte Mulder. »So wie Sie jetzt neben meinem Bett stehen, tun das normalerweise nur Ärzte, wenn sie nicht weiterwissen, und das ist ein ziemlich beunruhigender Anblick.«

Sich setzen? Und wohin? Toni sah sich nach einem Stuhl um, doch der einzige im Raum war mit Mulders Sachen belegt.

»Sie dürfen auch hier Platz nehmen.« Mulder klopfte auf sein Bett. »Ich beiße nicht.«

Toni schluckte. Nein, unmöglich, das kam gar nicht in Frage. Es war schon nervenaufreibend genug, mit ihm allein in einem Zimmer zu sein. Sich auf sein Bett zu setzen, das war ... Ach, verdammt, warum eigentlich nicht?

Vorsichtig, als verberge sich eine Mine unter dem Laken, die jeden Moment losgehen konnte, ließ Toni sich auf der äußersten Bettkante nieder. Sie sah den Venenkatheter auf Mulders Handrücken, und erneut wurde ihr bewusst, wie knapp er mit dem Leben davongekommen war. Zweimal hatte Henning ihn getroffen. Der dritte Schuss war im Nirwana gelandet. Zum Glück war keiner der Treffer lebensbedrohlich gewesen, hatte weder innere Organe noch größere Blutgefäße verletzt. Als Sören ihr das berichtet hatte, hätte sie vor Erleichterung beinahe geheult.

»Doc, ich …« Sie biss sich auf die Lippe und starrte auf das Pflaster, das den Venenkatheter fixierte. Mulder in die Augen zu sehen brachte sie nicht fertig, sonst hätte sie ihm am Ende die ganze Angst, die sie seinetwegen ausgestanden hatte, ins Gesicht gebrüllt.

»Ich weiß nicht, was ich sagen soll«, murmelte sie dem Pflaster zu. »Wie ich das jemals wiedergutmachen soll. Das war alles meine Schuld. Ich hätte Sie niemals mitnehmen dürfen. Das war nicht nur bodenloser Leichtsinn, sondern auch gegen jede Vorschrift.«

Die Hand mit dem Pflaster legte sich auf ihren Arm, und Toni verstummte.

»Gar nichts ist Ihre Schuld. Erstens konnte niemand ahnen, dass Henning um sich schießen würde, und zweitens war es ganz allein meine Idee, den Helden zu spielen. Ich hätte auf Sie hören und im Auto bleiben sollen, aber Befehle von einer Frau sind mit männlicher Eitelkeit nun einmal nur schwer zu vereinbaren. Vor allem dann, wenn die Frau bis zum Hals in Schwierigkeiten steckt.« Er zuckte mit den Schultern und verzog sofort wieder das Gesicht. »Ganz abgesehen davon«, presste er zwischen den Zähnen hervor, »seit wann kümmern Sie sich um Vorschriften?«

Gegen ihren Willen musste Toni lachen.

»Eins zu null für Sie, Doc.« Sie fasste sich ein Herz und sah ihn an. Schwer und warm lag Mulders Hand auf ihrem Arm. Sie beugte sich vor. Sein Mund war nur noch Zentimeter entfernt. Toni schloss die Augen.

Ein Klopfen an der Tür ließ sie zusammenzucken. Rasch

zogen beide ihre Hände zurück und falteten sie artig im Schoß. Einen Augenblick später öffnete sich die Tür, und Hans betrat das Zimmer.

Sein Blick sprang zwischen Mulder und Toni hin und her. Toni konnte sich genau vorstellen, was jetzt in Hans' Kopf vor sich ging, doch er hatte genügend Anstand, es nicht zu zeigen.

»Entschuldigen Sie, Doktor«, sagte er. »Ich wollte nicht stören, sondern nur schauen, wie es Ihnen geht. Ich komme einfach später noch einmal.«

»Nein, nein, ist schon in Ordnung!« Hastig sprang Toni auf. »Ich habe den Doc schon viel zu lang belagert.«

Sie sah Mulder an. Betrachtete seine Gewitteraugen, betrachtete die von silbernen Härchen durchsetzten Bartstoppeln auf seinen Wangen, betrachtete seinen Mund, den sie gerade um ein Haar geküsst hätte.

Eine Stimme in ihrem Hinterkopf flüsterte, dass sie sich langsam von Mulder losreißen musste, wenn es nicht peinlich für sie werden sollte. Widerwillig gab Toni der Stimme recht.

»Gute Besserung, Doc«, sagte sie. »Bis morgen, Hans.«

Dann drehte sie sich um und eilte mit raschen Schritten zur Tür. Toni hatte die Klinke schon in der Hand, als sie noch einmal über ihre Schulter sah. Mulder hatte sich keinen Millimeter bewegt, schaute sie unverwandt an. Zwei Herzschläge lang hielt sie seinem Blick stand, dann senkte sie den Kopf und ging.

Neben dem Lift blieb sie stehen, stützte sich mit einer Hand gegen die Wand und atmete tief ein und aus. Sollte sie Hans dafür verfluchen, dass er hereingekommen war, oder sollte sie ihm dankbar sein, weil er sie vor einer

Dummheit bewahrt hatte? Die Schwellung über ihrem Jochbein begann wieder zu pochen. Behutsam betastete Toni den Knochen mit den Fingerspitzen.

»Wärst du noch bei mir, wäre das nicht passiert«, raunte eine Stimme an ihrem Ohr.

Toni zuckte zusammen und wirbelte herum.

»Mike!«, flüsterte sie und wich instinktiv einen Schritt zurück. Ihr Blick hetzte den Krankenhausflur auf und ab, doch bis auf einen Mann im Bademantel, der mit seinem Infusionsständer an der Wand entlangschlurfte, war niemand zu sehen. Wo zum Teufel war Hans, wenn sie ihn brauchte?

»Was meinst du damit, dass das nicht passiert wäre?«

Die Zunge klebte an ihrem Gaumen. Panik floss durch ihre Adern, war drauf und dran, jeden vernünftigen Gedanken in ihrem Kopf auszulöschen. Wie hatte er sie nur gefunden? Hier. Im Krankenhaus. Überwachte er sie immer noch? Gab es noch andere Kameras?

Mike seufzte leise und sah sie an, die Augenbrauen sorgenvoll zusammengezogen.

»Das meine ich.« Er hob die Hand und streckte sie nach ihrer Wange aus. »Das wäre nie passiert.«

Ein elektrischer Schlag jagte durch Tonis Körper, als Mikes Finger ihre Haut berührten und sein Daumen sanft über ihr Jochbein strich. Drei, vier hämmernde Herzschläge lang war sie unfähig, auch nur zu blinzeln. *Das wäre nie passiert*, echote es in ihrem Kopf. *Wärst du noch bei mir, wäre das nie passiert.*

Plötzlich zerbarst etwas in ihr.

»So? Das wäre also nie passiert, wenn ich bei dir geblieben wäre?«, fauchte sie. »Und soll ich dir was sagen? Damit hast du sogar recht. Das wäre nie passiert. Das wäre *dir* nie passiert, denn du weißt ja, wohin du schlagen musst, damit man es nicht sieht, nicht wahr?«

Scham und Wut auf sich selbst, vermischt mit dem Echo der Angst der vorletzten Nacht, brachen sich jetzt ihre Bahn.

»Du weißt genau, wie du jemandem so weh tun kannst, dass er alles macht, was du willst. Dass er wimmernd auf den Knien angekrochen kommt und um deine Gunst bettelt, nur damit der Schmerz aufhört. Du bist auf deine Art genauso krank wie dieser Irre, der mich auf diesem gottverdammten Friedhof abschlachten wollte. Manipulieren, einschüchtern und unterdrücken, das ist alles, was du kannst, und mir ist endlich klargeworden, warum.«

Toni trat einen Schritt auf Mike zu und sah ihm direkt in das Gesicht.

»Weil du Angst hast. Angst, dass du irgendeiner Situation nicht gewachsen bist. Angst, dass jemand stärker und klüger sein könnte als du und du plötzlich nicht mehr als der strahlende Held dastehst. Ich habe keine Ahnung, warum ich es nicht früher kapiert habe: Du bist kein Gott, Mike. Du bist nichts weiter als ein elender, kopfkranker Feigling!«

Mikes Augen verengten sich, und seine Miene gefror. Genau so hatte er sie immer angesehen, kurz bevor er ausgerastet war. Toni zog die Schultern hoch. Scheiße. Sie war zu weit gegangen. Sie musste sich entschuldigen, ihn besänftigen, sonst ...

Nein, zur Hölle! Das musste sie nicht! Hier gab es nur einen, der zu Kreuze kriechen musste, und das war Mike. Sie straffte den Rücken und reckte trotzig das Kinn nach vorne. Schlag zu, wenn du dich traust, dachte sie, doch Mikes Miene entspannte sich wider Erwarten.

»Ich habe also Angst?«, sagte er und zog spöttisch die Augenbrauen hoch. »Vor wem? Etwa vor dir? Vor einer Frau, die sich in einer drittklassigen Pension verbarrikadiert und schon beim Anblick eines Blumenstraußes völlig hysterisch wird? Ich fand es übrigens sehr undankbar von dir, dass du meine Blumen aus dem Fenster geworfen hast. Jede andere Frau hätte sich gefreut, wenn ein Mann bei einem Geschenk so viel Kreativität und Einfühlungsvermögen zeigt.«

Er beugte sich zu ihr vor und flüsterte: »Nein, mein Schatz. Hier hat nur einer Angst, und das bist du.«

Toni starrte Mike an. Sie hatte sich also nicht getäuscht. Dieser perverse Blumenstrauß war von ihm gewesen, und er war auch noch stolz darauf. Sie spürte, wie ihre Finger zu zittern begannen, wie das Zittern ihre Arme hinaufkroch, ihren Brustkorb füllte, ihren Magen flattern ließ und sich bis in die kleinste Faser fortsetzte.

»Ich komme nie mehr zu dir zurück, Mike.« Ihre Stimme bebte wie ihr gesamter Körper. »Es ist aus für immer und ewig. Und wenn du nicht mit diesem Scheiß aufhörst, dann ...«

»Was dann?«, unterbrach er sie. »Gehst du dann zur Polizei und zeigst mich an? Du? Die Kommissarin, die auf offener Straße durchdreht und Journalisten angreift? Die ihre Vorgesetzten für nicht mehr tragbar halten? Was denkst du, wie glaubwürdig du bist?«

Die Aufzugstüren öffneten sich mit einem Klingeln.

»Fährst du mit nach unten, mein Vögelchen?«, fragte Mike und betrat die Kabine. Toni ballte die Fäuste und grub die Fingernägel in ihre Handflächen.

»Nenn mich nie mehr Vögelchen«, sagte sie heiser. »Hau einfach nur ab und verschwinde ein für alle Mal aus meinem Leben. Hast du gehört? Lass mich endlich in Ruhe und verpiss dich!«

Die letzten beiden Worte schrie sie ihm so voller Wut entgegen, dass es von den Wänden des Flurs widerhallte.

Im nächsten Moment schloss sich der Aufzug, doch Mikes überhebliches Grinsen schien noch immer vor ihr in der Luft zu hängen.

»Du verdammtes Arschloch!«

Toni stürzte vor und schlug mit der Faust gegen die geschlossene Tür. Zwei Schwestern verließen das Stationszimmer und kamen eilig auf sie zu. Toni trat zurück und hob beschwichtigend die Hände.

»Tut mir leid«, sagte sie. »Ich höre schon auf.«

Die Schwestern schienen dem Frieden allerdings nicht zu trauen und blieben in ihrer Nähe. Toni lehnte sich mit dem Rücken gegen die Wand und ließ den Kopf hängen. So konnte das nicht weitergehen. Irgendetwas musste passieren.

»Hast du schon gedrückt?«

Toni sah auf. Hans stand einen Meter vor ihr und deutete auf den Lift. Sie verneinte. Stumm stellte sie sich neben ihn, verschränkte wie er die Hände auf dem Rücken und hielt den Blick auf die aufleuchtenden Zahlen gerichtet. Worte drängten in ihrer Kehle nach oben. Gefährliche Worte. Worte, die mächtige, unkontrollierbare Geister herbeirufen konnten.

»Ich brauche deine Hilfe«, brach es unvermittelt aus ihr heraus. Da waren sie, die gefährlichen Worte.

»Meine Hilfe?« Sie hörte Hans' Mantel rascheln, als er sich zu ihr umwandte. »Du? Warum? Ist es wegen Henning? Willst du einen Psychologen? Soll ich den ZPD anrufen?«

Toni versteifte sich. Bloß nicht den ZPD! Wenn sie jetzt

jemanden garantiert nicht gebrauchen konnte, dann waren es die Kollegen vom Zentralen Psychologischen Dienst.

»Vergiss es«, murmelte Toni. »War eine blöde Idee. Ich komme schon klar.«

Die Aufzugtüren glitten auseinander, und Toni flüchtete in die leere Kabine. Hans folgte ihr. Eine Frau steuerte auf den Lift zu und hob die Hand, um ihnen zu signalisieren, dass sie mitfahren wollte, doch Hans drückte auf einen Knopf, und die Türen schlossen sich vor ihrer Nase. Dann packte er Toni am Arm und drehte sie zu sich herum.

»Nein, Toni, so läuft das nicht. Ich vergesse gar nichts. Mit dir stimmt nämlich etwas überhaupt nicht, und zwar nicht erst seit der Sache auf dem Friedhof. Du kannst dir vielleicht selbst einreden, dass du allein damit fertig wirst, aber nicht mir. Also raus mit der Sprache. Was ist los?«

Toni wich seinem Blick aus. Sie wollte ihren Arm aus seinem Griff entwinden, aber sie brachte die Kraft dazu nicht auf. Sie war auf einmal so unendlich müde. Wenn sie doch die Augen schließen und für immer schlafen könnte.

»Es geht nicht um Henning«, sagte sie schließlich leise. »Es geht um Mike, meinen Ex.«

»Deinen Ex?«, fragte Hans. Der Griff um ihren Arm lockerte sich. »Du bist nicht mehr mit ihm zusammen? Tut mir leid, das wusste ich nicht. Was ist passiert?«

Was sollte sie ihm erzählen? Das, was Sören immer noch glaubte? Dass Mike eine andere hatte und sie deshalb ausgezogen war?

»Er hat mich verprügelt, Hans. Jahrelang. Hat mich grün und blau geschlagen, so dass ich oft nicht wusste, wie ich den Tag überstehen soll. Weißt du noch, letzten Winter, als ich mir beim Skifahren angeblich zwei Rippen gebrochen habe? Ich war nie beim Skifahren. Das war er.«

Sie schüttelte den Kopf, konnte es selbst kaum glauben. Es klang so unwirklich, wenn sie es laut aussprach. Trotzdem war es passiert. Und noch viel mehr.

»Einmal hat er mich gegen die Wand geschleudert, mich an den Haaren gepackt und mir seine Dienstpistole an die Schläfe gedrückt. Ich habe mir in diesem Moment gewünscht, dass er abdrückt und alles vorbei ist.«

Toni sah Hans an. Sein Gesicht war aschfahl geworden.

»Vor ein paar Wochen haben die Nachbarn die Polizei gerufen, und die Kollegen haben Mike aus der Wohnung geworfen. Kurz darauf bin ich ausgezogen, aber er lässt mich nicht in Ruhe. Er ist ein Stalker. Er ruft an. Dutzende Male am Tag. Er verfolgt mich. Beobachtet mich. Bedroht mich. Er ist sogar bei mir eingebrochen und hat eine beschissene Kamera installiert.«

Der Fahrstuhl hielt an, und die Türen öffneten sich. Hans zückte seinen Dienstausweis und verwehrte den Wartenden den Zutritt.

»Und jetzt?«, fragte er, als sie weiter nach unten fuhren.

Toni zuckte mit den Schultern. Wenn es um andere ging, wusste sie immer ganz genau, was zu tun war. Aber ihr eigenes Leben bekam sie einfach nicht in den Griff.

Erdgeschoss. Wortlos verließ sie den Lift, ging stumm neben Hans zum Ausgang. Unter dem Vordach blieb sie stehen. Es regnete immer noch. Toni zog den Kopf ein und schlang ihre Jacke enger um sich.

»Bist du mit dem Auto da?«, fragte sie schließlich.

Hans nickte.

»Kannst du mich ein Stück mitnehmen?«

»Natürlich.«

Sie folgte ihm zu seinem Auto und setzte sich auf den Beifahrersitz.

»Wo wohnst du jetzt?«, fragte Hans.

»In Pasing. Aber mir reicht schon die nächste U-Bahn-Haltestelle.«

»Unsinn. Ich fahre dich nach Hause. Und keine Widerrede.«

Toni lächelte Hans dankbar an. Wenn sie ehrlich war, fühlte sie sich noch ziemlich wackelig.

Hans versuchte sich in Smalltalk, doch ihr war nicht nach Reden zumute, und so versandete jedes Gespräch nach den ersten Worten. Schließlich gab er auf und schaltete das Radio an.

»Du sagst mir rechtzeitig, wenn ich irgendwo abbiegen muss, ja?«

Hans wandte sich zu ihr um. Das Rotlicht der Ampel an der Friedenheimer Brücke spiegelte sich in seinen Brillengläsern.

»Mache ich«, antwortete Toni. »Aber das dauert noch eine Weile. Fahr die Landsberger Straße erst einmal weiter stadtauswärts.«

An der Kreuzung Bäckerstraße dirigierte sie ihn nach links, dann in die Ebenböckstraße und wieder nach rechts auf die Planegger Straße.

»Jetzt gleich wieder links. Da vor der Einfahrt kannst du mich rauslassen.«

Hans wartete auf eine Lücke im Gegenverkehr, bog ab und fuhr an den rechten Fahrbahnrand.

»Jetzt sag aber nicht, dass du da drin wohnst.« Er deutete mit dem Daumen über seine Schulter und sah Toni mit hochgezogenen Brauen an. Auf der gegenüberliegenden Seite leuchtete neben einem großen grünen Eingangstor das Schild der Polizeiinspektion 45.

Toni schüttelte den Kopf, ballte aber gleichzeitig die

Fäuste. Zeit, noch mehr Geister zu rufen. Sie holte tief Luft.

»Kommst du mit?«, fragte sie.

Hans' Augen wurden groß.

»Zu dir?«

Ein Lächeln stahl sich auf Tonis Lippen und vertrieb die Anspannung für eine Sekunde.

»Nein. Dort rein.«

»In die PI? Was willst du denn da?«

Toni presste die Lippen aufeinander. Noch konnte sie zurück. Doch die Worte drängten mit aller Macht nach draußen.

»Ich will eine Anzeige erstatten. Gegen Mike. Wegen Körperverletzung, Nötigung, Bedrohung und noch einem halben Dutzend anderer Dinge.«

Sie sah Hans fest in die Augen.

»Ich lasse mir das nicht länger gefallen. Ich habe viel zu lang den Kopf eingezogen. Jetzt schlage ich zurück. Und zwar so fest ich kann.«

Ein kleines Dankeschön zum Schluss …

Zwar habe ich als Polizeibeamtin den großen Vorteil, dass ich die Grundlagen der Polizeiarbeit kenne und mir so ein großer Teil der Recherchearbeit erspart bleibt, aber wenn es um fachspezifische Dinge geht, bin ich mit meinem Latein auch sehr schnell am Ende und muss meinen Kollegen das eine oder andere Loch in den Bauch fragen.

Was die Rechtsmedizin angeht, so wäre ich ohne die freundliche Unterstützung aus Würzburg und München ziemlich aufgeschmissen gewesen.

Wenn mir trotz aller Sorgfalt fachliche Fehler unterlaufen sind, so gehen diese ganz allein auf meine Kappe.

Manchmal habe ich mir in Bezug auf die polizeiliche Ermittlungsarbeit kleine Freiheiten genommen, wenn sie der Dramaturgie dienlich waren. Was ich mir allerdings nicht erlaubt habe, ist, lebende oder tote Personen oder reale Ereignisse als Vorbilder zu nehmen. Sämtliche Figuren und Handlungen sind vollkommen frei erfunden.

Neben all denen, die mir »so ganz nebenbei« weitergeholfen haben, möchte ich mich ganz besonders bedanken bei:

Prof. Dr. Michael Bohnert, Vorstand der Bayerischen Julius-Maximilians-Universität Würzburg für die Einblicke in die Rechtsmedizin Würzburg und die Hilfe bei fachlichen

Fragen; Dr. Florian Fischer, Institut für Rechtsmedizin an der Ludwig-Maximilians-Universität München speziell für *den* Satz; meinem Agenten André Hille von der Agentur Hille & Jung, der meine kühnsten Träume noch übertroffen und das Manuskript an den Ullstein-Verlag vermittelt hat; Heide Kloth, Lektorin bei Ullstein, für die wertvollen Rückmeldungen während der Manuskriptentstehung; KHKin Liane Schuhmann vom Polizeipräsidium München für die Infos aus ihrer Arbeit als Todesermittlerin; meinem Redakteur Carlos Westerkamp für sein Engagement und die großartigen Ideen und Vorschläge; und last but not least EPHK Hans Zinkl vom Polizeipräsidium München, der mir erlaubt hat, einer Figur seinen Namen (und nur den!!!) zu geben.